小說新力

台灣一九七〇後新世代小說論

王國安／著

序　什麼樣的新時代，什麼樣的新世代

美麗島・三一九・太陽花

一九七九年十二月十日，美麗島雜誌社為慶祝世界人權日，在高雄舉辦集會遊行，雖未獲准，但仍依原定計畫舉行，在威權體制仍試圖抵禦黨外人士衝撞的時代背景下，警察、憲兵與遊行群眾的衝突爆發，隨後而來的全島大逮捕，使黨外運動一度沉寂，但卻也意外地翻轉了社會氛圍，不管是後來的「代夫出征」、「美麗島辯護律師團」都在選舉中告捷，黨外人士所意圖傳達與張揚的台灣主體性，開始與原先幾乎不可動搖的中國民族主義分庭抗禮。

與此同時，在七〇年代曾風行的鄉土文學，以及當時為與現代主義文學陣營抗衡而提出的「回歸鄉土」、「回歸現實」的訴求，開始有了政治性的明確轉變。所以，八〇年代以來，政治議題、性別議題、族群議題伴隨著風起雲湧的社會運動而成為文學主軸，在封閉環境、威權體制下成長的文學作家，大口呼吸自由空氣，將手中的筆指向了現實環境中的各種權力束縛，自此，挑戰傳統、官方大敘事的文學蔚為主流，政治文學、女性主義文學、原住民文學、同志文學、方言文學、自然書寫、海洋文學等，彷彿一場無止盡的文學民主嘉年華，各路人馬、不同族群開始自我歸類，大鳴大放。葉石濤的《台灣文學史綱》稱八〇年代的台灣文學是「邁向更自由、寬容、多元化的途徑」，陳芳明稱一九八七年後的台灣文學進入「多元蓬勃期」，「自由」、「多元」、「民主」的關鍵詞，至今三十餘年都未嘗改變，前述二學者對台灣文學的歷史分期也都以八〇年代為終，這並不是巧合。

美麗島事件發生於一九七九年，以本書所研究的台灣一九七〇後新世代作家而論，最年長生於一九七〇年者如胡淑雯等，事件發生時才九歲，跨越童稚時期後，與一九八〇年後出生者，一同迎接解嚴前追尋自由的社會氛圍；解嚴當年（一九八七）出生者如楊富閔、林佑軒，最年輕如朱宥任（一九九〇—）等，九〇年代後的自由、民主與多元，更是他們最直接的感受。從黨外運動的蓬勃到政黨輪替，台灣文學從打破大敘事到議題開放，都將是他們成長時期最重要的環境滋養。

二〇〇四年三月十九日，也就是二〇〇四年中華民國總統選舉投票日的前一天下午，民進黨正、副總統候選人陳水扁與呂秀蓮行經台南市金華路掃街拜票時遭到不明人士槍擊，由於路邊正在燃放鞭炮，噪音掩蓋槍聲，嫌犯逃逸，又因兩人傷勢不重，所以決定隔天總統選舉投票照常舉行，後陳、呂二人以些微差距勝過了民調一路領先的國民黨候選人連戰與宋楚瑜，加上槍擊案真相未明又謠言四起，使原先已因總統選舉所造成的藍、綠撕扯，在選舉結果揭曉後反而更加嚴重。

如蕭阿勤所言，「黨外人士在美麗島事件之後，建構了台灣人苦難與抵抗的集體記憶，為往後二十幾年政治反對運動的論述修辭與象徵，確立了基調」[1]，所以，自一九八六年民進黨成立，一九八七年正式解嚴之後，各種關於「台灣主體性」的論述，不只在政治，在文學、歷史等各層面都有了新的，且更讓台灣人民在中華民國的「外部正統性」[2]失落之後得以建立其國家認同的機會。也因此，八〇年代不僅是自由、多元、民主的時代，更是一個台灣人民重新建立國族認同的時代。隨著戒嚴體制結束，蔣經國的逝世使原先外省族群在國府遷台後所占有的政治優勢將有所動搖，而接著登場的李登輝總統，在改選中央民意代表及歷次修憲，民選總統及凍省等號稱「寧靜革命」的改變後，讓國民黨更加的本土化。民進黨的崛起與國民黨的本土化，都代表著「台灣」主體

1 蕭阿勤，《重構台灣：當代民族主義的文化政治》（台北：聯經出版事業股份有限公司，二〇一二），頁二七七—二七八。

2 若林正丈曾以「外部正統性」概括理解中華民國在國府遷台後在冷戰架構下得以「自由中國」自居並取得代表「一個中國」的正統性的歷史階段。若林正丈：「國民黨政權藉由在美國的冷戰戰略中擔負起『協力者』的角色，不但獲得美國在經濟、軍事上的援助，更可以在國際社會上成為『一個中國』原則的受益者。對國民黨政權而言，這是一個重要的政治正統性來源。這種鋪陳在內部也可以轉化成統治的正統性（Legitimacy），就此意義而言，這種鋪陳也成為政權正統性的一部分，也就是所謂的『外部正統性』。」若林正丈著，洪郁如、陳培豐等譯，《戰後台灣政治史——中華民國台灣化的歷程》（台北：國立台灣大學出版中心，二〇一四），頁八。

性的揚升，在這段時間，「中國結」與「台灣結」在人民心中矛盾共存，隨著歷次選舉的勢力更迭，政黨間的合縱連橫，到二〇〇〇年政黨輪替後，「泛藍」與「泛綠」幾乎等於人民心中對台灣政治環境的整體認知，而兩者所代表的意識型態差異，就成為歷次選舉時政治動員的修辭符號，台灣人也在陳水扁執政的八年間，切實的感受到族群間的撕裂如何可能給予選民更大的狂喜與焦慮。可以想見，在二〇〇四年總統選舉前一天發生總統候選人被槍擊案，對當時的選民而言，是一件多麼拉扯其敏感神經的大事。

而「三一九槍擊案」發生的當天，我們可以更直接的感受到「政治」與「媒體」之間的聯繫。在解嚴後，原先由《中國時報》、《聯合報》兩大報壟斷市場的現象，到了九〇年代隨著《自由時報》的策略成功，台灣報紙自此由三大報瓜分市場。三大報之間因為在報導政治相關新聞時的立場讓讀者可明顯感受到其對國民黨主流與非主流，或是國民黨與民進黨之間的偏向，從此，讀者可隨著自己的政治認同選擇報導偏向不同的報紙。而二十一世紀後香港「壹傳媒」進入台灣，《蘋果日報》在短時間內衝到台灣閱報率第一，其所代表的讀者至上，改變了台灣新聞生態。更重要的是，隨著有線電視的開放，台灣的有線電視新聞台林立，且在政治新聞上也常有明顯的政治報導偏向，也因此，從報紙到電視的新聞，都讓台灣閱聽人感受到「泛藍」與「泛綠」的區隔，對台灣人民而言，「真實」且「中立」的報導究竟為何，似乎已沒有一個能讓所有人同意的判準。可以想見，當震驚全台的「三一九槍擊案」發生後，各種媒體的混亂訊息，又將如何地誘發選民進入更強烈的歇斯底里狀態。隔天選舉結果被槍擊者戲劇性地以些微差距勝過對手，原先已對案情抱持強烈懷疑的

「泛藍」族群更進一步被激化，而「泛綠」族群基於對所支持總統候選人的同情，也轉向去抨擊「泛藍」支持者，陳水扁的第二任總統任期，也似乎在「三一九槍擊案」當天，就底定了接下來四年混亂的政治生態。

從八○年代開始，「後現代主義」作為一種學術舶來品，在台灣造成風潮。不僅是學術界，文學界也在詩、小說等層面，大舉實驗後現代理論，質疑語言，否定真理。這些作家實驗後現代文學所持的理由，就是台灣的「後現代狀況」已然發生，最著名者如羅青〈台灣地區後現代狀況大事年表〉便以當時台灣的經濟、社會現況，說明在台灣實驗後現代文學的時機已經成熟，但這很大部分仍是當時力推後現代文學的作家們的一廂情願。只是，在台灣後現代詩、小說中所凸顯的消費社會、資訊社會的來臨，以及質疑語言、否定真理的訴求，不正對應到九○年代以來台灣紛紛擾擾的族群政治？在八、九○年代紅火熱門的後設小說，其實預告了接下來台灣人將感受到的環境氛圍。報紙、電視新聞等理應公正報導的媒體，已在閱聽者的心中區分成「泛藍」、「泛綠」的區塊，而對政客、明星的造神與扒糞，讓新聞變得更加娛樂化，收視率、閱報率更高，但原先該讓人民知道的「事實」，卻早已不重要。「三一九槍擊案」正是如此，在媒體新聞大量放送，藍綠支持者的厲聲叫罵後，至今究竟「真相」為何？台灣人幾乎已不再關心。

也就在這樣的時代氛圍中，二十一世紀後嶄露頭角的一九七○、一九八○後出生，成長於自由、民主環境下的新世代作家們，當藍綠撕扯到震天價響的時候，他們轉身向網路世界進行人情聯繫，對政治、對社會不僅冷眼旁觀，簡直不屑一顧。所以即使書寫「鄉土」，「時間」、「記憶」

的不穩定才是他們關注的重心；即使書寫政治，也會適時地沖淡前行代所「標榜」的「悲情」；即使為女性發聲，也保持一貫輕鬆的敘事態度。如甘耀明（一九七一—）、王聰威（一九七二—）、吳明益（一九七四—）、許榮哲（一九七四—）、童偉格（一九七七—）、伊格言（一九七七—）等被評論家范銘如歸類為「輕鄉土小說」或「後鄉土小說」的作家群，小說中「本土化」與「後現代」的結合，不正是新世代作家所感受到的時代氛圍的縮影！無獨有偶的，雖然後設小說風潮到九〇年代後期就有如強弩之末，但新進文壇的寫手，卻仍延續此非寫實的路線進行創作，非寫實的風潮在二十一世紀初仍未見消褪。可以猜想，新世代對「寫實」的抵抗，有其對前行代文學影響的焦慮，因為在七〇年代鄉土文學蔚為風潮時，寫實主義也逐漸取得了它在文壇的地位，將「寫實」與當下的政治環境結合，並以「政治正確」與否作為文學批評的文壇慣習，實從八〇年代至二十一世紀都未曾改變。所以，對政治紛擾的迴避，對文壇寫實要求的背離，成了新世代作家的抵抗姿態。而這也正是二十一世紀後嶄露頭角的新世代作家的共同樣貌。

再者，「網路8P」的集結，也代表著新世代作家試圖藉由力量集結，來與前行代的文學範例相抗衡，其聯名出版的《百日不斷電——別為文學抓狂》就是由他們自設命題再自行解答的文學宣言；而其聯名創作的《愛情6P》與《不倫練習生》，更是向通俗文學靠攏，試圖混淆純文學與通俗文學界線的遊戲展演。在此，消費社會與資訊社會是這些新世代作家文學表現的重要背景，後現代主義所張揚的「去中心化」，在他們，以至於其他同世代小說家的作品中，幾乎成為共同主題。而這是在自由、民主的環境下成長的新世代作家，對二十一世紀政治環境的共同反應，「三一九槍擊案」，就是那個時代最具代表性的縮影。

二〇一四年三月十七日，社會團體「反黑箱服貿民主陣線」、「黑色島國青年陣線」等為抗議馬英九總統限期立法院通過「兩岸服務貿易協議」，以及立委張慶忠於內政委員會中讓協議粗暴闖關，在三月十八日晚間衝破立法院封鎖線占領國會成功，並立刻透過網際網路將訊息傳送到全台灣，引起世界各國的關注。後因學生希望外界幫忙買「太陽花」來為學生加油打氣，所以使這場運動有了「太陽花學運」之稱。從三月十八日占領立法院，到四月十日的「出關播種」，長達二十三天的「公民不服從」行動，不論台灣輿論支持的正反與否，此一政治衝撞的行為，竟都是長期以來被認為「政治冷感」的年輕人——大學生、社會青年等所為，而後連國、高中生，都加入了抗爭、靜坐的行列。而在學運前一年（二〇一三）的七月，就曾發生陸軍洪仲丘下士被虐死案，在電視媒體、社群網路的聚焦討論下，引起台灣社會高度關注，當時由「公民一九八五行動聯盟」號召的二十五萬白衫軍集結凱道的行動，就已經讓政府及人民見識到「公民」、「網路」結合的力量，「反核四」、「苗栗大埔張藥房事件」等，學生的身影都清楚可見。可以說，年輕人們體認到自己的公民身分，在台灣主體性確立的過程中與「台灣」一起成長，所以喊出「自己的國家自己救」時，這已不同於美麗島事件對威權體制的抗衡，也不同於九〇年代中國民族主義與台灣民族主義之爭，而是對自己肯認的「國家」以行動付出的行為選擇。

有趣的是，在文學的領域中，原先以繁複的敘事、龐雜的形式實驗、削弱的情節與反寫實筆法為主的小說書寫，也開始有了轉變，語言明朗化，形式實驗變少，回歸文學對人性的挖掘探究，以及以清楚明快的節奏推動故事情節的小說愈來愈多，如鄭順聰（一九七三—）及徐嘉澤（一九七七—）的小說便以明朗的語言，以人性推動情節的小說筆法來吸引讀者；小說的社會關懷意圖也增加，如丁允恭（一九七六—）《擺》的敘事者就有著學運知識分子的樣貌；伊格言的《零地點》、葉淳之的《冥核》等，更明顯可與「反核四」的議題相連結；「太陽花學運」期間，新世代作家也多在抗爭群眾之列，如《暴民畫報：島國青年俱樂部》一書中，就有林佑軒（一九八七—）、朱宥勳（一九八八—）、盛浩偉（一九八八—）等人的撰文，說明他們在「太陽花學運」期間的心路歷程，新世代作家與「政治」、「社會」的關連似乎愈形緊密。

更重要的是，新世代作家的小說到了最近幾年，幾乎完全擺脫了理論的包袱，回歸到小說可看性的經營，通俗文學筆法的使用幾成風潮，如陳栢青（一九八三—）《小城市》的科幻意味，蘇飛雅（一九七七—）《蛆樂園》的推理情節，何敬堯（一九八五—）《幻之港——塗角窟異夢錄》的鄉土奇幻，羅浥薇薇《騎士》的異國情調，陳又津（一九八六—）《少女忽必烈》的網路語言等，都使新世代作家寫出讓人大呼「好看！」的小說，也因此，一個不同於前行代的感覺結構所書寫出的具世代意味的小說特質於焉出現，從二十一世紀後的第一個十年開始，台灣文壇對這些一九七〇年後出生的小說家們，實應有更深入的認識與更嚴肅的對待。

新世代，你行不行？

隨著時代的不斷前進，「新世代」一詞所涵蓋的範圍、指涉的對象以及所代表的內涵都會有所差異。而「新世代」一詞的提出，又通常代表著文學家或研究者有意對年輕世代與前行代作家在文本上的內蘊殊異做出區隔。以台灣文學為例，在八〇年代時，便有高舉「新世代」大旗的林燿德，以「一九四九年」為歷史斷代，以之區隔前輩作家的五四傳統、抗戰經驗，他著眼當下的都市變遷、民主自由與資訊爆炸，在《一九四九以後》評論集中展現企圖心，試圖將一九五〇年後出生的作家集結成群，以之與前行代作家分庭抗禮。他曾在〈新世代星空──《台灣新世代詩人大系》編後記〉一文中提到：「約當鄉土文學論戰爆發到八〇年代初葉這段期間，是『新世代』中第四代全速崛起的時機，配合著第三代詩人即時來臨的成熟，我們可以發現整個八〇年代詩壇的發展，『新世代』形成了真正主導的力量」[3]，此段文字雖有誇大新世代文學力量之嫌，但也可看出「新世代」實是研究文學發展脈絡的重要參考指標。

---

[3] 林燿德，〈新世代星空──《台灣新世代詩人大系》編後記〉，收於楊宗翰編，《新世代星空──林燿德佚文選（一）》（台北：華文網，二〇〇一），頁二七。

可是時移勢往，林燿德高舉「後現代」、「都市文學」的大旗以向前行代挑戰的這些一九五〇年後出生的「新世代」作家群，到了今日，已是台灣文壇的資深作家。本書所討論的「新世代」，則是出生於一九七〇年後的台灣作家群，與林燿德所觀察「八〇年代」不同，二十一世紀是他們逐漸壯大的時候，這些文壇新面孔也開始一個一個被辨識出來。

隨著台灣文學研究逐漸受到重視，不斷在歷史中挖掘被遺忘的作家之餘，也期待文壇新秀能賦予研究者新的想像。所以，重要的文學雜誌常有關於「新世代」、「新銳」、「後進」作家的文學專題，如二〇〇九年九月號的《聯合文學》曾有「二十一世紀，新十年作家群像」的專題，並說明「所謂的『新十年作家』，是指一九七〇年後出生兩千年以後出書崛起的作家，他們普受讀者、媒體與文論家的注目，即將成為未來文壇的中流砥柱」[4]，其中介紹的小說家包括甘耀明、高翊峰（一九七三—）、許榮哲、張耀升（一九七五—）、許正平（一九七五—）、李儀婷（一九七五—）、伊格言、童偉格、李佳穎（一九七七—）等，而後在二〇一二年五月號更推出「二十位四十歲以下最受期待的華文小說家專輯」，討論對象為一九七二年後出生的作家，並選出甘耀明、王聰威、高翊峰、張亦絢（一九七三—）、許榮哲、張耀升、孫梓評（一九七六—）、童偉格、伊格言、徐譽誠（一九七七—）、黃麗群（一九七九—）、黃崇凱（一九八一—）、陳栢青、楊富閔（一九八七—）、朱宥勳等人；《文訊》也早在二〇〇四年便開始討論「文學新世代」，第二三〇

---

4 編者言。〈二十一世紀，新十年作家群像〉，《聯合文學》第二九九期（二〇〇九年九月），頁一九。

期有【台灣文學新世紀（二〇〇〇—二〇〇四）文學新世代】的專題，後於二〇一〇年六至九月推出「浪潮湧進，長流不盡：台灣文壇新人錄」的系列專題，共分「新詩篇」、「散文篇」、「小說篇」、「戲劇篇」四部分，分月刊登；《INK文學生活誌》更在二〇一三年九月號，以陳又津為封面人物，並以「標示新世代的來臨——陳又津」為該期專題，都可見到它們對挖掘台灣新世代潛力作家的用心。除此之外，在二〇一一年二月，由楊宗翰策劃的「台灣七年級文學金典系列」出版，共分為《台灣七年級小說金典》、《台灣七年級散文金典》及《台灣七年級新詩金典》三冊，該書以「七年級」——也就是民國七〇年（一九八一）後出生的作家作品做蒐羅、整理、裁汰、論評，試圖以更年輕作家凸顯文學的世代差異。

這些「新世代」作家，能夠在二十一世紀之後的台灣文壇建立知名度，幾乎都是以「文學獎」做為其敲門磚，每一個新作家，小至校園文學獎（如西灣文學獎、靜思湖文學獎）、到地方文學獎（如台北文學獎、台中縣文學獎、打狗文學獎）、特定公司團體舉辦的文學獎（如華航旅行文學獎、台積電青年學生文學獎），大至全國性的文學獎（時報文學獎、聯合報文學獎、林榮三文學獎）等，幾乎無役不與，身上背著一、二十項文學獎光環者不在少數，他們也藉此積累文化資本，以求獲得出版社青睞。

台灣的文學性出版社，對於新世代作家的發掘，以「寶瓶文化」最為用心，許多一九七〇後新世代作家，不論詩、散文、小說等創作都因此得以進入書市，小說家如甘耀明、高翊峰、洪茲盈（一九七九—）、劉梓潔（一九八〇—）、古嘉（一九八一—）、羅浥薇薇、游善鈞（一九八七

—）等皆於「寶瓶文化」出版其重要作品。「寶瓶文化」甚至在二〇一〇年十月推出「文學第一軸線」，出版了彭心楺《嬰兒廢棄物》、徐嘉澤《不熄燈的房》、郭正偉（一九七八—）《可是美麗的人（都）死掉了》、吳柳蓓（一九七八—）《移動的裙擺》、神小風（一九八四—）《少女核》與朱宥勳的《堊觀》，其「六顆新星」的行銷手法，的確讓這些新世代作家很快受到關注。除了「寶瓶文化」之外，推廣純文學不遺餘力的「聯合文學」、「九歌」與「ＩＮＫ印刻」，也多能給予新世代作家出版機會。「聯合文學」方面，如王聰威、張亦絢、廖之韻（一九七六—）、李儀婷、許正平、丁允恭、李芙萱（一九七六—）、伊格言、夏夏、吳億偉（一九七八—）、何曼莊（一九七九—）、周丹穎（一九七九—）、黃麗群、秀赫（一九八二—）等；「九歌」則有張耀仁（一九七五—）、包冠涵（一九八二—）、陳栢青、何敬堯、楊富閔、林佑軒、朱宥任等；「ＩＮＫ印刻」的部分，則如童偉格、陳思宏（一九七六—）、謝鑫佑（一九七七—）、徐譽誠、賴志穎（一九八〇—）、陳又津等。再者如「洪範」、「聯經」、『麥田」、「遠流」、「皇冠」、「時報出版」、「二魚文化」、「台灣商務印書館」等較為人熟知的出版社，也曾為新世代作家出版創作，如謝曉昀（一九七九—）、徐嘉澤、祁立峰（一九八一—）等，而其他年紀較輕的出版社如「逗點文創結社」、「奇異果文創」、「木馬文化」、「白象文化」、「讀癮」等，也多能為新世代作家出版著作，讓他們的作品有面對讀者的機會。而位於台北同安街的「紀州庵文學森林」，不論所邀請的駐館作家，或是舉辦文學對談、新書發表等活動，也都多以新世代作家為主力，讓新世代作家的名字與面孔在文學圈不再陌生。

除了在出版市場的能見度外，他們的著作也常獲得來自國內甚至國際的肯定。如二〇〇七年的九歌《九十六年度小說選》以陳思宏為年度小說獎得主，二〇一三年的《九歌一〇二年小說選》以李桐豪（一九七五―）為年度小說獎得主；二〇一〇年博客來網路書店首度舉辦的「博客來華文創作新秀」選拔，由劉梓潔的《父後七日》及楊富閔的《花甲男孩》獲獎；二〇一四年，獲「開卷十大好書獎」肯定的黃崇凱《黃色小說》，媒體更以「七年級作家首度入選」為標題讚揚之；最著者則如伊格言的《甕中人》，不但是「德國法蘭克福書展」與「萊比錫書展」選書，二〇〇七年獲英仕曼亞洲文學獎（The Man Asian Literary Prize）入圍，二〇〇八年獲歐康納國際小說獎（Frank O'Connor International Short Story Award），更被中央通訊社選為「台灣十大潛力人物」（二〇〇七年），其《噬夢人》也獲國際文壇人士同聲讚譽，出版後同樣獲二〇一〇年「德國法蘭克福書展選書」；在二〇一五年，吳明益則為首位被選入王德威主編的「當代小說家」系列的一九七〇後台灣新世代小說家，出版其《單車失竊記》一書。

再者，新世代小說家常有跨界的參與，不論是在文創（如廖之韻成立的「奇異果文創」，領域橫跨出版、文學、肚皮舞教學等）、美術（如江凌青的油畫、水彩畫均曾獲全國性獎項，其第一本拼貼創作文集《男孩公寓》更是結合文字與視覺的創作，每篇作品均附插圖）、婦運（如胡淑雯曾任「婦女新知」雜誌主編、文宣部主任至基金會董事）、新聞工作（如黃麗群原為副刊編輯，後轉戰週刊寫鐘錶精品，被稱為「時尚記者」）、公職（如丁允恭任高雄市新聞局局長）等方面皆可見到他們的亮眼成就。而在跨界表現中，當以與小說最為接近的「電影」方面的成績最為醒目，其中最著名者當然是劉梓潔，她改編自己的散文〈父後七日〉為電影劇本，並獲得二〇一〇年金馬獎最佳改編劇本獎，是最成功者。

新世代作家的成長與崛起，更與台灣的「本土化」相連結，從社區開始，以至鄉鎮、城市，再到縣市，台灣每個地方都開始尋找與建立自我的形象與定位，此時，一個新作家與土地的繫連也將是地方「再造」時的重要資源。伊格言的《甕中人》出版後受肯定，縣府頒獎予伊格言這位「新營子弟」，媒體則以「南瀛子弟國際文壇發光」為斗大標題；再如同樣備受推崇的楊富閔，其《花甲男孩》的多篇小說都以台南偏鄉為主要場景，這位「解嚴後台灣囝仔」與「台南」——尤其是他的出生地「大內」——便可有相互標榜的機會；更可為顯例者是許正平，當其出生地台南新化的楊逵紀念館舉行開館三週年慶時，館方將許正平譽為繼古典文學家王則修、新文學家楊逵、母語作家李勤岸之後新化的「第四代文豪」，並為之陳列作品展示，都可見地方政府力圖透過年輕子弟的文壇成就來建立更為正面的地方形象。

新世代作家早在各大文學獎、重要的文學雜誌、書籍市場、電視與網路媒體、文化空間等嶄露頭角，而且以他們豐沛的創作能量，占有了文學市場很大的版面。然相對於此，在學術界，對這些新世代的關注卻仍嫌薄弱。雖然近年來多有關於「新世代」的學術會議，重要者如在台灣大學舉辦的「私文學年代：七年級作家新典律論壇」，分「新詩」、「散文」、「小說」三個場次，由著名學者與不同領域的「七年級作家」對談。此雖看似對「七年級」作家尊重禮遇，但著一「私文學」的標題，仍是試圖以對新世代寫手的「喃喃自語」、「政治冷感」等既定概念，簡化我們對這些出生於一九八〇年後的新世代作家的認識。

所謂「私文學」一詞其來有自，早在重要的文學獎會議上，就有評審提出新世代寫手寫作題材過於集中在私人生活，敘事又過於細碎的缺點，如南方朔就曾在參與二〇〇二年的「聯合文學小說新人獎」評審會議後提出：

> 寫作者將他們的眼睛幾乎都集中在私人生活上，在細碎之處過度著墨，而虛迷華豔的辭藻則成了黏合碎片般生活經驗與想像的媒介……幾乎等於是用過度的文字來掩飾生命經驗與視野不足所造成的虛弱。文學做為生命溝通平台的功能已快速蝕落，而變得更像是一種獨白的遊戲，一種謎語表演。有些文學以前曾經重得讓人無法忍受，而到了現在，它卻又逐漸輕到彷彿就是文字氣球，虛虛的飄了起來。[5]

這樣的普遍看法即使到了二〇一〇年也仍未改變，《文訊》雜誌第二九八期【浪潮湧進，長流不盡──台灣文壇新人錄（三）小說篇】專題，邀請季季對台灣「八〇後」小說家進行整體觀察，[6]她也認為這些作家有著「生活面向窄化，寫作基本功不足」、「想像空間受到壓縮，小說取材大同

5 南方朔，〈「涸渴」──文學之蝕〉，《聯合文學》第二一七期（二〇〇二年十一月），頁一三二。

6 季季，〈新鄉土的本土與偽鄉土的弔詭──側看八〇後台灣小說新世代現象〉，《文訊》第二九八期（二〇一〇年八月），頁八四─八七。

小異」、「遊走地方文學獎，鄉土的扭曲與妥協」、「面對紛紜歧路，新世代更需沉潛心靈」等缺點。總體而言，季季的觀察貶多於褒，認為「八〇後」寫手在城鄉差距日漸縮小的時代，消費社會、網路資訊、學院理論都對他們產生影響，而在小說創作上有著人性刻畫不深、人物多蒼白孤獨等缺點，且僅點名陳柏青與楊富閔是值得期待的文壇新人。

無獨有偶的，前述楊宗翰策劃，黃崇凱與朱宥勳編選的《台灣七年級小說金典》出版後，黃錦珠於《文訊》第三〇七期發表的〈文字、故事與「玩」！——讀《台灣七年級小說金典》〉中寫到：

> 這八位年輕作家的小說，題材含括疾病、死亡、性別、鄉土、階級、性取向議題等等，琳瑯滿目，紛雜多端，雖然號稱同一個世代，卻似乎沒有太多的共相。但說沒有共相，其實還是有一些很不同於前輩作家的閱讀感。最為明顯的，就是新詞彙的鎔鑄以及故事情節的更加破碎。[7]

此段文字仍是貶多於褒，提出了台灣七年級小說家故事情節的破碎，與其他論者所談的喃喃自語，敘事性降低頗為近似。綜上所言，新世代似乎也無甚可取，他們所共同彰顯的時代美學，其實在學者作家眼中，是暗指著某種文學的失落，甚至是失敗。

---

[7] 黃錦珠，〈文字、故事與「玩」！——讀《台灣七年級小說金典》〉，《文訊》第三〇七期（二〇一一），頁一三〇。

實則，所謂的「新世代」，雖然有著創新、活潑、成長及與當下環境變遷緊密聯繫的優勢，但當被指稱為「新世代」時，也可能有著前行代作家意圖與之進行寫作區隔的用意。如楊宗翰所言：「部分前輩作家也慣於採『新世代』籠統概括他者（the other）的存在，以便建構鞏固自我（self）與同齡文友間的想像群體意識」[8]，所以，當兩者之間產生對文學想像的歧異，這條「代溝」反而是我們該去同情理解的，就如莊宜文所言：「當責備新世代寫手切斷了對他者的同情，一逕關注自我與外界隔離之時，中生代作者是否也切斷了對新世代寫手的同情，並且以舊時養成的文學價值觀與自身信念衡諸此際」[9]，所以，對於「新世代」的文學共相，應該要有更深入的歷史與文學的脈絡梳理，才能真正了解他們的特出之處。陳芳明在他的重要著作《台灣新文學史》中，便以其獨到的史觀，串連了台灣文學的發展脈絡。在談到台灣九〇年代以至二十一世紀初的文學現象時，對台灣一九六〇、七〇年代出生的作家作品，美稱為「第三次文學革命」[10]。而後，他更對台灣一九八〇年後出生的「最新世代作家」的有著統整觀察：

---

[8] 楊宗翰，〈誰怕七年級——「台灣七年級文學金典系列」策劃人語〉，收於甘炤文、陳建男編，《台灣七年級散文金典》，頁二—三。

[9] 莊宜文，〈文學競技或人性試煉？——談文學獎的光明與幽暗〉，《文訊》第二一八期（二〇〇三年十二月），頁四二。

[10] 陳芳明，《台灣新文學史》（台北：聯經出版事業股份有限公司，二〇一一），頁七八二。

跨入新世紀後，年輕世代作家已然登場。他們都是一九八〇年代以後出生的作家，出道甚早，見識甚豐；勇於嘗試，敢於發表。他們純然是網路世代，台灣社會早已進入晚期資本主義的階段，而民主化也臻於成熟。尤其他們又是屬於少子化的時代，家族情感的包袱已經沒有過去那樣重大。如果說他們是輕文學的一代，亦不為過。[11]

陳芳明對台灣「八〇後」作家持肯定的態度，從社會型態的轉變，探看其作品本質的流變，也對於該世代「輕盈」書寫的特色有所說明。相對於其他學者作家，陳芳明對新世代有著更清楚的理解與更殷切的期待，而事實上，新世代作家們也正以其豐沛的創作，證明陳芳明的眼光。

總而言之，本書所談論的台灣一九七〇後新世代作家在文學界早已頭角崢嶸，但學術界則對新世代的文學表現褒貶不一，且多是整體的觀察，以少則千字，多則萬字的文字概括理解他們的文學共相，而除了較為知名的作家之外，個別作家的專門研究更少。可見得學術界仍在觀望，要看看這些新世代作家們到底「行不行」，能不能夠真正創作出能與時代精神相串連且更加成熟的經典作品。這個問題看似仍渾沌未明，但我認為，胡淑雯的《太陽的血是黑的》、甘耀明的《殺鬼》、吳明益的《複眼人》、伊格言的《噬夢人》、祁立峰的《台北逃亡地圖》、黃崇凱的《黃色小說》、

11 陳芳明，《台灣新文學史》，頁七九〇。

楊富閔的《花甲男孩》與林佑軒的《崩麗絲味》等書都已臻成熟，是台灣文學近十年來的重要著作，台灣新世代作家們正在分進合擊，展現他們旺盛的創作能量與企圖心。

青春無法歸類

在新世代作家中，以童偉格、甘耀明、王聰威、許榮哲、張耀升、吳明益、伊格言等人獲得學界最多的關注，從書籍短評、文學對談，到碩博士論文甚至專書討論者皆有之。對比於其他新世代作家研究結果的付之闕如，他們又似乎成了學界寵兒。對此一現象我認為有個重要原因，那就是他們是最早在二十一世紀初就有了鮮明的文學歸類的一群。郝譽翔在她的〈新鄉土小說的誕生—解讀台灣六年級小說家〉[12]中，便以「新鄉土小說」為名談「六年級」小說家的小說共相；同樣的，范銘如在其〈輕・鄉土小說蔚然成形〉中，更具體說明了此一文類的特色與源由，范銘如寫道：

不過短短幾年，新的小說類型又蔚然成形了。這股新興勢力由五年級中段班的袁哲生領銜，

[12] 郝譽翔，〈新鄉土小說的誕生——解讀台灣六年級小說家〉，《大虛構時代——當代台灣文學光譜》（台北：聯合文學出版社有限公司，二〇〇八），頁三〇四—三一二。

六年級的吳明益、甘耀明、童偉格、伊格言、張耀升、許榮哲等為主力，共同開創一種輕質的鄉土小說。這種文學跟七〇年代或更早期的鄉土小說貌合神離。一樣書寫鄉間市井黎民故事，甚至更大量地描寫民間習俗信仰，新鄉土的奧趣卻不在反映（後）資本主義入侵下的社會問題；因此不似前者偏好以畸零人或特殊經歷裡行業者為敘述角度，後者多是少年和青年的眼光。敘述形式因襲鄉土小說既有的寫實與現代主義，兼且融入魔幻、後設、解構等當代技巧以及後現代反思精神，卻又不若九〇年代小說在形式與文字上的繁複。這批新浪筆下的鄉土，也許是可親好玩、神祕陌生、平凡無聊、或是無厘頭似地可笑，但絕沒有這個預設定義或目的。新鄉土小說的出現一方面是台灣主體論述、本土化運動的產物與回應，另一方面則體現雷蒙・威廉斯所謂的「感覺結構的世代差異」。[13]

其後范銘如又擴大深入研究此一文類，撰成〈後鄉土小說初探〉一文，提出「後鄉土小說」的觀點，將新世代作家筆下的鄉土性，從後結構思潮切入，以之與台灣七〇年代鄉土文學脈絡作比較，並置入台灣當下本土意識、政治生態及全球化思潮衝擊等現象作思考。郝譽翔與范銘如的意見影響甚大，使「輕」、「新」、「後」鄉土小說幾乎已是二十一世紀初台灣文學唯一可堪定論的

[13] 范銘如，〈輕・鄉土小說蔚然成形〉，《像一盒巧克力——當代文學文化評論》（中和：INK印刻出版有限公司，二〇〇五），頁一七五—一七六。

文學現象。[14]後之研究者承繼這樣的觀點，如陳惠齡的《鄉土性・本土化・在地感——台灣新鄉土小說書寫風貌》[15]一書，是對前行代與新世代作家筆下的鄉土文學題材作深入理解與比較的研究論文，也繼承了「新鄉土小說」的觀察取向。她透過對新鄉土作家與前行代的鄉土文學作家的比較，看出新世代筆下的鄉土書寫，其異質性來自對各種美學符號技巧的熟習，淡化了政治意涵，而增加對人性與存在的思考，進一步說明了「新鄉土小說」的特質。除此之外，以這些小說作家群為研究對象的碩博士論文更多，但不論是群體或個別研究，仍不脫「新鄉土」、「輕鄉土」、「後鄉土」的學界定見。

我認為，兩位學者對這些「六年級」作家的共相檢視，眼光十分獨到且深入，才能使學界正視這些作家。但後續的影響卻是，只要談到台灣新世代作家，幾乎都先以鄉土文學的變貌作為探究視角，且也僅以這些被「公認」優秀的作家來討論。事實上，仍延續此「新鄉土」文風至二〇一〇

14 關於由袁哲生領頭，甘耀明、王聰威、許榮哲、伊格言等六年級作家書寫鄉土的寫作風潮，郝譽翔以「新鄉土小說」，范銘如以「輕鄉土小說」及「後鄉土小說」定名的文類，筆者以下將以「新鄉土小說」稱之。因范銘如以「輕」字強調他們小說中擺脫七〇年代鄉土文學沈重感，以「後」字強調他們的小說中所蘊含的「後學」思潮，前者已被范銘如自行修正，後者則擴大範圍至「在地性的加強」、「多元文化與生態意識」等如廖鴻基、王家祥、夏曼・藍波安等的討論，已超過一九七〇後新世代小說的討論範圍，郝譽翔的「新鄉土」則強調其以封閉空間表現時間與記憶相互消融的命題，凸顯甘耀明等人鄉土書寫的主題，故以下討論至甘耀明等人的鄉土文學書寫時，皆逕以「新鄉土小說」稱之。

15 陳惠齡，《鄉土性・本土化・在地感——台灣新鄉土小說書寫風貌》（台北：萬卷樓，二〇一〇）。

年之後者，如謝鑫佑的《五囝仙的祕密》、謝曉昀的《神離去的那天》、朱宥勳《堊觀》等皆是，但明顯風潮已褪；而且上述被公認的新鄉土作家群，也多已改變其寫作走向，不同於早期的群體風格，如王聰威《師身》、伊格言《零地點》、張耀仁《讓我看看妳的床》等書，都可發現文本中「鄉土」的明顯退位。更重要的是，台灣「八〇後」作家的小說文本中，更少見所謂「新鄉土」的影響。所以，「新鄉土」的概念或許準確地說明了這些六年級作家早期的群體策略，卻也阻礙了我們對近十年新世代小說家該有的清明觀察。

相對於「新鄉土」，郝譽翔等學者作家所提出的「新寫實」似乎更能對應新世代小說家的寫作風格。我曾觀察「聯合文學小說新人獎」歷屆的評審會議，在第二十屆（二〇〇六年）的新人獎比賽，郝譽翔於參與賽後評審的感言中說：「我已經明顯地感覺，文學正在擺脫前幾年的沉悶、重複、模仿……的困境，而一批新生代的作家正在誕生之中。伴隨而來的，則是一股新的風格、新的語言、新的題材和敘事，也正在逐步形成」[16]，同台的評審如李昂、東年等，也都於賽後以「新寫實」為題概括這次的文學獎觀察，東年更清楚地在〈從寫實、現代到新寫實〉文中為「新寫實」作了定義：

當整體作品的題材和內容大量反映一般人的生活狀態，不極端粉飾人的個性，不刻意雕琢人

[16] 郝譽翔，〈自由的新世代〉，《聯合文學》第二六五期（二〇〇六年十一月），頁五五。

> 的心理空間，而力求生活面貌的客觀細節和事實：作者不太精心經營完整的結構，也不特意將情節戲劇化，而是尊重生活瑣碎事物和平凡故事的運行。見此，專業文評家和文學教授就可以將他們分類為，不同於傳統寫實主義和現代主義的作品。[17]

觀察新世代作家近年來的小說文本，其中回歸人性，並以平實、淺白的文字經營精彩的情境與情節的作品更為多見。以新世代中最多產的作家徐嘉澤為例，他的小說語言清新，又用心經營各種不同的題材與情節，回歸人性的現實面與光明面的刻畫，是在形式技巧的實驗及理論加持的束縛之後，一種以「人」為主體，向人的真情實感回歸的文學風格。

此文風在新世代小說中雖常見，但也並非可直接認定「新寫實」等於當下新世代的文學風潮，因為若用「新寫實」來概括近十年的新世代小說表現，卻又有所不足，如黃崇凱《比冥王星更遠的地方》、葉佳怡《溢出》、林佑軒《崩麗絲味》等，都明顯與「新寫實」的風格完全不同。

總而言之，對於台灣一九七〇後新世代的小說，從最早已成定論的「新鄉土」與「後鄉土」，到在文學獎會議上由作家學者所提出的「台灣新寫實」，都準確點出了新世代的某種特質，然而要完整概括卻都有所不足，這是因為新世代不斷成長、創作成績也不斷累積，使既定的學術概念無法完全框架他們，而這也更代表著他們正在以其年輕、活潑的創作動能，詮釋正對著他們一直來、一

[17] 東年，〈從寫實、現代到新寫實〉，《聯合文學》第二七七期（二〇〇七年十一月），頁三〇。

直來的現在與未來。青春無法歸類，也無須歸類，保持彈性、開放的理解態度，或許才是認識他們的最好方法。

我這一代人[18]

本書所談論的對象為一九七〇年後出生的台灣作家，從最早的胡淑雯到最晚的朱宥任等作家都涵蓋其中，然而從胡淑雯《太陽的血是黑的》中的所談白色恐怖的歷史創傷，到朱宥任《好球帶》中的動漫棒球cosplay，當中的主題關懷與書寫形式都有明顯不同，「世代差距」是否其實也同樣存在於這個群體中？而這些新世代作家群中，寫作興趣取向也有所不同，偏向女性主義（如葉佳怡）或同志議題（如徐嘉澤、林佑軒），擅寫都市（如祁立峰）或鄉村（如楊富閔），風格也有冷酷（如高翊峰）與溫暖（如夏夏）之別，將之以「新世代」相互涵蓋、整體討論又是否合宜？都是本書談論新世代小說家時必須面對的問題。

然而，一九七〇年後出生的台灣新世代作家們，其成長與文學養成歷史卻有著十分接近的「世

18 以上三節的標目都取自作家書名，分別為徐嘉澤《孫行者，你行不行》、柯裕棻《青春無法歸類》及胡晴舫《我這一代人》。

代共相」，這些「世代共相」使他們的作品從深層內涵到外在表現上有著可共同討論的相似性。

他們是「文學獎」的一代。「文學獎」在他們的想像中，原該是「進入文壇的ＶＩＰ卡」，然而過多的大小文學獎，稀釋了他們的能見度，要浮出文壇，只能不斷過關斬將，以更為創新的題材、敘事來爭取評審的青睞，經過這些「文學獎」的「訓練」，他們初入文壇的處女作，多已臻成熟風貌。

他們是「高學歷」的一代。九〇年代打開大學窄門，廣設大學，這些新作家們躬逢其盛，擁有碩士、甚至博士學位者不在少數，其中更多為人文、社會學科的研究學者。在學院中對於各種文學、社會理論的學習，對他們的創作思考必然產生影響，如何將文學、社會理論涵納進他們的作品中，是他們創作時必要的反芻，也讓他們的作品有著人文、社會思考的深度與完整度。

他們是「後解嚴」的一代。一九八七年的解嚴所帶來的自由化與民主化，他們在成長過程中慢慢領略，到他們成年後，則具體且直接地感受到這股自由氛圍，認知到自己的「公民」、甚至是「知識分子」的身分與責任，勇於表現，也勇於承擔。

他們是「台灣認同」的一代。從解嚴到改選中央民意代表，再到總統直選、政黨輪替，在他們的成長歷程中，台灣主體性不斷受到討論且漸成主流，「台灣認同」不斷成長，「中國認同」不斷降低。在他們的小說中，幾乎完全不見省籍認同的議題，他們將所有發生在台灣的歷史都當作是「台灣」的一部分，「台灣」是他們理所當然，也唯一的國家。

他們是「網路社會」的一代。九〇年代網路開始盛行於台灣，從家用電腦、筆記型電腦到智慧型手機，網路的便利性與對日常生活的涵蓋性，幾乎和他們一起成長。所以他們也是鄉民、部落格主、新聞台台長，甚至是低頭族與「婉君」。網路的虛擬空間和他們的現實空間有著很大程度的重疊，搜尋引擎、社群網站所代表深層文化的位移，他們比任何人都清楚。

他們是「經濟衰退」的一代。台灣曾經「經濟奇蹟」，也曾「台灣錢淹腳目」，不過這都是他們小時候聽說的。八〇年代開始產業轉型，也增加與中國大陸的交流，但隨著台灣的產業不斷外移，國內薪資長期低落的結果，他們很難感受到父執輩口中的榮景。甚至有人說他們是「崩世代」，經濟的成長的停滯與財富差距擴大，讓「少子化」、「窮忙族」等關鍵詞成為這個世代的縮影。

他們是「多元文學」的一代。研究台灣文學的史家都給八〇年代一個「多元、自由」的結論，他們就是在這個結論中成長的一代。八、九〇年代所有的文學成績都被他們吸收、涵納，他們當然也內化了這些多元、自由的本質，然後用自己的方法，說出這個時代的故事。

最重要的是，他們是屬於「二十一世紀」的一代。到了二十一世紀，一九七〇年出生的作家剛滿而立之年，心智與作品的同步成熟，使他們成為重要的文壇新秀。二十一世紀十年過去，一九八〇年出生的作家們也年滿三十，到了二〇一五年，這些一九七〇後新世代作家群，就算不到中年，也已初老，幾乎要預告著下一群文壇中堅的到來。事實上，也已經是了。

我出生於一九七九年。攀著六年級的尾巴，被七年級的隊伍推著走。

我這一代人，共同成長於「解嚴後」、「台灣認同」、「網路社會」、「高學歷」的時代，也同樣面對藍綠紛爭、媒體亂象、薪資成長停滯、中國崛起、少子化等問題，因為具體感受到時代的變遷，也無前行代學者作家記憶猶深的經濟奇蹟、威權壓迫的背景，所思、所想、所為，都將與前輩們有所不同，所以，對於這群新世代作家，不應該再以「面目模糊的一代」、「私文學」、「新鄉土小說」等一筆帶過，而該確實地理解從八〇年代到二十一世紀後，這三十多年來的政治、經濟、社會、教育、家庭、媒體、網路的變化如何成為新世代小說中共同鑲嵌的暗碼，他們又以何種題材、形式、敘事策略來展現他們所看到的人性、台灣與時代，而這都將是本書關注的重點。

關於本書

本書以「台灣一九七〇後新世代小說論」為題，以在台灣已有著作出版或發表的六、七年級作家作品為觀察對象，討論作家範圍的出生年自一九七〇談至一九九〇年，但這二十年間出生且在文壇嶄露頭角的作家何其多！故本書在資料蒐集與歸納上無論涉獵如何廣泛，都難免掛一漏萬。且即使已有資料蒐集，卻未能置入本書討論者，如振鴻、張維中、孫梓評、潘弘輝、張至廷、林韋助、李芙萱、楊寒、連明偉、馬卡、徐譽誠、陳榕笙、嚴云農、葉揚、楊美紅、陳育萱、謝承廷、藍漢傑、秀赫、游善鈞……等，亦有許多優秀作品，未能置入討論難免遺憾。且身為一九七〇後的知名作家，亦有未置入本書討論者，如陳雪（一九七〇—）原該是本書討論新世代小說群體共相時重要的領頭羊，但陳雪的《惡女書》一九九五年便已問世，且在九〇年代的女性、同志文學與情欲書寫中，陳雪早已占有重要位置，其書寫樣貌反而近於九〇年代的世代共相；如張惠菁（一九七一—），其《惡寒》亦受矚目，但她的書寫樣貌，同樣置於九〇年代的文學共相觀察較為準確，且其雖以女性及都市書寫名，但多以散文為之；而新世代重要的作家黃國峻（一九七一—），其現代主義筆法初出文壇便令人驚豔，但可惜英年早逝，於二十一世紀後的作品已不多，且風格亦近於九〇年代文學，基於以上諸種原因，所以部分一九七〇後出生且在文壇早有文名的作家，本書亦有無法論及者。再者，網際網路在九〇年代興起，二十一世紀後蓬勃發展的網路小說，其書寫者多為能嫻熟使用網路的新世代，本書未能討論原因在於，網路小說多以讀者導向的通俗文學為主，適宜做文學現象及類型文學討論，且參與者眾，本書實難一一論及。

然而，本書的研究動機，起於一個在文學研究上被眾人認可的定論——「文學反映時代」，文學家在不同的時代環境下，能以他們敏銳的文學之眼，從對人性的洞察出發，將環境變遷下人的心靈狀態與時代樣貌準確地勾勒出來。而台灣一九七〇後的新世代作家，成長於相同的時代環境，也經歷相同的社會變遷，在他們共同的「感覺結構」下，必然能產生具有共相的世代文學樣貌。因此，雖然本書需處理的資料龐雜，但梳理出新世代小說的各種共相，是本書的主要任務。

本書從序文中對新世代作家作品、研究現況的概述後，第一章起，詳述台灣一九七〇後的新世代作家們所共同經驗的政治、經濟與媒體環境的轉變歷程，此「外緣」因素是新世代小說在主題、形式上與前行代作家有所差異的主要原因；而「內緣」因素的探究，則是探看新世代小說與前行代間的承繼關係，所以，盛行於八〇年代，至二十一世紀卻萎靡不振的「後現代文學」，七〇年代盛極一時，於八〇年代後與政治矛盾夾纏不清的鄉土文學寫實主義，以及六〇年代的現代主義文學等，各種不同文學流派的鐘擺游移，其文學營養都已被新世代吸收與轉化，一個「新」的「小說世代」也在二十一世紀後開始展現旺盛的企圖心。

第二章以「新世代小說中的空間書寫」為題，以新世代小說中對「空間」與「地方」的關注為主題，探看新世代作家如何與為何書寫「地方」，看「新鄉土小說」如何塑造封閉空間以消融記憶與時間，看他們如何觀看與理解其成長的空間——「都市」，以及看新世代作家如何以異國空間，敘寫全球化下國家的經濟位階，以及台灣人如何在跨越國境後展開自我追尋的任務。

第三章「新世代小說的輕盈風格」，則以新世代小說的題材揀選、敘事態度、情節安排與語言經營四個面向，看新世代如何以各個不同的角度與方法，卸下台灣文學長久以來背負的悲情歷史、國族認同、邊緣挑戰主流等的政治包袱，以通俗娛樂、奇思異想、嬉笑怒罵、輕鬆幽默的方式消解台灣小說被預期承載的重量，「輕盈」是新世代小說最明確的「共相」。

第四章「新世代小說常見主題分析」，則以「崩壞」起頭，看新世代如何讓筆下人物任性地選擇墮落，並放任世界一起崩毀而癱軟一片，再看那些在網路的中尋求完美形象的人們，如何處理現實世界與虛擬世界中那分裂的自我；看他們如何敷衍傳統家庭價值崩解的故事，以及讓小說人物實現「多元成家」的「家庭計畫」；「少男少女」指涉了記憶、也指涉了情欲，更指涉了追夢的勇氣，最末的「情欲」主題，則讓我們在背德的情欲中，看到當代人的孤獨與寂寞，以及對愛與家庭的想望。新世代小說的主題「共相」，來自於他們對環境變化的具體感受與回應，當代人的心靈狀態也將在此展現。

共相、共相、共相，觀察並歸納台灣一九七〇後新世代小說的共相，是我撰寫此書的主要目的。

自從在二〇〇九年拿到博士學位，二〇一一年順利取得大學教職以來，我就思考著如何延續我博士論文中對「台灣後現代小說的發展」的討論，本來我在博論中大膽提出推論：隨著台灣後現代狀況日益顯明，後現代文化幾乎主宰了台灣文化環境時，後現代小說雖然於九〇年代沒落，但它必將以不同的形式延續其生命。二十一世紀初由王聰威、甘耀明、許榮哲等人所帶起的「新鄉土小說」的寫作風氣，被范銘如認為受到「後學」的影響更甚於七〇年代鄉土文學的影響，讓我對自己的推論更具信心。然而，隨著對新世代小說的閱讀日廣、研究日深，發現在他們的小說中，若硬要置入後現代主義的思考，將左支右絀，反而未能得其真相。也如同台灣白「三一九槍擊案」背後所代表的藍綠興風、媒體作浪、使人對「真實」、「意義」、「價值」都存疑的時代，走到二〇一五年，年輕世代心中早不以藍綠做區隔，他們面對主流權力壓迫時的迅速集結與反抗的表現，又豈是後現代主義所認定的「懷疑一切」所能簡單框架的。所以我改變了我的想法，也讓這本書更能呈現新世代小說共相的真貌。

最後，這本書能夠完成，要感謝科技部通過我所提的學術性專書寫作計畫案「台灣一九七〇後新世代小說論」（MOST 103-2410-H-020-008-），在資料蒐集與歸納上提供了我更多的資源，真心感謝科技部計畫中請案審查者對學術後進的鼓勵。也希望本書能不負審查者的厚望，對台灣新世代小說的研究，起到承先啟後的效果。

從事學術研究，總是站在巨人的肩膀上看世界，如果有一天，自己的著作也能成為巨人肩膀肌肉的一小部分，會是人生莫大的驕傲。希望真能如此。

王國安

寫於　屏東。二〇一五年十月三日

目次

第一章

新文學世代形成的內、外緣因素

外緣因素：政治、經濟、媒體

台灣一九七〇後的新世代，面臨台灣自七〇年代以來「外交失落的十年」，政府的基本國策從「反共復國」轉向「革新保台」，黨外人士也趁增額補選選舉時的民主假期，讓「台灣」之名逐漸浮現，八〇年代後，解嚴前期風起雲湧的社會運動，至解嚴後黨禁、報禁的解除等，新世代躬逢其勝，少了前輩作家自二二八以來白色恐怖的記憶，多了對民主台灣的自信，更多了以「台灣」為邊界的國家想像。經濟上，新世代是戰後嬰兒潮世代的後代，國府遷台後的土地改革、獎勵投資，工商業蓬勃發展，八〇年代台灣工業適時的轉型，更讓台灣奇蹟受國際推崇，新世代是讓人羨慕的富裕台灣的一代，然而當他們成年，二十一世紀後台灣經濟成長趨緩，時至今日，不確定的未來想像，也使他們的小說存在惘惘然的威脅。在媒體環境上，傳媒科技日新月異，傳播速度與範圍既快又廣，新世代適應媒體改變的能力，非前行代所能及，連帶的在其小說主題與書寫形式上，也都將與傳媒的變異相連動，做出最準確也深入的對應。以下，以「政治」、「經濟」、「媒體」三方面的討論，了解新世代小說家自七〇年代至今政治、經濟、媒體文化環境的改變，以此了解新世代與前行代間文學差異的外緣因素。

政治環境

一、台灣——「新國家」的想像

七〇年代的台灣歷史，論者多從「保釣運動」談起。「保釣運動」起因於一九七〇年九月美國與日本片面達成協議，認定釣魚台為日本領土的一部分，引發留美的台灣學生群起抗議。這個運動背後所代表的，是自韓戰以來，由美國所代表的自由陣營與蘇俄所代表的共產陣營在二次戰後底定的冷戰架構，已開始出現鬆動。美國開始展現與中共交好的態度，「中華民國」在國際間的代表性開始迅速流失。一九七一年，聯合國通過「恢復中華人民共和國在聯合國一切合法權利案」，承認中共代表中國，蔣政府在「漢賊不兩立」的堅持下，悍然退出聯合國。其後，不到十年的時間，中華民國的邦交國僅剩二十三國，整個七〇年代，幾乎是「外交失落的十年」[1]。從國府遷台以來

[1] 若林正丈著，洪郁如、陳培豐等譯，《戰後台灣政治史：中華民國台灣化的歷程》，頁一四二。

所建立的、涵蓋大陸與台灣的國家想像，遭受莫大的衝擊。依若林正丈所言，這是美國從韓戰之後所賦予中華民國「外部正統性」的喪失，所以蔣經國在體制內掌握大權後，以強化「內部正統性」的方針，來彌補在國際間所受的打擊。其「內部正統性」的強化，包括「增額中央民意代表選舉」的實施、擴大起用本省人，以及「十大建設」、「十二大建設」等具體措施。在蔣經國的「革新保台」政策下，台灣避免了更大的政治混亂，經濟也回到高度成長的軌道。而原先從國府遷台以來以「中國民族主義」為底蘊的國家想像，也延續下來。

與此同時，「黨外」開始在「增額補選」的「民主假期」中成長，在選舉中嶄露頭角。一九七九年十二月十日發生「美麗島事件」，原先由《美麗島》雜誌在高雄舉行的遊行，由於未得到當局許可被警察、憲兵阻擋進而發生衝突，其後遊行領袖施明德、陳菊、呂秀蓮、林義雄等人被相繼逮捕。這短期的「鎮壓」行動雖然對「黨外」造成很大的打擊，但一九八〇年後的選舉以至一九八六年的民進黨成立，都可見黨外勢力無法被「美麗島事件」阻擋且不斷壯大。

「美麗島事件」的歷史意義，依蕭阿勤的說法，「台灣民族主義」在「美麗島事件」後成為「黨外」論述的重心。蕭阿勤說：「美麗島事件發生後數年間，黨外團體重新塑造台灣人受難與抵抗的集體記憶，這決定了往後十幾年反對運動主要的修辭與象徵的基調」[2]，黨外人士開始對台灣的過去建立一套足以與「中國民族主義」意識型態相對抗的「台灣民族主義」，從歷史、文化等層

2 蕭阿勤，《重構台灣：當代民族主義的文化政治》，頁三〇三。

面張揚「台灣主體性」，更重要的是，「八〇年代初期，黨外激進成員開始訴諸民眾對『沒有國家』或被中共統治的焦慮，以及本省人的被壓迫感，將這些不滿轉化為條理一貫的民族主義意識型態。這個意識型態的重點在提倡一個新國家，以取代在國內具壓迫性、在國際上又逐漸不被承認的中華民國」[3]，「新國家」的想像，在美麗島事件後，與「中華民國」逐漸不受國際承認、威權體制對異議人士的鎮壓、經濟高度發展後中產階級的崛起等因素相互加乘，黨外人士所張揚的「台灣民族主義」成為逐漸為人民所接受，並取代「中國」為主體的歷史、政治、文化敘事。

一九八七年的解嚴，更代表著傳統官方大敘事的瓦解，報禁、黨禁的解除，是蔣經國總統對台灣民主化的最大讓步，而他也在隔年逝世。繼任的李登輝總統在一九八八年以首位本省人總統的身分繼位，在黨內自然有其質疑聲浪，在國民黨黨內，林洋港、郝柏村等「非主流派」與李登輝為首的「主流派」有著黨內的權力鬥爭，後於一九九〇年，李登輝經國大代表投票後成為第八任中華民國總統取得勝利。與此同時，一九九〇年三月十六日至二十二日發生「野百合學運」，全台將近六千名來自全國的學生集結在中正紀念堂靜坐，並提出「解散國民大會」、「廢除臨時條款」、「召開國事會議」、「提出政經改革時間表」等四大訴求，李登輝總統藉學生的力量，召開國是會議，廢除《動員戡亂時期臨時條款》，並結束「萬年國會」，全面改選國大代表。

而其中，廢止《動員戡亂時期臨時條款》不僅是民主化的進一步推展，更代表著該法背後所象

[3] 蕭阿勤，《重構台灣：當代民族主義的文化政治》），頁三二六。

徵的「動員戡亂」時期的終止，如若林正丈所言：「《臨時條款》的廢止與憲法修正……等於是放棄了視中華人民共和國為叛亂團體的『反共復國』、『基本國策』，反過來說，形同打開了『自己到底是什麼』這個有關戰後台灣國家的認同爭論的潘朵拉之盒」[4]，此一「基本國策」的翻轉，對人民原先的國家想像產生莫大的衝擊；而結束「萬年國會」並改選立法委員，更是「台灣當代政治史上，第一次有意義的選舉」[5]，立法委員、國大代表的全面改選，代表著台灣人民首次得以投票選舉最高層級的民意代表，這不僅是民主轉型的關鍵，更代表著以「全中國」各省所選出的國會來延續「中國正統」意義的消失。與此同時，一九九二年也取消了國民身分證上的「籍貫」欄位，原先長達四十餘年官方對人民的分類與管理方式正式劃下句點。

所以，從八〇年代到九〇年代，台灣人民面對的，是黨外人士在美麗島事件後逐漸發展成形的「台灣民族主義」。隨著國民黨主流派在政治上的勝利，以及挾民意而改變的「萬年國會」、「動員戡亂時期臨時條款」，一個全然不同於國府遷台到七〇年代的，以「中國」來自我標榜，以「中國民族主義」來建立國人的文化觀、歷史觀的官方敘事，自八〇年代以來不斷受到挑戰，原先堅固不可動搖的、以「中國」自居的政府與人民，開始朝向與之前截然不同的國家想像前進。王振寰曾在分析台灣「現代國家」興起的歷史後提到：「一九九〇年代中期之後，國民黨改革派已經將外省

4 若林正丈著，洪郁如、陳培豐等譯，《戰後台灣政治史：中華民國台灣化的歷程》，頁二二三。

5 吳介民、李丁讚，〈生活在台灣——選舉民主及其不足〉，收於王宏仁、李廣均、龔宜君主編：《跨戒：流動與堅持的台灣社會》（新店：群學出版有限公司，二〇〇八），頁四五。

勢力逐出權力核心，因此新的國民黨政府重新建立其組織特質以及和社會的關係，台灣的政治進入新的階段，而邁向建立一個新的國家型態」[6]；莊雅仲說：「在台灣立場相左的許多人（統獨、左右），卻一致同意後解嚴的政治轉化基本是一個國家重新打造的過程」[7]；若林正丈稱上述這段歷史為「中華民國台灣化」的過程，原先以「中國」為正統的「國家」開始轉向，「台灣」之名浮出地表，從禁忌成為主流。

一九七〇年後出生的新世代作家，正是成長於中國民族主義為官方敘事的環境，終而在成年後（九〇年代後），迎來一個以「台灣」為主流政治符號的時代。解嚴後甚至是一九九〇年出生的作家，更將直接以這個「台灣化」的「新國家型態」，做為自己國家的圖像。

二、從「族群意識」到「藍綠對決」

九〇年代進入新的政治階段，原先的外省移民，不論是享有政治優勢的菁英、堅持中國歷史敘事的子弟、以及有著戰爭歷史記憶的眷村老兵，他們面對中國正統官方敘事崩解的歷程將更為艱

6 王振寰，〈現代國家的興起：從殖民、威權到民主體制的國家機器〉，收於黃金麟、汪宏倫、黃崇憲主編，《帝國邊緣：台灣現代性的考察》（新店：群學出版有限公司，二〇一一），頁一二七。

7 莊雅仲，〈導論〉，《民主台灣：後威權時代的社會運動與文化政治》（香港沙田：中文大學出版社，二〇一四），頁六。

辛，害怕被遺忘、被拋棄，甚至被本省籍菁英轉嫁歷史仇恨的焦慮，都使他們力圖團結，產生族群意識。所以當國民黨主流派得勝後，非主流派者於一九九三年成立「新黨」，並投入一九九四年的台北市長選舉後，氣勢壯大至得以與國民黨候選人相抗衡。一九九五年的立委選舉也大有斬獲，使台灣政壇幾乎成了三足鼎立的態勢。這樣的「新黨現象」，「就是指在『民主化＋台灣化』的趨勢當中，感受到相對的價值剝奪感的外省人，形成一股反台灣民族主義的政治性投票行為，而以此為核心所展開的第三黨快速崛起的現象」[8]，所以，九〇年代也是個「族群意識」成為政治影響重要因素的年代。且在二〇〇〇年的總統大選中，之前因「凍省」而與李登輝決裂的首任台灣民選省長宋楚瑜出走國民黨，以無黨籍身分參選總統失利後，籌組親民黨，取代新黨成為第三人黨。可以說，從一九九三年開始，台灣的政黨競爭，就不只局限於國民黨與民進黨之間，從國民黨中分裂出走的新黨、親民黨有著更鮮明的意識型態與族群意識，本土化的國民黨與有台獨傾向的民進黨是他們共同的敵人。然而，隨著二〇〇〇年政黨輪替，國民黨痛失政權後，黨內不滿李登輝的人要求其辭去黨主席一職，李登輝出走國民黨另籌組「台聯黨」，以更為本土化、並希求台灣獨立建國為訴求，從此，台灣走向了以國民黨、親民黨、新黨為主的「泛藍」陣營，與以民進黨、台聯黨為主的「泛綠陣營」相互抗衡的政治階段[9]。此相互抗衡的態勢，至二〇〇四年總統大選時更成為相互攻

[8] 若林正丈著，洪郁如、陳培豐等譯，《戰後台灣政治史：中華民國台灣化的歷程》，頁三四六。

[9] 若林正丈：「另一方面，陳水扁政權成立後以核四問題為契機，國民黨、新黨、親民黨之間馬上築起合作關係。新黨與親民黨原本就是從國民黨分裂出來的政黨，因國民黨黨旗為藍色之故，此一勢力被統稱為『泛

訐、彼此撕扯的亂象，且在「三一九槍擊案」後更將彼此的不信任極大化。

然而民進黨在二〇〇四年時雖然保住政權，卻因為過度的民粹操作，以統獨等國家認同議題進行政治動員，以煽動性的言論攻擊對方，也使藍營支持者更加團結，加上當時第一家庭涉嫌貪瀆，使原先可有效政治動員的論述與修辭語彙，都失去正當性。二〇〇六年，因貪腐危機，導致一批原先支持民進黨的學者發表「七一五宣言」，強調「以民主豐富台灣認同」，要求陳水扁下台。而後二〇〇八年一月立委選舉民進黨慘敗，且二〇〇八年政黨二次輪替，民進黨失去執政權，都可看到民粹動員對人民的疲勞轟炸達到極限後的反撲。如王健壯對陳水扁在執政後期民粹動員的評論：「結果非但無助於改善權力困境，反而因為疲勞轟炸式的過度動員，讓台灣社會長期處於亢奮的動員狀態，不但更激化了政治社會的藍綠對立，也加深了民間社會的統獨齟齬與族群心防」[10]。

從李登輝在國民黨內的權力鬥爭開始，一九八八年繼任總統開始國民黨本土化，非主流派出走後的新黨現象、親民黨成立、國親聯合，到二〇〇八年的總統選舉，族群間的矛盾從騷動到躁動，近二十年的意識型態衝突、族群政治的動員，幾乎是一九七〇年後出生的新世代最能具體認知的台

藍』。相對於此，隔年八月台聯成立後即表明與民進黨為『友黨』之立場，代表這兩黨的勢力便被稱為『泛綠』。此後，台灣正逐漸成為兩大勢力相互對抗的型態…」若林正丈著，洪郁如、陳培豐等譯：《戰後台灣政治史：中華民國台灣化的歷程》，頁三〇一—三〇二。

10 王健壯，〈民粹政治的兩張面孔〉，收於王金壽等著：《秩序繽紛的年代：走向下一輪民主盛世》，（新店：左岸文化，二〇一〇），頁二六一。

灣政治生態，「藍綠對決」，是他們成年後對台灣政治共同的認知方式。然而，也正是在這對人民民粹動員的政治階段，新世代作家反而顯現出對政治的冷感，他們不但不願意在作品中對政治表達關心，更羞於展現自己的意識型態傾向，藍、綠對決所使用的各種動員符碼、修辭論述，只是他們用來嘲諷政治的材料，統獨議題不是他們小說的選項，避談政治，就是他們談論政治的方法。

重要的是，二〇〇八年的總統選舉期間，國民黨候選人馬英九並不以統、獨，族群意識作為政治動員的方法，而是以「拼經濟」，建立穩定的兩岸交流制度為政見吸引選民，即使泛綠陣營以馬英九抱持著「終極統一」的思想、台灣的國家定位將矮化等為議題攻擊馬英九，馬英九仍以不小的差距得勝。二〇〇八年的總統大選，代表著以族群議題進行政治動員的方式將走入歷史。如卜睿哲所言：「二〇〇八年大選的選民在經歷民進黨領導人數年來為建立政治權力、煽動族群分裂之後，選擇了『族群和諧』」[11]，若林正丈也說：「二〇〇八年總統選舉中外省人馬英九的當選，似乎已將『省籍矛盾』型態的族群政治，淡化到整個大環境的背景之中了」[12]，學者們多認為，「族群」、「省籍」在經過十多年的激化後已失去人民的支持，統、獨議題退位，省籍矛盾也失去激化選民的能量，台灣的政治史將轉向新的階段。

雖然馬英九以繞開統、獨議題、避談省籍矛盾的作法贏得民意[13]，但並不代表從李登輝時代的

11 卜睿哲著、林添貴譯，《未知的海峽》（台北：遠流出版事業股份有限公司，二〇一三），頁三四。

12 若林正丈著，洪郁如、陳培豐等譯，《戰後台灣政治史：中華民國台灣化的歷程》，頁四九一。

13 卜睿哲：「他向兩個方向傳遞他的保證：北京以及台灣人民。他保證任期內『將以最符合台灣主流民意的

「新國家」想像走了回頭路，而是黨外開始到民進黨執政的新本土政權過度操作「反抗論述」[14]，訴諸民粹的政治動員能量不斷消退，且經濟的不確定性更使民進黨政府失去論述立足點，所以王健壯稱「第二次政黨輪替，也就是台灣民眾對民粹式民主文化吞噬民主果實的一個反撲」[15]。然而，從解嚴以來的民主化過程，卻也使得台灣人民對於「台灣」有著「想像的共同體」的體驗，如若林正丈所言：

> 戰後台灣國家民主化發展到最後，乃成為原本戰後台灣國家存在的依據，以至於其政治體制正統性的根據，已從中國近代革命史和中國近代民族主義國家建設大業所開展的歷史，轉而由透過民主選舉所彰顯的「以台灣為範圍」的主權者共同體的意志所取代。

「不統、不獨、不武」的理念，在中華民國憲法架構下，維持台灣海峽的現狀。』他的基本方向是擱置爭議，擴大合作領域，他說這也符合胡錦濤的看法。」卜睿哲著、林添貴譯，《未知的海峽》，頁三五。

14 莊雅仲：「曾經，台灣認同是戒嚴時代異議人士用來反抗國民黨有關大中華民族霸權概念的抵禦機制，台灣認同的概念提供了一個另類空間，以抵抗國民黨的官方意識型態。在這種情況下，台灣認同一開始就是反抗論述，存於述說歷史、民族、人民、土地、民主、族群與現代性的另類敘事。」莊雅仲，《民主台灣：後威權時代的社會運動與文化政治》，頁一一六。

15 王健壯，〈民粹政治的兩張面孔〉，收於王金壽等著，《秩序繽紛的年代：走向下一輪民主盛世》，頁二六一。

所以，台灣的國族認同，雖因歷史詮釋、政治利益等種種因素的影響而無法有一清晰完整的圖像，但「民主」卻是生活在台灣的人的明確共識，從一九九六年實施總統民選以來，得以在中華民國政權範圍內選舉總統的台灣公民有著享有主權的政治共同體想像。民進黨以台獨為黨綱，並提出「公民自決」的選項，雖歷經壯大與失去執政權，但「公民自決」卻仍是「台灣民眾在國族認同上分裂的最大共識，也是台灣民主化最大的成果之一」[16]，一連串的民主選舉使台灣人民有著更強的「公民意識」，對於台灣的國家想像更加確立。

台灣一九七〇後出生的新世代作家，也正是在民主逐漸深化的過程中養成公民意識。北京政府歷次對台灣民主選舉的意圖打壓，不論是一九九六總統大選的飛彈危機，二〇〇〇年總統大選朱鎔基的恫嚇發言，都反使台灣人民對土地的想像疆界更形明確，而與中國大陸劃分開來；二〇〇二年的SARS危機，更因北京政府的阻撓使台灣失去加入WHO的機會，這些對新世代而言記憶猶新的歷史、政治事件，都使他們對與中國相區隔的國家想像更具體明確。

對歷經「二二八事件」及「白色恐怖」的世代來說，省籍矛盾來自於直接經驗的歷史、政治事件，而對台灣民主化後出生的新世代而言，「省籍矛盾」在議題的過度操作下使之厭煩，民主化所帶來的公民意識以及與中國的密切接觸反使他們更加認同「台灣」的國家想像。所以，他們的小說多以台灣行政劃分的鄉鎮市區為書寫對象，不論是進行地誌書寫或是單純將之背景化，都以台灣作

[16] 若林正丈著，洪郁如、陳培豐等譯，《戰後台灣政治史：中華民國台灣化的歷程》，頁四三八。

為想像範圍。其筆下的人物，省籍矛盾帶來的認同問題幾乎不見，多是對記憶真確性的質疑、對鄉土神祕性的探尋，或是對都會人情的描繪。而對中國的想像、依戀、認同幾乎全無，即使是站在對立面的想像也無可見，曾經在七〇年代知識分子心中的中國敘事已全然被台灣敘事所取代，且這對新世代而言，不是如何選擇的應然，而是理所當然的實然。

此外，蔣經國時代就已列為政見的「文化中心」建設，從一九八一年高雄市文化中心落成開始，陸續完成各縣市的「文化中心」，其所象徵的，是對「地方」特色的重視，過去被認為難登大雅之堂的地方文化成為政府重視的對象。李登輝執政時，請耶魯大學人類學博士陳其南擔任文建會顧問，規劃「社區總體營造」工程。「社區總體營造」中的地方意識，開啟了人們在台灣尋根的行動，「培養了台灣戰後第一批重新回到鄉土、關懷地方文史、環境生態的文史工作者」[17]，且各地方政府文化局相繼成立，文化施政地方化亦成主流。

在這樣的文化環境轉變下，新世代小說家的書寫視角，更從「台灣」延伸到「地方」，不論是自己生長環境的再探索，或是在各縣市文學推動鼓勵下而撰寫的地方故事都成為小說主軸。甘耀明多以其出生地苗栗獅甲作為鄉野傳奇的背景，王聰威的《複島》與《濱線女兒》據其所稱，就是以他的「父親／旗津」與「母親／哈瑪星」為題材完成的家族地誌書寫；鄭順聰《晃遊地》中的「逃

[17] 蕭瓊瑞，〈掙扎於政黨輪替間的文化大夢〉，收於王金壽等著，《秩序繽紛的年代：走向下一輪民主盛世》，頁三八。

城」便是其出生地嘉義，小說中就讀「逃中」的高中少年故事，就是鄭順聰的青春回憶再現；楊富閔《花甲男孩》以台南的大內、善化、後壁等鄉鎮為背景，撰寫他所認知的台南鄉鎮青壯世代外移，及老年人與鄉鎮都將凋零的不捨之情。新世代小說與「台灣」的連結，表現在他們與「地方」的緊密聯繫，這也是新世代文學的特色所在。

三、「公民社會」時代來臨

郭力昕曾討論台灣公共知識分子在台灣從解嚴前、解嚴後到藍綠紛爭的階段中的不同樣貌，而以「公共知識分子的殞落」為題，認為在大眾媒體惡質競爭、政治民粹化之下，公共知識分子趨於沉寂，難掩失望。但他在結語中，對近年來加入公共領域的年輕族群感到樂觀，他說道：

年輕世代的知識分子，以更為複雜多樣的面貌，出現在公共與私人領域之間，變化於「草莓族」與強韌的形象中，自在地參與社群和社會，將公共事務融入日常生活中。社會實踐不再外部化，製造成一大筐必須馱負的沉重使命，而逐漸變成一種充分內化的生活信念或生命情調。我們可以看到愈來愈多大學畢業的年輕人，都會返鄉定居工作，或參與社區建設，或回到家鄉發展有機農業，或分別從自己的生活據點開始，點滴打造一個新的、有美感與品質的城市空間。他們也許正在翻新草根行動與社會實踐的概念。如果我不是在過度樂觀地解釋這些我所看到的景象，則台灣未來知識分子與社會的連結，將會是非常有趣、值得高度期待的。[18]

年輕族群政治意識的提高，是近年來台人明顯可感受到的現象，且因對公民身分的認知而高唱的「公民社會」，更是現今台灣政治的關鍵詞。從一九八〇年代開始，有自主性的民間力量與社團開始浮現，且解嚴後狂飆的社會運動更使「民間社會」（civil society）的概念與理論開始被討論與推廣，而一九九七年開始，在「民間社會」這個詞彙被使用的同時，「公民社會」這個詞彙出現的頻率開始增高，二〇〇〇年後，「公民社會」的用語出現的頻率第一次超越並取代「民間社會」[19]。「民間社會」與「公民社會」的置換，代表的是原先強調與國家之間的對抗性，轉為強調跳脫黨派之外的獨立自主性，且公民將更為積極地參與在公共事務中。

然而，二〇〇〇年後的藍、綠鬥爭使「公民社會」的發展一度受挫，且「槍擊事件的真假爭議，在藍綠黨派競爭與媒體民粹化的環境中，醞釀為持續四年的慢性政治危機。這四年危機，也是

18 郭力昕，〈公共知識分子的殞落〉，收於王金壽等著，《秩序繽紛的年代：走向下一輪民主盛世》，頁七〇。

19 范雲，〈從民間社會邁向公民社會〉，收於王宏仁、李廣均、龔宜君主編，《跨戒：流動與堅持的台灣社會》，頁二五—二六。

台灣公民社會發展的一大挫折」[20]，在此時，也正是年輕族群普遍予人「政治冷感」印象的階段。但在二次政黨輪替後，各類社會運動又如八〇年代一樣開始在各地風起雲湧，不論是土地議題的「士林文林苑都更案」、「大埔張藥房案」，環境議題的「反國光石化」、「非核家園」，勞工議題的「全國關廠工人連線」，以及同志議題的「多元成家方案」等等，各類社會運動都可見學生族群的身影。而在二〇一三年七月間發生的洪仲丘下士遭虐死案，更在網路號召下，由一九八五行動聯盟促成「二十五萬白衫軍上凱道」訴求真相，以及二〇一四年三月十八日開始為時近一個月的「太陽花學運」，抗議政府在兩岸服務貿易的黑箱作業，都可見到原先被視為政治冷感的年輕族群前仆後繼地加入抗議的行列。他們所訴求的「公民不服從」，是長年在民主化環境下生長的民主素養的展現，也是對自身「公民」身分的權力與權利的認知。

洪仲丘下士遭虐死案發生於二〇一三年，後之新世代作家對此事之諷刺時而閃現於行文中，如伊格言《零地點》中，陰謀者賀陳端方為求湮滅證據檢視監視錄影帶時，小說寫道：

「就算拍到也看不清楚？」

「對，我確認過了。」

[20] 吳介民、李丁讚，〈生活在台灣——選舉民主及其不足〉，收於王宏仁、李廣均、龔宜君主編，《跨戒：流動與堅持的台灣社會》，頁三八。

「那很好。」賀陳端方冷笑。「監視系統和中華民國國軍有得拼。」他沉默半晌。[21]

此處便是在諷刺洪仲丘案中被指為「國防布」的監視器錄影中斷的畫面。同樣的，在黃崇凱《黃色小說》中，「我」的好友豪洨新訓後自願分發到南沙太平島，小說寫道：

豪洨自願到南沙太平島，因而被分發到高雄的海巡局訓練大隊受訓。他的決定嚇壞了女友和爸媽，他們都希望豪洨留在本島比較好，畢竟當兵會出什麼事誰也不敢肯定，就像洪仲丘只差兩天退伍還是被整掛了。女友在電話中咆哮說：「我們當初還一起上街頭示威耶，你這樣到底有沒有考慮過我的感受？」[22]

黃崇凱同樣在藉由這曾經引起網路串連的政治事件，諷刺軍中權力關係不對等將引起旁人家屬的疑慮，由此也可見新世代作家對於當下政治環境中的重大事件不僅願意關心，更願意介入，以小說發聲。

小野曾在太陽花學運後表示對年輕世代的理解，他說，兩次的「政黨輪替」以及高度民主化

21 伊格言，《零地點》（台北：麥田出版，二〇一三），頁二九一。
22 黃崇凱，《黃色小說》（新店：木馬文化事業股份有限公司，二〇一四），頁一〇六—一〇七。

的教養，「這些不一樣的土壤和空氣，滋養了台灣的新世代，因為他們親眼目睹了政黨是可以輪替的自由和民主，進一步又體驗了政黨輪替和代議政治並不能保障人民的幸福和未來，終於決定用公民運動的方式來改變這個沉悶的僵局，改變他們在鬼島的命運」[23]，中國威脅進逼與世代不正義，是新世代展現政治意識時關懷的議題，一個不同於以政治冷感表現政治態度的時代來臨，政治、經濟、社會議題又重新與新世代搭上線，連帶也使他們的小說創作有了新的關懷。不僅是從八〇年代即已流行的女性議題、同志議題、原住民議題等的小說被持續書寫，對遊民議題的關心如蘇飛雅的《蛆樂園》、陳又津《少女忽必烈》，對外籍新娘的關懷如吳柳蓓的《移動的裙擺》，臥斧的《碎夢大道》表現出對都更議題及土地正義的關心，「反核」議題的小說也陸續出現，最著者如葉淳之的《冥核》及伊格言的《零地點》。

以伊格言為例，他早期被列為新鄉土小說的《甕中人》，就與他的《零地點》有了迥異的關懷面向與書寫形式，參與「反核四五六運動」的他於《零地點》中說道：

> 某些時刻，我想正面撞擊、甚至直接介入當下現實，而《零地點Ground Zero》正是這樣的作品……《零地點Ground Zero》這本書必然不是當下現實的單純複製——是的，無可避免，它

[23] 小野，〈序一：殘暴這件事，我懂〉，收於小野、柯一正、范雲、余永寬等著，《從我們的眼睛看見島嶼天光——太陽花運動，我來，我看見》（台北：有鹿文化事業有限公司，二〇一四），頁四。

的眾多材料來自台灣的當下現實，來自台灣的荒謬、迷惘、譫妄、徬徨、黑暗，文明無所不在的巨大黑洞……當我選擇與現實對撞，將之交付予台灣市場、台灣社會和台灣人民，它將同時離開單純敘事藝術的範疇，而兼容有行動藝術的功能。在台灣的每個人都將是此一行動藝術的參與者（當然，也包括馬英九、江宜樺、台電、核四廠、民進黨、劉寶傑等等）。我無法預期台灣社會將如何看待如此「貼地飛行」的小說……[24]

從《甕中人》那「新鄉土小說」的現代主義筆法，以精緻的語言呈現鄉土民俗，到《噬夢人》中以「偽百科全書」的形式虛構一個二十三世紀後龐大的後人類世界，再到《零地點》中與台灣社會現實的直接對撞，我們看到新世代小說家政治意識的提高，從二十一世紀初對政治的疏離到十年後的直面社會現實，其小說題材選擇的變化也讓我們看到政治環境的轉變軌跡。

總而言之，台灣一九七〇後新世代小說家，不論是生於解嚴前或解嚴後，從可以具體認知台灣這個生存環境開始，便是台灣持續民主化與人民開始建構台灣認同的政治階段，「新國家」想像的出現與對民主歷程的珍視，使他們對台灣此一想像的共同體更形確認，認同台灣，幾乎是他們理所當然的選項，也相對地，他們的小說創作是立足台灣土地進行發想，且隨著政治環境的變遷，世代群體政治意識的提高，都使他們的小說有著不同的展現。

[24] 伊格言，《零地點》，頁三一三—三一四。

經濟環境

一、高度都市化：書寫變遷中的都市

從國府遷台後，在戒嚴體制下，政府推行了一系列的改革政策與經濟建設，從一九五〇年代到一九九〇年代，針對時勢變異而提出準確的對應，從早期的「進口替代」限制國外商品進口，為台灣本土工業創造有力條件，「出口替代」為國內產業尋找世界市場；到了蔣經國擔任行政院長時，遭逢石油危機，政府推動十大建設，石化業與重工業有了穩定基礎，且在產業政策扶持下，民間中小企業蓬勃發展，國民所得也快速成長，台灣晉身亞洲四小龍，達到新興工業國家的水準。一九八〇年代，成立「新竹科學工業園區」，以技術密集科技產業取代傳統產業，國民所得持續成長，且一九九一至二〇〇〇年的「高科技工業出口擴張」時期，更讓台灣成為全球第五大晶圓國，全球科技產品代工的重鎮，高科技工業甚至被稱為台灣的「矽屏障」，可見得台灣工業發展的成功。

台灣經濟的高度發展，使台灣從六、七〇年代以來的都市化加速，到了八〇年代，台北已為重要都會，而在八〇年代嶄露頭角的新銳作家們，為與前行代作家做出區隔，多以他們的「都市」

就是他們的「鄉土」為由，大量撰寫以都市為主題的文學作品，如張大春所說：「八〇年代以後（這個時代還沒結束），一些出版社所培養出來的新起作家，絕大部分只具都市成長的經驗，所以在八〇年代以後的小說，……最主要的特色是以都市為核心，以都市經驗為主要背景的作品大量出現」[25]。而一九七〇年後出生的新世代作家，成長於都市更快速擴張的年代，各縣市皆有重要都會，即使小鄉城鎮，生活所需之各類物資、資訊傳播方式等也都與都市趨近，所以在他們的筆下，「都市」成了最重要的題材，都會中的日常生活、人情變化，也是他們最重要的關懷。許正平《少女之夜》中所描寫的都會，是不斷流動中的，充滿失意、傷害、欲望的世界，同時也影響著都會中的人心；徐嘉澤《詐騙家族》、〈討債株式會社〉、《第三者》等，皆以都市為背景，寫其中詐騙者、討債分子、介入他人家庭的第三者在親情、愛情方面的失落；林佑軒《崩麗絲味》中熱鬧滾滾的同志安樂窩，在西門町的小套房，在東區的Funky酒吧；最典型的是祁立峰《台北逃亡地圖》，以台北地圖上的區名、路名、橋名、著名大樓、公園等作為故事主體，人在都會地圖中擺盪徘徊，尋找感情、自我與認同。

更重要的是，都市成了他們的鄉土，新世代作家書寫的是在他們成長經驗中不斷變遷中的都市，其敘寫「鄉愁」的對象，是曾經輝煌而後沒落或變更的城市角落。鄭順聰的《晃遊地》，以面

---

[25] 張大春語。林紫慧記錄，〈八〇年代台灣小說的發展——蔡源煌與張大春對談〉，《國文天地》第四卷第五期（一九九八年十月），頁三四。

對學業壓力的高中生為主角敘寫的成長小說，故事中對「逃城——嘉義」的書寫，是嘉義這個都市的變遷史；最典型的是吳明益的《天橋上的魔術師》，一同於新鄉土小說以記憶的變動作為故事主軸，以彼此獨立又相關的短篇小說，藉男童的視角來書寫中華商場的興盛與衰落。城市的變遷就是他們失落的鄉土，而且此「鄉土」變化起落的速度更快，更可能消失，僅能存在於「記憶」中，然而記憶又不可靠，那麼是否曾經「存在」也將被質疑，這樣的主題可說是在台灣高度都市化環境下成長的新世代們面對自己的「鄉土」——「都市」變遷時的共同想像。

二、新自由主義：「市場為王」的資本主義邏輯

從一九八〇年代至今三十多年，「新自由主義經濟學」成為台灣的主流價值，強調自由市場的機制，支持私有化，反對國家直接干預，認為國家直接經營或管制愈少，市場機制給生產者和消費者的反饋就愈大。英、美以至世界重要經濟體，皆倡行「新自由主義經濟學」，從此「尊重市場機制」、「開放經濟」、「全球化」成為最重要的關鍵語[26]，此對解嚴後所追求的自由化、個體化也

[26] 蔡明璋，「台灣戰後的政治歷史和發展經驗，使台灣容易接受新自由主義的意識型態，或者，用最近發展社會學的一個中心論述概念來說，『尊重市場機制』、『開放經濟』、『全球化』成為台灣社會新的共同想像基礎。」蔡明璋，〈台灣與世界「接」與「結」的歷史〉，收於黃金麟、汪宏倫、黃崇憲主編，《帝國邊緣：台灣現代性的考察》，頁九二。

有著相對的影響，如李丁讚所言：

在過去，台灣一直以「政治」為主導。到了九〇年代之後，經濟領域才逐漸分化自主，「市場」原則逐漸奠立，「利潤」愈來愈成為台灣人的日常生活邏輯，「效用」更是待人處事的最基本原則。我們可以說，資本主義的精神這時候才滲透進我們的血液深處。[27]

此「資本主義精神」的邏輯與台灣高度的都市化及商業化相互加乘，幾成當代衡量各類人事物的標準，連結到書籍市場，書籍出版的銷售量、作者的知名度、題材內容能否得到更多數人的共鳴等等，都將是出版社出版文學書籍時的必要考量。以甘耀明《喪禮上的故事》為例，他於台德文學交流時回應學生關於該書「以台灣時空為背景，為何書封卻非常洋化」的問題時，甘耀明寫道：

我向他們說明台灣圖書出版市場的爆炸現象，閱讀風氣亦盛。但是仍以外國文學為主（這點跟德國書是以外國暢銷書為多亦同），使用洋人當封面有其不得已的作法，可吸引讀者與「崇洋者」的眼光，而且有效，然後，聽眾都笑了。[28]

27 李丁讚，〈市民社會與公共領域〉，收於黃金麟、汪宏倫、黃崇憲主編，《帝國邊緣：台灣現代性的考察》，頁三四一。

28 甘耀明，〈朗讀與聆聽林喿之行〉，《文訊》第三一五期（二〇一二年一月），頁九八。

當作品被視為「商品」來經營時，行銷策略有時與作品品質同等重要。而出版社與新世代的合作，的確也在書市上有著行銷的亮點，例如：「寶瓶文化」的「文學第一軸線」系列，讓每個新作家都有著自己的外號展現其特質歸屬，「彭心楺——靈魂系」、「徐嘉澤——力量系」、「郭正偉——療癒系」、「神小風——天才系」、「朱宥勳——戰神系」、「吳柳蓓——摯情系」等，再如謝曉昀外型出眾又文風特異，因此有「飢餓系美女作家」的稱號，楊富閔更被稱為「曾文溪下游的文學台客」，如此種種，都可視為新世代作家為符合行銷策略而被加上的流行符號。

也因為新世代作家較為年輕、亮麗的形象，更適合出版社進行偶像操作，一些電視節目、網路短片如「文學Face and Book」、「台北文青系列」等都可見到新世代小說家的身影，這些年輕的作家也都更能夠被看見。甚且，能否擁有更高的知名度與影響力，也將成為新世代作家可能的考量，如徐嘉澤便曾在訪談時提到：「我常開玩笑說：『如果可以，我想成為九把刀』，有人覺得他的文字太輕，但我覺得有人看的故事永遠是最重要的」[29]，能夠讓自己的文字被更多的人看到，可說是新世代作家的共同想望，朱宥勳也於其處女作《誤遞》的「後記」提到：

> 我不介意一些長輩或同輩稱我們這種族類為「獎棍」，他們自有他們關於文學寫作的純淨理

[29] 葉姿岑整理，〈徐嘉澤「如果可以，我想成為九把刀」〉，http://udn.com/news/story/7009/488362。

想要面對。然而我要面對的是更逼近本能的一種願望：我希望我的小說們能有個家，這個「家」不只要有足夠他們容身優雅版面，也最好能拉在一處熱鬧的街弄之中，熙來攘往，會有人對它指指點點。[30]

九把刀在討論網路小說的風潮時提到：「出版社模塑作者形象的手法已經讓潛在的網路小說創作者考慮到如何包裝自己——這個包裝過程不見得是一種商業化的偽裝，也不見得是過度的美化，但大多數的作者都很明白『標示自我』的重要性、有時重要到認為這是一件再自然不過的事」[31]，此種「標示自我」的本能表現不僅存在於網路小說創作者，新世代作家成長於經濟自由化的世代，熟悉以「市場」為機制的資本主義邏輯，當體認到自己的書也將是「商品」之一時，不諱言希望自己被看見，甚至將不被看見視為一種「焦慮」，都可說是此一自由主義經濟環境下成長的一代的共相。

30 朱宥勳，〈後記：我的地址是……〉，《堊觀》（台北：寶瓶文化事業有限公司，二〇一二），頁二四六。
31 九把刀，《依然，九把刀——透視網路文學演化史》（新店：蓋亞出版，二〇〇七），頁一三八。

三、「崩世代」的惘然威脅

隨著台灣教育普及，人力素質提昇，薪資也普遍提高，且對環境保育的觀念愈成熟，使工業發展所需的廉價人力與工業用地愈難取得，產業的外移——尤其向中國大陸的西移，從一九八〇年代以來便不斷發生。一九八〇年代後期以來，勞力密集的傳統製造業首先外移，產品多為成衣、鞋類、基本消費電子品等；一九九〇年代中期，石化業、食品加工業也加入外移行列；而一九九〇年代末期，資訊工業也遷往大陸，二〇〇〇年起，由於網路泡沫化，全球性資訊技術產業崩盤，資訊電腦與電子科技產業開始外移，西進中國或南進東南亞，成為不可更移的趨勢。也在這樣的趨勢下，一九九〇年代以後，經濟成長率開始趨緩，二〇〇〇年後甚至出現負成長。《崩世代》一書曾說到：

> 從一九九〇年到二〇一〇年這二十年，台灣與中國及歐美間之三角貿易大為興盛，促產條例使租稅門戶大開、勞動薪資長期凍漲導致工作貧窮與所得分配惡化、最後造成國家債務快速增加。上一代人還對「台灣經濟奇蹟」、「台灣錢淹腳目」津津樂道，這代人卻不能不替下一代人的未來，憂心忡忡。[32]

---

[32] 林宗宏、洪敬舒、李健鴻、王兆慶、張烽益等著，《崩世代：財團化．貧窮化與少子女化的危機》（台北：

所以，一九七〇年後出生的台灣新世代，在而立之年，所面對的是一個台灣意識高漲的「新國家型態」，也是一個台灣「經濟奇蹟」逐漸喪失光芒的時代，到二次政黨輪替之後，原本期望馬英九總統改善兩岸關係後台灣得以在「崛起的中國」旁雨露均霑，卻反而得面對產業加速外移造成的低薪化現象，二〇〇〇年之後，薪資成長長期停滯甚至下滑，當今台灣耳熟能詳的「二十二K」一詞，正是在描述台灣青年低薪化的長期趨勢。

台灣的低薪化也與台灣進入後工業化社會有關，「隨著傳統製造業與高科技產業的大量外移，服務業興起，台灣開始進入後工業化社會的勞動市場結構型態。根據主計處的統計，過去的三十年間，台灣的工業部門就業比例由將近五成持續下降到三六・八％，服務業部門的就業人數比例則是由大約四成快速成長到五八・八％」[33]，因服務業多為勞力密集、技術層面低或自動化程度低的職位，平均薪資較低，「窮忙族」也成描述台灣經濟現象的關鍵詞。除此之外，從一九八〇年代開始，每年台灣的出生人口數就從四〇餘萬一路緩步下降，二〇〇〇至二〇一〇年少子化情勢更明確，二〇〇九年台灣的生育率與德國並列世界最低，如此生育率的低落與老年人口的不斷增加，甚至被視為「國安問題」。所以，因為「新自由主義」下的「財團化」、長期低薪的「貧窮化」與生

台灣勞工陣線協會，二〇一四），頁一一四。

33 林宗宏、洪敬舒、李健鴻、王兆慶、張烽益等著，《崩世代：財團化・貧窮化與少子女化的危機》，頁一三〇——一三一。

育率低落的「少子女化」，年輕世代甚至被視為「崩世代」，一種對未來想像的崩解危機似乎成了新世代必須共同面對的問題。所以，在這個年代生活的新世代作家，也都能感受到一種惘惘然的威脅。在黃崇凱的《壞掉的人》中，除了藉由小說角色傳達社會價值崩毀的現象，更讓筆下三位高學歷的人文社會學科的研究生，傳達在台灣當代經濟前景不明，人文學科的高級知識分子也將面臨失業未來的心灰意涼。小說中就讀歷史研究所博士班的「崔妮蒂」，黃崇凱如此描寫她對學術未來的茫然：

> 像她這樣一位博士生，已經多少能預料自己的下場。畢業之後成為流浪講師，浪跡各大學通識課，申請博士後研究（她常覺得這是博士「厚顏咎」），繼續發表幾篇論文在重要期刊或會議，累積資歷，繼續投履歷到各大學應徵。想到這些她的恐懼洶湧起來，想想自己的青春年華都去擲在那些毛屑揚起的史料文獻裡，那些洋人翻譯來翻譯去的論文和原典裡，那些沒有盡頭的無眠夜燃燒得特別起勁的煙圈裡。她是一頭悲哀的羊，卻被訓練成跳火圈的獅子，結果就是一邊留著淚一邊跳火圈的羊（還常常被燙傷燒掉一小撮毛）。[34]

其實，台灣「高等教育」的議題，也在這經濟改變的環境下被廣泛討論。一九九四年底，行政

[34] 黃崇凱，《壞掉的人》（台北：木馬文化事業股份有限公司，二〇一四），頁一五—一六。

院教育改革審議委員會正式成立，由具有改革色彩的李遠哲擔任召集人，當時的主流思考亦為「新自由主義」的延伸，認為高等教育應市場化，促進高等教育的擴充，私立學校可以較大幅度擴增，並加速現有的技職院校改制為技術學院或科技大學，從此大學數量激增，至二〇〇八年時，全台已有一百七十一所大學，青年學子多能接受高等教育，擁有碩士、博士學歷者也較此前不斷擴增，「學歷貶值」、「高學歷低就業」等爭議幾乎成了社會問題。而台灣新世代小說家，也多在這樣的環境下就學、成長，且他們的學習興趣，也多為文學、戲劇、社會科學等類群，對於高學歷人文社會學科知識分子在當代台灣的定位與地位，他們也有更多的理解與堅持。在鄒永珊《等候室》中，希望能得到德國的長期居留許可的主角徐明彰，在台灣的原生家庭中並未受到重視，「面對原生家庭，徐明彰從小到大總認為自己是個局外人，他沒有像他的兄弟符合主流定義下的積極上進，以躋身高科技產業為志，而選了文科晃晃悠悠地做自己感興趣的事情，母親對於他這樣的人生態度一直不理解不同意，最後變成彼此都不再提及這個話題」[35]，指向了台灣對「文科」想法的現實；在何獻瑞的《跳吧》中，那位替老先生「代筆」將回憶錄寫成小說的主角，心中也曾對此「代筆」的工作有著質疑與不悅，但在拿到酬勞時，又開心地跟與自己相依為命的外婆說「我找到工作了！」，反證了人文學科在就業上的挫折；在《少女忽必烈》中，陳又津藉由小說人物的對話，幽了自己台大戲劇所學歷一默：

[35] 鄒永珊，《等候室》（新店：遠足文化事業股份有限公司，二〇一三），頁二四。

「我剛逛了一圈，沒什麼好玩的工作。」他嘆了口氣說。看來是為了女兒的未來在操心，那你別煩惱了，戲劇系畢業是無法進入科技公司賣命的啦，再說老闆也不要。至於大部分的劇團，都是在沒有劇場、沒有經費的狀態下生存，團員還很可能要拿自己的收入來補劇團的財務大洞，完全沒有未來可言。

「原來跟遊民差不多，那你一定可以順利適應遊民的生活。」大叔恍然大悟。

「你的好意我就心領了。」去擔心你女兒就好，你又不是我爸！[36]

小說中有個遊民大叔，知道女兒考上了T大的戲劇系，為關心女兒特地到該校的就業博覽會，敘事者「我」提到戲劇系「完全沒有未來可言」，大叔回應「原來跟遊民差不多」等等，都是陳又津以社會觀感在調侃人文學科的現實困境。在他們的小說中，個人的求學、留學經驗與對高學歷者前程不明的憂心，或隱或顯地成為他們的小說題材或底蘊，這也是在台灣經濟、教育環境改變下才有的文學題材。

新世代作家自成長伊始，便處於經濟起飛、高度都市化、工商業發達、產業升級成功的富裕環境下，長期浸染於功績社會、資本主義邏輯中，對於文學的那屬於不朽盛事的淑世功能的想像，遠

36 陳又津，《少女忽必烈》（中和：INK印刻文學生活雜誌出版有限公司，二〇一四），頁一〇二。

不及在資訊迅速更替的環境下，擔心作品與自己將被湮沒的恐懼。而自二十一世紀起台灣經濟的衰退，也正是新世代作家成熟後所目睹的台灣經濟環境的變化，其筆下對未來惶惶然的情緒，也閃現在這些文學史上最高學歷文學世代的小說文本中。

媒體與網路

麥克魯漢與昆丁・菲奧里（Marshall McLuhan&Quentin Fiore）在《媒體即訊息》一書中說過一段很有趣的話：

> 輪子，是腳的一種延伸；書籍，是眼睛的一種延伸；衣服，是皮膚的一種延伸，電子迴路，中樞神經系統的一種延伸……。媒體，藉由改變環境，在我們身上喚起了不同的獨特感官知覺比例。任何一種感官的延伸，都會改變我們思考和行為的方式——我們感覺這個世界。當這些比例改變，人就變了。[37]

[37] Marshall McLuhan&Quentin Fiore著，楊惠君譯，《媒體即訊息》（台北：積木文化，二〇〇九）。

現當代與過去最大的不同，就在於電子科技重新定義了我們生活的每個層面，不論是電視傳媒或是網際網路，都延伸了我們的視覺、聽覺感官，更改變了我們的思考方式。一九七〇後出生於台灣的新世代作家，除了面對經濟高度發展的都市化現象外，更直接感受到媒體日新月異的變化，從老三台到youtube，從轉盤電話到智慧型手機，在在更替與轉換著新世代感知世界時空距離的方式，也影響他們對文學內涵與形式的想像。此一媒體轉變與文學形式的交互影響，在台灣第一篇後現代小說——黃凡〈如何測量水溝的寬度〉中就曾展現出來。黃凡曾自述該小說的「緣起」：「……〈如何測量水溝的寬度〉是這樣來的，那時候電視的雙向溝通，大家都在討論，我那時也寫科幻小說，我在想雙向溝通跟多元化的方式，可不可以應用到文學上面？我當時在思考這個問題，因為我那時並不知道後設小說、後現代；有一天我經過台北市的瑠公圳，我跟一個朋友講：『你信不信我能夠寫一篇小說叫做如何測量水溝的寬度？』他說不信，我說寫給你看，發下這種豪語之後我在想怎麼寫啊？這種題目怎麼去寫小說，你們想想看，所以就開始思考，很費力地終於把它寫好，寫好我就投給〈聯合副刊〉……」[38]，所以，黃凡表現在小說中那開放的文體、對雅俗界線的泯除、自我指涉、括弧按語、後設語言等後設小說的形式，並非黃凡對西方後現代小說的模仿實驗，而是因媒體的轉變使他改變文學形式以對應其感知世界的方式。

[38] 陳南宏記錄整理，〈偶開天眼覷紅塵，可憐身是眼中人——黃凡的小說及其時代〉，《徬徨的戰鬥——國立台灣文學館・第三季週末文學對談》（台南：國立台灣文學館，二〇〇七），頁一三一——一三二。

而如果說，八〇年代的後現代小說實驗，來自於五〇年代出生的作家，將其三十年來所親見的媒體轉變歷程落實於文學形式中，那麼，從七〇年代出生至今四十年時間媒體的演進，更將影響新世代作家們對世界的感知，從而使文學底蘊有不同的變化。

一、傳媒與政治的連動

在八〇年代的台灣，具有較大範圍影響力的媒體形式，主要是報紙、廣播與電視。一九八七年解嚴，一九八八年報禁解除，可以辦新的報紙、報紙張數也增加，對希望在解嚴後得以言論自由改變社會的知識分子而言是很大的鼓舞，「在解嚴之初意氣飛揚的那幾年裡，這些報紙的經營者和參與者，程度不停地彰顯了知識分子的某種淑世精神，在整份報紙或部分版面上，展現著一種知識分子議論或改造社會的集體情懷」[39]，然而很快地，報業也必須面對自由市場機制的競爭，發行量低者被淘汰，《聯合報》與《中國時報》成為獨大的報紙，兩大報系掌控台灣報業七〇％以上的市場。其後以財團為背景的《自由時報》，積極往全國性報紙發展，在銷售與推廣策略得宜下，與兩大報成三足鼎立之勢。而在一九九〇年，國民黨因正副總統候選人引爆主流與非主流之爭，在這一

39 郭力昕，〈公共知識分子的殞落〉，收於王金壽等著，《秩序繽紛的年代：走向下一輪民主盛世》，頁六〇。

波鬥爭中，「《自由時報》旗幟鮮明地成為擁護主流派的媒體；而《聯合報》則成為非主流派的傳聲筒」[40]，報系與政治的連結愈形緊密，政治邏輯決定報導與詮釋的方向，如顧爾德所言：

一九九〇年是台灣民主化關鍵的一年，而這一年也是台灣媒體首度直接介入政爭——不像過去國民黨威權體制穩固的時代，主流媒體只能屈從於國民黨的意志。隨著國民黨內部權力派系的分化，媒體轉而成為與政客合作進行權力鬥爭的主體。[41]

二〇〇三年，香港「壹傳媒」的《壹週刊》與《蘋果日報》進駐台灣，以聳動的標題、腥羶色的內容，大幅彩色圖片、簡單易懂的圖表，以及超低價的營銷策略，很快對三大報的格局產生衝擊，兩年後，《蘋果日報》閱報率竟躍增為全國第一。「市場為王」、「民意為先」、「讀者至上」的概念在《蘋果日報》被廣泛閱讀後，也對同時代的台灣人產生影響。且也因《蘋果日報》的成功，三大報為迎戰而進行改版，同樣以煽情、聳動的標題與筆調，大幅彩色照片等吸引讀者，且將資訊娛樂化，以滿足讀者的娛樂需求為主要考量。

[40] 顧爾德，〈當媒體走出黨國巨靈的爪掌〉，收於王金壽等著，《秩序繽紛的年代：走向下一輪民主盛世》，頁三三九。

[41] 顧爾德，〈當媒體走出黨國巨靈的爪掌〉，收於王金壽等著，《秩序繽紛的年代：走向下一輪民主盛世》，頁三三九。

同樣的，原先由政府黨、政、軍領導的老三台，也因一九九三年八月新聞局發布《有線電視法》後有了轉變，民視與公視相繼成立，直到二〇〇一年底，台灣已有六十六家有線電視業者正式營運。合法化的有線電視，結合新聞自由的提升，使有線電視新聞頻道紛紛開播，但新聞台競逐收視率的結果，使「有線電視新聞台為了加速瓜分市場，新聞八卦化愈益嚴重、強調對立與衝突的戲劇效果，偏好聳動內容；無線台也幾乎可以說是隨波逐流，競逐庸俗內容，媒體表現倒退。除此之外，可能形成觀眾的政治冷漠、對政治與社會關注層面的偏狹，造成世界觀的狹隘」[42]，因此，一同於報業在商業競爭下走向以政黨支持色彩與商業娛樂手段而削弱了自身的新聞價值，多台電視新聞的收視率競爭，更使人民無所適從，加深對政治的冷漠行為。

與前述在二〇〇〇年政黨輪替後藍綠惡鬥的政治現象中，新世代作家以冷感的態度保持對政治的沉默相同，在報紙與電視的推波助瀾下，新聞所象徵的「真實性」在政治與商業邏輯的操作後受到質疑，新世代在其中面對政治的態度，可以何獻瑞在《跳吧》中的這段陳述為例：

> 外婆在房裡熟睡，還能聽到些微鼾聲。我洗完澡後，泡了一碗泡麵，打開客廳的電視。電視正在重播《全民大悶鍋》，今天的主題是消遣政府接二連三的弊案和救經濟的口號。我對政

---

42 王憶寧，〈告知與動員：新聞媒體使用、政治知識與政治參與的關係〉，張茂桂、羅文輝、徐火炎主編，《台灣的社會變遷一九八五—二〇〇五：傳播與政治行為，台灣社會變遷基本調查系列三之四》（台北：中央研究院社會學研究所，二〇一三），頁三九。

治反感，政治人物的話也一概不信，我覺得他們的恨多過於愛，社會沒有因為他們而變得更好，反而出現更多的不公平，更極端的對立。或許，他們就是希望這樣，以便獲取更多選票。手段不因目的而正當，但沒有人把這句話放在心上。我曾經很愛看大悶鍋這類調侃諷刺政治人物的節目，好舒緩一下不滿的情緒。不過，當我發現這類節目的製作單位也並非沒有立場，而是有一種更高明的立場之後，也就不想看了。[43]

在其中，感知台灣社會因政治鬥爭帶來的對立衝突，使之對政治反感，是藍綠惡鬥下的新世代共相，而因發現「立場」而遠離媒體，則是在媒體高度發展與擴張下，對其背後的政治與商業邏輯影響新聞真實性的敏感，在他們眼中，「電視中的政治」根本不存在「事實」的客觀性認識，新世代曾經對政治冷感亦是其來有自。

二、影視娛樂文化的滲透

有線電視的開播，使原先只有老三台的電視時代有了爆炸性的轉變，各種不同類型、主軸的電視頻道紛紛開播，音樂、體育、電影、綜藝各類型節目提供大量資訊，若再加上美國好萊塢電

[43] 何献瑞，《跳吧》（台北：一人出版社，二〇一二），頁六〇——六一。

影、日本動漫等娛樂文化，新世代感知的世界因媒體的高度發展而與前行代有所不同，在新世代的小說文本中，各類不同的娛樂文化都可能被置入故事中，成為背景、線索、或是主軸。朱宥任〈好球帶〉將棒球與動漫同人結合，寫出令人耳目一新的棒球故事；林佑軒在〈紅CK〉中演繹早逝的同志以紅色CK內褲尋找冥婚對象的荒謬故事，其中受雇作法的「道兄」被鬼魂附身後先舞一曲「蔡依林的（朱寶驚呼，我的天，是國歌）〈愛無赦〉」[44]，便是以台灣流行音樂的電音曲風隱喻同志夜店的狂歡氛圍；臥斧的《碎夢大道》書名來自於自己印象深刻的瑪麗安・菲絲佛的翻唱曲〈碎夢大道〉，書中引用了大量的電影、小說、漫畫、非小說書籍及音樂的資訊，臥斧自言：「每個被我引用來豐富《碎夢大道》的作品都真實存在，它們對我的創作提供了美好的滋養，我很開心地在自己的故事裡將他們介紹給讀者」[45]；楊富閔〈暝哪會這呢長〉中，那「大內一姐」阿嬤「是星光迷，她開始看星光二班也是去年夏天的事，除了星光大道，她喜歡型男大主廚，說阿基師真古錐；她也看大話新聞，不時注意李濤的全民開講，她常常很激動的要call in，卻又說浪費電話錢，我幫她辦了一支亞太的手機，買一送一，我也拿一支，網內互打免錢，好讓我方便找到她，她的手機鈴聲是周杰倫的霍元甲，霍霍霍霍，很吵，這樣大內一姐才聽得到」[46]，更以各類的電視節目、流行歌曲

---

44 林佑軒，〈紅CK〉，《崩麗絲味》（台北：九歌出版社有限公司，二〇一四），頁一四一。

45 臥斧，〈後記：謝謝你，陪我走進《碎夢大道》〉，《碎夢大道》（新店：讀癮出版，二〇一四），頁三一一。

46 楊富閔，〈暝哪會這呢長〉，《花甲男孩》（台北：九歌出版社有限公司，二〇一〇），頁一九—二〇。

來塑造大內猛嬤的形象，給台南偏鄉增加了更通俗生猛的生命力。

尤有甚者，彭小妍評論陳栢青的《小城市》「處理故事場景時類似電影的分鏡」[47]；標榜「看小說就像在看電影」的「華文世界電影小說獎」，如徐嘉澤的〈討債株式會社〉、李振豪的〈大水〉等，淺白流暢的語言、通俗的故事與明快的節奏，都與通俗電影的形式風格相近，正如九把刀所言：「許多網路讀者稱頌的網路作者都具備用影像式的分鏡處理文字的能力，這種文字化約為影像式分鏡的掌握，正與年輕一代被好萊塢電影、日本少年漫畫、電視日韓偶像劇所餵養的集體成長歷程有關」[48]，娛樂文化隨傳播媒體的發達進而影響了文學書寫形式，「電影小說」正代表了這樣的時代趨向。神小風曾將電影《消失打看》改寫成《消失打看》電影小說，後更與導演陳宏一合作，為電影《相愛的七種設計》編寫劇本，該電影更在當年的金馬獎獲得入圍肯定；其他再如易智言導演的《行動代號孫中山》及蔡銀娟導演的《候鳥來的季節》則分別由張耀升與彭心楺改寫成電影小說；而台北國際書展自二〇一二年提供跨領域的「華文出版與影視媒合平台」，期望能媒合華文出版品改編影視作品，新世代作家的小說愈傾向通俗、明朗的風格，愈能符合影視改編的需求，如徐嘉澤的〈討債株式會社〉、《詐騙家族》及《第三者》便陸續成為平台選書，而烏奴奴與夏佩爾合著的《共犯》更已影像化為知名國片於二〇一四年上映。

[47] 彭小妍語。收於陳栢青，《小城市》（台北：九歌出版有限公司，二〇一一），頁四。

[48] 九把刀，《依然，九把刀——透視網路文學演化史》，頁七一—七二。

而且，長久浸淫於影視媒體中的新世代，對於媒體環境有著更直接的觀察，多元熱鬧的媒體成為他們喜愛的背景要素，甚至是小說主軸。在伊格言的《零地點》中，以台灣那位外星人、古文明、戰爭科技、政治與社會事件無一不談的節目主持人「劉寶傑」為配角，小說寫到他在為《新聞最熱線》敲定最能有節目效果的來賓及討論節目走向時，才意外發現自己也身在核災輻射影響範圍內，小說寫道：「『我不知道該說些什麼？』他笑了又哭，邊哭邊笑。『我，我真希望我們今晚可以再來討論外星人』」[49]，將台灣電視節目與名嘴常見的誇大聳動作了一番嘲諷；陳栢青《小城市》以「七年級」的記憶經驗為題材，並以主謀者意圖創造新的「七年級」偶像來遂行其陰謀，反映當今媒體喜以某特定人物進行「造神」以維持閱聽率的現象；黃崇凱的《黃色小說》，則以男性從男孩到中年男人，早期紙本載體從各色雜誌、漫畫單行本、色情港漫到A漫同人誌，影像傳播則由家庭式錄影帶、第四台、Z頻道，到現今網路隨時可見的裸露畫面，黃崇凱在藉由各種媒體載具接收的性資訊，來反映男性心靈空虛現象的主題中，有趣地反映了媒體的變遷史。

三、網路社會的興起

對於台灣一九七〇後新世代作家而言，網路的盛行與發達，是決定他們的作品在形式與內涵

49 伊格言，《零地點》，頁二二二。

上與前行代得以做出區隔的最重要因素。電腦與網路，都是戰爭的產物，一九七〇年代初期，有了史上第一台個人電腦，隨著微軟與蘋果的努力，電腦開始進入家庭，一九七二年，「網路」誕生，一九九一年後，網路開始開放給商業使用者，HTML被開發，全球資訊網誕生，對大部分一九七〇年後出生的台灣新世代作家來說，九〇年代網路的全球影響，是他們在成年或就學期間最重要的媒體改變，而從數據機時代的撥接上網，到現在的智慧型手機無線上網，從大量虛擬帳號的BBS，到後來的即時通、MSN、部落格、臉書、推特、youtube、Flicker及維基百科等社群媒體不斷推陳出新，都是在這短短二十年所發生的，新世代面對的網路科技變化，就是一次又一次思考與認知世界方式的變化。Don Tapscott稱他們為「N世代」（Net Generation），認為他們是「徜徉在資訊位元（bits）中的第一個世代」[50]，充分運用與他們一起成長的數位科技，是他們與前行代最大的區隔。在Don Tapscott的分析中，一九四六—一九六四年間出生者為「嬰兒潮世代」，一九六五—一九七六年間出生者為「X世代—嬰兒荒」世代，而一九七七—一九九七年間出生者為「嬰兒潮回聲—N世代、Y世代或千禧代」。他認為「嬰兒潮世代」成長於「電視時代」，因

[50] Don Tapscott：「如果你回顧過去二十年，電腦、網際網路和其他數位技術問世，顯然才是影響年輕人最顯著的變化。所以我把在這段時間長大的人稱作N世代。他們是徜徉在資訊位元（bits）中的第一個世代。」Don Tapscott著，羅耀宗、黃貝玲、蔡宏明譯：《N世代衝撞——網路新人類在正在改變你的世界》（台北：美商麥格羅・希爾國際股份有限公司台灣分公司，二〇〇九），頁五〇。

為一九六〇年代之後，在很多國家中，電視已超越電影、廣播、報紙而成為最具影響力的媒介[51]，電視幾乎改變了嬰兒潮世代的周邊世界。X世代在成年後開始參與網路世界，N世代則成長於網路世界。隨著九〇年代網際網路時代的來臨，這些一九七〇年代後出生的新世代作家，也將開始面對資訊媒體對自身的改變。

1.網路與文學的結合

九〇年代是「台灣數位文學風起雲湧的時間」[52]，自從中山大學Formosa美麗之島創站後，各大學陸續架設BBS站，一九九五年台灣大學PTT及海洋大學田寮別業BBS站成立，中山大學山抹微雲與海洋大學田寮別業為當時重要的兩大文學BBS代表，被鯨向海稱為「南山抹北田寮」。且在線上文學社群尤其是BBS，多以ID或暱稱等匿名發表文章與評論。在這高度開放性與互動性的網路環境下，新世代更勇於發表文章「練文筆」，如痞子蔡、藤井樹、九把刀、敷米漿等以更為貼近校園生活、更多奇思異想、也更接近電影、漫畫分鏡形式的網路小說闖出名號，網路文學熱鬧紛呈。而後部落格文學興起，作家個人網站陸續成立，個人電子報、新聞台也開始流行，「特別是

---

[51] 吉見俊哉著，蘇碩斌譯，《媒介文化論：給媒介學習者的十五講》（新店：群學出版有限公司，二〇一三），頁一七九。

[52] 陳徵蔚，《電子網路科技與文學創意——台灣數位文學史（一九九二—二〇一二）》（台南：國立台灣文學館，二〇一二），頁四二。

一九九九年至二〇〇四年間BBS作家大舉轉戰新聞台，讓網路文學創作又掀起了新的浪潮」[53]，都可見文學與網路結合的蓬勃發展，在虛擬空間發表文章，也更能滿足新世代「盡可能讓自己被眾人看見」的創作動機[54]。

到了九〇年代末期，網路的溝通平台從第一代的全球資訊網與電子郵件，進展到二・〇版的部落格及社群網絡。此一網路媒體的轉變，增加了更多的互動性，且原先的匿名發表進化為個人寫作虛擬空間的經營。台灣新世代作家多有自己的部落格、新聞台來作為其文學發表的第一線，如知名網站「背包客棧」的創辦人何献瑞，經營其部落格「小眼睛先生的文字國」，發表文章、書評與時事評論；臥斧以其「臥斧・累漬物」部落格發表影評、書評及心情文字。而社群網絡如臉書的普及，使新世代作家更得以用更即時、簡短的時事評論文字及照片的分享，來經營作家的個人形象，所以新世代作家經營臉書者更多，如鄭順聰便以台灣在地人文探索的訊息分享作為臉書主軸，予人愛鄉愛土的作家形象；張耀仁則常以「親愛練習」為專欄題目，對新聞時事（範圍不限政治、社會新聞，甚至名人八卦亦可）進行評論或是以之為題材撰寫小說，表現小說家的人文觀察與創作才

[53] 陳徵蔚，《電子網路科技與文學創意──台灣數位文學史（一九九九──二〇一二）》，頁四五。

[54] 九把刀：「各大網站的個人新聞台林林總總不計其數，於是許多個人版在二〇〇〇年後於各大BBS站盛行了起來，許多人在屬於自己的虛擬空間盡情書寫心情小語、雜文、漫談、發行自己的電子報。我認為單純的書寫生活只能稱為日記，而網路具有『可能被看見』、『想像被看見』的特質，所以種種線上書寫的『動機』都有一個相似之處，就是『盡可能讓自己被眾人看見』……」九把刀，《依然，九把刀──透視網路文學演化史》，頁八四。

能；謝曉昀在臉書上自稱「幫主」，以不遮掩的自剖與臉友交流，貼文多像是對能夠理解自己的朋友訴說心情故事；朱宥勳則藉由臉書對時事評論的即時性與群聚性，多次以文學、政治時事為主題掀起網路「筆戰」，以此對社會文化現象進行更深入的探究，也因此有了「戰神」的稱號[55]。新世代作家成長於網路時代，他們的網路形象有時比起實體書予讀者的作家形象更加鮮明。

2.網路的民主精神

更重要的是，網路與文學的結合，更翻轉了傳統媒體中隱含的層級結構。在台灣，七〇、八〇年代電視開始普及，電視節目表幾乎等於政府對台灣人民作息的控制時間表，看卡通、看新聞、看八點檔、該點燈休息的時段在何時，政府透過電視這一影響力最大的媒體操縱著國民的身體[56]，但到了九〇年代尤其是二十一世紀後，「電視時代」逐漸式微，如Don Tapscott所言：「N世代在

55 黃崇凱於「金石堂網路書店」「出版情報」的「人物特寫」中，就曾以「要戰就戰的朱宥勳」為名，提到：「見他戰文學、戰教育、戰政治、戰時事、戰棒球，心想他實在戰力驚人，耐心也很驚人，居然可以長期跟一大堆網路小白、鍵盤柯南沒日沒夜地糾纏，而不影響他對寫作的專注，持續交出一部部作品來。」表現對朱宥勳的推崇。黃崇凱，〈要戰就戰的朱宥勳〉，http://www.kingstone.com.tw/publish/publish_detail_2.asp?Kind=1&ID=8998。

56 如吉見俊哉所言：「（電視）媒介的最大作用，就是在家庭空間中插入國家層次的時間分配。」點明了國家透過電視對人民的延伸控制。吉見俊哉著，蘇碩斌譯，《媒介文化論：給媒介學習者的十五講》，頁一八八。

許多方面正好是電視時代的反面。從單向的廣播媒體，轉移到互動媒體，對N世代產生深遠的影響」[57]，他們喜歡為自己量身打造媒體，電視節目中的娛樂文化、最新資訊他們更樂於追逐，但已不受限於傳統媒體，在youtube等網路平台上，他們可以自由選擇接收更多且更新的影音資訊，「我的時段」取代「黃金時段」[58]，主動權由傳統媒體的高層，轉移到自己身上，他們擁有更高的自由度與主體性，吉見俊哉所言「隨著近年來網際網路的普及，『媒介的傳播者』早已不是什麼了不起的人物」[59]，正是指新世代操作網路媒體的現象，尤其當他們意圖取代傳統媒體成立新媒體平台時，他們將擁有更大的自主性與影響力。Don Tapscott說道：

> 印刷媒體公司和電視網是層級式的組織，反映了它們老闆的價值。相反的，新媒體卻將控制大權交給所有的使用者。由下而上和由上而下的組織結構，兩者的區分，存在新世代心裡。有史以來第一次，年輕人控制住通訊革命的關鍵要素。[60]

57 Don Tapscott著，羅耀宗、黃貝玲、蔡宏明譯，《N世代衝撞——網路新人類在正在改變你的世界》，頁五六。
58 Don Tapscott著，羅耀宗、黃貝玲、蔡宏明譯，《N世代衝撞——網路新人類在正在改變你的世界》，頁八五。
59 吉見俊哉著，蘇碩斌譯，《媒介文化論：給媒介學習者的十五講》，頁八。
60 Don Tapscott著，羅耀宗、黃貝玲、蔡宏明譯，《N世代衝撞——網路新人類在正在改變你的世界》，頁五六。

也因此，掌握了網路媒體的新世代，等於掌握了自我標榜並與前行代相區隔的重要工具，如林淇漾對台灣文學上網的研究中，認為九〇年代後文學與網路結合的現象以「新世代的社群集結最為鮮明」[61]，此正肇因於新世代在相同的網路媒介環境成長下的集體意識，黃崇凱也曾提到：「影響七年級寫作者最顯著的共有資源，即是『網路社群』（the community of internet）。相較於前代寫作者必須要憑藉同仁刊物、出版品，以作品為替身形成社交網絡，並以此維持作品之間的交流、作者之間的交情；進入網路世代的寫作者則更容易感受到網路虛擬空間的便利和即時。而這樣的快速交換資訊和意見下，很容易塑造一種想像的虛擬社群，網路的家族、社團和聚落依照各種主題、人物和嗜好迅速建立起來，文學網路社群的衍生只是其中一環」[62]。當然，最能夠表徵台灣新世代作家的網路群集者，自然以「網路8P」最具代表性，如張耀仁所回憶：

[61] 林淇漾：「台灣文學上網的主要現象，著者約有下列六端：一、網路文學出版通路的建立（以網路書店為著）；二、分眾、專業文學網站的成立（如《台灣文學研究工作室》；三、文學媒體網站的架設（以報紙副刊網站為主）；四、網路文學實驗網站的興起（以超文本書寫為主）；五、作家網頁大量設置（著名作家個人網站上網）；六、網路文學社群重組與轉向（如新世代作家「個人新聞台」的蜂擁）。這六個現象，還可以進一步歸納出三個特色：一、跨媒介的場域延伸；二、商業化的市場占有；三、新世代的社群集結，而其中又以新世代的社群集結最為鮮明。」林淇瀁，《場域與景觀：台灣文學傳播現象再探》，頁二七五。

[62] 黃崇凱，〈為什麼小說家成群而來〉，收於朱宥勳、黃崇凱編，《台灣七年級小說金典》（台北：秀威資訊科技股份有限公司，二〇一一），頁三〇六。

二〇〇三年五月七日，兩位當時在時尚雜誌一同擔任編輯的文藝青年高翊峰（一九七三—）、王聰威（一九七三—），他們深深困惑著：「何以六年級文學創作者沒有所謂的浪潮？」為此，邀請原本互不認識的李志薔（一九六六—）、李崇建（一九六六—）、甘耀明（一九七二—）、許榮哲（一九七四—）等人到王聰威家喝酒、聊天，經過一晚的辯論與激盪（我揣想著，其中應是更多的感嘆與失落）這六位小說創作者決定以結社方式出發，試圖掀起台灣當代六年級的文學浪潮，並打破過去從實體世界結社發聲的傳統模式，在最便捷也最富影響力的網路平台宣告：「文學，我們來了！」[63]

所以，六位作家很明確地表現新世代作家對自己世代特色不明的焦慮，因此藉由網路集結，向同為網路世代的讀者擴張影響力。五月九日，明日報個人新聞台「小說家讀者」正式開張，後因《愛情6P》的出版，他們被稱為「網路6P狼」，八月，張耀仁與伊格言加入，擴大成為「小說家讀者8P」。他們集結力量後衝撞文學體制，且「網路」的背景，也使他們得以大展身手。如林淇瀁所言，傳統文學媒體有編輯等「守門人」對作品作好壞篩選，擁有「文名」或「美學」決定作品刊

63 張耀仁，〈貓的華麗的迴旋踢！——誰是8P？誰怕8P？〉，《幼獅文藝》第六二一期（二〇〇五年九月），頁七六。

登取捨標準的主導能力[64]，但在網路與文學結合後原先的權力中心被打破，更增加了創作自由的空間。以「網路8P」為例，他們對傳統文學體制的抵抗，除了以行動及通俗文學為號召，更試圖在他們的網站「小說家讀者」中建立屬於他們的美學風格，藉此建立「新浪潮」。其「小說家讀者」的開台本意在「探討如何精進小說技藝」，所以「透過網路舉辦網路讀書會（本月猛讀書）、每月小徵文（來篇屌小說）以及對各自小說作品的批判（每日一問）」[65]等系列活動引領風潮，其後更在《中國時報・人間副刊》連載「百日不斷電：別為文學抓狂」，以自問自答的方式，對傳統文學標準進行批判與顛覆。這都是在網路社會興起，傳統文學媒體已不再是權力中心後，新世代作家藉網路、以邊緣為中心來重建論述，以之向傳統美學挑戰的表現。

十年後，二〇一三年九月二十日，網路的文學評論刊物《祕密讀者》創刊，由朱宥勳等人為編輯群的《祕密讀者》以「電子書」為發刊形式，在其編輯理念中，就以「一個誠實的機會」為名提問：「你上次見到一篇誠實的書評是什麼時候？」進而說道：

---

64 林淇漾：「新世代寫手的代號或暱稱也就相對呈現流動的、隨機的，且帶有部分戲謔的意涵，書寫目的多在發表，且因無傳統媒體『守門人』介入，暱稱和代號的『去主體性』隨之加強，對於傳統媒體以『守門人』篩選投稿、以『文名』或『美學』決定作品刊登取捨標準的主導權力，自然形成去中心、去霸權的性格，也的確有開拓書寫空間的能力。」林淇瀁，《場域與景觀：台灣文學傳播現象再探》，頁二六二。

65 張耀仁，〈貓的華麗的迴旋踢！——誰是8P？誰怕8P？〉，《幼獅文藝》第六二一期，頁七八。

我們的整個文學圈都深深地被「名字」給牽制住了，一般讀者很難進入文學傳播媒體，彷彿只有那些耳熟能詳的作家、學者、得獎者的話才值得聽；而這裡面的每一個人都相當清楚，有名字的人彼此互相幫襯，絕對比互相砥礪來得輕鬆、「有益」。是的，我也承認我做過這樣的事情。但是，該是讓這個情況有個出口的時候了。[66]

《祕密讀者》標榜他們是「誠實」的書評人，這對應到了年輕世代對「誠實」的重視，Don Tapscott曾在其《N世代衝撞》中提到：「我們說這個世代對什麼事都滿不在乎，這樣的刻板印象，是沒有事實根據的。N世代人在乎人要活得正直——誠實、體貼、坦率、信守承諾」[67]，所以《祕密讀者》的「誠實」理念，可說是直指網路世代最珍視的價值。在此，不管是知名作家或新作家，不論「名字」只論「文本」，對文學的批評，在「錄取稿件一律匿名發表」的徵稿辦法中，都可更無顧忌地提出自己真實的想法。且《祕密讀者》不定期的「讀者敲碗」活動，列出編輯群選好的書籍，讓讀者票選最想看到哪本書的書評，得票最高者，《祕密讀者》就將找到負責人撰寫該書的書評，藉由網路高度的互動性，《祕密讀者》也有了與傳統文學媒體不同的特色。更重要的是，網路的即時性，讓《祕密讀者》得以在更短的時間內對最近的文學時事做出回應與評論，如二〇

66 〈一個誠實的機會〉，http://secret-reader.com/ideal/。

67 Don Tapscott著，羅耀宗、黃貝玲、蔡宏明譯，《N世代衝撞——網路新人類在正在改變你的世界》，頁一三九。

一五年一月時，文壇傳來江凌青不幸早逝的消息，《祕密讀者》即於該年二月號以「只需要再看一次那樣的手勢就好了」為專題名，製作「江凌青紀念專輯」，這就是該網路刊物即時性的展現，且使江凌青這位年輕作家於文壇尚未有如前行代作家的豐厚成績時，就得以「專題」形式表彰其文學成績，這也可說是《祕密讀者》試圖表彰新世代文學成就的具體行動。

綜上所述，我們可以說，新世代成長於網路高度發展的環境，對於網路的使用有著前行代所沒有的熟悉，「網路」成為他們最得以自我標榜的環境因素，他們也正藉由對網路媒體的高度掌握能力，重新定義文學環境中的遊戲規則與權力關係，雖然「小說家讀者」已少經營，「祕密讀者」的閱讀群也還不夠廣泛，但他們藉由網路來自己擔任「守門人」，讓新世代的文學成績更容易被看見，這是「網路」的民主精神在新世代文學展現中最重要的意義所在。

也如前所述，台灣新世代作家在政治上因公民意識抬頭、社會運動的重新崛起，以及經濟上面對經濟成長停滯、長期低薪的崩世代現象，使他們的小說對社會議題有更多的關懷，然究其根本原因，網路媒體科技的改變是最主要因素。Don Tapscott曾說：「在整個社會中，由於網際網路接觸全球的力量，N世代的公民活動正成為力量更強的新型態社會行動主義」[68]，他認為，N世代非常在意公義和社會面對的問題，願意接觸政治，更常參與公民活動。網路的「去中心化」的性格，使

[68] Don Tapscott著，羅耀宗、黃貝玲、蔡宏明譯，《N世代衝撞——網路新人類在正在改變你的世界》，頁四二。

新世代得以擁有重新選擇與傳播資訊的權力，如何明修所言：「相較於主流的傳播媒體，網路具有明顯的去中心化的性格，因此比較不容易被統治者控制與篩選內容，同時也利於弱勢者傳遞原被認為缺乏『新聞價值』的訊息。特別是在威權主義的國家，網路已經成為了一種具有高度反抗性的公共領域」[69]，而除了網路得以突破早期權威性主流媒體的資訊揀擇外，社群網絡更使個人得以更快知道自己的社交圈中彼此關心的議題，透過分享按讚，將議題迅速地擴散到他們的圈外朋友，「共同體」意識將在網路空間的共時性想像下更迅速地凝聚。

臥斧的《碎夢大道》以都更議題、土地正義為主軸，以通俗的推理小說形式展現其社會關懷，他在該書的後記中提到：

> 在這幾年間，我所身處的社會出現了許多轉變——關於經濟的、關於政治的、關於基本人權與公平正義的，很多原來在各地沒有被報導、被曝光、似乎隱而未顯但其實長久悶燒的事件，在網際網路及社群程式的發展下受到愈來愈多的注意，同時很諷刺的，國內的媒體環境卻在財團及政客的干擾下開始惡化，嚴重地崩解。訊息理應經過查證的新聞媒體，有時居然比小道消息亂竄的網路平台更不可信賴。而無論來自何處的資訊，在經過自己接收、消化、

[69] 何明修，〈當新社運遇到新媒體〉，收於管中祥主編，《公民不冷血：新世代台灣公民行動事件簿》（台北：紅桌文化／左守創作有限公司，二〇一三），頁一一。

了解及求證後，理解的真相有時又會引來不同的思索得到與資訊表象全然不同的內裡。[70]

臥斧在此表明的，便是主流媒體與網路媒體的本質差異，而其對都更及土地正義問題的觀察，便來自於去中心化的「網際網路及社群程式」，所以在公民意識抬頭及網路持續發展下，原先新世代作家對政治的冷感轉變為對社會的熱情，成長於網路環境下的新世代其文本中的社會性隨著網路的進展而逐漸增強，這是台灣新世代小說的重要特質。

朱宥勳《暗影》一書，便是新世代小說文本中最直接以「網路」、「BBS」為故事主體所敷衍成的故事。小說以台灣職棒「打假球」事件為本，以曾經熱情支持台灣職棒卻因假球事件感到失望的Fido，以及身為職棒球星卻早已熟悉打假球的遊戲規則但尚未被發現的謝士臣這兩位主角為敘事主線。所謂的「暗影」是Fido與幾位同伴共同研發的電腦軟體，只要將球員對球的視線與揮棒路徑做疊合，便可看出自己所支持的球員是否有打假球的嫌疑，且在他與數位曾因假球案傷害了對職棒熱情的球迷相互串連下，要將「暗影」的軟體置於網路供人下載，讓所有球迷自行檢視他所支持的球員是否有打假球，Fido相信，唯有透過「網路」讓「全民」一同「檢視」，才是杜絕職棒歪風的方法，小說寫道：

70 臥斧，〈後記：謝謝你，陪我走進《碎夢大道》〉，《碎夢大道》，頁三〇九。

Fido知道，他能利用的主場是網路。台灣有很多球迷是不上網的，他們平常只是開著電視聽球，偶爾瞄上一眼畫面。雖然他們可能支持一支球隊七、八年了，卻從來沒有動念到任何一個網路討論區去看一看。

但是，那些會上網的球迷就不一樣了。

他們會像病毒一樣擴散，只要有一樣武器帶給他們希望。[71]

這「武器」就是「暗影」的軟體，網友只要下載便可使用，一如網路資訊的輕便及傳播迅速，更重要的，雖然「武器」輕巧，且一旦在網路引起風潮，便是百萬、千萬手持武器的大軍進襲，將使社會規則中的黑暗勢力退無可退。

而小說中最引人入勝者，是Fido試圖在BBS站上引起對中華職棒「假球」事件的話題，如「[問卦]有沒有正直的職棒球員的八卦」[72]，便是BBS上以「問卦」開啟話題的模式，而後在Fido等人適時加入新鮮材料維持關注熱度、刻意引發網路筆戰、藉社群網站大量轉載、進攻球團的官方粉絲專頁等方式下，話題由虛擬世界影響到小說中的真實世界，職棒球團亦需為網路話題做出回應。小說中「網路筆戰」的部分，更是寫出當下網路環境中網友言論相激盪時的理性與非理性的喧

71　朱宥勳，《暗影》（台北：寶瓶文化事業股份有限公司，二〇一五），頁七二—七三。
72　朱宥勳，《暗影》，頁一六九。

嘩，小說寫道：

如何在最快的速度得到關注？當然是引起筆戰！有爭議的話題、國中生一般的語調，都是引起筆戰的催化劑。BBS的每則留言都會標注時間，所以在Fido這種事後翻閱的讀者來看，幾乎可以在心裡畫出輿論搖擺的波形。最初，底下的回應一片義憤填膺，幾十個支持者跳出來指責網站血口噴人、無憑無據。而網路上總是無處不在的那種，以言語因損他人為樂的散兵游勇則反脣相譏：「聖人隊喔？酸不得嗎！」[73]

朱宥勳以喜於網路「筆戰」知名，對於各類時事，包括政治、社會、文學等無一不戰，但也確實在朱宥勳的「引戰」下，代表不同身分、背景、性別、政治色彩等的言論被激發湧入後，真理雖不一定愈辯愈明，卻是「眾聲喧嘩」最真實的樣貌。而其喜於「筆戰」的原因，或如他筆下的Fido，是將「改變」的希望寄託於網路，小說寫道：

最新版的「暗影」，很快就要再發布出去了，他們能夠再一次取得網友的支持嗎？就算可

[73] 朱宥勳，《暗影》，頁二三六。

以，那樣的電子浪潮能夠推動現實世界嗎？然而這卻是他們唯一能寄望的東西了。[74]

將「網路」作為「推動現實世界」「唯一能寄望的東西」，如同新世代發揚網路的民主精神以求改變現實成規，也如「公民社會」一節所述，新世代嫌熟網路，不僅增加了政治與社會意識，更懂得如何藉由網路串連體現民意，一場虛擬世界向現實世界的進擊，正如朱宥勳於二〇一五年所出版的《暗影》一般，正在展開。

四、網路對「人」的改變

對生活在網路環境的台灣新世代作家來說，網路對他們最重要的影響在於，長久浸淫於網路中，使他們將網路的結構內化，傳統對時間與空間的認知方式也跟著改變，虛擬網路與現實世界的齟齬、社群網路中表現欲與偷窺欲的矛盾、資訊快速遞換所產生對存在的焦慮感等等，都成為新世代小說家寫作的背景、題材與主軸，將「人」置於網路中觀察，刻畫人與網路間的聯繫鎖鍊，甚至是被網路改變、控制的人與社會。如神小風便善於將「網路」的各種性質與現象的探討做為散文與小說的主題，她在〈夢遊先生〉中寫「我」與「H先生」在網路上談分手，「H說要跟我分

74 朱宥勳，《暗影》，頁二五〇。

手，我不要。我們從MSN講到FB聊天室，換了PLURK又回到MSN上。網路不穩。有時他下了線反則換我，小綠人忽隱忽現，存在於我倆之間巨大的時間差，某些字句被時差磨損了，消失了……」[75]，在網路虛擬空間上的若即若離，雖使「我」感到煩躁、難過，但「網路線」此一真實能夠掌握的物品，反而成為她躲避傷害的最佳方式，她寫道：

H消失了，在一切發生之前，在他還沒來得及傷害我之前。我跪坐在地上大口喘氣，有種奇異的安定感自胸口升起，H和那個誰一起消失了，而我還在這裡，離世界好遠，好安全。我瞪著手上這條網路線，他是我搬進這房間時最先尋找的東西，如今它躺在我手裡，我以為這樣一切就不會成真。[76]

當網路連結，一段可能傷害自己情感的文字便存在，但拔除了網路線，就「離世界好遠，好安全」，神小風在此以「網路線」精準地傳達了虛擬網路空間與現實世界的聯繫，當兩者一連結，其實就已無虛擬與現實的差別，兩個空間在使用者心中早已混融難分。

[75] 神小風，〈夢遊先生〉，《百分之九十八的平庸少女》（台北：寶瓶文化事業有限公司，二〇一二），頁一二六。
[76] 神小風，〈夢遊先生〉，《百分之九十八的平庸少女》，頁一二八。

除此之外，如吉見俊哉所言：「在電子空間中構成的自我，已不如口承文化時代般可以安居於固定的地方，也沒有如文字文化時代般的單一性。這裡的問題重點正是：我們的自我（self）構成方式已悄然改變了」[77]，同樣的，麥克魯漢也提到：「電子迴路已經推翻了『時間』和『空間』的統治方式，而把其他所有人關注的問題，即時且不斷地傾瀉到我們身上。……『一個萬物皆有所歸、各安其所的地方』，徹底違背了新科技的精神。你再也『回』不了家了」[78]，電子網路媒體所帶給使用者的，其實是更深層的「自我」的「不安」。以神小風的《少女核》為例，故事以主角為了逃避家人帶著「妹妹」離家出走，不但這個「妹妹」僅是她人格分裂的對話，且她渴望「一個新名字」，或是以妹妹的名字重新活過，都代表著她意圖逃離「自我」並尋找「自我」得以安頓之處，但結果仍是茫然無所得。

從自我的質疑、背棄，到世界的崩壞，是新世代小說常見的主題，也是他們以敏銳的眼光審視網路世界中人心的轉變而來。以同樣的角度審視「六年級」作家的「新鄉土小說」，其中雖以鄉土為書寫對象，但鄉土多已成為背景、符號，其中不變的重心——記憶、主體的不穩定，也正是電子網路時代「自我」已無法「安居」的另類展現。

總而言之，因九〇年代網路的興起，使台灣一九七〇後的新世代作家，既能掌握網路媒體，又

77 吉見俊哉著，蘇碩斌譯，《媒介文化論：給媒介學習者的十五講》，頁八〇。

78 Marshall McLuhan & Quentin Fiore著，楊惠君譯，《媒體即訊息》。

能準確刻畫網路中人在主體與人際等各層面的變化，使網路成為新世代作家所能與前行代區隔最鮮明的旗幟，更重要的是，他們還跟著網路科技的不斷變化而求新求變，可以說，欲觀察未來新世代或更新世代小說文本的變化，都要從「網路」開始。

內緣因素：文學史的傳承

陳芳明曾說：「政治史顯示出來是興亡史，文學史的特色則完全是傳承史」[79]，在討論台灣一九七〇年後出生的新世代作家群像時，除了對他們所身處時代環境的變化進行審視外，其文學表現更大程度地接受了八〇年代以來的文學影響，並於其中所有繼承、反叛與建設，構築了新世代文學的不同特色。以下，分就「後現代主義文學」、「寫實主義文學」及「現代主義文學」詳述台灣新世代小說家對文學內部的傳承轉變。

[79] 陳芳明，《台灣新文學史》，頁七七六。

後現代主義文學

所謂的「後現代主義」，是從對「現代主義」的揚棄與繼承而來。「現代」一詞，若以歷史分期（前現代、現代、後現代）的角度劃分，「現代」多指從文藝復興以來，歷經宗教革命、科學革命、啟蒙運動以至二十世紀二次戰後，被稱為「現代」時期。在「現代」時期，「現代性」所代表的自由、平等、理性、追求真理等價值，社會上的科層體制、勞動分工、專家主掌、追求效率等現象，以及在信仰體系中的「除魅」（disenchantment）過程使生活不斷的智識化、合理化，「現代性」開始受到重視並逐漸成為所處社會現實的過程，便是「現代化」。然而，在「現代化」的過程中，工業革命使人與所製造的物品間產生斷裂，無法從生產中獲得價值，並因資產階級剝削而使勞動階層僅能領取微薄薪資等社會現象，以及因工業文明、城市發展，媒體科技的進步如報紙、電報、無線電、電影等，在前現代時期原本穩固、堅實的社會關係逐漸瓦解，「現代人生活在一個碎片化、高度動盪不安和不確定的世界中」[80]。因此，自十九世紀後，波特萊爾等以「現代主義」美

[80] 黃崇憲：，〈「現代性」的多義性／多重向度〉，收於黃金麟、汪宏倫、黃崇憲主編，《帝國邊緣：台灣現代性的考察》，頁三三。

學創作的文學、藝術作品紛紛問世，其前衛、頹廢的風格就是對「現代化」結果的藝術反動，其後如未來主義、意象主義、達達主義、象徵主義、超現實主義、表現主義等不同美學運動不一而足，其中或讚揚文明進步，或於混亂的現實中尋找主體，「現代化」與「現代主義」之間存在著共存與批判的有趣關係。

然而，在二戰結束後，參戰各國元氣大傷，原先於「現代性」中的「理性」、「真理」以及「科技萬能」等價值受到質疑與反省：日本於三〇年代開始盛行的軍國主義，以天皇為真理，使戰爭圈不斷擴大；希特勒以其種族主義為真理，造成了納粹德國屠殺猶太人的悲劇；作為戰爭科技的原子彈投於日本結束了二戰，卻也造成無辜的廣島、長崎市民的巨大死傷與恆久的傷痛；做為理性實證的經濟理論，馬克思的《資本論》使無數人前仆後繼要創造無產階級烏托邦，在冷戰時期，共產陣營的專制、獨裁、饑荒、落後，反證了理性的無效；工業革命帶來了大量生產，但對環境資源的掠奪與破壞，已使發達國家嚐到苦果。凡此種種，以二戰結束為主要標誌，「現代性」的美夢破碎，如汪宏倫所言：「後現代的萌生，恰恰是因為人們開始意識到現代性計畫宏偉企圖背後的破綻、缺憾、不完美乃至不可能」[81]，從此，科學、理性等現代性價值背後的大敘事受到檢視與挑戰，再加上戰後西方強權休養生息後的高度經濟發展，使文化的轉向增加了商業因素，而發展出「後現代主義」。

[81] 汪宏倫，〈台灣的「後現代狀況」〉，收於黃金麟、汪宏倫、黃崇憲主編，《帝國邊緣：台灣現代性的考察》，頁五一八。

「現代主義」的出現，就是針對「現代性」的發揚與反思，早在「現代性」被高度張揚的二十世紀初期，就已有如達達主義者，以形式、理念挑戰傳統的美學成規，進而破壞成規背後所依恃的各種權威。而「後現代主義」出現於「現代性」備受質疑的時代，其繼承了「現代主義」對「現代性」的反思，卻又針對了「現代主義」向「現代性」挑戰之「不徹底」而來，如高宣揚所稱：

現代主義的不徹底性就在於：第一，沒有徹底破壞傳統文化的理性中心主義原則；第二，他們繼續延續傳統的語言表達風格以及語言形式主義；第三，現代主義仍然不敢徹底打破傳統道德的約束，也不敢向傳統的社會規範進行挑戰；第四，現代主義醉心於創建「劃時代的」作品，醉心於「大體系」的建構。[82]

所以，「理性中心主義」的原則需打破，自達達主義等前衛運動而來的「反理性」、「反線性邏輯」為其特點；後現代主義也針對語言背後的文化威權進行反思，甚至以「反語言」的面貌出現；更重要的是，它針對「現代性」背後的真理、價值進行破壞——它「反中心」，重新思考與定義「邊緣」，它「反崇高」，刻意貶低文化藝術的傳統高度，它「反整體」，重視個別差異，它「反深層真理」，重視表面，有意平淡，用心淺薄，原先在「現代主義」中所欲把持的「大體系」

[82] 高宣揚，《後現代論》（北京：中國人民大學出版社，二〇〇五），頁五九。

遭到無情的破壞，追求最大限度的自由，以「高度不確定性、可能性、模糊性、超越性和無限性的總和」[83]，維持它不斷創造與更新的可能性。

於此，我們可以說，後現代主義是在現代主義對現代性的反省批判的繼承之後的再進發，它破除了現代主義身處在現代性的影響下的迷思與盲點，以一「後設」的姿態重思二十世紀前半的思想發展，在現代主義的反叛姿態之後做出更大程度的、更接近本質層面的顛覆與破壞。

後現代主義表現於文學上，具體表徵出現在以下幾方面：一、不確定性：後現代主義表現為對知識、信仰、真理等體系的全面質疑，運用於文學中，其力圖打破的，就是原先在文學層面被認為理所當然的主題、意義、中心，轉而以主題不確定、情節不確定、人物不確定的「不確定性」原則來展現；二、高度自由的遊戲態度：後現代主義文學標榜其創作方法的多元性，「多元」即為「反中心」而來，強調創作的隨意性、即興性和拼湊性，且「遊戲精神」代表了後現代主義的「創造」、「自由」與「冒險」，也去除了現代主義的菁英色彩，甚至讀者也可參與文學作品的創造；三、語言與形式實驗：他們熱衷於探索新的語言藝術，高度關注語言的遊戲和實驗，且刻意模糊文體界線，破壞敘述常規，更藉由形式實驗表達對「小說」這一形式本身的質疑，此可以「後設小說」（或稱「元小說」、「自覺小說」）為代表，創作者自覺「小說」即為「虛構」，所以將「虛構」的過程展示在讀者面前，表現出以虛構呈現真實的不可能，進而「強調現實亦經由人為詮釋而

[83] 高宣揚，《後現代論》，頁一二。

認定，其性質與虛構無異」[84]的理念。

台灣並未經歷西歐近三百年的現代化過程，且經過日治、國府遷台等政權更移，農業社會的本質在五〇年代仍未變動，而後雖在「進口替代」、「出口導向」等產業政策下，台灣工業有了長足發展，但在政治的高壓之下，思想的箝制仍使社會被壓制在穩固的狀態。從七〇年代黨外運動的勃發使自由、民主的精神逐漸受到張揚，官方堅持反共抗俄國策背後的大敘事失去根基，加上都市化的快速成形、商業的高度發展、大眾文化的勃興等政治、經濟現象等，都使台灣有了結構性的變化，因此，如蕭義玲的觀察：「解嚴後的台灣，客觀環境是正統敘事瓦解，這種文化環境正是後現代思潮著床的最佳時機，在反中心、反支配的策略上，台灣正好與後現代文化同調」[85]，後現代思潮的適時引介如汪宏倫所言：「後現代作為一種知識風潮，則可以一九八六年為分水嶺。極具時代意義的《當代》雜誌在該年創刊，大量引介當代西方思潮，其創刊號即是以傅柯及其所帶來的後現代論爭為主題……」[86]，對台灣當下的文化環境而言可謂水到渠成，而台灣的後現代文學也逐漸成形。

八〇年代開始於文壇嶄露頭角的作家如黃凡、張大春、林燿德等人，標榜「反寫實」，私承

84 蔡源煌，〈後設小說的啟示〉，《從浪漫主義到後現代主義》（台北：雅典出版社，一九九八），頁一九二。

85 蕭義玲，《台灣當代小說的世紀末圖像研究——以解嚴十年（一九八七—一九九七）為觀察對象》（國立台灣師範大學國文研究所博士論文，一九九九），頁二〇。

86 汪宏倫，〈台灣的「後現代狀況」〉，收於黃金麟、汪宏倫、黃崇憲主編，《帝國邊緣：台灣現代性的考察》，頁五一八。

現代主義的西化、菁英色彩、形式實驗精神，高舉「都市文學」、「後現代文學」的大旗，定義其「新世代」文學風格。他們開始以後現代主義的思想及西方後現代小說為模仿對象，進行大量的後現代形式實驗，所以，於台灣第一篇嚴格意義的後現代小說——黃凡〈如何測量水溝的寬度〉中，便展現了「文體的開放」、「自我指涉」、「後設語言」等形式實驗，而後張大春更以《公寓導遊》、《四喜憂國》、《撒謊的信徒》、《大說謊家》、《沒人寫信給上校》等小說大玩後設形式實驗，質疑語言、也質疑真理，否定「寫實主義」主張的「再現」之可能。

然而，眾所周知，台灣後現代小說雖在八、九〇年代曾一度紅火熱門，卻也迅速退燒，即使如最熱中於形式實驗的黃凡、張大春與平路，也在二十一世紀後走回寫實路線。可以說，後現代文學在台灣，也在二十一世紀後逐漸走向沉寂。

但台灣後現代文學是否就此結束？當後現代文學作家所「預告」的後現代社會真正來臨，文學又該以何種面貌表現當下社會的變遷？汪宏倫說道：「時至今日，後現代這個字眼不再那樣隨處可見，有些人甚至認為後現代在台灣已淪為『昔日黃花』，但這並不意味著後現代已退了流行或成為過去式：相反地，後現代不再到處嗡嗡作響，乃是因為它幾乎已成了一個給定的常數，人們見怪不怪，將之視為理所當然——儘管許多人仍舊拒絕接受」[87]，說明了台灣「後現代」的退燒，並非意

[87] 汪宏倫：〈台灣的「後現代狀況」〉，收於黃金麟、汪宏倫、黃崇憲主編：《帝國邊緣：台灣現代性的考察》，頁五〇九。

味著它已成「過去式」，反而更成為「日常生活」，隨處可見後現代徵象。

台灣從八〇年代以來經濟上的都市化與消費社會成形，政治上的解嚴與邁向高度民主化的進程，都有助於後現代社會成形，且如前所述，從八〇年代以至二十一世紀，政治上台灣民族主義的壯大使省籍矛盾與衝突愈演愈烈，經濟上新自由主義成為主流，市場邏輯及消費文化影響人心，且新聞媒體的商業化、娛樂化及政治操作，以及網際網路的迅速拓展等因素，「我們可以說，從一九八〇年代後期到一九九〇年代中期，台灣社會歷經了一段百家爭鳴、百花齊放的過程，幾乎已至『百無禁忌』的境地。也就是在這樣的過程中，台灣的後現代狀況可謂粲然兼備，渾然成形」[88]。台灣一九七〇年後出生的新世代，幾乎可說與台灣後現代狀況一起成長、成熟，其中的「不確定性」、「去中心」、「否定終極真理體系」等概念，早已在他們的生活環境中透過各式媒體滲進他們的思維之中。

一、「反寫實」技法的延續

最明顯可見的，就是八〇年代後現代文學創作者們對藉由「反寫實」呈現「虛構」本質技法的傳承。如陳明柔的觀察，後現代小說家的形式實驗，便是在於穿透「真實」之虛構本質，而使用後

---

88 汪宏倫：〈台灣的「後現代狀況」〉，收於黃金麟、汪宏倫、黃崇憲主編：《帝國邊緣：台灣現代性的考察》，頁五二五。

設、魔幻寫實的技法來呈現他們所觀察的社會變遷：

小說家開始以形式的實驗，試圖穿透這個一切均轉換為消費符碼的社會，質疑溝通之可能與「真實」的意義，辯證「真實」的虛構本質。於是後設的、魔幻寫實的小說在文學獎的助與下，引領風潮蔚為風氣。首開風氣者，當以屢奪文學大獎的張大春與黃凡最引人注目。[89]

對台灣一九七〇年後新世代作家來說，八、九〇年代台灣文學的內容，是他們最主要的文學營養，「反寫實」的風格可說是他們的流行時尚，直至二十一世紀影響仍在。如二〇〇一年第十五屆的「聯合文學小說新人獎」評審馬森所言：「我們來看今年度『聯合文學小說新人獎』的獲獎作品，有幾種現象值得注意：……三、反寫實風格的諸如超現實、魔幻寫實、荒謬小說等篇數甚多，質地亦佳」[90]，當時欲投入文壇參與文學獎的稿件，仍多有「反寫實」風格，可見在八〇年代後成長的新世代創作者對反寫實技法的偏愛。且如朱宥勳的《堊觀》運用後設筆法，結合科幻奇想，虛構一個存在於台東加路蘭，卻會將所有記憶、知識、敘述都吞沒的「堊觀」，遙承張大春藉由不同形式表達對一切質疑，且否定歷史、知識與真理的筆法；黃崇凱《比冥王星更遠的地方》則以雙線並行的方式書

[89] 陳明柔，〈典範的更替／消解與台灣八〇年代小說的感覺結構〉（東海大學中國文學系博士論文，一九九八），頁九八。

[90] 馬森，〈有後現代主義美學的風味嗎？〉，《聯合文學》第二〇五期（二〇〇一年十一月），頁一五五。

寫，故事有兩個敘事者，他們在生活的困惑、失意之中，敘寫著對方的人生，使敘事者的主體又同時是對方可隨意填充、改寫的客體等，都可視為藉形式實驗以表達後現代精神的文學承繼。

新世代小說在後設筆法的繼承上雖然不是主流，但仍有少數優秀作品，如張亦絢《愛的不久時：南特／巴黎回憶錄》，故事以敘事者「我」在法國南特讀語言學校時，身為女同志的她在南特與異男Alex的戀情為主軸。但本書並非傳統言情小說，縱貫全書的，是「我」對自己如何梳理這段南特的戀情並將它成形為小說的經過。所以，「我」提到自己的創作觀、現實人物與小說人物如何置換，甚至是視角如何選擇、故事首句起始好壞的評論等等，「我」既是小說創作者又是評論者，使虛構小說與真實生活的界線愈加模糊。「我」在小說中如此提起故事男主角Alex，張亦絢寫道：

> 對我這個態度抗議的最厲害的，大約發生在十年前。抗議的人終於在十年後進入了小說，至於是不是如他所願，已經成為無從查考的事，而他，就要成為現在這個小說最重要的一個主角了，這在十年前，或者甚至三天前，都不是我這個作家所能預料的。
>
> 他在這了，他說道：「妳不見我，都是因為我不能做為妳小說的靈感。」
>
> 我搖頭，溫和地說道：「寫小說不像你想像的那樣。」[91]

[91] 張亦絢，《愛的不久時：南特／巴黎回憶錄》（台北：聯合文學出版社股份有限公司，二〇一一），頁二一。

此處表現的，是一般人對文學創作的偏見與誤解，「我」與「他」的談話既是男女戀愛時的言語機鋒，也是一般人對文學創作者的誤解。《愛的不久時》正是在這樣的後設筆法及「我」對世事犀利又任性的觀察中成形，既承繼八〇年代後現代小說的後設筆法，又有著新世代女性作家的輕盈。

同為新世代女性作家的古嘉，以輕盈有趣的風格撰寫的〈遇見咔啦雞腿堡學姊〉，開頭就看似向黃凡〈如何測量水溝的寬度〉致敬，古嘉寫道：

「我認識一位愛吃速食的學姊，」我在小說開頭寫道：「那時我剛升高三而她剛考進大學。我第一次見到她的時候，她正在肯德基吃咔啦雞腿堡，因此，之後我就稱她咔啦雞腿堡學姊。」

我寫完這句話，把筆放下，猶豫起我該不該寫這篇小說。這純粹是一個玩笑，只因某次我和我那小說家朋友青一起吃義大利麵時的戲言。[92]

而故事的情節進展，就以這位被虛構出的「咔啦雞腿堡學姊」出現在主角「古嘉」的生活中進行，雖然「古嘉」說「我雖然已經是大學生，卻不代表我不需要念書，我決定不再寫這篇小說，專心維

[92] 古嘉，〈遇見咔啦雞腿堡學姊〉，《古嘉》（台北：寶瓶文化事業有限公司，二〇〇四），頁九一。

持我的成績，而且才有時間逛書店」，但這位虛擬的學姊不但再度出現，而且「她知道的竟然比我還多，好像我才是她小說裡的人物」。故事就在此既與創作虛構的學姊相遇、通信，「我」的真實生活又被自己創作出的人物所牽引改變做為小說主軸，也可見後設小說在二十一世紀後可能承繼的樣貌。

二、否定「大敘事」

如前章所述，新世代作家生活在台灣認同展開、台灣主體性張揚的「新國家」想像成形的階段，鄉土文學中關懷土地、面向現實的文學傳統，是他們所能承繼的資產，但他們也同樣成長於高度都市化、工商業發達、消費文化社會中，且政治環境的認同爭議、新聞的商業娛樂化、資訊媒體的快速變遷，以及文學上各式形式實驗的成績，都使他們不願以簡單的「再現」現實作為表達新世代面向土地的方式，所以，二十一世紀後的「新鄉土小說」風潮，可以說是政治環境改變與後現代文學成績加乘後的文學表現。如范銘如所指稱，由袁哲生、甘耀明、王聰威、伊格言等人所建立的「輕鄉土小說」風格，范銘如後來於其〈後鄉土小說初探〉中修正其說法，不稱其「新」（以免產生「新」勝於「舊」的印象），亦不稱其「輕」（彷彿這些小說不嚴肅或不夠分量），而著一「後」字，除了表示是「鄉土文學」時間上的先後順序，以及是在鄉土文學內涵的擴延與形式的探究之外，她說：「第三重，也是最重要的，『後』（post）鄉土的基本精神與八〇年代後期以迄九〇年代席捲台灣知識界藝文界的後結構思潮，如後現代、後殖民、女性主義、解構主義、新歷史主義等等的『後學』，一脈相承，因此它對鄉土的固有概念或敘述形式不乏嘲擬、解構與後設性反思」[93]，可見得這些看似遙承七〇年代鄉土文學的新鄉土小說，實際上與八〇年代以來的後現代文學有著更緊密的承繼關係。

除此之外，後現代社會最重要的本質轉變，在於李歐塔所謂「大敘事的凋零」，因為「現代」是一個由「大敘事」、「真理」為根基所構築的世界，「後現代」卻是質疑「真理」，進而否定「大敘事」的年代。如前所述，八〇年代政治高壓的鬆綁，代表著官方敘事的瓦解，而後隨著自由、民主精神的張揚，「台灣民族主義」以一新的大敘事姿態與台灣認同一起壯大，在首度政黨輪替陳水扁執政後成了一個足以與傳統中國敘事相抗衡的意識型態，但反而在民粹政治動員的激化下使人民感到厭倦。加上新聞媒體的政治選邊、商業運作，以及網路訊息的迅速遞換，都使大敘事更難成形，如汪宏倫的觀察：「當前台灣社會普遍瀰漫著懷疑後設敘事的後現代風潮，在政治與媒體等領域尤其明顯可見……不容否認的是，台灣社會目前正處於一種後設敘事崩解的後現代狀況中，不可自拔」[94]，所以，新世代作家們以更輕、更小的敘事凸顯他們的文學風格。如朱宥勳認為，「七年級」是一個「重整的世代」，此世代「最重要的關鍵在於，他們翻轉了以往的文學常規，將個人情感置於最重要的地

93 范銘如，〈後鄉土小說初探〉，《文學地理：台灣小說的空間閱讀》（台北：麥田出版社，二〇一〇），頁二五二。

94 汪宏倫，〈台灣的「後現代狀況」〉，收於黃金麟、汪宏倫、黃崇憲主編，《帝國邊緣：台灣現代性的考察》，頁五四〇—五四一。

位……他們是一群以情感做為基點，去遭遇大寫的歷史，並且汲取前代的寫作經驗來建立自己美學風格的寫作者」[95]，個人情感在大敘事已然崩解的時代，成了文學的重要主題。如果說，八〇年代對「大敘事」的挑戰有民主精神的「去中心化」的抵抗精神，那麼成長於大敘事凋零的新世代作家們，不再假想一個需要抵抗的大敘事，而轉向以個人情感進行小敘事書寫，這可說是後現代文學在二十一世紀後由新世代所表現最重要的承繼與轉變，也是台灣真正進入後現代社會後在文學上的必然對應。

三、雅俗界線的泯除

再者，後現代主義的出現，也代表著雅俗界線被重新思考的重要時機，在藝術層面，普普藝術的出現最堪為代表，其中商業元素及世俗文化的加入，讓商品化藝術開始擴張，原先現代主義的菁英色彩被打破，「後現代主義者唾棄了菁英主義，而把『高雅』和『低級』的文化形式在美學上的多元主義和民粹主義結合起來」[96]，向世俗文化、群眾品味靠攏，並於其中展現藝術哲思，使藝術品味不再定於一尊，雅俗的界線也因此被泯除。一九七〇後新世代作家成長於商業化、民主化的台

---

[95] 朱宥勳，〈重整的世代——情感與歷史的遭遇〉，收於黃崇凱、朱宥勳編：《台灣七年級小說金典》，頁八。

[96] 〔美〕斯蒂芬・貝斯特、道格拉斯・科爾納合著，陳剛等譯，《後現代轉向》（南京：南京大學出版社，二〇〇四），頁一二九。

灣，其浸淫於消費社會也對商業邏輯有所吸納已如前章所述，而在他們的小說中最顯明的變化，就是小說的「通俗化」。

在二十一世紀初，李志薔、李崇建、甘耀明、王聰威、高翊峰、許榮哲就曾以「網路6P狼」的名義，出版《愛情6P》，一反他們擅長的純文學領域，聯名撰寫輕薄短小的通俗愛情故事，也承認其中的行銷操作：「二〇〇三年七月起，『小說家讀者』與《星報》開始合作，每週日以全版篇幅刊登主題式極短篇小說，不到一年時間，二〇〇四年五月，由寶瓶文化集結出版《愛情6P》（二〇〇四年），或許是為了名稱聳動以利促銷，該書標榜『網路6P狼與您談情說愛』……」[97]，後加入張耀仁與伊格言，八人又聯名出版《不倫練習生》（二〇〇四年），以「不倫」為關鍵詞，敘寫各類不符傳統倫理成規的愛情故事。他們的通俗文學撰寫及與商業行銷結合的行動，以他們的說法，就是以「行動文學」與「中間文學」挑釁傳統文學體制的方式。所謂「行動文學」，就是「『揚棄高調、不怕媚俗』的綜藝化路線」[98]，他們以「金石堂櫥窗書寫」——小說家在櫥窗中寫作，表現寫作進行的過程，或是「不倫自拍」——如許榮哲「以身入鏡」，以被捉姦時慌張著衣（或其他）的照片引起網路討論等；而「中間文學」則「試圖打破純文學與大眾文學之間的藩籬，開創其他可能性」[99]，以得過多座大小文學獎的純文學作家的身分集結並創作通俗文學。這都可說

97 張耀仁，〈貓的華麗的迴旋踢！——誰是8P？誰怕8P？〉，《幼獅文藝》第六二一期，頁七七。
98 張耀仁，〈貓的華麗的迴旋踢！——誰是8P？誰怕8P？〉，《幼獅文藝》第六二一期，頁七八。
99 張耀仁，〈貓的華麗的迴旋踢！——誰是8P？誰怕8P？〉，《幼獅文藝》第六二一期，頁七八。

是他們試圖與商業環境結合，並以之與前行代做出區隔的方法，而就文學的傳承言，明顯來自於後現代主義消弭菁英與大眾界線理念的影響。

郝譽翔曾於審評「第二十屆聯合文學小說新人獎」後提到：「『好看！』是這次小說新人獎評審對於參賽作品的一致看法。……而這實在是一個令人振奮的現象——小說終於逐漸擺脫了文學獎的重負，而回歸到它的初衷：好看的故事，以及書寫與想像的樂趣」[100]，由文學獎看文壇，這些「好看」的故事，也開始出現在新世代小說家的文本中，如徐嘉澤、劉梓潔等人，小說便以語言精準流暢、故事性強為特色，且原先通俗文學與純文學壁壘分明的現象，在新世代小說家的作品中，我們看到更多的混合交融，通俗類型包括愛情、科幻、推理、奇幻等元素，被新世代小說家嫻熟運用，也增加了故事的可看性。運用科幻元素者如陳國偉的觀察：「出身自純文學場域的六、七年級（一九七一——一九九一年出生）年輕小說家，開始大量挪用科幻的元素或思考，去進行他們的小說創作」[101]，伊格言《噬夢人》與高翊峰《幻艙》皆為顯例。伊格言的《噬夢人》中，發生在二二一九年後龐大的、關於夢境的各種偽知識，以及後人類世界的想像，獲文壇一致好評；高翊峰的《幻艙》在失去時間座標的扭曲空間中，表現人的壓抑。推理者如祁立峰《台北逃亡地圖》，以台北一櫃姐的被謀殺案揭開序幕，演繹與案情有關與無關之人的都會生活；蘇飛雅的《蛆樂園》也

[100] 郝譽翔，〈自由的新世代〉，《聯合文學》第六二五期（二〇〇六年十一月），頁五五。
[101] 陳國偉，《類型風景——戰後台灣大眾文學》，（台南：國立台灣文學館，二〇一三），頁一八六。

以一遊民之死作為開端，書寫「艋舺國」的遊民群像；陳栢青的《小城市》更以推理結合科幻，以塑造「七年級」新英雄人物為主軸，串連起一個現代城市的寓言。奇幻則以大量創作新鄉野傳奇的甘耀明最重要，其《殺鬼》以日治時期皇民化運動開始到終戰後二二八事件為止的戰爭時代為背景，取消人鬼之間的疆界，呈現台灣不同民族的衝突與融合，而其《喪禮上的故事》則以愛說故事的「麵線婆」過世，弔唁者在喪禮上分享所聽過最動人有趣的故事給「麵線婆」聽，作為對死者的禮敬，其故事奇異而不詭異，且多有人間溫情為底蘊；何敬堯《幻之港——塗角窟異夢錄》，則以曾在台中、彰化交界的大肚溪出海口後毀於洪水的港村塗角窟為背景，以民間傳奇的奇幻想像，敘寫人性與鬼魅的相似處。

總而言之，台灣一九七〇後新世代小說的通俗化、故事性強、愈來愈「好看」等的變化，都使得他們的小說有了更多的讀者群，不避世俗地向通俗文學靠攏，使他們的小說趨向通俗與大眾化，此可說是後現代文學在新世代小說中最具體的傳承與展現。

四、「去中心化」的輕盈呈現

最後，八〇年代台灣文學也因後現代「去中心化」的思想觸發，開啟了多元紛呈的時代：反「政府」權威中心的「政治小說」、反「父權文化」中心的「女性主義小說」、反「漢人」中心的「原住民小說」、反「異性戀」中心的「同志小說」、反「國語」中心的「方言文學」、反「人類」中心的「自然書寫」、反「陸地」中心的「海洋文學」，以及反寫實成規中「權威作者」中心的「後設小說」等等，整個八、九〇年代的文學，幾乎皆有著議題反思的性格，意圖以邊緣挑戰中心，或以後現代形式技巧，以邊緣姿態書寫，如郝譽翔、成英姝、陳雪等在女性文學，如駱以軍、朱天心、朱天文等在眷村文學，如紀大偉、陳雪等在同志文學上的表現；或以該邊緣族群之議題為中心，對之進行「理論」探究，並在「理論」加持下力求該族群文學的深化。如樊洛平對台灣女性主義文學的觀察便具體而微地說明了後現代主義與邊緣挑戰中心的族群文學的創作樣貌：

> 八〇年代中期以來「後現代主義」與「女權主義」相互滲透融合的西方最新理論動態得以傳播，促進了台灣的女性主義思潮與後現代思潮的攜手，在女性主體建構、「反邏各斯中心」、「解構男性神話」、「性別換位」、「身體政治」、「邊緣反抗」等問題上，台灣女性主義學者的學理研討對女性創作的批評實踐，逐步探索著後現代主義與女性主義的結合與現實操作的可能。正是在這種後現代主義的文化思潮的影響下，九〇年代台灣女性文學中的政治論述與情欲書寫大行其道，並凸顯出其顛覆與另類的創作面貌。[102]

不僅是女性主義文學，各種不同族群的邊緣挑戰都有著如此大同小異的歷程。因此，八、九〇

[102] 樊洛平，《當代台灣女性小說史論》（台北：台灣商務印書館，二〇〇六），頁四四〇。

年代在後現代主義脈絡下的文學展現，可說是經歷了一場「理論」競賽，不論是藉由後現代理論凸顯質疑中心的力道，或是以個別族群如女性、同志、原住民、政治、環境等議題的「理論」加深與拓展書寫範圍，這個時代的文學表現，或名之後現代，或名之後殖民，都免不了自身沉重的理論包袱，使得純文學作品幾乎需要評論者分析過後，才能使人真正理解作者用心，文學究竟是「用了理論」或是「被理論所用」？是此一時代文學的問題所在。台灣一九七〇後出生的新世代作家，其文學涵養正多來自九〇年代，他們傳承了對邊緣族群的關心，但其反抗的力道相比於九〇年代卻相對輕盈了許多。

劉梓潔於〈親愛的小孩〉一文中，寫一位為了生小孩而接近男性的都會女子，她在適婚、同儕也多已生育的年紀時，雖有過不同伴侶，卻仍徘徊猶豫於生與不生間，女主角面對自己的感情挫折，以如下的語言訴說：

> 我面對了自己：我是一個不被珍惜與不被選擇的深深挫敗的婊子。
>
> 不愛何其殘酷。但你會對一部吃光了你錢的吃角子老虎機哭天搶地，搖著他肩膀跪求他腳下哀嚎昨天不是還好好的你為什麼要這樣對我嗎？不會嘛，對不對。說到底，都是自願的。你不該因為對方沒有給你等值或加倍的回報就覺得他對不起你。錢是你自己要投的。你只能說：哦，對，我運氣不好，我衰小。[103]

[103] 劉梓潔，〈親愛的小孩〉，《親愛的小孩》（台北：皇冠文化出版有限公司，二〇一三），頁三〇。

劉梓潔在敘事語調上表現嘲謔與無謂，陳芳明稱劉梓潔是「屬於二十一世紀台灣女性的聲音」，他在回顧了女性主義文學發展歷程後說到：「劉梓潔這世代在文壇登場時，看待社會與家國的議題已經非常從容。她所表現出來的自主與自信，無須投入無謂的論戰，也無須經過內心的掙扎……她說話的語氣代表高度自信，被動、被解釋、被填補意義的女性身分，在她筆下已經一去不復返」[104]，高度讚揚了劉梓潔以輕快犀利的筆觸凸顯新時代都會女性轉變的用心。

由此我們可以看到，後現代主義在台灣解嚴後所帶來的各類邊緣族群的議題反省，在八、九〇年代由邊緣挑戰中心時，總試圖在意涵與理論上加重力道，使文學顯得沉重，但成長於這段時期的新世代作家，迎接的是高度民主化、「意義」也失去重量的時代，所以擺脫了抵抗姿態後，他們更加自信與從容地面對自己的身分，反而有了此類議題文學的時代新貌。

台灣一九七〇後的新世代作家，即使是最早（一九七〇年）出生者，解嚴（一九八七年）時也尚未成年，可以說，解嚴後的政治轉變，才是他們最具體可感且可反省理解的，因此，李登輝執政後為使政權穩固而使用的「威權式民粹」，使「民主」精神大為拓展，以及九〇年代因國民黨主流與非主流之爭所延續而來的「省籍矛盾」，「台灣民族主義」在美麗島事件後逐步成形，至九〇年代得以與中國民族主義分庭抗禮。而後，隨著高度民主化以及人民得以參與更高層次的中央選舉

[104] 陳芳明，〈推薦序——男女故事，從頭說起〉，收於劉梓潔：《親愛的小孩》，頁六—七。

（以總統直選為最），使台灣成為認同主體，即使由部分國民黨、新黨及親民黨所堅持的大中國敘事，也改變了具體內容，以居住在台灣的人民為最重要主體。如此的轉變，使原先在教育歷程中曾接受官方大中國敘事的新世代作家們，親睹中國民族主義這官方大敘事的逐步崩解，而台灣民族主義雖成為主流，但也因政黨惡鬥使人民厭煩，新聞媒體與政黨靠攏以及民嘴當道等使人民不再完全信任媒體，所以即使是已成主流的台灣敘事，也已非過往一元化的大中國敘事，而是一個雖以台灣人民為主體，卻也等待填空、不斷流動轉變的台灣敘事。

在經濟上，新世代成長於全球化的環境，資本主義、新自由主義下的市場機制思考，消費社會中對物品的無止盡追逐，商業符號、流行資訊不斷被凸顯等，都使人民忙於追逐物質，傳統價值失落；加上新聞媒體的商業化、娛樂化、小報化，也使名人八卦與國際大事幾乎等價，「輕」、「重」間的掌握以能否吸引最大多數群眾而定；且各式娛樂文化的充斥，以及網路盛行後的資訊爆炸，都使新世代長期處於不斷變動、新資訊不斷汰換舊資訊的世界，加上「網路二•〇」時代來臨，每個人得以為自己量身打造媒體，訊息來源更加多元也就更難定於一尊。

也因此，雖然「後現代」已看似強弩之末，不僅於學界少被引用，且八、九〇年代最具後現代主義實驗力道的後設小說也已少見，但這些新世代作家的成長過程，從八〇年代以至今日，可說是最完整感受、浸淫在台灣後現代文化中的一群，他們將「後現代」當作自己的一部分，所以拋棄理論，擺脫形式，反而更能自由地展現他們的社會觀察，反映他們所認為的時代精神。除前述後現代文學的延續與轉化外，強調「說謊」、「虛構」等以「懷疑」為本質的創作論，「消逝崩解」的時代觀察，「輕盈書寫」的世代共相等，都是他們對後現代社會的反省與表現。郭強生在吳億偉《芭樂人生》的推薦序中說道：「台灣在尚未進入後現代社會時，後現代論述已經如火如荼；而到了真正在每日生活中可感受到後現代荒謬的今日，卻又忙著去追尋下一波議題。說億偉的小說是『後現代』，是在肯定他作為一個誠懇的社會觀察者的成績」[105]，吳億偉的小說沒有形式實驗，卻在淺白的文字與奇思異想中透顯著後現代的精神，與此相同的特質在新世代筆下常可見到。

寫實主義文學

如前所述，台灣在八〇年代之後，受後現代思潮的影響，各式的形式實驗承繼現代主義文學的精神，結合解嚴後政治環境，使台灣文學不僅在主題上多元紛呈，美學上也提供了更多想像。但范銘如在論及九〇年代之後的小說實驗時說到：「繁花怒放的小說卻已出現開到荼靡的疲乏及隱憂。實驗性小說密集地從事技巧競賽使得美學技藝短期內就面臨了耗盡（exhaustion），後起之秀亦難以突破既有典範」[106]，在八、九〇年代大量的形式實驗後，因美學理論未能與台灣現實環境完全結

[105] 郭強生，〈荒謬的青春，迷失在物語〉，收於吳億偉，《芭樂人生》（台北：聯合文學出版社股份有限公司，二〇〇九），頁六—七。

[106] 范銘如，〈後鄉土小說初探〉，《文學地理：台灣小說的空間閱讀》，頁二五八。

合，使後現代美學實驗無以為繼而終歸沉寂，雖然在二十一世紀有甘耀明等人的「新鄉土小說」可作為後現代美學的時代變貌，但就新世代作家的整體表現言，也可視為後現代美學實驗的最後高峰，在「新鄉土小說」退潮後，原先熱鬧又時尚的形式實驗，開始慢慢地被新世代作家所拋棄，而回歸到寫實路線。

實則，八〇年代以來黃凡等人所發展的後現代小說，其後設形式等雖一度流行文壇，但也終歸沉寂，連黃凡、張大春自己在二十一世紀後的創作也幾乎揚棄了後現代的形式實驗，重回寫實路線。所以，台灣文學在二十一世紀後最明顯的轉向，可以說就是從後現代美學形式實驗向寫實的回歸。

然而，如此的「回歸」，並非回到本土論者所認知的「台灣文學傳統」——以「寫實主義」展現「反抗精神」，反而，正因為寫實主義在鄉土文學盛行及鄉土文學論戰後，其「回歸寫實」表現在對階級、跨國資本、城鄉變遷等社會現象的關懷，也將寫作視角從戰鬥文藝與懷鄉文學的中國想像拉回到對台灣現實的凝視，此一對本土關懷的回歸如蕭阿勤所言，在美麗島事件後有了更完整的台灣論述，寫實主義成了本土論者所認為最能夠反映台灣政治、社會現實的寫作手法，對寫實主義的堅持，也代表著對重建台灣主體、突破威權餘毒的努力。也正因此，當官方大敘事在八〇年代因解嚴而開始崩解後，對成長於八、九〇年代的新世代而言，本土論者所堅持的寫實主義，未嘗不是另一個大敘事的生成，加上以寫實主義為文學標準，又可能演變為「寫實霸權」，所以當時的作家開展了後現代形式實驗。而當形式實驗走到盡頭並重回寫實路線時，卻也在後現代思考的影響下，拒絕了台灣論述的大敘事，使寫實主義雖來自於台灣，卻剔除了原先承載的對威權的控訴與抵抗——這正是二、三〇年代反殖民文學與七、八〇年代鄉土文學與政治小說的重量所在，也因此，新世代文學總給人「輕盈」的感受，這是其對寫實主義的繼承與轉化後的時代變貌。

再者，觀察「聯合文學小說新人獎」在二十一世紀後的獎評會議，我們就可以看到新世代創作者向寫實回歸的共相。首先，在第十九屆（二〇〇五年）的評審會議中，黃凡就提到：「去年，有不少後現代作品，今年比較看不到，所以看起來相對比較舒服」[107]，以一台灣後現代小說代表作家說出對後現代美學形式的不耐，可想像文學後進創作慣性的轉變可能；第二十屆（二〇〇六年）的評審郝譽翔則說：「這次參與小說新人獎的作者們，既找不出師承，也無法安插在哪一個文學史內足供參照的脈絡，因為他們不想賣弄文學知識，也不擔負感時憂國的重大使命，更不刻意去經營文藝腔調，討好評審，所以這些小說篇章讀起來，特別令人感到新鮮、可喜、有創意，充滿了一股年輕人自主的生命力」[108]，在此，我們看到新世代創作者不僅不再以後現代形式實驗為時尚，轉而創造屬於自己新世代的聲音，且不再援大師及理論以自重，「年輕人自主的生命力」，則可見到新世代正在藉由剔除這些八、九〇年代的文學創作慣性來建立其文學共相可能。

---

107 李儀婷記錄整理，〈第十九屆聯合文學小說新人獎決審紀實〉，《聯合文學》第二五三期（二〇〇五年十一月），頁一一。

108 郝譽翔，〈自由的新世代〉，《聯合文學》第二六五期（二〇〇六年十一月），頁五五。

在第二十一屆（二〇〇七年）的評審中，東年、李昂、郝譽翔等人提出了新世代創作者正在營造「新台灣寫實主義」風格的可能，郝譽翔說：「在這些作品當中，感覺台灣有一個新的鄉土寫實的趨勢正在逐漸地醞釀成熟，這個會把小說創作帶上我覺得比較有血有肉，而且也比較飽滿的方向……我覺得這是一個滿可喜的事情，也證明了小說創作逐漸脫離理論的包袱」[109]，李昂則回應道：「我非常同意剛剛郝譽翔講的，就是一個新的——我們不要說鄉土，因為鄉土很容易被扣上帽子；本土也不妥，因為本土好像又會被人家講是在排他——可不可以講，一種新的台灣寫實主義在出現」[110]，進而提出「台灣新寫實主義」之名。在此，郝譽翔與李昂共同以「寫實」理解新世代擺脫理論、議題的包袱，以及揚棄後現代反寫實形式實驗，並回歸文學本位，以飽滿的人物、清晰的情節，表現作家的人性與社會觀察的現象，郝譽翔更說：

> 此一趨勢，我們可名之為：「二十一世紀的台灣新寫實主義」，它不受理論的導引或束縛，也不刻意營造戲劇化的情節故事；它逼視生活的細節，展現社會中多元的面貌；它包容差異，帶來的是更多的理解、認識與感情。也因此，它和七〇年代鄉土文學的社會寫實主義不

[109] 郝譽翔語。陳維信記錄整理，〈新台灣寫實主義的誕生——二十一屆聯合文學小說新人獎決審紀實〉，《聯合文學》第二七七期（二〇〇七年十一月），頁一〇。

[110] 李昂語。陳維信記錄整理，〈新台灣寫實主義的誕生——二十一屆聯合文學小說新人獎決審紀實〉，《聯合文學》第二七七期，頁一一。

同，因為它無須扛起改革社會的大旗，或是階級批判的使命。[111]

九〇年代的省籍矛盾，二十一世紀政黨輪替後的藍綠惡鬥，都使新世代有意識地揚棄意識型態思考，而採取更開放、流動的態度面對政治現況，所以，此所謂「新寫實」，是擺脫了寫實主義在台灣因歷史因素而強調的政治、社會訴求，以淺白的語言、清晰的情節、完整的結構展現人性與社會的複雜面貌。

在此，評審們所提出的「台灣新寫實主義」風格，清楚點出了新世代創作者的「三個回歸」。第一，「回歸寫實」，經過了二十幾年反寫實的熱潮，清晰可喜的寫實風格反而重回了新世代的懷抱，以今之新世代小說做文本觀察，幾乎已少見形式實驗，多是以更親近讀者的面貌出現。如徐嘉澤的所有作品，都以淺白的語言、完整的結構與引人入勝的情節展露他的人性與社會觀察，所以有了更多的讀者與跨領域展演的機會；第二，「回歸人性」，如郝譽翔所說：「在過去三十年來，台灣的小說之所以愈寫愈難看，在某一方面來說，是在遭到理論拖累過深的緣故，而忘記了創作的根源，無非是來自於每個人身上都存在著的七情六欲，以及我們所生活的社會環境罷了，而絕對不是什麼後現代、後殖民或是雌雄同體酷兒狂歡」[112]，所以，擺脫議題束縛，擺脫學院理論，呈現人的

111 郝譽翔，〈理論之後，回到寫實——二十一世紀台灣小說的新貌〉，《聯合文學》第二七七期，頁三三。

112 郝譽翔，〈理論之後，回到寫實——二十一世紀台灣小說的新貌〉，《聯合文學》第二七七期，頁三二—三三。

生活的細節，以故事反映人性，讓「人」回歸到小說的主體地位；第三，「回歸小說」，在後現代思潮的影響下，八〇年代起質疑小說「以虛構反映真實」的效果、質疑權威作者、質疑傳統敘事模式等思考曾流行文壇，也被創作者引為時尚至二十一世紀末歇，但小說也因此愈來愈有「菁英化」的傾向，脫離了大眾閱讀小說所期待的樂趣，所以「回歸小說」，是回歸小說以故事娛樂、感動讀者的本質，而這正是新世代在近幾年創作表現上最明顯的共相。如郝譽翔曾評介王聰威《師身》說道：「早在《複島》中，王聰威便已精彩展演了故事的軸線可以如何被渲染暈開，懸浮穿梭在文字所構築的多元時空，而《師身》卻反倒回頭，回歸傳統的敘事模式，亦在講述一個完整明瞭且好看的故事」[113]，王聰威向傳統敘事模式的回歸，以淺白的語言，直白真切地寫下「師生戀」中女老師琇尹的身體欲望與愛情信仰。也如朱宥勳曾於其創作自述中談到，他從《罣礙》到《暗影》最大的轉變，在於「我要求自己盡可能不取巧的採取較古典的戲劇形式，去經營一個封閉的、從開頭到轉折到結尾，都確實清晰的寫出來的完整敘事」[114]，因為：

一個首尾具足的故事，一系列代表各種信念或立場的人物，以及這些人物的最後結局。我仍然相信這樣的形式，在當代社會，還是有非常強大的溝通能力的。在這樣單純直截的語言結

113 郝譽翔，〈推薦序：世故與純真〉，收於王聰威，《師身》（台北：時報文化出版企業股份有限公司，二〇一二），頁七。

114 朱宥勳，〈創作自述〉，《文訊》第三五六期（二〇一五年六月），頁一〇三。

構裡，小說創作者對於社會議題的觀察和思索，能夠形成一種有力的印象。[115]

如此對「小說」的回歸，幾乎可標誌著新世代作家的共同轉向，當與讀者的傳達、溝通，以及小說的社會力量開始更為作家們所重視時，「回歸寫實」，似乎是小說家們必然的走向。

如前所述，新世代作家成長於新自由主義為主流的經濟環境，在市場機制與消費文化的浸染下，回歸寫實，也讓先前因小說過度菁英化而寧願選擇通俗文學的讀者，開始看到更多純文學與通俗文學結合的可能，小說變得更「好看」，新世代作家也因此被更多人看見，而後現代精神本在打破菁英與大眾的界線，所以此一「向寫實的回歸」，更可說是後現代思潮在二十一世紀後新世代承繼與轉化的結果。

而隨著台灣民主政治環境的成熟，公民社會成形，新世代在體認到自己的公民身分之後，對環境、人權、社會的公平正義欲求更高，對政府的專斷採取不妥協的態度，相對在文學上，新世代也更有面向社會、直指人心的書寫，可以說，新世代到了二十一世紀後的第一個十年後，所謂的「喃喃自語」、「懷疑」、「面目模糊」的一代等概括性詞彙，對他們已不再適用，「公民意識」、「公平正義」等，成了他們的寫作主題。他們直面台灣現實，書寫反核四、外籍配偶、遊民等議題，但也盡力避免控訴姿態，所以葉淳之的《冥核》、伊格言的《零地點》，皆以推理小說此一通

115 朱宥勳，〈創作自述〉，《文訊》第三五六期，頁一〇三。

俗文類的模式進行，《冥核》摻雜了言情故事，《零地點》則有科幻意味；吳柳蓓的《移動的裙襬》以多篇短篇小說集結，每篇皆以外籍配偶主角，故事中雖也在書寫外籍配偶主體斷裂、多重邊緣的困境，但多以溫暖的人性作為故事底蘊，使全書少了控訴，多了人情；臥斧的《碎夢大道》以失去記憶，卻有解讀人的「夢線」（潛意識的記憶）能力的偵探為主角，在尋人的過程中發現政府對人民居住與土地正義的壓迫；蘇飛雅的《蛆樂園》書寫「艋舺國」各遊民的樣貌，增加了讀者對遊民的想像，但該書也以推理小說為底，增加其通俗性，而陳又津《少女忽必烈》更以網路用語、無厘頭的想像使遊民生活熱鬧紛呈。

所以，二十一世紀後新世代作家「向寫實的回歸」，雖建立在台灣長久以來寫實主義傳統之上，但也在後現代思潮的浸染下，剔除了議題的包袱、控訴的重量，以直面社會、直指人心的視角，以輕盈的筆觸，重回小說予人閱讀樂趣的本質，更自然、從容地操作寫實筆法，這「回歸寫實」的現象，可說是台灣一九七〇後新世代作家的普遍共相，也是他們將台灣寫實主義傳統延伸到二十一世紀後，與後現代文化精神結合的時代新貌。

現代主義文學

「現代主義」做為對「現代性」的反思，在歐洲工業化國家中興起，隨著帝國主義的擴張，及其他因歐洲列強刺激為求救亡圖存的西化運動，對全世界都造成了或大或小的影響。「現代主義文學」也隨著西化運動而傳播開來，在台灣，則是因日治時期的現代化進程而造成影響。日治時期，有楊熾昌的「風車詩社」以「超現實主義」為創作手法，林亨泰等人亦承繼現代主義文學技法。國府遷台後，新詩方面有紀弦於一九五三年成立「現代派」，而後有「藍星詩社」、「創世紀詩社」，小說方面則有夏濟安《文學雜誌》及白先勇《現代文學》創刊，現代主義思想如存在主義、超現實主義、意象主義、象徵主義、表現主義，重要的現代主義文學作家如福樓拜、卡夫卡、喬伊斯、吳爾芙等作品，文學技法如意識流及各種關於敘述手法與語言的形式實驗等，陸續被引介至台灣，對台灣的文學創作造成很大的影響。

論者或謂，台灣的現代主義文學出現於三〇年代，但當時在反殖民文學、左翼文學等以寫實主義為主流的文學環境中尚未能造成較大的影響力，要至五、六〇年代，國民黨政府遷台後一方面以農業政策、工業政策使台灣經濟穩定並突飛猛進，一方面以白色恐怖的高壓統治政策箝制人民的思想，作家將自身對政治環境的疏離感與西方現代主義文學中對資本主義環境的疏離感相聯繫，將創作視角向內轉，藉由各式形式實驗傳達內心的苦悶、徬徨，其中佛洛依德對潛意識的心理分析，存在主義所指呈世界之荒謬，都大大拓寬了文學的書寫範圍。

現代主義文學造成了巨大的影響，即使後來被歸類為鄉土文學寫實主義的作家如黃春明、宋澤萊，都可在其文本中看到現代主義技法的精彩呈現。然而七〇年代時，因台灣政治外部正統性的失落，「中華民國」逐漸不被國際承認，知識分子也從「保釣運動」開始，將思考視角轉向腳下的土地，而鄉土文學中對社會的關懷、對土地的情感，與當時土地認同的政治氛圍不謀而合，也使得以模擬、再現為主，展現作家對社會的使命感的寫實主義受到推崇，後更被台灣本土論者視為可展現台灣文學傳統「抵抗精神」的最重要技法，現代主義文學展現疏離、徬徨的內心刻畫的筆法，被貶為虛無、蒼白、晦澀、扭曲、過度西化、脫離現實與土地的同義詞。有趣的是，七〇年代雖是現代主義文學在文學論戰中遭到貶抑的年代，卻展現了更好的成績，如白先勇的《台北人》、王文興《家變》、七等生《我愛黑眼珠》等台灣現代主義小說經典作品都出現於七〇年代，可見雖在大環境中屬於現代主義美學的論述暫時噤聲，創作者卻仍承繼六〇年代現代主義文學並在具體實踐上提出亮眼成績。且也如陳芳明所言：

> 台灣文學的黃金時期出現在一九六〇年代。戰後第二世代的台灣作家在這個時期宣告成熟，對於文學技藝的追求與營造頗具信心，對於中文書寫的把握與表達也卓然有成。……一九六〇年代可以定義為黃金時期的原因，乃在於這段時期的作家為台灣文學開發了全新的感覺與

想像。他們的嘗試與實驗為後來的作家闢出了極為炫麗而豐碩的文學思考。……六〇年代的台灣作家鑄造了分量厚實的典律文學。他們展示出來的繁複技巧、審美原則、語言鍛鍊與內心世界，在台灣文學史上都是前所未見。[116]

陳芳明為在台灣文學史上曾飽受批評的現代主義文學平反，也說明了在現代主義美學的影響下，台灣文學走向了一個在語言、內涵與想像上都有所擴延加深的境界，也使台灣文學得以在華文世界中有著高且獨特的地位。當八〇年代整體政治環境鬆綁，使當時的新世代作家承繼現代主義精神，引進後現代主義，以形式實驗對抗寫實主義霸權。而原先在六〇年代以模仿為主所預示的都市環境中人際間的疏離、苦悶與徬徨，卻在八〇年代有了更完整的環境，成長於此時的一九七〇後新世代作家，在經濟高度發展、消費文化充斥的都會環境中，雖然也同樣面對著民主化與台灣認同加深的政治環境，但對現代主義文學的承繼，也在對台灣論述此一新的大敘事不願意輕易擁抱的情況下，選擇現代主義、後現代主義的文學技法進行承襲與轉化。

到了二十一世紀，後現代主義的後設形式技巧退位，寫實主義剔除了它的使命感與意識型態包袱，在新世代的文學表現中，更有著與現代主義文學的連結。朱宥勳對於新世代小說家受現代主義美學影響的原因，有著特殊且有見地的觀察，他曾於〈創作自述〉中開宗明義地說道：「最早，我

116 陳芳明，《台灣新文學史》，頁三八四。

們都是從現代主義開始的」，何以如此？朱宥勳認為，與新世代皆需經歷與適應過文學獎試煉，而文學獎徵件多以短篇小說為主有關，他寫道：

三十多年來，台灣的純文學小說寫作者，一定都會熟悉下述規格：五千字到一萬五千字的短篇小說，在有限的人物和少數的場景之間，試著設定一個核心情感，用所有篇幅反覆挖掘；如果可以的話，盡可能為這個作品添上一個精巧的象徵體系。……因為台灣的純文學小說寫作者，幾乎只有透過文學獎引起注意一途，才有出版的機會……從某個角度上來說，它的反覆操演，似乎也為台灣留下了非常珍貴的，關於「純文學」的，「現代主義」的，某種珍稀的感性和思路。[117]

結合到台灣一九七〇後新世代小說家們大量的文學獎參與經驗與得獎經歷，朱宥勳的說法，為新世代重視現代主義美學的現象，下了十分有力的註解。朱宥勳的首部短篇小說集《誤遞》，便有著明顯的現代主義美學影響的痕跡，甘耀明於評介該書時便提到：「現代主義文學在台灣是重要的脈絡，成就不少作家，如白先勇、張大春、駱以軍等人。朱宥勳的這種風格，隱約有了接承姿

117 朱宥勳，〈創作自述〉，《文訊》第三五六期，頁一〇〇—一〇一。

態」[118]，便是指出了現代主義自六、七〇年代傳承至二十一世紀後新世代作家的文學脈絡。

以「新鄉土小說」為例，雖是受到八〇年代以來「後學」的影響，不但去除了鄉土文學階段的文學使命感，也以地方為符號，操作各式技法，質疑記憶與歷史的真實性，但對當時的新鄉土小說作家來說，使鄉土題材在語言與敘事上得以因「陌生化」而增加歧異性，是他們成長於認同台灣又在前行代作家的文學成績中汲取營養後的可能回應。如收錄於伊格言《甕中人》的〈龜甕〉於二〇〇一年獲得第十五屆「聯合文學小說新人獎」短篇小說推薦獎，當時的評審施淑就說到：「這篇小說給人的感覺是這麼久以來本土化鄉土文化的精緻化，因為它精緻化的緣故，所以二十年來鄉土文學追求的意象、象徵跟精神，這個作者相當老練地讓它們存在了」[119]，袁瓊瓊也說：「（〈龜甕〉）把鄉土小說發展到很精緻的地步，雖然寫的是屍骨、撿骨這樣晦暗的東西，卻寫得這樣美這樣乾淨」[120]，可以說，伊格言雖以鄉土儀式作為主題，但他以現代主義的筆法細密地描繪拾骨的喪葬民俗，加上白話、文言與方言的結合，都使鄉土題材得以「精緻化」呈現，這正是現代主義文學對技巧與語言的堅持。楊富閔的《花甲男孩》中，除了對偏鄉老人逐漸凋零的關懷外，最令人驚豔

118 甘耀明，〈新星圖，正要羅列〉，收於朱宥勳，《誤遞》（台北：寶瓶文化事業有限公司，二〇一〇），頁二一。

119 施淑語。張清志記錄整理，〈寫實VS.非寫實——第十五屆聯合文學小說新人獎決審紀實〉，《聯合文學》第二〇五期（二〇〇一年十一月），頁二九。

120 袁瓊瓊語。張清志記錄整理，〈寫實VS.非寫實——第十五屆聯合文學小說新人獎決審紀實〉，《聯合文學》第二〇五期，頁二九。

的，是他的語言操作，結合了流行符號、科技產品、方言俚語，且挑戰傳統語法習慣，雅俗並置，諧擬嘲諷的語言風格，可說遙承王禎和結合鄉土與現代主義的語言風格，也替鄉土題材提供了更適合當代的語言形式。

除了語言形式的實驗外，現代主義文學常見的題材與內涵也為新世代作家所承繼，如胡淑雯、張耀升、高翊峰、童偉格、伊格言、葉佳怡、黃崇凱、賴志穎等皆可說是現代主義文學的承繼者，在後現代社會中以現代主義常見的象徵、隱喻，與細膩精緻的語言鋪綴出各種奇詭的意象與故事。范銘如便曾指名：「六年級後段班的童偉格、伊格言、張耀升與許榮哲，一樣是運用庶民文化為素材，深層結構裡似乎承襲更多現代主義精神」[121]，小說文本中深層結構的現代主義精神，在新世代小說中十分常見。

台灣現代主義小說在六〇年代震撼文壇的原因，也在於他們接受西方在二十世紀初實已流行的佛洛依德的心理學、尼采「上帝已死」的哲學等，對人的內心傾向於進行露骨、扭曲、晦暗的探索，故其題材內容對於傳統倫理道德的反省，也可謂離經叛道。這樣的題材至八、九〇年代仍多，也成為新世代作家的文學營養，所以二十一世紀後到了新世代作家嶄露頭角時，情欲的書寫幾成大宗，他們書寫搖擺於倫理與情欲間的掙扎（王聰威《師身》），疏離的都市中以情欲為結合可能的家庭（如徐嘉澤《第三者》），書寫各種不同形式的情欲（如張耀仁《是誰上了我的床》），或以

---

[121] 范銘如，〈輕・鄉土小說蔚然成形〉，《像一盒巧克力——當代文學文化評論》，頁一七八。

情欲為報復手段的扭曲人性（如張耀升《彼岸的女人》）等皆可為例。

而現代主義文學最愛處理的都會中人際疏離的題材，也在新世代小說中被凸顯，如侯作珍的觀察：「如果六〇年代的現代主義文學有理念先行的味道，旨在促成台灣社會與文學的現代化，作家們挑戰的是傳統社會的體制與觀念；那麼相對於此，九〇年代之後的台灣文學對自我喪失與異化問題的關注，則是對於資本主義社會現況更直接和具體的反映」[122]，台灣在八、九〇年代資本主義環境更形成熟，工商業的發達、資訊傳遞的快速，更勝於歐洲工業國家興起現代主義文學時的背景，現代主義以至後現代主義的理論內涵，與外在環境有了更緊密的契合，對個人主體在快速變動環境中的自我懷疑與異化疏離有著更深刻的體會。新世代小說中以都會為背景表現人心疏離者頗多，如許正平《少女之夜》、高翊峰《烏鴉燒》、祁立峰《台北逃亡地圖》、吳億偉《芭樂人生》、徐嘉澤《詐騙家族》、夏夏《狗說》等，神小風的《少女核》表現了都會少女對自我主體的懷疑，黃崇凱《比冥王星更遠的地方》則讓兩個主角互相想像虛構對方的人生，表現出主體隨時遭人填空的危機，其《壞掉的人》更將當代人無法以人文思想安頓自我進而崩壞當作小說主題，從現代主義文學的「頹廢」書寫，到當代的「崩壞」書寫，也讓我們看到現代主義文學的傳承與轉化。

[122] 侯作珍，《個人主體性的追尋：現代主義與台灣當代小說》（台北：台灣學生書局有限公司，二〇一四），頁一五四。

在台灣一九七〇後的新世代小說文本中，我們可以明顯看到八、九〇年代以來各類文學成績的轉化變貌，且寫實主義、現代主義、後現代主義在文學上對新世代都有比重不同的影響，更重要的是，三者之間也交互影響，成為新世代小說的特殊面貌。

新世代小說家成長於自由化、民主化、都會化的台灣，各方面條件以及從媒體、教育歷程中學習到的後現代思考，都使他們對於後現代文學所強調的「反寫實」、「小敘述」、「通俗化」能夠有直接的繼承，但其轉化卻也有著他們生存年代的不同環境促因，而往剔除後現代過度形式實驗的方向前進，使小說有著向寫實回歸的共相。

而雖然向「寫實」回歸為他們的寫作共相，他們的回歸，卻是向寫實主義的模擬、再現，以及傳統小說所要求的完整結構、鮮明人物、清晰情節等的回歸，在後現代社會中，對寫實主義在二、三〇年代及七、八〇年代所承載的不同使命感與意識型態包袱持質疑態度，且在他們逐漸通俗化的作品中，「寫實」也是他們主要的使用技法，所以，雖名為「向寫實回歸」，卻實為在後現代社會中的寫實再現，是寫實主義文學與後現代主義文學的混交新貌。

而現代主義文學從六〇年代以來建立了台灣文學的重要資產，其對心理的探索，對都市疏離感的描繪，象徵、隱喻及語言形式的實驗，皆為新世代所承繼。可見雖然新世代成長於後現代思潮開始影響台灣的階段，他們的寫作手法卻不被後現代文學所囿，當後現代文學的大原則掌握後，他們可更悠遊自在，自由地運用現代主義文學的題材、內涵、語言與形式，在二十一世紀共構成新世代的文學圖像。

因此，就影響新世代小說共相的文學承繼因素而論，寫實主義、現代主義、後現代主義這些曾在二〇世紀於台灣文學史上壁壘分明的文學派別，在新世代的小說中，竟是如此悠然自在地運用自如，作家們得以就其文學偏向與所欲展現的主題，在前行代的文學滋養中，選擇最適當的筆法形式來抒發其創作想像，這是新世代的所處時代環境在政治、經濟、媒體、文化與文學等方面共同影響的結果，也是小說新世代得以引領著下一輪小說盛世的最重要原因。

第二章

新世代小說的空間書寫

可以說，台灣新文學從日治時期發展至今，從未有一個世代的書寫者，對於自己所生活的「空間」投以如此多的注目。

在日治時期，文學家關注台灣人民在殖民體制下的生存狀態、自我認同，其中或有明確的鄉村、都市書寫，但主體在「人」，「空間」多為背景，大部分僅具歷史、文化的延伸意義。終戰後，國府遷台，不論是戰鬥文藝、懷鄉文學，其空間座標多在中國大陸，著重於歷史的想像意義；現代主義文學流行，其空間描摹則多著重於人與環境的疏離，空間的特殊性並不被重視。鄉土文學興起後，以鄉村為背景、小人物生活情境的描寫為主題，雖然已開始書寫地方，如黃春明的宜蘭與王禎和的花蓮，但如范銘如所言：「（鄉土文學）人物是主旨，鄉村只是背景。嚴格說來，空間的描寫與意涵皆是次階，甚至附屬於人。鄉土小說，並非鄉『土』，而是鄉『人』的小說」[1]。我們可以說，台灣新文學從日治時期至七〇年代，小說家所關注的，是「人」在不同歷史時期、不同社會型態下的生存樣態，但「人」與其所處「空間」的互動，並非他們的書寫重心。

但鄉土文學內涵的鄉土意識已開始發酵，七、八〇年代黨外運動的高漲，再隨著解嚴，以及以李登輝為首的國民黨主流派的勝利，以民粹式威權所帶來的民主國家想像，以及從蔣經國時代以來的文化建設，與李登輝時代的「社區總體營造」等政治環境的變化，都使一九七〇後出生的台灣新

1 范銘如，〈七零年代鄉土小說的「土」生土長〉，《文學地理：台灣小說的空間閱讀》（台北：麥田出版社，二〇〇八），頁一五四。

世代小說家們，成長於一個對於自己的「國家」——包含主權政府、領土疆界、民主文化等——擁有更明確認知的時代，也因此，對於「台灣」的疆界範圍，以至出生、成長的城鄉土地，其對在台灣生活的「空間」的認知與重視，超越了九〇年代前的文學前輩。

范銘如曾提到，台灣自戰後中央政府為強調中原文化正朔，在文字、語言、教育、空間、藝術等各方面，都以包含中國大陸的「中華民國」版圖為想像疆界，而歷經解嚴與民主化的改變，「二〇〇〇年政黨輪替之後，『本土化』、『在地化』正式成為官方論述，取得政治上的合法性。地方，從歷史的、文化的意涵，集結經濟與政治的論述，『地方學』在各種話語的交互加乘、孿生、衍異下益發蓬勃壯觀」[2]，在這樣對「地方」重視的推波助瀾下，各地方的文學獎也如雨後春筍般陸續登場，新世代作家們躬逢地方文學獎的盛世，其寫作的取材與關懷也自然向「地方」靠攏。且也在這樣的政治氛圍下，國家文藝基金會不論在常態補助「文學・創作」或是「長篇小說創作發表專案」補助計畫等，多鼓勵作家書寫原鄉、重探歷史與文化記憶，接受補助著名者如王聰威《濱線女兒》、甘耀明《殺鬼》、許榮哲《漂泊的湖》等，皆以台灣地方及歷史為書寫對象，祁立峰的《台北逃亡地圖》則是台北文學獎年金補助出版的作品，可以說，新世代作家對台灣空間的想像的書寫，在政治氛圍的影響下必然更甚以往。

在文學層面上，八〇年代，有林燿德標榜「都市文學」是「一九五〇後新世代」與前行代作

[2] 范銘如，〈當代台灣小說的「南部」書寫〉，《文學地理：台灣小說的空間閱讀》，頁二一七。

家的重要區隔，將人與都市空間的互動置於中心，甚至以空間為書寫主軸，張大春的都市小說中最具代表性的〈公寓導遊〉，林燿德便評述說：「本文不是以『人』為寫作的真正對象，它主要面對的審美客體是『公寓』；或者說是以一虛構的『公寓』來探索居住環境的非理性人文結構，這種非理性的人文結構才是張大春真正的企圖所在。所有出入於公寓中的各色人等，沒有獨立的具體性格，所有小說中的具體人物，只是做為一群可置換、替代的道具」[3]，如此，「公寓」為「審美客體」，「人」只是「道具」，便是將都市置於「正文」，注目於人將因都市不同空間配置而有的不同樣態。於此同時，不論女性主義文學、同志文學、原住民文學、眷村文學、自然書寫等文類都加強了人與環境空間互動的書寫，甚而有名之為地誌書寫、在地書寫等的寫作角度，都在八、九〇年代以至二十一世紀，蔚為風潮。而口述歷史、本土文化調查等在當今台灣亦蓬勃發展，新世代在空間書寫上可說是立於浪潮之尖。

台灣一九七〇後世代有其空間書寫的熱情與用心，小說中人所處之空間不僅為故事背景，更是其中人心樣態之隱喻，在更多時候，空間被置於主體位置，人雖不致為活動其間的「道具」，卻較之八〇年代的都市文學更能凸顯空間對人的影響。以下，便以「地方」、「封閉空間」、「都市空間」、「異國空間」等四個部分，詳述一九七〇後新世代小說文本中的空間營構。

3 林燿德，〈蘇非斯特的言談──從《公寓導遊》看張大春的小說策略〉，《期待的視野》（台北：幼獅文化，一九九三），頁一六。

地方：再塑地方感

「地方」所代表的是對空間「意義」的賦予，人文地理學家段義孚曾說：「隨著我們愈來愈認識空間，並賦予它價值，一開始渾沌不分的空間就變成了地方……」[4]，而新世代作家們，台灣一九七〇後新世代小說家，就是處於自日治時期以來，最能以「台灣」做為自己國家想像的邊界，也在這包含台、澎、金、馬的範圍內，處於最能與「地方——社區」相連結的時代。也因此，生存在台灣土地的「空間」中，大至國家範圍，小至兒時故鄉，皆是他們賦予價值意義的所在。且新世代作家們成長於台灣進入後現代社會的進程中，各種通訊傳播形式的多元與速度的加快，在全球化與都市化的加乘影響下，「地方」恐將隨著資本主義的發達、全球化下優勢文化的入侵，使「地方」面臨被同質化湮沒的危機，也因此，對「地方」空間意義與價值的重新定義與賦予，在這個時

[4] 段義孚言。收於Tim Cresswell著，徐苔玲、王志弘譯，《地方：記憶、想像與認同》（新店：群學出版有限公司，二〇〇六），頁一六。

代就更顯意義。

阿格紐（John Agnew）提出，「地方感」將使地方成為「有意義的區位」，而所謂「地方感」，指的是「人類對於地方有主觀和情感上的依附」[5]。隨著全球化的籠罩，地方在同質化下消失的焦慮，以及後現代文化下反中心重邊緣的思考，使作家們更專注於單一鄉鎮城市的地方書寫，重塑長期被忽略的區域的「地方感」，並在「地方」中表現自己的寫作理念和對人與社會的觀察，賦予「地方」新的意義與價值的書寫方式，可稱之為「再塑地方感」。

在「再塑地方感」中最可為例者，當屬徐嘉澤《下一個天亮》。該書以高雄鼓山區為空間座標，書寫林呂春蘭一家三代在鼓山區的故事。從第一章起，便可看出徐嘉澤意圖以「高雄鼓山」串聯台灣近百年歷史的企圖。首章「下一個天亮」，以嫁給新聞記者小林先生的呂春蘭為主角，訴說在國府遷台前因日本戰後官員腐敗、經濟混亂時，原本以知識分子自詡的小林先生撰筆為文批評時政，卻在二二八事件被捕釋回後噤聲如同「雕像」，直至政府宣布解嚴後，才「像是從被醃製多年的時光醬缸中爬了出來」[6]，將隱藏心中多年的祕密宣洩在一張張的日曆紙上；第二章「美麗島」，則以黨外運動崛起，呂春蘭的次子林起義對黨外挑戰戒嚴體制的言論有所憧憬，而在《美麗島》雜誌籌備創刊時，毅然辭去報社工作到美麗島雜誌社的高雄服務處上班，因此也親眼見到在高

[5] 可參Tim Cresswell著，徐苔玲、王志弘譯，《地方：記憶、想像與認同》，頁一五。
[6] 徐嘉澤，《下一個天亮》（台北：大塊文化，二〇一二），頁二四。

雄所發生的「鼓山事件」（美麗島事件），後被捕入獄；第三章「我等就來唱山歌」，時間來到「千禧年」則以第三代的林哲浩為主角，他對生活、政治無感，但因受室友傑森的影響，了解與同情原先毫不在意的「美濃水庫」抗議事件；第四章「A7802」則以一來台工作的泰勞為主角，身處在宿舍擁擠、被資方壓榨毆打，且原來的身分僅剩「A7802」等代號的環境下，外勞們在此壓力鍋下終造成發生在高雄的外勞暴動事件，而林家第二代長子林平和因是被起訴外勞們的辯護律師而介入此事；第七章「野莓之戰」則以陳雲林來台造成警民衝突，因抗議警方過度限制人民的人身與言論自由，學生藉由網路全島串連，高雄城市光廊也陸續擠進支持野草莓學運的學子與群眾；第八章「公理正義的華裳」，則以莫拉克颱風帶來的八八風災，使林呂春蘭家馬桶內的水漲出並吐出濕爛的紙，原來是死去的小林先生生前不斷以日曆紙所寫的回憶錄，在閱讀後眾人才知，過世的小林先生並不如他們所認知的，是一個為民主犧牲而受打擊瘋傻的人，而是因為他在二二八事件時供出了自己的報社同仁，因自己的良心責難而痴傻。

在《下一個天亮》中，林呂春蘭一家，從二二八事件起始，一家三代就因血緣、家族歷史影響而對民主、自由有所想望，即使對政治無感的林哲浩，也在認知其同志身分後，投入同志平權遊行，故事並穿插他在中學時期所受的霸凌，以及以「Y少年」指涉在屏東高樹國中因性向問題遭同學霸凌致死的葉永誌，故事的每個章節，都有著權力者與受壓迫者的權力結構，也有著爭取民主、自由的勇氣，其間人物以為承繼自小林先生的「血緣」是自己投身追求民主的原因，但徐嘉澤藉由小林先生的回憶錄表白了他當年的懦弱，所以，促使林家三代投入各類民主運動的根本原因，是個人在環境驅動下的表現，而這環境指的正是台灣百年來的民主進程，更重要的是，徐嘉澤在故事中將空間限定在高雄鼓山區，更是將台灣百年來的民主追求濃縮於此一「地方」，使高雄鼓山區在台灣的民主進程中有了更明確的位置，所以，與其說是「血緣」的關係使林家三代對民主有熱情，不如說是「鼓山區」此地所承載濃縮的台灣民主精神使他們義無反顧，此正是徐嘉澤對鼓山區「再塑地方感」的書寫。賦予高雄鼓山區「民主」、「自由」的意義與價值。

在台灣文壇以魔幻寫實筆法演繹鄉野傳奇著名的甘耀明，在其長篇小說《殺鬼》中，便是以其故鄉苗栗獅潭的「關牛窩」為空間座標，想像番人帕（Pa）與其祖父劉興福從日治皇民化時期到國府遷台這段期間的傳奇人生。小說開頭甘耀明寫道：

> 殺人的大鐵獸來到「番界」關牛窩了。牠有十隻腳、四顆心臟，重得快把路壓出水，使牠看起來像一艘行在馬路的華麗輪船。新世界終究來了，動搖一切。有人逃開，有人去湊熱鬧，只有「龍眼園家族」中的帕（Pa）要攔下大鐵獸。[7]

「大鐵獸」就是「火車」，象徵日本對台灣的現代化治理範圍延伸到「番界」中，是「現代性」對傳統的衝擊。在故事中，帕被設定為一「超弩級人」，小學即身長六呎，且其怪猛之神力有如上天

7 甘耀明，《殺鬼》（台北：寶瓶文化事業股份有限公司，二〇一一）頁二〇。

賜予，所以在「新世界」即將駛入關牛窩時，帕一人阻擋也無人敢阻攔。而整部小說也就在開頭一段給予最深刻的隱喻，「現代性」代表著文明、強權的進入，將打破關牛窩原先的社會秩序，也將日本、國府等強權帶入關牛窩，帕雖以天生神力無所畏懼，帕的祖父劉興福也以生而不畏強權的中國人自居，這「兩子阿孫」的組合卻僅能在歷史中跌跌撞撞地過關，然而，「番界」所代表的生猛粗俗卻又隱藏神祕傳統的力量，卻讓關牛窩仍得以保有最初的純真，而不致被「現代性」改變體質。

泰雅族的帕為劉興福所收養，漢名為劉興帕，隨火車來到關牛窩的「鬼中佐」見其不凡收為義子，名為「鹿野千拔」，帕就在自己的原民血統身分外，同時擁有「中國」、「日本」兩個國族身分。帕被拉為「軍曹」，訓練在戰事吃緊時被徵召來到關牛窩受訓的「學徒兵」，在盟軍轟炸時，曾用「大飛盤」打下米國軍機立了大功。在終戰後，劉興福為帶帕避難而來到台北入住便宜的「鬼屋」，「鬼屋」雖安靜，但台北城其時卻已難掩騷動，後發生二二八事件，劉興福在本省人追打「阿山仔」時受了重傷，因為他拿出曾教導帕在日軍戰敗後能保命的口訣說：「我們是中國人，不是日本人。我們是娃兒，全部投降了，拜託不要開槍。」這口訣的「過時」也讓帕體會到「國族」與「歷史」對他們「兩子阿孫」最真實的壓迫。在小說中，帕帶領學徒兵前往支援戰爭時因故在山中迷路，甘耀明寫道：

> 某暗晡，帕發現蹊蹺。那些以營火為中心而幅射出的樹影，並非直的，樹梢影子會轉彎。憑轉彎的指示，他獨自前往祕密的中心，尋找森林的黑洞核心。穿過森林還是森林，爬過山頭

仍是山頭，只有溪水有源頭。帕閉上眼溯溪，不要被景觀迷魅，僅用腳上汗毛感受水的方向，跌跌又撞撞，忍受飢寒，他終於來到溪源處，那是滴著水的巨大山牆。他走一圈，發現是一座四方寬有兩百公尺的岩堡。帕心跳好快，從來沒有這樣的奇異感覺，他趴上岩壁聽，裡頭流動各種水聲，有的像彩虹落淚，有的像雲霓成雨，還有熔漿流動的聲音。帕知道這是什麼，是他的血肉、力量和祕密來源的大霸尖山，泰雅族的聖山，稱為Pa-pak-Wa-qa，也是他全部的名字。[8]

此處，帕的「溯源」不僅是向自己身世的回歸，更是與空間交融，將大霸尖山中山林溪流的自然律動化為自身的血肉與力量，整部小說，甘耀明讓帕以「關牛窩」為力量的源頭，力抗各種外來強權歷史的衝擊。

在這封閉的關牛窩中，甘耀明將帕描寫成「不怯神，也不怕鬼」的奇人，他在鬼中佐命令下用劍砍殺恩主公神像，也與劉興福崇敬的「鬼王」吳湯興時而閒談時而扭打，入住台北「鬼屋」後，「把鬼叫聽成華格納歌劇裡的男高音表現頗欣賞的。帕在鬼聲中睡著，卻被結束時的寧靜嚇醒，他趕緊醒來鼓掌，知道今晚的戲結束了」[9]；劉興福在帶兵起義抵抗日軍失敗後退守關牛窩一間木

8 甘耀明，《殺鬼》頁二四七。
9 甘耀明，《殺鬼》，頁三四六。

屋，古怪的脾性與閩南人文化信仰的舉措，是制衡帕的重要力量；小說中為了不讓父親從軍而用腳箝住父親的腰的拉娃，兩人竟皮肉相連，成為火車上被稱「螃蟹父女」的奇景；火車司爐趙阿塗因對火車的熱愛，得以看到火車「紫電」的「愛子的祕密」等等，《殺鬼》中各類人物進出於小說之中，卻都有著與帕及劉興福相同，那稚拙、粗俗，卻又無窮無盡的生命力。甘耀明曾提到為何以「關牛窩」為背景，他說道：

> 關牛窩是我小時候的冒險地，它範圍約十幾座山，由墳墓、果園、森林與鬼怪傳說組合。我常在那出沒，很多地方沒深入，多少是孩童時的害怕。翻過關牛窩就是祖母的娘家，那是原住民部落邊。……至於小說中的關牛窩，多是虛構的，是個大型村落，更精確的說應該是這個社會的縮影。如果關牛窩這個地名有什麼精神上的意義，可能是個人童年的縮影了。[10]

在此，「關牛窩」作為甘耀明童年的縮影，其孩童時的稚拙與生命力，正同於小說中的各個人物，也正是這樣的封閉與神祕的空間，才得以對抗現代性的入侵，保有其生命的純真。

甘耀明書寫「關牛窩」，可說是為其故鄉進行地方感的再塑。而同樣以神怪傳說為底蘊寫作歷史小說的何敬堯，在其《幻之港——塗角窟異夢錄》中，則是以位於龍目井海線地區，曾於清領時

10 甘耀明，〈甘耀明談殺鬼〉，《殺鬼》，頁四四二。

期一度成為中部交通第一大港，卻在日治時期遭洪水淹沒的的「塗角窟港」為其書寫對象。其〈彼岸蟹〉以清嘉慶年間台灣移民歷史為本，寫一偷渡船隊中人的勾心鬥角；〈魔神仔〉寫糖郊商人心中對被妻子拐殺的孩童心有愧疚而能看見在家中遊蕩的青白色鬼魂的故事；〈虎姑婆〉中，大宅內的丫嬛因嫉妒怨恨而被「怪物」糾纏；〈七月七日夜〉中，主角選擇為七娘媽慶生的七月初七日偷竊，因為七娘媽「祂是天底下所有囝仔的守護神」；〈蛇郎君〉則寫趙荻此一以騙婚賺錢的男人，因遇上因女方姊姊嫉妒成蛇妖而目睹女方家遭滅門的故事，趙荻逃出後卻只能困在因暴雨而洪水將至已無出口的塗角窟港。在故事中，以神怪傳說為底，以人之奇情為主，鋪綴出一則則在塗角窟港發生的故事，而何敬堯的書寫，除了試圖以「更輕巧、更玲瓏，並且更加貼近現代人的感官生活」的方式呈現歷史小說外，更有著他對「塗角窟港」那連接的過去與現在的情感想像，他說道：

> 時光的幻影浮盪於歷史的夜空，港灣的人們來來去去，擁有百年光陰的塗角窟見證了時代的興衰以及人情的更迭，如今塗角窟早已在天災異變中淹沒於碧藍深處。湊巧的是，這一年秋季的國慶煙火選擇施放於台中龍井沿岸，恰恰是昔日塗角窟舊址，當岸上眾人齊眉仰慕的瞬間，我彷彿在錯覺中瞥望見一朵朵幻麗的煙花，正穿越過歷史的迷霧，映亮著海面下那一座被遺忘的沉睡之港。[11]

---

[11] 何敬堯，〈跋：鹿鳴于夜〉，《幻之港——塗角窟異夢錄》（台北：九歌出版社，二〇一三），頁二六八。

何敬堯為台中人，藉由對「塗角窟港」歷史的挖掘與文學的想像，將曾經存在又已經不在，僅能留存於歷史紀錄的港口，藉由虛構、奇情、神怪的通俗書寫，給它最有活力的「再現」機會。因此，不同於徐嘉澤將高雄鼓山作為凝縮台灣民主進程的地方，何敬堯是為自己故鄉台中做更深的記憶追索，早已與當下台灣人失去情感聯繫的塗角窟港，被何敬堯賦予了新的意義，讓此「沉睡之港」得以穿越歷史迷霧而來。

而在資本主義社會下因擔憂地方將被邊緣化所創作的小說中，楊富閔《花甲男孩》最具代表性。綜觀《花甲男孩》全書篇章，都可見楊富閔有其一貫的寫作模式與思維，首先，楊富閔小說的場景，多設定在台南鄉鎮，如〈暝哪會這呢長〉便是以其出生地台南大內為小說背景，〈逼逼〉、〈我叫陳哲斌〉為台南官田、〈聽不到〉為台南善化、〈有鬼〉為台南麻豆、〈花甲〉為台南新化，〈繁星五號〉中這台繁星中學的校車，則穿梭在台南縣境內。幾乎每篇小說的空間座標都直指故鄉台南，且遠離都會台南市，完全表現出作者為偏鄉發聲並以之「再塑地方感」的意圖。

在《花甲男孩》中，小說中的敘事者多為高中、大學生，訴說自己及其祖父母輩的故事，讀之可明顯發現，楊富閔意圖以偏鄉的第一代及第三代作為故事主體。其故事中的第一代多生猛有活力，如〈暝哪會這呢長〉中那「總是很潮」、「很有guts」的「大內一姐」阿嬤，或是〈逼逼〉中一身勁裝騎鐵馬返鄉報喪的「水涼阿嬤」，〈神轎上的天〉中能起乩帶領隊伍繞境北港媽祖廟的阿公，以及〈唱歌乎你聽〉中喜歡call in電台與主持人聊天的阿公等。而故事中的敘事者第三代，則對第一代有著深厚的情感，如〈唱歌乎你聽〉中總是到養老院陪伴阿公的孫子，〈神轎上的天〉中雖赴外地求學心思卻總在台南阿公身上的孫女陳錫雯，以及〈花甲〉中立志為老父與嬸婆蓋新房子的花甲。但是，全書中的各篇小說，也都直指「第二代的缺席」，在〈暝哪會這呢長〉中的，由阿嬤扶養「我」及姐接長大的「我」說道：「多少年後我才發現，我們從不使用爸媽字眼，太陌生了，遂也成為掉字一族」[12]；〈我的名字叫陳哲斌〉中，扶養陳哲斌長大成人的祖母張痛，在她的老厝中經歷喪夫及喪子之痛；〈神轎上的天〉中，陳錫雯的父親殺死其妻後入獄，所以她是由乩童阿公扶養長大。因此，這些楊富閔小說中的台南鄉鎮，雖因第一代與第三代的情感聯繫而滿溢溫情，但第二代的缺席卻又如黑洞般捲走偏鄉存續的能量，在楊富閔的小說中，「老、病、死」是常見的故事主軸，〈暝哪會這呢長〉中以葬禮開頭，大內祖厝八年中連辦了四場葬禮，〈聽不到〉直接以祖父的葬禮為主要場景，而〈花甲〉中對老家有夢想與責任感的花甲，卻在新房子地基剛建好時便因病過世，結局令人唏噓。若擴大到現實面來看，偏鄉勞動人口的移出，使老人與小孩成為鄉鎮主要的人口組成，但老人的壽命有時而盡，而偏鄉的生命力也將隨著老人的殞落而衰退，楊富閔便是意圖藉由小說的虛構來展現偏鄉可能被邊緣化且湮沒的現實。楊富閔在〈暝哪會這呢長〉中寫道：「然而急速的死亡也急速帶著一個家族走向沒落，一個家族的沒落，往往牽動著一個老鄉的衰退，這些被忽略的老鄉，與那些早已無人祭拜的孤墳上面長滿一季季的芒花、那些眼神呆滯等在養

[12] 楊富閔：〈暝哪會這呢長〉，《花甲男孩》，頁一九。

老院群居視聽室看綜藝節目的老人有什麼差別呢？」[13]，便是將「偏鄉」與「老人」結合，以老人的「老、病、死」預言台南偏鄉的「老、病、死」。楊富閔曾在其《花甲男孩》的「後記」中說到：

要命的是，逐漸衰敗的台南縣大內鄉——小說的源頭。次次我摩托車划過眠夢的樓仔厝三合院時，依序數數，好驚人的多少我也參與近百多個老人的死亡了，但更叫我在意的還有，如果有機會，也想去跟鄉長說說：「你知道我們的大內，正在老去嗎？」[14]

在此，楊富閔對地方感的再塑有其具體的訴求，在台灣資本主義擴張，後工業社會來臨的情況下，經濟力與資源都遠遜於大都會的偏鄉，可能在青年勞動人口不斷移出的情況下被邊緣化甚至消逝、被遺忘，可以說，楊富閔的小說在新世代再塑地方感的小說中，有其最具體的隱喻與最深沉的焦慮。

總而言之，在台灣一九七〇後新世代的小說中，以台灣主體性歷史為出發，加上對地方的聚焦，賦予地方新的價值與意義，可說是其寫作上的共同用心處，而此地方感的重塑，是在台灣國家的定義之下，或以國家精神彰顯地方價值，或以地方重整對故鄉的情感與記憶，此可說是新世代小說家在新時代的共同用心之處。

13 楊富閔，〈暝哪會這呢長〉，《花甲男孩》，頁二八。
14 楊富閔，〈後記：草莓緣〉，《花甲男孩》，頁二二五。

封閉空間：時間與記憶的永恆命題

依范銘如、郝譽翔的觀察，由袁哲生所帶起，六年級作家如甘耀明、許榮哲、伊格言、童偉格等作家所書寫的「新鄉土小說」曾經蔚為風潮，後如謝鑫佑《五囝仙偷走的祕密》、謝曉昀的《神離去的那天》，以至朱宥勳的《堊觀》，都可說受到新鄉土小說的影響。新鄉土小說的主要特色，除了與七〇年代受寫實主義影響，關懷社會弱勢並隱含政治訴求的鄉土文學有本質上的區隔外，它明顯受到後現代思潮的影響，反寫實、輕盈的筆法，以及剔除意識型態等皆為其特色。但新鄉土小說最重要的特點在於，小說家表面上雖是在進行地方書寫，卻以該地方為「封閉空間」，且雖可能以台灣歷史某進程作為時間座標，但時間的流動卻同樣消融在空間中，使得時間的流逝與時間的停止同義，且最重要的「記憶」在此空間中成為最不可靠也最可改易、改造之物。如郝譽翔所言：「在新鄉土小說中，一種時間的新刻度便於焉誕生了，它如夢似幻，虛實難辨，它既天真又世故，它是地理與時間交叉重疊的核心，也是一個終極的祕密，串連起所有人生存與死亡的祕密」[15]，所以，小說中的主角們像是凝止於封閉的時空中，又像了然時間的流逝，既珍視記憶，卻又懷疑記憶，時間如同一「終極的祕密」，他們用心探尋卻也永遠沒有解答。也因此，小說中常有類似的矛盾語法，如王聰威：「她覺得眼前一片黑暗，好像空襲警報前的開始與結束之間，是一段空白，而她被這些人給拋棄掉了。一時之間，她好像忘了這幾年是怎麼活過來的，未來要怎麼活過去」[16]；如謝鑫佑：「同時，他也了解到一件事，衰老讓他無法記住任何事物，為了填補空缺，王勝邦只好不斷杜撰記憶；錯誤的記憶與杜撰的記憶，占據了王勝邦大部分的知覺與感受」[17]；或如謝曉昀：「什麼事情是真的？什麼事情是假的？如果哥哥不記得童年了，那我是不是該懷疑所有腦袋裡裝著的東西？它們的質量正確嗎？是不是我自己賦予它們意義與喜好的模樣？」[18]，在新鄉土小說中故事常如此被陳述著，在繁複的技法與非線性時間的交疊下，記憶被時間混淆，真實與虛構的界線如此被消融掉。

王聰威是較早開始撰寫新鄉土小說的作家，他的《複島》書寫父親的故鄉旗後，《濱線女兒》則是書寫母親的故鄉哈瑪星，他延續九〇年代流行的家族誌小說，「更自由而大膽地使用各種寫作

---

15 郝譽翔，〈新鄉土小說的誕生——解讀台灣六年級小說家〉，《大虛構時代——當代台灣文學光譜》，頁三〇七。

16 王聰威，《濱線女兒》（台北：聯合文學出版社有限公司，二〇〇九），頁一〇九。

17 謝鑫佑，《五囝仙偷走的祕密》（中和：INK印刻文學生活雜誌出版有限公司，二〇一三），頁一六八。

18 謝曉昀，《神離去的那天》（台北：台灣商務印書館股份有限公司，二〇一二），頁三九三。

技術與美學主張」[19]，來呈現他眼中的家族境域。而其中的《複島》一書，更別出心裁地以「複製島」做為新鄉土小說中對時間與記憶相互消融的隱喻。

王聰威的《複島》被南方朔稱為「很典型的地誌風土小說集」[20]，因為在《複島》中王聰威以旗津為主體，描繪其中的沙灘、海岸、港口、古蹟，且有對旗津風土及人情的描繪，但也如郝譽翔所說：「作者卻意不在說一個完整的、封閉的、戲劇化的故事，而更要捕捉人生流動的開放的真相，故不斷復沓交疊的時空，造成了意義延展的可能，也更曖昧迷離」[21]，也因此，王聰威《複島》的四部短篇小說雖描寫其由父系家族的爺爺、奶奶、小阿媽、叔叔延伸出的虛構故事，但那流動的時間卻讓它能不被當成傳統的家族誌及地誌小說。

小說首篇〈奔喪〉，以五〇年代「蔣總統準備要反攻大陸了」的氛圍，寫第二代聽聞母喪需離營返回旗津的故事；〈淡季〉則以旗津海灘旅遊「淡季」的蕭瑟氛圍，映襯在父系家族中總認知自己的偏房地位的小阿媽的心境；末篇〈返鄉〉則以葬禮為底蘊，寫家族的人事已非。但在本書中，最重要的當屬其中的〈渡島〉一章，〈渡島〉以爺爺與「我」做雙線敘事，當終戰後日人遣返，爺爺受日人託付燈塔鑰匙，進入燈塔後才發現，日人在旗津島下建立了一個地下村，當初因日軍害怕

19 王聰威，〈後記：家族境域的形成〉，《複島》（台北：聯合文學出版社有限公司，二〇〇八），頁二六七。

20 南方朔，〈推薦序：一本不要輕估的地誌風土小說〉，收於王聰威，《複島》，頁六。

21 郝譽翔，〈推薦序：夢境與現實的交相滲透〉，收於王聰威，《複島》，頁一四。

敵人轟炸港口、封鎖旗津或登陸決戰，所以決議建立一個祕密海底基地，而被安排在此建造基地的工匠，按照軍方要求，將島上的地形、道路、設施、機關，甚至店家招牌等都加以模仿，幾乎在旗津島底下造了一個複製島。而在爺爺遊覽地下基地時發現，地下村的居民不僅複製島上各種硬體設備，更讓自己按照島上居民的生活方式甚至身分來過活，爺爺更在地下村中看到一個「複製」的自己，正按照爺爺的生活方式過活。當爺爺詢問為何不隨日人遣返家鄉時，居民說因為「我們既然已經身處在這樣忠實複製的環境之中，那麼繼續維持複製島民其中一個角色存在，不是才最自然最舒服嗎？否則，不就是對這海底基地的一種衝突矛盾了？」[22]，當這荒謬的場景與說詞真實出現眼前時，爺爺一度懷疑自己是否才是「被複製」的人，甚至認為：

> 該不會這個島其實早已不存在了，或者說，這裡從來不曾以一個島的樣子存在過的啊，與島有關的一切事物都是被複製交織塑造出來的。不，這不是一種幻覺，這再真實也不過了，這裡是『被真實複製與塑造出來的島』，因為一開始就被當成是島的樣子來複製，所以也就自然而然被成為島了。所以，可能根本沒有渡島這件事啊……[23]

---

22 王聰威，〈渡島〉，《複島》，頁二〇〇—二〇一。
23 王聰威，〈渡島〉，《複島》，頁二一四。

在此，複製的島與爺爺的自我懷疑，實是與現在的「我」的孤島心境相結合，「我」在聽完爺爺所說的故事後雖半信半疑，但也說道：

但如果真如他所說的那樣，我想，現在一定有一個完全複製的「我」或完全被我複製的「我」在那個「島」上生活著吧。此刻，應該也在那邊打著鍵盤，將「我」的爺爺告訴「我」的故事寫下來。我忽然非常期盼與「我」見面，不知道會是長什麼樣子？我也知道了，我的人生或許並不是由我決定的，而是由在一個海底下的「島」上的某人決定的……這也許是與島有關的人終生無法揮去的影子，永遠必須背負的宿命……那麼倘若那邊的「我」死掉了，我是否也必須複製這死呢？[24]

在此，「複島」成為一種「平行時空」的想像，而當「複製」與「被複製」者無法明確區隔，自我的經驗與命運又喪失主體性，一則書寫家族與地方的紀事，就在自我懷疑中鬆動其真實性。所以，〈渡島〉所演繹的，是「我」在回顧父系家族史後所想像的宿命論，人生所有的選擇與經歷，都可能僅是一種已被經歷過的「複製」。再連結到複製的地下基地隨著戰事的結束、出入口被炸毀，其完全封閉的地下空間將永遠處於複製島上居民生活的循環時間中，我們所看到的，是王聰威

24 王聰威，〈渡島〉，《複島》，頁二二六。

藉由對父系家族史的回顧與想像，以「複製島」隱喻時間雖不斷延伸流動，但同樣的經驗與記憶也都將如宿命般重複出現在不斷延伸的時間中。

與王聰威《複島》相似，謝鑫佑《五囝仙偷走的祕密》則是以「覆鼎金」關於「五囝仙」的童謠故事為本，寫高雄覆鼎金的故事。故事以〈五子五仙〉的歌謠起頭，國小老師王勝邦申請南下高雄任教，到達「覆鼎金」後，「這個地方給王勝邦的感覺，與幾部偶爾會在電視上輪播的早期老台灣電影中的環境差不了多少，塵土飛揚的產業道路、距離生疏遙遠的路燈、板凳上坐了一下午卻不會改變姿勢的老太婆。王勝邦當時覺得，此處該是十多年前便如此樣貌，十多年後亦然」[25]，表現了謝鑫佑意圖將「覆鼎金」刻畫為時間不斷循環的封閉空間的意圖。王勝邦在覆鼎金任教後，認識了五個擁有奇特天賦的學生，其中郭韋瑄有仁德之心、梁育廷具備追求真理的智慧、孫宏軍代表永恆力量、吳子淳散發哲人魅力，而洪嘉枝代表的是留住美好的能力，正同於「五子五仙」歌謠中五子的能力。其間又寫到覆鼎金做為市政府都市計畫一環，將在遷葬、開路後改變原來的面貌。王勝邦因故調職日月潭後，洪嘉枝因「父親的貪婪使她心碎」在睡夢中死亡，其他四子也在幾天後失蹤，王勝邦認為：「洪嘉枝的死亡就等於這個世界再也留不住任何美好，因為如此，他們接連遺失其他四個孩子」[26]，王勝邦雖難過，卻也返回台北與其妻同住，而原本以為已死去的兒子王聖任卻

---

25 謝鑫佑，《五囝仙偷走的祕密》，頁一一。
26 謝鑫佑，《五囝仙偷走的祕密》，頁一〇五。

又活在妻子家中，在王勝邦回到台北後的敘述中，王勝邦總處於被動且對記憶無法掌握的狀態，與王聖任重逢的當晚，王勝邦發現自己已無法記得一家三口的往事，且「王勝邦不能確定一切是從那一夜開始扭曲變形的，他唯一可以確知的是，自己原本已經剝落不連貫的記憶，從此變得更加破碎零散」[27]。而後，王勝邦開始與妻子兒子在台北生活，且在平順的生活中，開始陸續生養了四個孩子。這五個孩子就如同覆鼎金的五子，都有奇特天賦，長大後也有各自的成就，讓王勝邦又有了更多的孫子孫女，算進女婿、媳婦成了二十人的大家庭，只是大兒子王聖任永遠停在重逢時的八歲階段沒有長大。王勝邦認為一切美好到有種不真實的感覺，最後在年老時走向在屋外因淹水而成的湖泊，傾身一倒，墜入湖內。但當他醒來的時候，發現自己正處於一地窖內，且他的外表從八十歲回到三十七歲，身旁躺了當年失蹤的覆鼎金的四子，看似熟睡。此處是借高雄地區蔦松文化時代埋葬死者方式的的典故，經由下葬時放在頭頂的水罐讓靈魂進出，但水罐的水只要乾涸，靈魂便無法自由進出，因只有王勝邦的水罐有水，四子的水罐乾涸，所以四子並未醒來。當王勝邦順著甬道出地窖後，發現自己身處於金獅湖的保安宮，且時間已經過了幾十年，當年那貪婪的洪啟松，成了地方上人人懷念的大善人。王勝邦與當年熟識的人碰面，眾人已老只有王勝邦一人的外表未隨著年歲而改變，後與人同於澄清湖上泛舟時王勝邦又倒入湖中沉落。王勝邦再次甦醒時又出現在地窖內，他將罐中的水分別倒入四子的紅陶罐中，四子分別甦醒，而王勝邦竟從三十七歲變成十歲孩童的模

27 謝鑫佑，《五囝仙偷走的祕密》，頁一〇八。

樣，謝鑫佑寫道：

王勝邦終於知道，郭韋瑄、梁育廷、孫宏軍、吳子淳是覆鼎金留給世人的四種天賦，而且，從來就不存在洪嘉枝這個女孩，曹謹與自己正是第五種天賦的擁有者：留住美好的能力。同時，王勝邦也了解這個世界上沒有永恆不滅的事物，因為會消逝，所以最美好。那些會消逝的事物往往發生在一瞬間，包括：兒子王聖任的死亡、前妻黃淑華離異與瘋癲、藏在五子身上的祕密、墓區廢止、覆鼎金地區面對都市更新。[28]

這「五子」順著甬道出地窖後，天空開始下起雨來，且瘋狂傾瀉，幾乎要淹沒了覆鼎金，原來「為了保護覆鼎金的靈性，五囝仙必須降雨水淹覆鼎金」，故事便結束在這「澆鼎」的儀式中。

在本書中，謝鑫佑對覆鼎金文化歷史的探尋甚至延伸到新石器時代，且相關的宗教力量、鄉野傳說、民間軼聞也都如地誌書寫般鉅細靡遺，更將之做為故事重心，使「五囝仙」及其五種天賦成為全書主軸，所以，《五囝仙的祕密》是再塑了「覆鼎金」的「地方感」，以覆鼎金保護「靈性」做為其開發程度不如高雄其他地區的原因，也以「五種天賦」為此地居民的純樸良善下了註解。然而綜觀全書，其寫作關懷卻是在傳說力量之下，以覆鼎金為空間座標，讓王勝邦在其中經歷不斷

28 謝鑫佑，《五囝仙偷走的祕密》，頁二五一。

重複的人生循環，故事中何者為現實何者為虛構？王勝邦又是否從未離開過覆鼎金？王勝邦與「五子」以不同名字重生，是否又是「宿命」般的「複製」想像？李永平曾說：「人為什麼要回憶？回憶是探索、發現和重建的過程，是在時間的流動中試圖為過往的經驗尋求定位和意義的途徑」[29]，但王勝邦的回憶卻不斷被改寫、杜撰，每個生存時的記憶都處於曖昧、流動的狀態，無從探索，更無法為過往的經驗尋求定位與意義。所以，本書雖是為高雄覆鼎金再塑地方感，以當地歷史與文化的延伸想像書寫覆鼎金特殊的風土與人文，但受到新鄉土小說的影響，謝鑫佑真正的寫作意圖，是在演繹封閉空間中時間與記憶相互消融的敘事，其重複出現以及彷彿被「計畫」好的虛構人生雖因覆鼎金的民間傳說而有了背景成因，然而對人生無從掌握的感傷與懷疑才是全書的主調，地方感反而被消解在新鄉土小說的主要關懷中。

同樣的書寫模式，也出現在吳明益《天橋上的魔術師》中，吳明益以其童年的生活空間「中華商場」為空間座標，將這座從一九六一至一九九二年身為台北地標的三層各名為「忠、孝、仁、愛、信、義、和、平」的連棟式樓座，做為其小說的展演空間。在此，「中華商場」不僅是吳明益回憶中的童年場景，也象徵了地方的生發與壞毀。因為中華商場雖緊鄰西門町，興盛一時，但為了都市更新與捷運建設而於一九九二年拆除，對吳明益及同一代的台北人而言，是記憶中親切的生活

---

[29] 李永平，〈推薦序一：流浪少年路——期待台灣浪遊小說的出現〉，《ㄩ ㄢ》（台北：寶瓶文化事業有限公司，二〇〇四），頁九。

空間的抹除，所以吳明益此書，是意圖喚回台北人這三十年間的共同記憶，可說是為「中華商場」再塑地方感的顯例，早已消失二十年的時代地標又被重新賦予意義。然而，由於吳明益的寫作關懷及新鄉土小說的影響，吳明益在喚回台北都城人記憶的同時，更意圖以中華商場此一連棟式建築做為封閉空間，以時間流逝與記憶改寫做為全書主題。

本書開篇的〈天橋上的魔術師〉，家住在「愛」與「信」之間的「我」有時在天橋上替母親顧攤，而認識了對面攤位的魔術師。魔術師的攤位原本生意不錯，但在大部分小朋友都購買過他的魔術道具後魔術已不稀奇，魔術師於是以一能夠活動的紙片小黑人來招攬群眾，「我」也被小黑人深深吸引。有次在幫忙魔術師顧攤位時下雨，小黑人被淋濕且斷裂，「我」十分傷心難過但隔天卻又見到小黑人在魔術師的攤位上表演，「我」忍不住向魔術師問起小黑人的祕密，吳明益寫道：

> 我搖搖頭，猶豫地說。「看起來一模一樣，不是嗎？小黑人沒有死，對吧？」
>
> 魔術師兩個眼睛看著不同方向，說，「我也不知道。小不點，你要知道，世界上有些事情，永遠都不會有人知道。人的眼睛所看到的事情，不是唯一的。」
>
> 「為什麼？」我問。
>
> 魔術師思考了一會兒，用沙啞的聲音回答：「因為有時候你一輩子記住的事，不是眼睛看到的事。」[30]

---

[30] 吳明益，〈天橋上的魔術師〉，《天橋上的魔術師》（新店：夏日出版，二〇一二），頁二七。

故事最後，魔術師與「我」告別時，挖出了自己的左眼，「那枚被挖下的眼珠沒有流血，沒有破裂，就像一枚完好的，剛剛形成的乳白色星球一樣」[31]，故事以一神祕的魔術師對童稚的「我」訴說著世故的道理，記憶不是眼見為憑，它將隨著時間的流洗而有所不同。

《天橋上的魔術師》全書藉懷舊氛圍所使用的魔幻寫實筆法，讓每部短篇小說都既勾起關於中華商場的記憶，又瀰漫著惘惘然的、對消失的恐懼。如在〈九十九樓〉中，童年時曾為好友的馬克與湯姆在成年後相聚，談起曾經在中華商場的往事。馬克曾因與父親打架而逃家失蹤近三個月才返家，馬克告訴湯姆，他是在商場三樓女廁牆壁上所畫的電梯按鈕，按下九十九樓後就如空氣般隱形，同樣生活在中華商場八棟樓之間；〈石獅子會記得哪些事？〉則以「我」與母親到大甲鎮瀾宮拜拜，對門口石獅子感到好奇，回家後夢到石獅子來逛半夜無人的中華商場，又幾乎是在石獅子的指示下發現阿姨家失火才得以搶救表妹珮珮等，每篇小說，都有著主要人物的離去、以及死去，就如同中華商場隨都市更新而消失，吳明益筆下在中華商場中生活的小人物，似乎就在知道它必然消失的後設眼光中，也沾染了中華商場終將壞毀的命運。

更重要的是，吳明益藉由魔術師及每個短篇中的小人物們，同樣傳達了時間與記憶相互消融的辯證，〈石獅子會記得哪些事？〉中的「我」最後說道：「不好意思隨口跟你扯了那麼多的事，你

---

[31] 吳明益，〈天橋上的魔術師〉，《天橋上的魔術師》，頁三一。

本來只是想問我還記不記得那個魔術師而已，無奈我的記憶不被掌握地糾結在一起」[32]，正是在這些敘事者記憶重述中，讓我們看到時間的流洗對記憶可能的刪改、杜撰、與糾纏。所以，一同於王聰威筆下的旗津、謝鑫佑所書寫的覆鼎金，吳明益對中華商場的地方感再塑不得不被新鄉土小說的主要關懷喧賓奪主，他藉由消失的中華商場，以回憶為線索，使時間流轉於此一封閉空間中。

由此可再談到許榮哲的《ㄩ ㄢ》，本書以高雄美濃為空間背景，以蕭國輝、陳皮、周月雅三人對美濃的「浪遊」為主軸，再加入美濃反水庫運動等議題，該書看似是為美濃「再塑地方感」的故事。本書受國藝會補助，許榮哲在寫作計畫表中提到：「主題以描繪美濃客家原鄉風貌為經，以探索美濃反水庫運動為緯，企圖重建這一代美濃人的歷史、文化和社會運動的集體經驗與共通記憶」[33]，但如顏崑陽所言：「榮哲不能不承認，他最終完成的作品，並不符合原初的構想」[34]，因此，此一原被期待為以高雄美濃為地方書寫的小說，在許榮哲的寫作關懷下，向著以封閉空間傳達時間的循環與經驗、記憶旋起旋滅的方向寫去。

在《ㄩ ㄢ》中，蕭國輝及陳皮生長於美濃，對自己的家鄉原本無甚感覺，但當美濃反水庫運動因電視新聞報導後，「我和陳皮的心底開始起了微妙的化學變化。我們一致認定美濃不一樣

32 吳明益，〈石獅子會記得哪些事？〉，《天橋上的魔術師》，頁七九。
33 顏崑陽言引述許榮哲的寫作計畫內的文字。顏崑陽：〈世界一個大規模的寓言〉，收於許榮哲：《ㄩ ㄢ》，頁一九。
34 顏崑陽，：〈世界一個大規模的寓言〉，收於許榮哲：《ㄩ ㄢ》，頁二一。

了。它開始變得有意思起來了，因為大凡在電視上亮過相的人事物沒有一樣是不美好的。因為上過電視，所以美濃不再是美濃，而是我們從未去過的淡水、鹿港或野柳等風景區」[35]，「電視」此一傳媒的發達可說是後現代文化最重要的底蘊，蕭國輝因自己的家鄉被電視報導而對家鄉感到興趣，但他不選擇對家鄉的歷史、文化做深入的探尋，反而與陳皮二人，開始跟著一車車開進美濃的觀光團，以觀光客的眼光重探自己的故鄉。「觀光」不同於「旅行」，是一種照本宣科式的、依循著他人的旅遊經驗去接收地方資訊的旅遊方式，地方景點也將因此被符號化、扁平化，主角二人卻選擇了「觀光」做為重探故鄉的方式，許榮哲在此，便已打破了地誌風土小說的寫作模式，將美濃的客家文化、歷史文物，都簡化成了模糊的背景。所以，在〈夜幕低垂〉中雖寫到客家菸樓，故事卻在書寫蕭國輝與陳皮、周月雅三人準備將剛出生不久的小西施犬做成「標本」，那雖年幼卻強迫自己體驗他者死亡的經驗；在〈無記才〉中，雖寫美濃客家民俗村，卻主要寫兩個老女人「紅黑爪子」的觀光行徑；在〈那年夏天之前〉，雖寫黃蝶翠谷卻主要寫好友陳皮的故事；在〈鍾理和〉中，雖寫到鍾理和紀念館，但兩人之前一直認為此處是「一座不可言說的斜神歪廟」，對鍾理和的理解，竟也僅靠在觀光客旁偷聽來的似是而非的見解來理解，許榮哲寫道：「兩個土生土長的美濃人居然得像個拾荒者一樣，靠撿拾觀光客東一片西一片不小心掉落下來的語言碎屑，好重構自己的土地身世和血脈證明」[36]，如此藉由「語言碎屑」來「重構」身世與血脈，自然是破碎且無意義的，且在

35 許榮哲，《ㄩ ㄢ》，頁五八。
36 許榮哲，《ㄩ ㄢ》，頁一五六——一五七。

〈我的爺爺奶奶〉中，許榮哲更寫道：

> 關於許多年前我的爺爺奶奶眉來暗去的故事，我是一次也沒聽家人提過。我那得了老人癡呆症的爺爺，成天念念不忘的是今天和明天的事，在他的腦子裡，昨天是不存在的。或許正因此我遺落了一些原本該屬於我，後來卻被時間的賊給偷走的家族紀事。[37]

在此，類似家族史的虛構紀事，藉由爺爺的「老人癡呆症」顛倒、抽空了真實意涵，所以屬於「我」的記憶也將「遺落」，「時間的賊」偷走的，是「我」與「我」的家族對故鄉美濃的記憶。

在《ㄩˋ ㄧㄢˊ》中，有則「無記才」的笑話，寫一個沒記性的樵夫總忘記自己身邊的事物。而綜觀全書，「無記才」便是全書最重要的「寓言」，小說以蕭國輝的童年生活為主，「那年夏天」對故鄉美濃的浪遊，並未讓他對美濃有更深的理解，長大後的蕭國輝在回顧童年的自己時，對他來說最讓他觸動的，還是「時間」，他說：「除了神祕、沉默和執著之外，另一種我彼時無能感受的深層憂傷是——時間」[38]。「時間」將改變物事，但「我」無從掌握，雖然有著自己的人生經歷，在時間的流逝下，記憶會因鬆動而自我拼貼、複製、改寫，就如同「無記才」，忘記屬於自己的事

37 許榮哲，《ㄩˋ ㄧㄢˊ》，頁二一八。
38 許榮哲，《ㄩˋ ㄧㄢˊ》，頁一八四。

物，如同蕭國輝忽視自己的故鄉，如同美濃人忘記美濃反水庫運動的激情，也如同現今社會將因資訊迅速更新而被迫處於不斷的接收與遺忘之中。《ㄩˋ ㄧㄢˊ》可說是對現今社會的「寓言」，而這也是身處於後現代文化社會下的反省，許榮哲以電視、觀光團為元素，意在傳達後現代社會中各類物事終將可能被符號化、商業化、扁平化，且如此將更加速記憶的流失與改寫。在以封閉空間的時間循環模式書寫者中，許榮哲在對時間與記憶表現相同的感傷、懷疑的同時，更有著對現實社會狀況的嘲諷與批判。

與許榮哲近似，以封閉空間談論時間流逝與記憶的不可靠，朱宥勳《堊觀》以後現代小說的筆法，藉由內容與形式的疊合，傳達後在後現代社會中，記憶的流失與改寫將更成為現實生活的常態。朱宥勳想像了一個在台東加路蘭風景區附近的一個空間，被作家C記錄下來，當「我」來到此地，朱宥勳寫道：

> 這不是我第一次看見堊地——所謂泥火山——，但卻是整個畫面最違和的一次。堊地灰質、寸草不生的土壁垂直下切，正與油綠的稻田相接，彷彿有什麼力量在那山腳處畫了一條線，生命在此終止，不得向前。就在那灰綠衝撞的線上，一幢紅柱金簷，既像是寺又像是觀的建築物突兀地立在那兒。[39]

[39] 朱宥勳，〈堊觀〉，《堊觀》（台北：寶瓶文化事業有限公司，二〇一二），頁三〇。

朱宥勳將此地以「觀」為名，是為營造一宗教的神祕氛圍，而來到此地者，就予人「修行」的錯覺。但這「不立文字」的寺觀中雖奉祀著神像，卻也「完全認不出是什麼神」，有人誦經、有人捻香，「詭異的是，所有人都是靜默無聲的」。小說開篇的〈埡觀〉，就是由「我」循著失蹤的C的文稿，來到「埡觀」一地，以旁觀者的眼光刻畫「埡觀」。在本書中，「埡觀」並非如前述旗津、覆鼎金、美濃般，是一明確的空間座標，也非前述小說以某地方為小說人物的活動空間，並刻畫人物於其間的行為，《埡觀》一書以多篇獨立的短篇小說所組成，其活動空間也並非在「埡觀」中，但小說中的每個主人公，都曾經、或將要進入「埡觀」，其於現實生活中的失意甚至失憶，都指向了「埡觀」那彷如將吸盡人的記憶的魔力，「這所寺觀之內，除了人以外，沒有任何可辨識的畫面，是一間巨大的空白之屋，而且是活生生的、不斷掠食的空白」[40]。且朱宥勳並不以此為限，「埡觀」不僅「不立文字」，更有著將文字、語音、符號都一一吸收的能力，「第三天，當我發現無論如何我都想不起一句完整的長句之後，我決定要離開。這也是為什麼我已使盡全力，但對埡觀的描述只能有上面這短短的幾百字而已（而且還有大量的否定詞——我根本說不出「有什麼」，只有不斷的無、無、無、無……）」[41]，「我」因在其中感受到人生的經歷、記憶，甚至文字、符號，都

40 朱宥勳，〈標準病人的免疫病史〉，《埡觀》，頁一二四。
41 朱宥勳，〈埡觀〉，《埡觀》，頁三八。

將被這封閉空間給吸盡的恐懼而提早離開，但對其他的主人公而言，如此對記憶的吸納卻是記憶得以改寫、重塑的機會，也因此，「堊觀」又有著對失意者神祕的吸引力。所以在〈倒數〉中，阿樺與小梅同時失去自己的阿嬤與外婆，雖心中悲傷，但「他們就在堊觀前面，後面就是那座無比荒涼的堊地，他覺得什麼都可能了」[42]；在〈墨色格子〉中，愛下棋的正勇認識了住在舅家沒有開口的磚牆後面的叔叔，兩人隔牆對奕，後來才發現叔叔一直都弄反了正勇教他的棋譜順序，「他們始終想的不一樣的棋面，卻還是下完了這麼多局」，之後叔叔堅持進到「堊觀」，以求「遺忘一切，像是洗淨全身的嬰兒」；在〈標準病人的免疫病史〉中，「他」的母親的職業是一名「標準病人」，按照老醫師的不同要求，扮演不同病症的病人測試醫學院學生並領取津貼。「他」曾遭火吻，母親照料他之外，也把每次扮演的不同病症帶回讓「他」模擬各種病徵，因為「母親說，每生過一次病，那種病就再也不會復發了。這叫做『免疫』」[43]，後來母親「消失」，「他」在腦中想像母親因為模擬哪樣的病狀所以拖延了回來的時間，「他用完了所有已知的病」後，「他想，母親生的病應該是『死亡』」，所以也離家開始尋找扮演「標準病人」的工作，稱職的他卻在一次被要求扮演自己的燒傷病症時崩潰，逃出病院後進入「堊觀」；在〈說話課〉中，「我」與身為語言治療師的C是朋友，C正在治療小宇，小宇與「我」同為「型三」的語言障礙者，他們皆屬「莫名喪失記憶

---

42 朱宥勳，〈倒數〉，《堊觀》，頁七九。
43 朱宥勳，〈標準病人的免疫病史〉，《堊觀》，頁一二〇。

與語言」的患者，容易康復、復健，但是，他們恢復語言能力之後，就會忘記失語那段時間遭遇的一切人事物，「我」被治癒後，以小說形式書寫「巠觀」，因為「以空白抵抗空白，這是我所能想到，唯一繼續說話下去的方式了」[44]；在〈認得〉中，「我」所認識的小瑜，是「巠觀」失火後的倖存者，不與人交談卻懂得許多冷僻文字的小瑜吸引了「我」的注意，然而小瑜除了「忘記了」之外，沒有辦法用簡易中文與人交談，即使以文字書寫，也只能以生冷文字的字音代替她所要說的語句，小瑜的語言障礙也與曾待在「巠觀」有關；〈今夜星光〉中，則以退休後的將軍參與調查當年「巠觀」疑似遭縱火案，及與此事相關的失蹤人口，才知他那離家流浪的兒子也曾待在「巠觀」，後來上級決定成立一個大型的祕密計畫，核心機關就設在加路蘭的「巠觀」原址；〈自白：加路蘭中心簡史〉則延續〈今夜星光〉，敘事者「我」為加路蘭中心的執行任務的員工，原先需靠「線人」提供曾待過「巠觀」的「巠人」線索，中心人員再將他們帶到中心進行「喚回」的療程，讓這些「巠人」恢復記憶，這些「巠人」包括〈說話課〉中的小梅及「我」，〈今夜星光〉中將軍的兒子，在中心建築形式及治療的理論基礎不斷變革下，「巠人」有些有了進步離開中心，但到了後來，這些「巠人」如候鳥般歸巢，然後就趴下睡倒，加路蘭中心的燈塔核心被打碎，中心消失於火海中；而〈抒情考古學——大沉睡的時間夾層〉，則以未來時間中C・Y・S教授對在「大沉睡」時期研究的演講，因為所有人類在「歷經了一場安詳的睡眠」後，除了大量的「資料」之外，「那

44 朱宥勳，〈說話課〉，《巠觀》，頁一六五。

個年代已經絲毫不剩地消失了」，他也煞有介事地詳談了〈堊觀〉這篇小說的敘事手法及可能的內容深意，但最重要的是，教授談到「記憶是小寫的歷史；我們的歷史，『大沉睡』，也是從集體的失去記憶開始的。這種意義的關連性不僅是象徵上的，也是切身的」[45]，將原本在新鄉土小說中以封閉空間中時間與記憶相互消融的想法，擴大為整體社會的現況，就如許榮哲的《ㄩˋㄧㄢˊ》被顏崑陽認為是「世界一個大規模的寓言」相同，朱宥勳以未來時間、後設角度書寫的「堊觀」演講，就是意指我們所身處的當下，便是「大沉睡」，集體失憶的階段。

「堊觀」一如其他書中以封閉空間的時間循環，來鬆動、改寫記憶的書寫模式，在〈標準病人的免疫病史〉中寫「堊觀」：「在這裡，時間也是最容易被忘卻的東西之一，因為沒有任何能夠標明刻度的工具可以持久，所有的人為標記總要倚賴記憶才能準確閱讀，於是和記憶一樣脆弱，他們會被活生生的堊觀吞食殆盡」[46]，時間刻度的失效，使記憶也同樣被吞食。且《堊觀》中多運用後現代小說的筆法，如〈堊觀〉中的「我」為了尋找失蹤的C，不僅讀了他未發表的文稿〈堊觀〉，又分析了C的小說，而其中分析的〈放生〉一文，卻是收錄於朱宥勳第一本小說集《誤遞》之中，且其評論到〈放生〉是篇「並不出色的作品」[47]，又將該文意涵與「堊觀」主旨連結，便是以開放

---

45 朱宥勳，〈附錄：抒情考古學——大沉睡的時間夾層〉，《堊觀》，頁二四七。

46 朱宥勳，〈標準病人的免疫病史〉，《堊觀》，頁一三二。

47 朱宥勳：「在〈放生〉這篇並不出色的作品裡，家人俱在，卻也彷彿都不在那樣，誰也不聽他的話。這最後一幕不只是在放生竹雞也是放生自己。他不再去尋找缺席的家人，試著逃開，可終究還是得找一個水草適合

性的文體書寫的筆法；同樣的，在〈自白：加路蘭簡史〉中，將軍的兒子在經過喚回記憶的治療後開始撰寫小說〈倒數零點四三二秒〉，該文也同為其《誤遞》所收錄的短篇小說之一。再加上朱宥勳於〈壅觀〉、〈自白：加路蘭簡史〉與〈抒情考古學─大沉睡的時間夾層〉中致敬黃錦樹的文字，都使此虛構小說自由地出入真實世界。且所謂的「壅觀」之名，是意圖以「觀」延伸出類似宗教的神祕力量，而「壅」則是對林燿德〈惡地形〉一文的致敬，小說寫道：「更多時候，我盯著窗外由陰青轉金紅的壅地，想起以前在小說裡讀過的『壅地形』，但那總是有種詭異的異國甚至異星情調」[48]，林燿德的〈惡地形〉撰寫於一九八六年，小說無統一的情節結構，刻意的散漫、錯置，情節更藉由跳躍性的意象來推移，有著後現代小說「混雜」、「不確定」的特徵，朱宥勳選取與林燿德相同的「壅地」，以其寸草不生作為空無的象徵，也表明了《壅觀》一書對後現代小說筆法的偏愛。

更重要的是，朱宥勳意圖藉由《壅觀》表明的，是他的小說創作理念，在〈說話課〉中，朱宥勳藉經語言治療後的「我」說道：

> 人們來到這裡，因為遺失了一些東西。像是忘記了怎麼說話的「型三」，像是說著「餓……」的我。

的地方，從一個追尋逃到另一個追尋，這種轉換只是字面上的，而非本質上的。」朱宥勳，〈壅觀〉，《壅觀》，頁三五。

[48] 朱宥勳，〈說話課〉，《壅觀》，頁一六一。

> 然後他們遺失更多東西，最終一無所有，就再無失去可言。
> 於是小說就能夠啟動。[49]

同樣的，在〈自白：加路蘭簡史〉中，將軍的兒子雖無法記起「堊觀」中所發生的事，但在重新拾回語言文字的能力後，他開始大量閱讀並撰寫小說。在此，朱宥勳說明當記憶已無從掌握時，小說的虛構反而最接近對記憶的追索。以說故事「重寫」故事，以悲傷「練習」悲傷，再以「虛構」抵抗「消失」，可說為新鄉土小說習以封閉空間表現時間與記憶的寫作特點下了重要的註解。

新鄉土小說主要以鄉村為背景，但書寫者從袁哲生到朱宥勳，成熟於高度都市化與網路發達的時代，其關懷雖看似脫離其真實的生活環境，但究其原因，他們是意圖將都市及網路世界中所感知到的存在與消逝遞換的迅速，藉由非寫實概念的鄉土傳達給讀者。雖然他們所書寫的地方有明確的座標，高雄旗津、覆鼎金、美濃，台北中華商場，台東加路蘭風景區等，但這些地方即使有其自然風物、歷史文化背景，都將在人事與時間的延伸中失去原先的代表意義，所以與其說作家們再塑了這些地方的地方感，不如說這些空間座標將在背景的模糊化後成為簡化的符號，朱宥勳就逕以「堊觀」一名符號化新鄉土小說中的封閉空間。而且，在這些文本中，「時間」為最重要的主題，於此空間活動之人壽命有時而盡，且各種不同的命運也都將使他們有不同的人生經歷，此時，一個封

---

[49] 朱宥勳，〈說話課〉，《堊觀》，頁一六二。

閉的空間將更可見證景物依舊，物是人非的永恆主題。「時間」將必然帶來人物的死亡、環境的壞毀，仍存活之人，僅能以「記憶」來與之相抗，但人的力量在面對時間時何其渺小，甚至人的唯一武器——「記憶」——也終將被時間改造、覆蓋、抹消，一種宿命般的世故的體認，就由這些還尚年輕的老靈魂作家，藉由不同的空間想像與隱喻延伸表現出來。但也正如朱宥勳在《臺觀》中表明的，時間對記憶的摧壞，可藉由書寫來重塑、改寫，當記憶、語言、文字、符號都走入空無，人反而有了重生的契機，「於是小說能夠啟動」，也說盡了新鄉土小說作家的寫作意念。

童偉格於二〇〇二年開始起筆的《無傷時代》，可說具體而微地涵括了新鄉土小說的關懷主題，一座海濱荒村就是人物的活動空間，而這些「山村」中人，就像是被「剩餘」在此間的「廢人」，「山村」看著這些「餘」、「廢」之人，或死亡，或離開，但山村中的「時間」卻既流逝又彷彿停頓。童偉格曾如此描寫「山村」：

凌晨三點，遠方大馬路上的路燈全滅了；並不如何黑暗的天空底，最末一批出土的蟬，在稀稀落落的唱著。江回頭，看見山村各家各戶，散立在小徑彎過的各個角落。十數年競賽似地翻修、重建後，變了一個樣的山村，又跌進了睡眠裡；彷彿再多各自的傷逝與歡鬧，它們都也已經承當過了，那樣地一派酣寥。[50]

[50] 童偉格，《無傷時代》（中和：INK印刻出版有限公司，二〇〇五），頁二四。

彷彿酣睡中的「山村」，承當了多少人的生死歷程，也因此，「山村」不僅是一個封閉的空間，更是一個張眼看盡人事來去也無動於心的擬人化的空間。而在《無傷時代》中，童偉格又用了更明確的隱喻來鋪陳山村中的時間感：

> 省道向海、縣道入山。在兩條馬路會合的三岔口上，立著一座兩層樓高的鐘塔。塔面上的機械鐘停在一個永恆的時刻上，人們抬頭一瞥，很快就能確定這鐘已經壞了。不，鐘其實並沒有壞，它的分針挺著自己的重量，在「九」這個刻度上，像脈搏一樣隱隱跳動，努力想要躍過引力最強的那一點。彷彿只要再多一點點力氣，它就會跨過障礙，讓時針掉下、時間接續走去：兩點四十五分、四十六分、四十七分……，一步一步追趕那些它錯失的片刻。[51]

「永恆的時刻」停在「九」這個數字。以一個鐘面來看，從「六」之後時間就要往原點走去形成一個循環，但童偉格以分針到「九」後就無力往前，隱喻時間彷彿靜止的山村，一股不願讓時間繼續流動的力量拉扯著它，但分針的脈搏仍在隱隱跳動，就如同主角「江」與其家人，雖活在山村的停頓時間中，卻仍試圖將曾經「錯失」的時間追回。然而，《無傷時代》以「江」與其母親

[51] 童偉格，《無傷時代》，頁一九一。

為主角，而其祖父、祖母、外婆、叔叔等家人，以及在山村中的鬼伯、游萬忠等人，都如前述以「餘」、「廢」的形象在山村中過活，所以，雖然有著將錯失時間追回的想法，卻又像是在睡眠中的山村般，停在稍微努力又放棄，放棄後又稍微努力的階段。就如後來童偉格所寫道：

「這一切根本毫無意義。」在他最後一次開口對我們說話時，他這樣說，並且露出那多年以來一無更改的微笑。

這到底是怎麼一回事？窗外那座鐘塔，簡直像極了你那奮力的微笑——那是一種會使人察覺什麼已經先死去了的微笑。只是，那同時，也是一種會使人習慣，並且什麼都察覺不出的微笑。[52]

「鐘塔」——「山村」——「時間」，都是看著人事來去的空間隱喻，而認知「什麼已經先死去了」，卻又早已「習慣」的村民們，既然對時間無力抗衡，不如回到「廢人」的身分過活。所以，這些山村中人，要到當他們癱倒或死去之後，才彷彿有了與時間談判的籌碼，江談到那在午前健朗如昔、午後就軟綿而渙散的祖母，「最後，午後的祖母終究是失敗了——她沒有死成，她就地癱倒，

[52] 童偉格，《無傷時代》，頁二〇三。

滑過黑夜、滑過黎明，占住所有時間」[53]，「她的床榻，靜謐得彷彿溶解了時間」[54]等等，其他山村中人亦是如此，而這些癱倒與死亡，將成為旁人對他們最重要的記憶，「他像是只能藉助他們的死亡，才能在日後，記明白了他們」[55]，也就是說，山村中人藉由對彼此的「見證」來證明自己曾經存活[56]。就如同江的母親，總珍惜著山村中人存活的記憶，江的母親與村中老婦交好，童偉格寫道：

> 而後，母親走近，將已伸成三百里長的老婦，慢慢捲收起來、慢慢捲收起來，從年輕的她到此刻的她，連她的丈夫、她那六個兒子、她那十八個孫子，連她那間水泥牆黑瓦頂的平房，連一點點山村的細雨，連那條正蹲踞在門口吹狗螺的「狗」……所有的一切，母親都細細捲好，捆成一張毛毯的大小，捧著，收進衣櫥裡。[57]

在此江的母親所「捲收」的，是關於老婦的記憶。而在故事中，江的母親總愛與江談論山村中人的往事，包括鬼伯，包括游萬忠，都因母親的敘述重新活在江的記憶中。這些母親記憶中的山村

[53] 童偉格：《無傷時代》，頁三二。
[54] 童偉格：《無傷時代》，頁二八。
[55] 童偉格：《無傷時代》，頁四四。
[56] 童偉格：「江明白，會有一些時候，人們就只能用此種柔曲又強韌的方式，施予、汲取，活在彼此的見證中了。」童偉格：《無傷時代》，頁三一。
[57] 童偉格：《無傷時代》，頁一一三。

往事往往怪誕、邏輯不通，江並不完全相信母親講的故事，但是對江而言，母親對山村中人的「重述」，卻是將這些已不存在的山村人「喚回」的機會。於是，他也在山村中試圖以書寫重述自己的故事，童偉格寫道：

> 最後一次，江想編一個故事。故事中會有一個母親，一個在這世上不依不靠、獨自謀生的母親。她於是是一個挑著擔子、滿路奔走的小販。
>
> 她於是應該叫做「蜘蛛婆」。
>
> 蜘蛛婆的兒子，是一名遲到的學生。他遲到了；日後，為了親見那些曾經真確存在過的，他任自己成了一個謊話連篇的瘋子。
>
> 至於瘋子的父親，唉，父親。江寧願不去驚擾他，江會讓他保持沉睡，讓他在場。
>
> 各就各位，故事於是展開。江會讓自己隱藏在那最無以隱藏的地方。
>
> 江會說：「我……」。[58]

正如同朱宥勳在《堊觀》中讓小說做為抵抗時間與遺忘的武器，江也在編故事中，喚回自己的親人，而且因為虛構，所以自由，江可以在編改記憶的同時，重新詮釋自己的人生。

---

[58] 童偉格：《無傷時代》，頁一九〇。

在《無傷時代》中，以「江」及其母親為主角，也讓他們面對山村中人的來去，就是要藉由這些「餘」、「廢」之人直接面對封閉的山村，體認時間的流逝、人事的來去及記憶的無力，再以之詮釋何謂「人生」，童偉格寫道：

> 那時，在那樣的豔陽下，她回身一望，當視線被白茫的光線給阻隔時，她會想：原來如此啊——原來年輕時的歲月不過只是年老的自己的一段回憶；原來人活著，就不斷自回憶抽身，不斷辨識出那些自己原來早該認得的人事，不斷復原到那最後最老的，真正的自己。
>
> 原來不斷向後退去，只有最後的，才不是幻影。
>
> 原來每個人都一樣；事景褪盡，她的兒子這樣啟發她。[59]

「每個人都一樣」，讓自己活成一段段回憶，在回憶中，才能辨識自己與周遭的人事，也唯有人生到盡頭時，才能「復原」到「真正的自己」。童偉格所講述的「時間的祕密」就是人生的祕密，也是對時間與記憶此一永恆命題的解答。可以想像，王聰威的「複製村」、謝鑫佑的「五囝仙傳說」、吳明益的「魔術師」以及朱宥勳想像中可以消融一切的「壑觀」，都如童偉格此段所寫，都是站立於時間之流，眼見時間不斷搬運周遭人事遠離，將對傷逝的感懷，轉化為各種明知不可為

[59] 童偉格，《無傷時代》，頁二二二。

而為的試圖停住時間的努力。所以，「複製村」會不斷重複島上居民的生活，「五囝仙」會不斷重生以求覆鼎金得以保留純真，「魔術師」則可操縱小黑人一同於操縱時間，「壅觀」消融了時間刻度，也讓記憶歸於空無，而這一切，都是為了藉之了解真正的自己，並答覆時間與記憶的永恆命題。

新鄉土小說從袁哲生到朱宥勳，在二十一世紀之後開始以封閉空間中時間循環的模式，傳達時間與記憶相互消融的可能，藉由不同的隱喻延伸，讓作家們得以施展其小說虛構的能力，此也是面對時間的強大力量時己身所能做的微小抵抗，就如同他們筆下的人物一般。雖然今天，相同寫作模式的新鄉土小說已風潮漸褪，但曾有一批年輕的老靈魂們對時間與記憶的永恆命題做了如此寬廣的想像，也可說是台灣文學在二十一世紀之後最重要的文學風景。

都市空間：欲望與階級的版圖

早在八〇年代，就有林燿德等人提倡「都市文學」，要求正視已身生存的都市空間，並反對過往將都市與鄉村做二元對立想像的模式，希望將「都市」視為正文，在小說中與「人」同樣享有主體性。此都市文學的後續影響，如羅秋美的觀察：

> 與當時熱心提倡都市文學的人所預期的不同，由於一九九〇年代中期林燿德意外過世，加上社會普遍都理解並接納（或被吸納）都市的存在，似已不用再特別大張旗鼓地強調書寫『都市』的特殊性。都市文學便不再引領風騷，而是以更隱微的姿態隱遁在小說、詩、散文當中……二〇〇〇年以後的都市文學，不僅多已隱遁於文本中，更是「日常生活」中的都市文學，都市幾乎已成為所有人的共同生活經驗。[60]

[60] 羅秋美，《文學・廢墟・後現代——台灣都市文學簡史》（台南：國立台灣文學館，二〇一三），頁二四。

在八〇年代，由於都市文學多以更為繁複的形式與語言實驗書寫，作家們將在都市空間中所感知的全球化、消費文明，藉由後現代的形式呈現，但隨著後現代小說風潮漸褪，原先看似受到文壇注目的都市文學似乎也因而黯淡許多。然而，對一九七〇後的新世代作家而言，都市生活經驗幾乎為人生之必然，所以雖然沒有八〇年代對都市空間喊的震天價響的文學口號，但新世代作家對於都市空間的理解與詮釋，卻較前行代作家更為深入與全面，因為對新世代作家而言，都市不僅是生活的一部分，更是自己的一部分。

以許正平為例，其短篇小說集《少女之夜》的風格完全迴異於其成名作《煙火旅館》中那對故鄉台南新化的抒情與感傷、懷舊與優美，他自述「一夜情、不倫、同志、異化的情欲，以及隨之而來的強暴與拳腳相向，輪番上陣，構成我從散文的抒情言說跨足小說後的殘酷劇場，散文閣樓裡攬鏡不敢自照的，全都溢流到小說大街上來」[61]，有趣的是，如此的轉變正來自於他的書寫空間的轉移，當許正平將視角從新化鄉鎮拉到台北都會，「情欲」與「暴力」，便成為他的書寫主題。

小說開篇〈少女之夜〉，以一接近中年的中產階級「死老猴」為主角，他因為在網路上結識了少女「艾美達拉皇后」，相約見面後到賓館開房間，少女被擁入懷後對死老猴的身體表示嫌惡，他便「由連哄帶騙轉而為惱羞成怒」，強暴了少女；〈嶄新的一天〉中，以一失業超過半年的「我」

---

[61] 許正平，〈小說我的小說〉，《文訊》第三五六期，頁一〇九。

為敘事者，訴說著在都市中成為一名無經濟能力的「父親」，心中所承受的各種不同來源的心理壓力；〈假期生活〉則以一家人在家庭旅遊中於高速公路遇上綿長車陣為故事起頭，妹妹因腹痛直接下車要步行到交流道下的加油站，當他們到加油站時才發現加油站早已廢棄，彼此已不睦的家人因焦急而爭吵，更分道揚鑣各自離開；〈地下道〉中，不願工作只拿父親給的生活費度日並待在地下道過流浪漢生活的陳信宏，結識了賣口香糖的瘸腿少女並被少女帶回家中居住，後來陳信宏強暴了少女後離開，回到地下道生活；在〈大路〉中，一個畢業於台北的大學畢業生回到故鄉的「破落小鎮」，因在地方圖書館舉辦費里尼電影放映活動而結識了小鎮少女，兩人就如電影角色森巴諾與傑索蜜娜的男女主角般踏上流浪台北的旅程，然而到了台北後幾乎花光積蓄的「我」，將少女禁閉在套房中，更在少女懷孕後將之毆打致死，「我」在台北城裡失神奔跑，故事嘎然而止。許正平筆下的台北城與其筆下的新化小鎮，有著極大差異，新化小鎮在其懷舊感傷的書寫下，保留著純真與美好，但台北城卻如一魔幻空間，激化城內人內心壓抑的焦慮，轉化於外就成了各種言語與肢體的暴力。人際間的疏離、冷漠所帶來的孤獨感，使主角們幾乎無力保留純真與美好，彷彿早期鄉村與城市二元對立的書寫模式，在許正平的小說中重現。

在《少女之夜》中，故事主角們雖不是人事已高，但都彷彿遠離並渴戀著「青春」所代表的美好，如〈少女之夜〉中死老猴想念自己當年「結實緊翹的臀」以及和〈嶄新的一天〉中的「我」一樣，都懷念著當年曾參與野百合學運的熱情。更重要的是，「少女」所代表的，就是主角們所渴望卻又已失去的「青春」，〈少女之夜〉、〈地下道〉及〈大路〉中對少女的強暴、哄騙、毆打，

〈假期生活〉中失蹤的「妹妹」，都指涉著主角們純真本質的失落，就如同失去原鄉的人，面對的是現實的城市生活。

然而，許正平在《少女之夜》中所展現的，卻並非單純以台北城那都會中人的疏離與冷漠作為與鄉村良善價值的對照，他說道：

> 有人或謂，我的散文抒情感傷，小說世界卻暴力吶喊體液橫流，而我以為是一體兩面，殊途而歸。抒情與感傷是為了以綿長對抗碎片化的世界對人之完整存在的無情消解，暴力與情色則是想用痛的實感和遠遠超過身體感受界限的極端欲望，抵銷這個平庸世代的無重力生命狀態。[62]

「散文——新化小鎮——懷舊與美好」與「小說——台北城——情欲與暴力」的對照組，是許正平的「一體兩面」，因為在《少女之夜》的「後記」中，許正平就提到自己年少時對於離開鄉鎮嚮往都會的渴望，「於是，我們就重新把眼光投擲到圍牆外面的世界去了，九〇年代初的稻田裡早已看不到什麼農人，平原那麼單調，only綠、just綠，沒什麼好留戀的，我們便一直往那片煙霧的

---

62 許正平，〈小說我的小說〉，《文訊》第三五六期，頁一一〇。

方向去」[63]，即使都會看似「一片煙霧」，卻是「圍牆外面的世界」，反之，當時的青春代表的是「封閉」，成長則是衝破封閉的資格，一如〈大路〉中那對台北充滿嚮往的少女，哄騙她離開的不是「我」，而是她對台北都會的想像。然而，也如少女對台北的失望：「那是女孩最不情願的時刻了。倒不是因為玩瘋了，問題出在那間套房，她討厭它，它給她留下最不台北的印象」[64]，因為「我」所能負擔的房租只能住宿於髒亂、有霉味的套房中，台北的光鮮亮麗與腐敗霉嗅是一體兩面，正如這些小說中的「我」們，也曾於台北青春，也在台北腐敗。

相對的，小鎮也並非完全代表著秉性的良善，在〈小鎮的海〉中，「我」帶著女友嘉美回到成長的小鎮，「我」的父母卻在女友面前上演暴力與求死的畫面，女友離開後，正在自慰的「我」發現門外在偷看的智障少女「小招」後，竟將之拉近房中強吻並言語辱罵。在此，「我」及「我」的父母皆為「小鎮」居民，霸凌智障少女的行為也發生在「小鎮」，在許正平《煙火旅館》中那象徵著純真與美好的新化，只是回憶中的停格畫面。許正平承認，離開小鎮，是青春期的渴望，如〈大路〉中的「我」的自白：

> 在小鎮上，我仍鎮日沉迷於流浪大夢，無法做一件人們所謂的正經事，我的腦子裡總是告訴

---

63 許正平，〈後記：序曲〉，《少女之夜》（台北：聯合文學出版社有限公司，二〇〇五），頁二五九。
64 許正平，〈大路〉，《少女之夜》，頁五八。

自己要離開，要往他方奔去，彷彿好篤定人生本來應該如此，虛無，狂歡，做愛，愛，狂飆，自身體中生，從身體裡死。我們本來沒有住所，不需要去蓋一個，我們居無定所，只有身上的傷、的痛，是真的。[65]

「居無定所」，才是許正平所書寫的都市與鄉村，兩者何為「故鄉」何為「異鄉」？已無從分辨。所以，當都市生活已成為「日常生活」，即使在台北城裡受傷、變質，那也是生活於都市必須付出的代價。許正平的都市書寫並非傳統城市與鄉村的二元對立的模式，而是自我「新化——台北」遷移經驗的反芻與反省，小鎮的抒情與都市的暴力都是自己，這是許正平認知都市，書寫都市的方式。

黃信恩則從學生時期便展現以不同的都市意象詮釋當代人心境的企圖心[66]，其《高架橋》一書中，以「高架橋」、「地下道」、「停車場」、「電扶梯」、「連鎖店」、「紅綠燈」等都市常見的標誌或空間為題材背景，鋪綴一則則都市的人情故事。也與許正平相同，黃信恩的故事角色多有著遷移經驗，捷運電車、公車、火車與計程車多載運著鄉鎮小人物進入都市，都市在此小說中象徵

65 許正平，〈大路〉，《少女之夜》，頁六四。

66 黃信恩於《高架橋》的「後記」中提到：「二〇〇二至二〇〇五年間，我以『交通』為主軸，寫了幾篇作品，如：高架橋、電扶梯、洪綠燈、停車場、地下道、單行道等⋯⋯」黃信恩，〈二十五歲那年〉，《高架橋》（台北：松濤文社，二〇〇八），頁一五七。

著一種向上提升的實現。如〈電扶梯〉中，家住基隆的孫紹堅五歲時第一次到台北看到電扶梯，小說寫道：「電扶梯的誕生早於他太多年，然而此次卻是第一次目睹電扶梯神祕湧出的景象。沿著電扶梯階梯之間的狹縫，彷彿能窺見另一座潛藏的富麗世界，蘊含大規模能量」[67]；在〈高架橋〉中的「我」，則有個已在台北讀高中成績優異的哥哥，「我」想著「當他醒來時，他又要拖著那厚重的書包，緩緩從離島的蘆洲位移到台北本島。他一定會在公車上遙望對岸環河快速道路的高架橋，奢想一種凌駕城底眾生的快感」[68]，台北城正是以「富麗世界」、「凌駕眾生」的形象出現在對台北有著憧憬的鄉鎮小民心中。

然而，在這些以明確都市空間與意象為題材的小說中，主角們也都面對了更為現實的都市境況。所以，原先對都市的想像，轉變成都市中人際交往的疏離、資訊過度氾濫後的迷惑、資本主義邏輯的焦慮，這些都市意象，反而成為主角們苦悶情緒具像化的產物，如在〈地下道〉中，在台北居住的主角高建華，如此詮釋台北的「地下道」：

> 他知道，這城市有太多的地下道，此時正擠滿熙攘的人群。不僅如此，還有一班班毫無表情的通勤電聯車，迅速潛入板橋到台北間那條巨大的、黑暗的地下道；同時，忠孝東路地底下

67 黃信恩，〈電扶梯〉，《高架橋》，頁七四。
68 黃信恩，〈高架橋〉，《高架橋》，頁四二。

> 爬行的捷運列車，也在不見天日的地下道，一寸一寸吸吮城市的養分，旺盛地新陳代謝。每個執行自己生命指令的上班族、學生、商人、工人、老師、醫生……都未曾注意這座城市已在地層下分裂生殖，複製了另一座潛於地底的世界……[69]

穿梭於台北城地下的捷運、電聯車，將每個不同職業身分的都市人「面無表情」地載運往不同地點，都市中人也僅是在「執行自己生命指令」，然而這些在地下道中穿行的列車，卻在緩慢地吸吮著城市，以及「人」的養分。城市的「分裂生殖」意指都市中人的精神價值、生命意義都將消融於生活壓力之下，主體性的喪失，使都市人都如「複製」般存在。

而雖然在黃信恩筆下，鄉鎮與都市的遷移經驗，對比也凸顯了都市的負面形象，但黃信恩的書寫並未局限於此。他藉由對所選擇都市意象的深入想像，使其各自展現可與故事主角心境相聯繫之處。〈開車，去一座停車場〉中，主要以計程車司機為書寫對象，小說中納坦颱風即將侵台，家住汐止的小段因學校停課決定返家，坐上計程車後又猶疑不定，後塞車於高架橋上時與司機對談心事。小段的父親原為計程車司機，但在納莉風災後賴以維生的計程車被水沖走損壞，父親因此離家不回，當司機說：「其實運將本來就無厝，整天跟車作陣，哪裡有停車場，哪裡就是厝」，小段在司機身上看到父親的影子及父親可能的心境；〈地下道〉中，大學生高建華在地下道邂逅一名被家

69 黃信恩，〈地下道〉，《高架橋》，頁九六。

暴而逃家的男孩阿喜，高建華將阿喜帶回照顧，但在懷疑阿喜偷錢後將他趕走。失去聯繫後高建華順利從醫學院畢業成為解剖科講師，在一次解剖課看到其中一位十八、九歲的「大體老師」時發現他腿上的疤痕，高建華知道是阿喜，看資料時「翻到最後一頁，姓名欄空白，家屬欄空白，一切一切都空白，只在備註欄留下了簡潔的一句：民國九十年五月二十七日於台北橋下發現」[70]，寫出在都市空間中可能被忽略的弱勢者的悲哀；在〈電扶梯〉中，對都市有著憧憬的孫紹堅後來舉家搬到高雄，但媽媽早已離開他們，孫紹堅一直認為「媽媽被台北一間百貨公司的電扶梯吞沒後，就進入電扶梯裡錯雜的網路輸送。那裡有個工廠中心，是電扶梯運轉的終點，媽媽就住在那裡」[71]，在此，象徵著都市奢華展示的百貨公司吞沒了母親，意味著母親為了追隨繁華而迷失。但孫紹堅大學聯考失利重考後上了國立大學，姊姊也在美國要嫁給一位成功人士，將接父親前往美國享清福，孫紹堅想「或許爸也一直在尋找電扶梯的終點，一個可以讓他停止移動、安養年歲的終點。現在他終於來到另一個樓層了。一處舒適的終點、心安的國度」[72]，同樣以百貨公司的電扶梯象徵著人的社會階層流動。然而當父親飛往美國的班機起飛後，孫紹堅才接到姊姊的電話告知，結婚對象早有一妻二子，兩人婚約取消，父親的期望也成空。故事最後，對人性失望，對父親感到悲傷的孫紹堅借酒澆愁並晃步高雄，黃信恩寫道：

70 黃信恩，〈地下道〉，《高架橋》，頁一一三。

71 黃信恩，〈電扶梯〉，《高架橋》，頁七八。

72 黃信恩，〈電扶梯〉，《高架橋》，頁九一。

醉醺醺的他，開始嘔吐。

清醒之後，他沿著五福路漫無目的地走著，高雄女中，第一銀行，大立伊勢丹，城市光廊……。

他懶懶地走著，來到火燒過後、廢置多年的舊大統百貨，杲立於騎樓，彷彿聽見裡頭傳來電扶梯轉動的聲音。[73]

在此，孫紹堅漫無目的的都市行走，以各大地標走出了高雄五福路的地圖，不論是銀行、百貨公司、公共建設，都是都市繁華的表徵，但最後走到的，卻是因大火而廢棄的舊大統百貨，象徵著都市消費文明豪華景觀的百貨公司最終走向衰敗，成了被消費文明遺棄的角落，其中隱隱轉動的電扶梯聲音，既代表著都市人對社會階層向上流動的嚮往，也捲入並帶走了所有都市人對都市的期待。

在黃信恩以都市意象為題，以都市空間為背景的小說中，遷移總是夢想的起源與幻滅的開始，但如賴鈺婷所言：「他的小說散逸出不凡的醫者特質──冷靜、熱眼、悲憫，永遠保留希望。在充滿瘡疾病痛，其實並不美好的世界，我想，像信恩這樣的小說家，是來醫治我們的」[74]，以黃信恩的

73 黃信恩，〈電扶梯〉，《高架橋》，頁九三──九四。
74 賴鈺婷，〈離開，或前往醫治的路上〉，《高架橋》，頁八。

醫學院背景及醫師身分，他伸向都市的解剖刀，不是為了展示都市的醜惡，而是挖掘都市的病灶，以悲憫之心觀察其中小人物的悲喜，他的都市小說，在都市疏離人情的描繪中，卻有著對都市的熱情。

不同於許正平與黃信恩藉由遷移經驗將台北形塑為夢想與幻滅的源頭，祁立峰所書寫的台北顯得理直氣壯，即使擁擠、即使寂寞，但它就是我的城市。祁立峰的《台北逃亡地圖》表現了對都市現況的擁抱，對都市問題的接納。祁立峰於其散文集《偏安台北》中，提到朱天文所著〈世紀末的華麗〉中男主角老段曾對女主角米亞說「我們需要輕質化的建築」，可是二十年過去，豪宅林立、房價高漲，所有口號都成了幻影，祁立峰寫道：

> 你絕無意痛斥此弊，反過來，反而因這樣的扭曲與傾斜，城市顯得更迷人、更誘惑了。……正因為雜沓凌亂，正因為尖峰時間的基隆路或承德路，以千輛計的機車排氣管蒸騰出的廢棄油煙，一座城市才真正存在著、呼吸著，苟延殘喘。這就是所謂的「偏安」……偏安更代表某種妥協的藝術，某種堅持和夢想，或以微、以小、以脆弱而滋長枝椏的那種任性和韌性。偏安不只是政治狀態，更是一種態度，一種表情，屬於新世代的美學和生活方式。[75]

[75] 祁立峰：〈自序：紓餘委屈，若不可測〉，《偏安台北》（台北：聯經出版事業股份有限公司，二〇一三），頁一〇—一一。

在此，都市的扭曲傾斜、雜沓凌亂，反而成為了都市存在的證明，而都市人生活其間，所表現的，是一種「美學與生活方式」，這種「妥協的藝術」，調和了之前爭論不休的城鄉善惡二元論，對都市人而言，都市中就是有著擁擠的車流、虛假卻夢幻的物質享受，才得以讓都市人驕傲，而且這種態度與表情，更是屬於「新世代」的。所以，我們更可以此理解台灣一九七〇後新世代小說家們看待都市的方式，他們大部分出生、成長於都市，即使是成長在鄉鎮間者也享受著從都市延伸的生活機能，雖然都市仍有著各種誘惑，也寂寞、虛偽、消極，但認同自己即是都市的一分子，相信自己的堅持、夢想與生命力並不因都市的黑暗面就必然被抹除，這既是新世代的任性，也是韌性。

在祁立峰的《台北逃亡地圖》中，雖以一櫃姐的命案起頭，但全書並非推理小說，其書寫形式以不同日期、時間分節，並藉由人物的接觸引出下一個敘述視角，消解每個角色成為主角的可能，卻也讓每個角色得以平等地展現其身為都市人的各類面貌。且本書以「地圖」為名，「地圖」之意就在於祁立峰總不厭其煩地在鋪敘故事的同時，如地圖導覽般介紹台北城，從各重要道路、陸橋，到對各行政區的評論等，都讓本書更有如立體的都市空間，人物不僅生活其中，更是與都市一同生活。因此，本書的書寫模式，更有著如西蒙（David Seamon）所謂「地方芭蕾」的歸屬感：

許多時空慣例在某個特殊區位裡結合在一起，就出現了「地方芭蕾」（place-ballet），西蒙認為這會產生強烈的地方感。身體的移動性在空間與時間裡結合，產生了存在的內在性，那是一種地方內部生活節奏的歸屬感。「地方芭蕾」是召喚我們地方經驗的隱喻。它指出了地方乃是透過人群的日常生活而日復一日操演出來的。…我們藉由參與這些日常操演才得以認識地方，覺得自己是地方的一分子。[76]

所以，在《台北逃亡地圖》中，更重要的，是各個不同人物的「日常生活」，當我們參與這些日常操演，就能更深入地理解，「台北」不僅為空間座標，不僅是角色們地方感的歸向，更是這些人物行為選擇與心境變化的源頭。

在小說中，人物們透過不同的方式認識台北。包括台北的「疆界」：如陳德宇自小活動的新店在他長大後才知道那並非「台北」：「城市晃動著、像幻燈片那樣明亮又模糊。年幼無知的他竟以為這裡就是所謂的『台北』。後來他知道了。『真正的』台北還得再過橋，景美橋、寶橋、福和橋、中正橋、光復橋、華江橋……無論如何都得再過一座橋」[77]，以路橋名稱劃定「台北」與「非台北」的差異，將「台北」定義為更繁華、高級的地區，是象徵夢想的所在；沈姿堯則直指台北這城市地圖權力與地位的象徵意義：「這是大自然，天性，就像黃道十二宮，像婆羅門教的種姓制度，生而注定了，無由更改。一座雄偉的城市，周遭住民如菌絲般盤根落蒂。但只要離城而居馬上

76 可詳參Tim Cresswell著，徐苔玲、王志弘譯，《地方：記憶、想像與認同》，頁五八—五九。
77 祁立峰，《台北逃亡地圖》（台北：時報文化出版企業股份有限公司，二〇一四），頁一六。

就會失根枯萎了，離得愈遠愈是如此。它雖然更了名字換了姓，卻還是舊的，一點也不新。姿堯覺得台北縣與其改名成『新北市』不如改『假北市』，她真心討厭這裡，恨透了」[78]，將自我認同價值與出生的「地段」相聯繫，相較起台北市民矮了一截的想法，正來自於台北的高地價所帶出的階級想像。町村敬志、西澤晃彥於《都市的社會學》中曾提到，社會的分工與歧視「生產」了都市的空間型態，而這些社會空間又會「再生產」社會分工與社會歧視，且「過去支配都市的政治與宗教秩序退位，地價（資本主義市場的土地=商品的價值）成為決定土地使用的最重要因素。一種與過去的空間結構完全不同的新都市就此現身」[79]，台北正是如此的「新都市」，其空間結構藉由城市地圖向外劃界，界內與界外者便有了階級差異的想像。

　　也包括台北的「虛假」：故事中的陳德宇在網路交友平台「愛寓」中結識了櫃姐張理婷，張理婷在這虛擬空間中，反而得到了現實空間中所未有的滿足：「自『入住』愛寓後幾個月，張理婷覺得自己不一樣了，不僅僅是自我感覺良好，那些男人不只是帳號或住戶編號而已，都千真萬確存在著。他們送來的虛擬花朵，香氣息息撲鼻；外包裝鮮豔亮麗的禮物或熱騰騰咖啡，在螢幕裡閃閃跳跳著銀白色光痕，魔幻時刻般迷濛仿真……」[80]，在故事中與陳德宇邂逅的女子都是在網路上結識，

78 祁立峰，《台北逃亡地圖》，頁一七三。
79 町村敬志、西澤晃彥合著、蘇碩斌譯，《都市的社會學》（中和：群學出版有限公司，二〇一三），頁六三。
80 祁立峰，《台北逃亡地圖》，頁三三。

而陳德宇自己也未以真實身分與職業與對方交往，祁立峰寫道：「在這虛幻的詐騙之城，誰沒說過謊？甚至德宇有時覺得，台北說不定也是假的、虛構的，只存在雜誌或偶像劇裡」[81]，從虛擬網路的交友，到自身身分的虛構，在這寂寞的城市所能得到的安慰來自於網路帳號與不知其真實身分者傳來的訊息，雖知可能是虛假的，卻又安慰自己他們「千真萬確存在著」，在此祁立峰所表明的是，「虛假」來自都市空間，或者連「都市」都是來自於生活其間者的虛構，如沈姿堯的內心想法：「沈姿堯覺得這幾年台北愈來愈不像真實的存在，像一座雪球裡的複製鏡城，Google街景車拍不出來的行人、車流、路樹、建物，透過玻璃折射、翻轉，像雪球，晃一下才知道是假的」[82]，但沈姿堯雖體會了台北的「不像真實」，卻又對台北有著階級嚮往：「二〇一一年他們結了婚，也簽約買下了位於捷運麟光站附近、兩房一廳的舊公寓。雖然只有二十坪不到，但沈姿堯很開心。她覺得台北市的門牌、還有以後出生寶寶的身分證字號『A』，這些就很重要」[83]，祁立峰表明的正是他所謂的新世代對待都市的「妥協藝術」，愛與恨同在，雖知虛假卻又擁抱虛假，這是都市，也是都市人。

在《台北逃亡地圖》中，不論是櫃姐米亞、張理婷、Jill、Sandra、如心姐，保險業務員廖秀美，廣告公司的文案寫手沈姿堯、開著Audi A8獵豔的岩口志群、準備公務員考試卻也流連網路遊戲的陳德宇，又或者是串場的替代役男林達陽、從越南嫁到台灣的阮氏美春、沈姿堯讀中山女高的

81 祁立峰，《台北逃亡地圖》，頁四九。
82 祁立峰，《台北逃亡地圖》，頁一六七——一六八。
83 祁立峰，《台北逃亡地圖》，頁二六一。

蹺家小妹沈姿君等等，職業、夢想與生活都在台北，感受著台北的寂寞、虛偽，批判著台北的階級版圖，卻又不願離開台北，轉而擁抱台北，擁抱它的寂寞與虛偽。故事的最後，陳德宇與沈姿堯結婚，跨年夜在信義三越百貨的A8館二樓露台欣賞跨年煙火，祁立峰於全書末尾寫道：

> 八，七，六，五．倒數進入最後時刻，姿堯的目光穿越台北一〇一，前面閃著光點的就是中山高的汐五高架橋段。它現在從五股連結到楊梅，更準備往後方延伸。四，橋樑、建物、地下管線、列車、快速路，城市好像有生命似的枝椏竄長，疊架拼造，像宮崎駿《神隱少女》裡把周遭一切都吞噬下肚、成為新面孔的無臉男，我們變成這座城市的一部分。三。高架橋下方就是淡水河，順流而下，就是海。二，一。我們的盆地將海洋隔絕於其外，但它的本身卻像一整座海，無垠無涯，那麼美，那麼波瀾洶湧。
>
> Happy New Year!如此富饒，如此荒涼，跟我們的城市一樣。[84]

在此，祁立峰以沈姿堯的視角概寫著城市地圖，四通八達的的交通設施如無臉男般吞沒了都市人，即使看不見海但都市又比海更壯闊洶湧。祁立峰所寫的台北就是一個讓人既矛盾又願意妥協的都市空間，對總以負面形象為人所認知的台北，祁立峰的輕盈以對，反而更貼近新世代面對都市的

[84] 祁立峰，《台北逃亡地圖》，頁二七〇。

態度與美學。

胡淑雯《太陽的血是黑的》同樣以台北城為空間背景，故事以嚐受各種「孤獨」的人做為書寫對象，智能障礙者、性障礙者、幼年被強暴者、變性人、白色恐怖受難者等等，小說刻畫其創傷與失語，藉這些都市邊緣人露骨地刻畫都市規則與心靈失所的現況。但於其中，胡淑雯更著眼於都市中因經濟能力所造成的階級差異，以犀利的剖白，寫盡資本主義下的城市生存法則，如小說寫道：「所有買得起的男人都很Man（Man漸漸成為一個不得不用大寫的形容詞）。經由貨幣購買力的中介，消費社會重寫了Man的定義，改寫了男子漢的氣血」[85]，寫出都市中以男性經濟能力做為求偶資格指標的現象，擁有更多的金錢就得以擁有更佳的配偶，並複製或改寫遺傳基因，讓下一代得以複製上一代的優勢階級；而酒保Chris在提到自己的母親時常求神問卜時說道，窮人只能搞「靈異」，在廟裡拜拜，向鬼神請願，「窮不到底的人」則可以聽演講、看書，追求「心」靈成長，富有的人則可以買保健食品、瑜珈按摩，真正照顧「身」體，小說寫道：「免費的是靈，便宜的是心，最貴的是身體。Chris說，這是『他媽的』他媽這種求神問卜的中年女工才能體會的，身心靈的階級序列」[86]。而該書中最能凸顯都市階級現象的，是胡淑雯以自己父親為原型創作的「查理帕克」，查理做的是「泊車代管」的工作，僅能每次收取微薄的薪水，但隨著城市的改變，查理可以

85 胡淑雯，《太陽的血是黑的》（中和：INK印科文學生活雜誌出版有限公司，二〇一一），頁七六。
86 胡淑雯，《太陽的血是黑的》，頁一七四。

工作的機會更少了，小說寫道：

> 查理老了，台北還是那麼年輕。餐廳嶄新的招牌，嵌進大理石的凹槽中，紫灰色的法文草書，存心不讓人看懂似的，帶著惡意的魅力。昔日比高比大的舊式招牌早已卸下。新的招牌，新的名字，新的菜單，全都像為了外國人與外國語而存在。就連鄉下人失學的嘴巴，也為了講幾句像樣的英文，緊張的鍛鍊著。Good day. Good night. Welcome. I am Charlie Parker，我是泊車查理，查理帕克。[87]

在城市經濟型態變遷時，最無力也無法隨著城市脈動而改變的，也正是這些經濟弱勢者，即使努力向都市所認可的價值靠攏（外語），也難逃被都市遺棄的命運，該章的結尾寫道：「查理賣力的步伐，震動著城市的心臟。然而這座城市，是不會同情他的」[88]，沉重地寫出了經濟弱勢者對即將被城市淘汰的命運渾然未知的背影。

在《太陽的血是黑的》中，胡淑雯更關懷著白色恐怖的受難者在當今社會中失語、被遺忘的孤獨感，且胡淑雯更將台北做為掩蓋住受難者悲情歷史的亮麗城市光景。小說描寫台北西區一帶時，

---

87 胡淑雯，《太陽的血是黑的》，頁二四一——二四二。

88 胡淑雯，《太陽的血是黑的》，頁二四四。

著眼於「來來百貨」、「獅子林大樓」等著名地標，並以之回顧五〇年代的白色恐怖歷史，小說寫道：

> 獅子林大樓，連同來來百貨公司，加上六福大樓這片地，站前本是一座寺廟，「淨土真宗東本願寺」，戰後被老K改作刑場，更名「保安司令部保安處」，特務管它叫大廟，民間暱稱閻羅殿。監獄一間三坪大，二十個犯人站著睡。祕密偵訊，祕密處決。臥龍街一帶另有分部，彷彿連鎖加盟店，把人逮進六張犁的山洞裡，刑求過當弄死了，就地掩埋荒草間。
>
> 「那『來來飯店』那個呢？」小海問我，「妳不是說，青島東路跟忠孝東路那一帶，從『電影圖書館』到『來來飯店』……」
>
> 「那是軍法處，由日本的陸軍倉庫改建的，」我說，「西門町這裡是保安處，東本願寺改建的。」保安處是第一站，軍法處是第二站。第一站刑訊取供，第二站關押審判。[89]

承載白色恐怖歷史的地標，是受難者及其家屬恐懼的根源，但隨著城市的變遷與商業的發達，熱鬧的消費環境掩蓋了悲情的歷史，使受難者的創傷如同化石般被掩埋在時間的地層中。胡淑雯以「時間層」來描繪獅子林大樓的變遷，也生動地呈現了白色恐怖受難者被壓抑與遺忘的樣貌，小說

[89] 胡淑雯，《太陽的血是黑的》，頁一三五。

寫道：

獅子林愈是老朽愈是前衛新穎，埋著天差地遠的幾個時間層：

舞女歌女的老查某時間層。

男身女裝cross dresser的時間層（白蘭琪二・〇的公主裝）。

酷兒帥T的時間層。在影展正熱的季節。

政治犯的時間層。保密局的恐怖時光。

賭徒酒鬼流浪漢的時間層，與成片遭到淘汰、退休再重組的遊戲機台。

嗜玩cosplay的青少女與老少女。動漫迷如夢似醉的太虛幻境。[90]

此處獅子林時間層的描繪，是該大樓在逐漸沒落後各樓層的改建，「舞女歌女」指曾紅極一時的紅包場，「酷兒帥T」指新光影城常見的主題影展，「遊戲機台」為改裝的賭博遊樂場，「cosplay」則指當年販賣歌女舞衣的商店，隨時代改變亦可製作動漫迷需要的服裝。而「政治犯」的「恐怖時光」夾在其中，與紅包場、電動遊樂場、戲院等平等存在，不突出也不重要，僅是曾經發生過的歷史。

[90] 胡淑雯，《太陽的血是黑的》，頁一四六。

胡淑雯寫作前採訪多位白色恐怖時期被逮捕的政治犯，在其以「孤獨」與「創傷」為主題的《太陽的血是黑的》中，台北城在社會變遷過程被商業所掩蓋的歷史，埋藏於台北城的時間層中，胡淑雯筆下的台北，不僅是消費文化的表徵，也與台灣的主體性歷史聯繫起來。

蘇飛雅的《蛆樂園》則以都市邊緣最底層的小人物為主題，以之關懷弱勢、控訴都市地圖的權力配置。〈蛆樂園〉為《蛆樂園》的中篇小說，故事以一有丈夫、兒子，卻對丈夫已無情感的前女記者阿瑛為主角，為了台北電影節的微電影比賽，以艋舺龍山寺的遊民為拍攝對象，阿瑛結識遊民後卻捲入一荒謬又黑暗的事件中。阿瑛與網路結識的攝影團網友第一次到艋舺街拍，出捷運站時「她便愣住了，眼前人好多，廊外豔陽高照，那些人在這麼乾淨的天光裡骯髒著」[91]，被遊民的眼神與樣貌震懾的阿瑛，如此描繪她眼前所見：

黑色的嘴、孤零零的牙
積滿青屎的濁眼
嚴重風害的面皮
粗大毛細孔
斑駁汙黑的腳趾、長而厚的硬指甲

[91] 蘇飛雅，〈蛆樂園〉，《蛆樂園》（板橋：遠景出版事業有限公司，二〇一四），頁三四。

很多令人驚奇的混搭穿著
廊下擺滿睡袋，與大型購物袋，隨時可以帶著走的「家」
他們身上，很喜感地繫著塑膠袋，紅白相間隨風輕浮。
艋舺國國旗。[92]

蘇飛雅描繪遊民的外貌，藉外貌映襯其內心的無奈與沉重，紅白相間色彩的塑膠袋，是「艋舺國」的象徵，這些遊民都成了「艋舺國」的國民。蘇飛雅在此，是著重於都市光鮮亮麗繁華景象下那最陰暗的角落，對比祁立峰筆下小人物對於居住地段的汲汲營營，蘇飛雅所描寫的，是一群連「家」都沒有，更遑論地段的卑微人物。人類學家馬爾基（Liisa Malkki）指出，現代世界有種趨勢，就是以完全負面的方式來設想居無定所的人，「這種想法主動將認同按照房地產、區域、國族（也就是按照地方）來劃分疆域，這種認同也同時產生了認為移動性與移徙是病態的思想和言行」[93]。而蘇飛雅〈蛆樂園〉中的遊民，連移動與移徙前的「家」的座標都不存在，段義孚曾說：「家是一個在精神和物質上組織起來的空間單位，藉以滿足人類的真實與感知到的基本生物社會需

92 蘇飛雅，〈蛆樂園〉，《蛆樂園》，頁三五。
93 可參Tim Cresswell著，徐苔玲、王志弘譯，《地方：記憶、想像與認同》，頁一七六。

求，此外還有更崇高的美學政治渴望」[94]，因此，「家」對於人們而言，甚至有著道德性的要求，相對於有「家」的人，無「家」的人必有其道德上的失誤。其結果就如社會學家鮑曼（Zygmunt Bauman）所言：「流浪者難以捉摸的漫遊，意味著他總是帶有其他地方的痕跡，這點困擾了那些選擇安穩定居生活的人——流浪者威脅要破壞使地方生活舒適便利的各種設備，並違反了定居形上學的期待」[95]，所以對都市人而言，遊民的存在威脅著他們的生活空間。在〈蛆樂園〉中，故事寫到台北電影節微電影比賽結果揭曉，阿瑛與幾位遊民一同到放映現場，遊民喇牙在西門紅樓中的大聲喧嘩引起側目，蘇飛雅寫道：

> 喇牙話還沒停，大廳上所有人都放下手上的工作看向這邊，他們心裡也許更加認定，流浪漢，果然是台灣治安的最大隱憂、嚴重藏污納垢的社會死角。台北市政府竟然只用強力水柱驅掃，早就應該出動機關槍了！[96]

蘇飛雅以台北市政府公園處曾以噴水柱的方式驅趕萬華艋舺公園遊民的手段，批判都市中人對邊緣底層人的壓迫，以及都市空間中，正常與不正常，有家與無家，定居者與流浪者的權力位階。

94 段義孚語。收於Tim Cresswell著，徐苔玲、王志弘譯，《地方：記憶、想像與認同》，頁一七五。
95 可參Tim Cresswell著，徐苔玲、王志弘譯，《地方：記憶、想像與認同》，頁一七八—一七九。
96 蘇飛雅，〈蛆樂園〉，《蛆樂園》，頁一四二。

蘇飛雅筆下的遊民，從阿強、阿梅、冬瓜、古錢伯、喇牙、輝哥、嘴瀾琴，到拉皮珍、米蠍爾、養蟲仔，其中有人曾前科累累、有人曾吸毒賣淫、有人曾為貪污刑警，蘇飛雅以或長或短的篇幅，訴說他們的人生故事，他們都因錯誤的選擇或無情的命運而離開「家」並失去「家」，而此道德上的失誤就以無「家」的形式緊隨著他們，成為社會的最底層。就如蘇飛雅以地圖形狀作為遊民身處空間的隱喻，故事中阿瑛到寶斗里拍照時，蘇飛雅寫道：

> 不存在的寶斗里。二〇〇一年台北市政府廢除公娼後，寶斗里併入青山里，寶斗里從此走入歷史。阿瑛來到此地後，卻大主大意地把「寶斗里」的版圖擴大，先是東南邊納入龍山寺捷運站，緊接著南邊推到和平西路三段，原來的寶斗裡只是地圖上一個上下左右不到一公分的梯形，在阿瑛的規劃下，擴大成六倍，至於要叫「艋舺國」還是「寶斗城」，她還拿不準。台北是個大斗，斗上坐滿光鮮亮麗的台北人，爬不上去的，在斗壁上掙扎，上上下下，上了又下，或者，下了又上，她的遊民朋友，不但爬不上去，還一路滾到窄窄的斗管。[97]

以「寶斗里」此一因廢娼而走入歷史的地方空間隱喻遊民也可能曾有的年輕風華，再以「斗」的形狀想像台北人在社會階層中汲汲營營於向上流動的掙扎樣貌，以及遊民因命運被迫降到底層

[97] 蘇飛雅，〈蛆樂園〉，《蛆樂園》，頁七六。

的無奈。如Tim Cresswell所說：「『家』作為一種理想地方的觀念，對遊民（沒有地方的人，失所之人）特別會有負面後果」[98]，所以，雖然阿瑛擴大「寶斗里」的版圖，看似擴大了遊民的活動範圍，但不論是「艋舺國」還是「寶斗城」，都只存在於台北都市空間中的邊緣，在都市原已冷漠與疏離的人際交流中，遊民的無「家」，使他們被排擠到社會的最底層。

也就在都市空間對遊民的排斥與邊緣化下，阿瑛看待遊民的視角與態度，就有了蘇飛雅的悲憫與熱眼。當阿瑛與遊民阿強互有愛意後，原本與自己中產階級生活無關的遊民失蹤（米蠍爾與阿強）事件，成了她必須深入調查的事件。故事最後阿瑛尋著線索到養蟲仔養蛆的的處所，看到所愛的阿強已成為養蟲仔養蛆的容器而崩潰痛哭，蘇飛雅帶領讀者看到社會底層可能的光怪陸離又悲慘沉淪的景象，也如郭漢辰所言：「蘇飛雅試圖以蛆蟲，象徵底層社會裡暗黑的一面，更點出蛆蟲如同流浪漢各種不同怪異的行徑，都是為了無奈的生存，只能以最醜陋的面貌現形」[99]。蘇飛雅以都市空間的邊緣，承繼鄉土文學對小人物悲苦生活的描繪，寄寓了她對社會底層生命的人道關懷，也同時讓我們看到台灣新世代作家對於都市空間的深度挖掘與題材探索的可能。

與蘇飛雅〈蛆樂園〉選擇了相同的遊民題材，但風格卻截然不同的陳又津《少女忽必烈》，以「一名對未來充滿不確定感的青年，遇到擁有超能力的少女」的故事，讓一個苦無畢業製作劇本

98 Tim Cresswell著，徐苔玲、王志弘譯，《地方：記憶、想像與認同》，頁一一七五。
99 郭漢辰，〈浮沈暗黑中〉，收於蘇飛雅，《蛆樂園》，頁一三。

靈感的二十三歲青年「破」，因緣際會結識了遊民少女忽必烈，認定這少女就是她的靈感女神，並與她進入小說中的「遊民烏托邦」——「沙洲」，與遊民們一同面對都更後將被迫搬遷的故事。少女以「忽必烈」為名，取其「游牧」精神與格局，將原先在蘇飛雅筆下被都市人視為居無定所，因「無家」而有道德缺失的遊民形象完全顛覆。故事中遊民大叔問到「破」的大學生活時，陳又津寫道：

> 「欸，你們大學生都很忙嗎？」大叔問。
>
> 「我是研究生。」我說。
>
> 「我不知道，我沒念大學。」忽必烈說。「請不要把我跟他相提並論。我的人生可是充滿目標的呢。」
>
> 等一下，大學有什麼不好嗎？[100]

正是如此不知何來的自信，反而予人此少女將如忽必烈般「改變世界」的期待，而順著人生規劃升學的「大學生」反成了「普通」且令她不屑的人生選擇。也就在這樣無厘頭又輕快活潑的書寫中，遊民的聚集地「沙洲」也少了些骯髒與無奈，陳又津寫道：

---

100 陳又津，《少女忽必烈》，頁五〇。

堤防下原本是闔家歡樂的河濱公園，但工程停擺，這裡變得荒煙蔓草，風一吹來，整片蘆葦叢隨之搖動，野草甚至長上了堤防邊緣，成為宣導標語的立體布景。想要棄屍的話，這個地點再適合不過。橋下與堤防形成的半開放空間可以遮風避雨，有人擺了一張彈簧床就倒頭大睡，床腳擺著喝完的維士比。……頭上的重新橋不見車輛往來，路肩上全是臨停空車，電子看板顯示：颱風即將到來。空氣中的亂流，毫不留情地攪動被丟棄的塑膠袋，塑膠袋像鳥一樣飛高、盤旋，俯瞰這座城市，又迅速降下。[101]

陳又津以自己在三重的成長經歷中所見的堤防下遊民為本，床墊、酒瓶都是她的遊民印象，重新橋下的跳蚤市集，在小說中更被寫成如遊戲「勇者鬥惡龍」中可以購買武器、找到寶物的神祕市集。當破跟著忽必烈的路線，來到將在故事中被拆除的天台廣場、將播出最後一部電影的戲院，以及即將因都更而被填平的沙洲，忽必烈的都市巡禮，是對都市邊緣消逝的見證。這些將消逝之處，陳又津又設計了「遊神」——即將失去居所的神明，如戲院中拄枴杖的老先生就是「現在只能守護這一塊螢幕」的土地公，而「沙洲主」則是沙洲上一棵千年茄苳樹，在《少女忽必烈》中，這些神明，只能在都市中看著樓起樓塌而無力改變。

101 陳又津，《少女忽必烈》，頁四〇—四一。

書中「沙洲」是都市中一方屬於遊民的歡樂天地，陳又津不強調遊民的「無家」，即使遊民大叔是因為經商失敗失去家庭，忽必烈則是與家人走丟後被遊民收養，但陳又津不讓他們沾染道德上的失誤，反而投以欽羨的目光，所以，「沙洲」的遊民們包括忽必烈、大叔、泰勞巴頌、男孩小鐵，以及「小關」（關羽）及夜遊神（貓）、沙洲主（茄苳樹）等，這一眾人神的團體，不分輩份與人神位階，在沙洲上玩起決鬥遊戲、角色扮演、開演唱會，不亦樂乎，這就是陳又津所組構的遊民世界，一個跳脫都市商業邏輯與社會階級之外的烏托邦。

然而，陳又津雖然把「沙洲」寫成烏托邦，但仍受制於都市的現實，政府以公權力進行沙洲土地徵收，使這些遊民們再度面臨失去家的命運，忽必烈在收到政府要求限期搬遷的公文時說：「為什麼？天底下打著燈籠也找不到我們這麼安分守己的遊民，真要說的話，我們簡直就是遊民界的楷模、沙洲之光。到底為什麼會收到這種恐嚇信呢？」[102]，所以遊民們群起抗爭，如同戰爭般要捍衛自己的土地，但遊民與「遊神」們最後仍不敵公權力，沙洲被填平，茄苳樹也被砍斷，烏托邦湮滅，《少女忽必烈》雖以輕小說筆法為之，卻與台灣現實有著緊密的連結。陳又津對遊民們因都更起而抗爭的描寫，正如前章吾人對新世代政治認知的理解，傳達的是人民面對政府公權力壓迫時的民主抗爭，陳又津說道：

[102] 陳又津，《少女忽必烈》，頁二〇三。

雖然不能改變世界，但我想要藉由小說改變歷史，就跟《三國演義》一樣，讓人站在作者這一邊，成為史家討厭的人。以假亂真、以小說覆蓋現實，這話語的力量跟網路謠言一樣，會讓人懷疑「真的假的」，但只要讓人去思考這個主題，那我的小說創作就有了意義。[103]

所以，《少女忽必烈》在搞笑無厘頭的風格中，也寄寓著對都市現實的反省思考。對新世代作家而言，都市就是他們的鄉土，不論是自己童年憧憬的空間，或是成長經驗的空間，他們自有更多的觀察與更深的反省。所以，他們或延伸鄉土文學的城鄉二元論但也自承為都市的一分子，或以都市意象隱喻都市人在人際關係中更為深沉的疏離與寂寞，或更多地表現都市與人的互動，人物的心境、價值觀、選擇等都與都市的商業邏輯及空間配置有所關連，又或者藉由都市邊緣的卑微人物，批判都市空間的權力關係，其描寫有殘酷，有輕盈，但都是對都市空間最深刻的描劃。

[103] 〈附錄：請站在忽必烈這一邊——陳又津答印刻編輯部〉，收於陳又津，《少女忽必烈》，頁二。

異國空間：在異域追尋「人」與「自我」

觀察台灣一九七〇後新世代作家的書寫，我們可以發現，在政治環境鼓勵凝視土地，增加本土創作的同時，由於交通便利、人民所得增加，新世代與異國的接觸機會多，從旅遊到留學，都使新世代的國際觀也較前行代更為擴展。

而更重要的是，因網路資訊得以迅速傳遞且無遠弗屆，麥克魯漢所預言的「地球村」因此成形，他曾說：「我們的世界也是一個同時性（allatonceness）的嶄新世界。『時間』已經停止，『空間』業已消失。我們現在生活在一個地球村……一個同時發生的事件」[104]，在麥克魯漢提出此說法時，網路尚未普及，而今透過網路，不同地域、不同群體的人得以共享跨界資訊，經由衛星傳輸和網際網路，跨國性的影像、資訊、文化成為人們日常生活的一部分，此正是「全球化」的重要表徵。早從帝國主義盛行、跨國征戰與掠奪的年代起，人們即已感受到世界存在著跨國連結的關

[104] Marshall McLuhan & Quentin Fiore著，楊惠君譯，《媒體即訊息》。

係，而後跨國的資本投資，商品流通，也使人們在生活中感受到全球國家的相互聯繫，但更重要的是媒體科技的進展。因現代科技、通訊設備、傳播媒介的快速發展，全球化的進程加速，國家間的往來愈益深入、擴張。可以說，台灣一九七〇後新世代作家們，因成長於媒體科技高度發展的網路環境中，他們就是全球化的一代，對於世界各國間相互聯繫的想像更甚以往。

李佳穎《小碎肉末》為其短篇小說集結，其中數篇或以台灣人在異國，或以亞洲人在美國為主題，傳達不在原生國度中，異國人可能的心靈逃離與所受的種族歧視。在〈母鹿〉中，主角蘇云因母親的過世而失眠，他們來到「南半球的山上，時值冬日，山上有雪」，在民宿的小木屋中，看到主人掛在牆上的鹿頭，「這時蘇云忽然思念起一隻母鹿來」，當她自行到老洛的店要買菸，在路邊樹旁看到黑影，但也不是母鹿。「母鹿」所象徵的是蘇云對母親的似近實遠的關係，蘇云雖與丈夫結婚前有結交三年的女友，但在母親的要求下還是與丈夫結婚，後來母親自殺，雙方的誤解尚未解開，李佳穎以下雪的山林小鎮的空間場景，訴說蘇云的內心糾結，小說寫道：

> 蘇云的圍巾打了死結，鏡片起霧。她一邊走一邊哭，她痛恨自己對雜貨的需要，對人對菸對光與嘗試的依戀。老洛店外的燈在最遠處一眨一眨，霓虹朦朧閃爍，指引她一種複合的，消費式的方向；她可以抽些菸，見些光，做點人，嘗試一下。
>
> 她可以有些方向。[105]

105 李佳穎，〈母鹿〉，《小碎肉末》（台北：洪範書店有限公司，二〇〇八），頁二二。

外界的朦朧雪景以及為買菸而尋找的雜貨鋪，就像混亂的空虛心靈，承認自己需要一個世俗的安慰。同樣的，在〈一段一百六十公里〉中，男女主角因車子未加滿油開上一條一百六十公里的路，在又擔心車子沒油將停在不知名的荒野，又表面鎮定要維持男女交往時的自信，兩者的衝突像是男女交往時的心理遊戲，其空間場景設定在美國的漫長公路，也讓該小說的主題有了更準確的憑依。

除此之外，李佳穎在其異國書寫中，更廣泛地關懷著全球化下優勢國家的種族歧視，在〈The Case〉中，寫韓國妓女「金」在英語國家的賣淫經驗，李佳穎寫道：

> 許多顧客在辦事時也會來個一兩句，你果然好緊啊，我的亞洲小寶貝，你一定沒看過這麼大的屌吧。是你還是你們？費怡想反正都一樣，愈異之地界線愈清明，日裔區，寮裔區，西裔區，非裔區，高級區，貧民區。也許對面前這人來說，她就是他一生中唯一接觸過的亞洲女孩，你就是你們。進屋來，把禁忌與尊嚴一起留在黑暗的大街上。費怡不能選擇只賣一樣，當她褪去衣物剩下細眼黑髮與貧乳，她也一併賣掉整個亞洲。[106]

106 李佳穎，〈The Case〉，《小碎肉末》，頁五八。

李佳穎以社會最底層的妓女職業，連結英語國家對亞洲，甚至是所有異國人種的種族歧視，在東方主義的想像下，「金」認為自己所賣的「整個亞洲」的「性」，代表著英語國家的強勢文化在全球化的背景下對亞洲的鄙視。同樣展現在全球化視野下的國家強弱勢接觸與齟齬的，還有鄒永珊的《等候室》。

在《等候室》中，主角徐明彰為了申請德國的自由業者工作簽證，在外事局辦公室外的「等候室」等候，因資料不足只能拿到臨時簽證，三個月後再度前往外事局審核新的簽證的他，看到辦事員推著裝載資料的推車走過，想到自己在德國的官僚系統中與資料夾中的文件是相同的，「人的存在蒼白沒有重量，竟不重過辦事員手上貼了姓名標籤的檔案夾。在這裡人的真實變成資料、條碼、一份份的證明文件，更多沒有，也不需要更多」[107]，而在得到新的簽證後，他也在外事局的等候室外的長廊空間中，看到了自己與其他人欲進入強勢國家卻總是「等待」的無奈，鄒永珊寫道：

而每一個來到這裡的人跟著代表自己的資料從這一個小房間到另一個小房間。不知道要去哪一個小房間的時候所有人都在等候室等待。等待。被心裡的陰暗吃掉，變成另外一種自己對自己感到陌生的存在。[108]

107 鄒永珊，《等候室》，頁七六。
108 鄒永珊，《等候室》，頁七七。

處於「被選擇」的「等待」中，自我的主體性被資料夾中的文件與表格所取代，外籍移民們在優勢國家中的無奈與無助，表露無遺。

且《等候室》中，徐明彰的無奈更在於，柏林雖非故鄉，但原生故鄉的家庭也與他格格不入，卡在逃離與被排擠之間，鄒永珊以徐明彰表現離鄉以至「失鄉」者的無奈。除了徐明彰外，他在柏林的寄宿家庭中的德國夫婦，其實來自於白俄羅斯，丈夫為了得到德國國籍汲汲營營卻難成功，妻子則思念著故鄉明斯克，夫妻因此不斷爭吵，但妻子仍遷就丈夫，再次於入籍申請表格上簽名，鄒永珊寫道：

> 故鄉。故鄉的樣子，還有在故鄉時的回憶已經化為依稀杳渺的輪廓，只留一份恍惚的惆悵，一點一滴憂鬱地固鎖於暈開在再生紙上的灰藍色鋼筆墨漬裡。[109]

對故鄉的思念消融在表格的藍色墨漬中，呈現的是她內心中離開與駐留的牽扯。而除了這對夫婦，《等候室》中替徐明彰審查表格的外事局辦事員麥亞女士本是德國人，卻也在繁重與僵固的工作與照顧年邁母親的壓力下，「沉默地崩潰了」。如林芳宜的詮釋，「《等候室》表面上是描寫外籍移民的種種，但仔細閱讀，書中人物無論是『客人』，或是『主人』，都被困在『離開』——

109 鄒永珊，《等候室》，頁五六。

『駐留』之間，這無關乎種族國家和地理位置，而是現代人的心靈困境，你屬於哪裡？在自己的祖國就能感受到歸屬感嗎？」[110]，鄒永珊藉由「等候室」的異國空間所欲傳達的，是現代人內心的徬徨與孤獨最終將無處可憑依的無助，她藉由跨國移動的移民們表現的不只是優勢國家對外來者的歧視，也是遷徙者無處可為家的感嘆。

鄒永珊擅長以「移動」表現人物心境，在其《鐵道旅遊共乘手冊》中，以台人江永清在德國柏林透過網路聚集五人一同共乘從柏林到慕尼黑的火車為故事主軸。在小說中，鄒永珊以這段旅程的每個站次作為章節區隔，其中亦有關於火車車廂、月台以及從售票到轉車等有著異國風情的描繪。但在旅行文學的外表下，鄒永珊透過不同的年齡、性別、身分、國籍，卻因共乘而因緣際會的四人（有一人未能即時趕上火車），在十幾小時乘車過程的互動與精神科醫生米夏埃爾的引導下，四人從互不相識到吐露人生經驗的過程，每個人生故事所承載的親情、愛情、價值觀等，才是本書的重心所在。在異國空間的移動車廂中，「人」的情感的永恆命題，反而更能被清楚的探視與發現。

羅浥薇薇的《騎士》，以英國倫敦為背景，敘事者「我」為女同志，到倫敦留學時結識了另一女同志「騎士」。在本書中，異國空間同樣為優勢的英語國家，其中也傳達了身為亞洲人可能的自卑想法，在故事中的「我」曾在電車上遇到一名來自福建的男子，因同為華人又使用相同語言，男子向「我」搭訕甚至有拉手及言語騷擾的舉動，男子說「我也沒有女朋友，我們試試看嘛！」，羅

110 林芳宜，〈等候那無期的〉，收於鄒永珊，《等候室》，頁九。

浥薇薇寫道：

「試試看、試試看嘛。」我把這句話重複唸了幾次，「我把他丟在黑不見底的夜色後頭之後，這句話還一路跟著我。」

「其實我不介意讓一個福建男子拉幾次手，感覺他在這城市還生氣勃勃、楚楚有望。妳知道嗎？沒有中國城我們不過是一些無賴，有了中國城我們便是一個幫派。既投入幫派，總有些該盡的義務。」我停頓了一下，「只是那句話，和他的神情提醒了我，就算逃得再遠，也還有人不顧一切把妳翻出來。」

「我既羞恥，又感覺與他的寂寞無比親近。」[111]

有了「中國城」就有了華人在倫敦的「歸屬」，「我」將之形容成「幫派」，就如同清領時期來到台灣的「羅漢腳」因「無家」而聚集結義的「家」的想像，但男子的輕浮舉動，卻彷彿挖掘了來到優勢國家的華人試圖掩蓋的文化弱勢，「逃得再遠，也還有人不顧一切把你翻出來」，「我」對男子沒有過多苛責，因為他與男子有著相同的自卑與寂寞。但也就肇因於根源的自卑感，「我」來到憧憬中的異國都市，反而更用力地「欣賞」那資本主義發達都市的各種樣貌，在「我」失意，

111 羅浥薇薇，《騎士》（台北：寶瓶文化事業有限公司，二〇一三），頁七五。

與好友TI相偕野餐時，「我」如此說道：

路過的男女像走伸展台一樣讓肩膀和衣服為他們發言，大概只有在倫敦，才會看到穿著Alexander McQueen大衣來野餐的女子。我不能說我不享受這極致資本主義的表演，那讓我暫時忘記騎士沒有出現、仙妮亞帶我回家、汗濕了又乾卻沒有機會沖澡，這些隱隱相關的瑣事，並且切實感覺自己身為一個多重意義底下的被殖民者，在殖民帝國的榮光底下無可抵抗的自卑與神經亢奮。[112]

男女的時尚衣著是發達都市的表徵，來到此地的異國人士因而產生虛榮感，因為「我」與他們在同一個地方做相同的事（野餐），「我」就因此「歸屬」倫敦的想像油然而生。《騎士》一書中的「我」，就是在這種夾纏著「自卑」，又因進入到可以接受真實自我的優勢國家中而感到「自傲」，兩種相互矛盾的情緒下生活著。「我」在台灣身為女同志，總要適度壓抑以求不被標籤為異類，而倫敦做為一個國際性的大都會，「我」離開台灣到倫敦，在更能接受異質性的大都市中，「我」更能夠展現自我，一個展現「極致資本主義」的閃耀「帝國榮光」之處，「我」得以跳脫在原生國家的壓抑，兩相加乘下，將得到更多從旁人到自己對自我的肯定與認同。町村敬志及西澤晃

112 羅浥薇薇，《騎士》，頁九八—九九。

彥說道：

生活在大都市的人會被均質性的龐大力量所吞沒。但另一方面，也只有生活在大都市，才有可能進行同類結合、混種結合，甚至同類與混種同時進行的結合。這樣看來，都市其實內含了產生異質性、多樣性社會圈的過程。因此人們能夠在多樣的社會圈中悠遊甚至可能獲得歸屬感，而培育出都市人獨有的個體性。也就是說，大都市才是個體性的養成機制。[113]

生活在都市必須面對資本主義邏輯下的貨幣經濟，每天汲汲營營，就是為了能在都市中得到可與其他都市人相同的物質需求與享受，此為都市的「均質性」力量，但相對的，都市可以更包容差異，被主流文化視為異類者，亦可在都市中找到歸屬，所以都市將能使個人更完整地展現自己的特異之處，其「個體性」的力量與「均質性」力量的抗衡，使都市人有著相同的追求以及相異的面貌。「我」在台灣的都市中成長，但台灣在文化接受度上對於同志還是有著壓抑與歧視。而當「我」來到倫敦，結識「騎士」，並經由騎士在「FA的無政府派對」上認識了男子TI與變性人FA，「我」內心中顛覆秩序與規則的渴望，在「同類結合、混種結合」後，更為解放。「二十九歲生日之後我開始和別人睡覺。所謂的別人，當然是指騎士之外的人。那年我給自己的生日禮物是一個光

[113] 町村敬志、西澤晃彥合著、蘇碩斌譯，《都市的社會學》，頁九八。

頭」[114]，「我」以剃光頭做為告別過去社會所認定的「女人」框架的方式，並說道：

事實是，沒有頭髮之後，我感覺自己彷彿更接近了騎士一點，或者正確來說，更接近騎士、FA，和TI，那遠比我和這個世界更為格格不入的身體，與那些驕傲。脫掉了頭髮，我卻覺得自己戴上了盔甲，好像內心堅硬的核被一點一點喚醒，與重出生一次的堅硬外表終於合而為一。[115]

沒有了頭髮，反而「戴上了盔甲」，堅強的外表彷彿重生，都是對倫敦此一得以包容更離經叛道的異質性的禮讚。如林怡君所說：「旅行是由家到達或經過你不熟稔的地方，藉由認識『他者』（the other）或試圖『變成他者』（becoming other）以回歸『自我』（Self）、建構『自我』的過程。簡言之，旅行是『自我』與『他者』相遇的過程」[116]，「我」與倫敦的接觸，使她更大膽地解放長久的壓抑，甚至以另一張臉（剃髮）當成理想自我，發現自我的勇敢與無畏。

然而，故事的發展卻未盡如人意，FA與TI在特拉法加廣場，因被街頭青少年挑釁起了衝突，少年持刀刺殺了變性人FA。原先在「我」的想像中，倫敦此一最能包容個體性的烏托邦，被混混們一

114　羅浥薇薇，《騎士》，頁八八。
115　羅浥薇薇，《騎士》，頁八九。
116　林怡君，〈愛麗絲的旅行：兒童文學中的女遊典範〉，《中外文學》第二七卷第十二期（一九九九年五月），頁八四。

刀刺穿。為了撫平眾人的難過而計畫的旅行，是為了前往美國新墨西哥州的一個小鎮，去見FA的兒子。國境的跨越，漫長公路的移動，都讓《騎士》的異國書寫有更大的開展空間，但事實上，羅浥薇薇要在「我」身上展現的，卻是一個女人藉由跨國移動來追尋自我、追尋烏托邦的浪漫行為中，所隱含的自卑與害怕被傷害。所以當「我」說想與「騎士」有平凡的女同戀情時，TI看透了「我」內心的脆弱：

> 「妳知道嗎？妳並不追求平凡。妳不懂妳自己。」
> 「妳其實熱愛不完全、異端、被歧視，和不可能，妳只是想把它們視為平常，想被他們接納，妳內心的階級制度是和大多數人相反的，妳為不是他們但卻動物式地想與他們親近而感到幾乎原罪性的痛苦。」[117]

「我」到了倫敦的叛逆行為，看似追尋理想自我，但其實是以衝撞世俗眼光來掩飾與武裝自己的自卑與寂寞，「原罪性的痛苦」是「我」說不出也在當下無力解決的，對自我的迷惘。羅浥薇薇的異國空間書寫，旨在呈現「人」內心的孤獨以及「何處是歸屬」的徬徨。

在《騎士》中還可注意到的是，「我」以「語言」做為「我」與異國空間疏離與融合的重點，

---

[117] 羅浥薇薇，《騎士》，頁九九—一〇〇。

羅浥薇薇寫道：「把騎士帶回家那天過後，騎士好像漸漸把我當作朋友了，或者說，我『可以感覺』她漸漸把我當作朋友。或這樣說的原因是因為我發現，自己在面對一個新的語言系統時，對於分辨『程度』這件事有著難以突破的障礙」[118]，「語言」的差異是「我」對倫敦歸屬的隔閡，因語言建構時的歷史、文化、種族差異，都將具體地展現在語言使用的流暢與敏感上，也因此，「我」的自卑與自傲，也呈現在「語言」的層面中，羅浥薇薇寫道：

我儘量不和同一個人睡第二次，沒有什麼太深奧的原因，只是怕麻煩。我也下意識避開和我一樣說中文的人，不必要的傷感容易透過語言傳染，同理可證，仍未長成我血骨的第二語言為我淡淡敷上一層保護膜。[119]

身為中文使用者在倫敦想像的自卑與寂寞，使「我」如前文碰到華人時害怕被牽引出的自卑感般，與說中文的人也下意識地避開，因為「我」投入到異國空間，正是為了逃離在原生國度，因語言相同而難以掩飾自我或釋放內心叛逆的環境，英語在此成了「保護膜」，與剃髮的行為相同，都成了武裝自我的脆弱的盔甲，然而自我的脆弱卻並不因此改變。

118 羅浥薇薇，《騎士》，頁七〇—七一。

119 羅浥薇薇，《騎士》，頁九〇。

羅浥薇薇的《騎士》可說是台灣女孩在倫敦此一異國空間中再次認知自我、展現自我的過程，但其想像倫敦將如烏托邦般接納「真實」的自我時，卻又不得不承認自己過度的掩飾與武裝。《騎士》的故事，藉由女同志的自我追尋與成長歷程，探看當代人無歸屬感的寂寞。《騎士》與「歧視」諧音，羅浥薇薇同樣也寫下了強勢國家對亞洲國家可能的文化鄙夷，一同於李佳穎與鄒永珊的異國書寫，在全球化視野中，文化接觸時所產生的驕傲與自卑，可說是新世代書寫異國空間時的重要主題。

張亦絢《愛的不久時：南特／巴黎回憶錄》是一本後設小說，故事以一台灣女同志到法國留學，在南特與異男Alex的一段感情為主軸，但故事不鋪陳細膩的戀愛過程，而是以敘事者「我」的菁英色彩、帶有任性、狡黠、衝動的思考方式，對女同與異男、對同性戀情與異性戀情、對全球化下優勢文化的接納與反抗的各種想法為故事主體。其異國空間的書寫，也不僅以台灣與法國做為對比，更多是以南特與巴黎相互參照，對應出「我」對南特的情感，以及對於巴黎與南特的「城／鄉」和「主流／邊緣」的思考，也讓「南特」這個法國小鎮幾乎成了另一個敘事主體，與「我」互動的，與其說是Alex，不如說是「南特」。

「我」曾說：「我才是南特人。我忽然有些明白，我在南特所經歷的，已經深深地在我的血液某處跳動，會一直伴隨我，到我老死；南特的回憶無法比擬」[120]，「我」在南特找到特殊的歸屬

[120] 張亦絢，《愛的不久時：南特／巴黎回憶錄》，頁五六—五七。

感，在南特與異男相戀彷彿是衝撞著自己身為女同志的框架，也一同於羅浥薇薇筆下的「我」到了倫敦後展開的身體冒險以突破長久加諸己身的壓抑般，異國的空間總給「我」冒險與衝撞的機會與可能。

而且，「我」在南特所感受到的，在同一國家中發達都市對小鎮的歧視，也正同於在全球視野下優勢國家的對亞洲文化可能帶有的歧視，張亦絢寫道：

南特不是鄉下也不是山裡，但對某些人來說，它差不多就是。……在南特一個大家都討厭的法文老師，他看不起我們所有的外國學生，很大原因就是因為我們在南特而不是在巴黎。他對我們說道：「在法國，只有巴黎才能找到真正的鄉下。其他地方的鄉下，都不能跟巴黎的鄉下相比。」沒錯——這種神經病也是法國人，難怪我一半以上的外國同學，法文沒學完就開始仇法。[121]

在此，因發達都市對郊區鄉鎮的歧視，敏感的「我」也因此將巴黎與南特做為對立參照，在故事中，巴黎更代表著權力、主流、父權，南特小鎮反而成了「我」可以保護自我的空間，小說便透過Alex約「我」到巴黎但被「我」拒絕的一段說道：

[121] 張亦絢，《愛的不久時：南特／巴黎回憶錄》，頁四七。

我在南特時，去過一趟巴黎拜訪老朋友，去之前Alex對我們「不是戀愛」的說法已經鬆動。他說更多相反的話。我也知道他希望巴黎可以給我好的印象。他甚至幫我預備了巴黎的地鐵圖。臨走前，把穿在身上的衣服脫下來送我。不過他是那種步步為營的人，他所想的倒不是他要對我如何付出，只不過純就戰略而言，在巴黎他會更有優勢而我會更弱——他的人脈、朋友或從小到大戀愛的對象都在那裡，我會更孤獨——。[122]

「巴黎」與「南特」，成了「優勢」與「弱勢」、「人脈」與「孤獨」的差異，我與「南特」的連結，使小鎮與都會的差異被「我」敏感地察覺。在故事中，「我」與在台灣的女友並不平和地分手，以及「我」小時候曾被父親猥褻、母親卻僅要求她原諒父親所造成的內心創傷，使「我」到了法國後，認為自己有了訂立遊戲規則的權力，與異男雖相互吸引，卻又不以愛情為承諾，然而極力擺脫束縛所建立的新秩序，其實是在掩飾內心的混亂，也因此，遠赴異國求學的「我」，將「巴黎」想像成長期以來壓抑自我的權力體制的象徵，而「南特」則成為主流價值下邊緣的象徵，如同被父親猥褻（父權的壓迫）、女同戀情不順（異性戀體制對同性戀的壓抑）的「我」，「我」與「南特」兩者共同的邊緣地位，使兩者得以緊密聯繫。

[122] 張亦絢，《愛的不久時：南特／巴黎回憶錄》，頁一八六。

而《愛的不久時》一書中，張亦絢也以「語言」的隔閡，做為外國人與異國空間接觸時文化齟齬的隱喻，「我」剛到南特的語言學校，身為女性菁英，敏於思考與言說的「我」，到了異國卻發現「我們不是到了外國的外國人，我們首先是有口有耳的聾啞人」，因為「妳在那時無話可說，因為妳在那裡還沒有生活，還沒有故事，還沒有歷史，這其實是比純粹的語文能力，更能決定一個人說不說話的原因。然而那時我並不知道。我不知道」[123]，隻身遠赴異國，在尚未嫻熟當地語言之前，語境的轉換使自己如同嬰兒學語般，原該是成熟、思考敏捷的自己彷如退回嬰兒階段，且也就像嬰兒一般，尚未有屬於自己的生活、記憶。再進一層看，依心理學家拉崗的說法，嬰兒尚未能認知自我，因為他所認為的世界與自我是渾沌一片的，兩者間自己無法明確區分。「我」說道：「因為喪失完整的語言能力，那是我最不被思想支配的歲月：我的一切都在渾沌中，只有南特是清晰的。只有南特」[124]，也因如此的「渾沌」，使她能夠如嬰兒般重新經歷異國的新空間。張娟芬看到《愛的不久時》強調語言的意義，她說道：

南特因此成為「我」人生裡的反空間。在南特之前與南特之後，她長於語言，敏於思考；只有在南特，少了一個表達自如的語言，「我」墜入了生活的本身，不加思考也無法思考。

123 張亦絢，《愛的不久時：南特／巴黎回憶錄》，頁六三。
124 張亦絢，《愛的不久時：南特／巴黎回憶錄》，頁五七。

Alex在這樣的脈絡裡進入「我」的世界，進入《愛的不久時》——以「掙扎著爭取著」的姿勢擠進來，以「結束了完成了」的姿勢滑出去。不應該是Alex的，他和所有主流正統站在同一邊；但正因如此，他應該出現在一個小說家人生的反空間。[125]

因為「我」在南特無法以自己嫺熟的語言表述思想，反而脫離了原生國家語言中的權力結構，包括歷史、文化、記憶等原先牽制自我的空間，在連語言都取消後自我更將掙開束縛，所以故事以「我」在南特的「重生」，暫時壓抑家庭的創傷及與女友感情的不順，原先排斥的異性戀機制也有了可以「嘗試」的可能，「南特」成了她可以自訂規則的小空間。也因此，到了南特後與異男談戀愛，並不是一種回歸主流文化的舉動，而是以「南特」為保護罩，讓在原生國家及法國優勢都會都無歸屬感的自我，有建立屬於自己的小世界的契機。所以當張亦絢寫道：

我到巴黎後深切地了解到一件事，在南特能夠發生的事，在巴黎不會發生，地理環境比人能夠決定人的命運。我在南特的精神狀態是無法保持到巴黎的。
在南特發生的事，不會在巴黎發生。
在廣島發生的事，不會在馬倫巴發生。

125 張娟芬，〈反話正著聽〉，收於張亦絢，《愛的不久時：南特／巴黎回憶錄》，頁二三六。

在雅加達不會發生的事，在台北會發生。
但是南特究竟意味著什麼？
我愛南特。這又意味了什麼？[126]

「巴黎」與「南特」的差別就更能顯現。「我愛南特」，就「意味」著重建世界以追尋自我的可能，這正是那位狡黠又任性的「我」想要的，如此的深刻又細膩的主題與思考，使《愛的不久時》此書在新世代異國空間的書寫中得以獨樹一格。

而該在新世代異國空間書寫中有一特殊位置的，當屬何曼莊《給烏鴉的歌》。在台灣新世代多以自我與異國接觸的追尋與成長經驗為主題異國書寫中，何曼莊將自身的「台灣」身分抽離，敘事者多為日本人，且所書寫空間除了美國紐約外，空間座標多在日本東京的澀谷、池袋、六本木、銀座。故與異國空間接觸齟齬的文化根柢為日本文化，但又有著對日本的異國觀察，居酒屋、小鋼珠店、公眾浴池等也成場景與題材，寫法特殊，且在抽離台人身分後更能以全球化的視野觀察亞洲國家與歐美優勢國家間的種族差異。首篇〈學校〉，一留學美國紐約的東京女孩，在凌晨接到繼母的關心電話，因為九一一事件發生，雙子星大樓被客機衝撞的畫面已傳播到全世界。故事中一自認有日本貴族和滿族皇親血統的日本男子，高談自二戰之後的五十年的和平時代為何要遭恐怖行動破壞的高論時，一「人權運動者」反問道：

126 張亦絢，《愛的不久時：南特／巴黎回憶錄》，頁四八。

「一九四五年後的每一天，戰爭都不斷地在發生啊！迦薩走廊、兩伊戰爭、盧安達、科威特、波士尼亞、科索沃這些地方都是戰場，每天都有平民傷亡，閣下高貴的記憶哪裡出了問題，或是對閣下來說這些國家不在你的世界觀裡？」[127]

如此對國際社會的人道關懷可說是全書底蘊，雖然故事不以描述國際間戰爭、弱勢國家被跨國資本所蠶食為主題，但故事以動物烏鴉為隱喻，讓膚色較黑且出身低微者為主要敘事者，在《給烏鴉的歌》中，我們將看到都市的權力與階級地圖，如〈帕洛瑪〉：「智者說，城市愈來愈擁擠，就會變成大都會，大都會裡面，什麼都要劃分界線，才能維持秩序。有太陽的時候，是屬於鴿子的，有月亮的時候，屬於烏鴉」[128]；在〈髒孩子〉中被親族厭惡，長大後在麻將間工作的「他」，到了〈夜湯〉中轉業到小鋼珠店，後又被黑道吸收，小說寫道：「他明白了一件事，即便他擁有了一個循規蹈矩的上班族一樣的作息，他也永遠不能成為和諧社會的一分子。有些事情可以用習慣和努力改變，有些事情則是命定的基因決定：他的膚色、他的身分、他的童年、他的父母、他想像不

127 何曼莊，〈學校〉，《給烏鴉的歌》（台北：聯合文學出版社股份有限公司，二〇一二），頁三一—三二。
128 何曼莊，〈帕洛瑪〉，《給烏鴉的歌》，頁五〇。

到的未來」[129]，再加上為多篇故事主角，母親因憂鬱症而離開後總是遭受鄰人恥笑的小母鴿「帕洛瑪」，或是離家出走與銀座的烏鴉狼狽為奸的鴿子姊姊「布蘭卡」，都可見得何曼莊是以社會底層做為都市邊緣的觀察對象。其〈看得見的城市〉，以一居住於酒店式公寓「山丘」中的「她」為主角，「山丘」的房間中，有檜木地板、自動暖氣、保全系統，更有植物性地毯、島嶼式開放廚房、無煙圍爐飯廳、玻璃帷幕澡堂，小說寫道：「他們說有身分地位的高水準名人才能住進『山丘』，這樣他們就靠近世界的中心，共同守護珍貴的隱私，合作抵擋外面那些羨慕他們美好人生的普羅大眾」[130]，「山丘」以高貴的物質享受與科技化管理豢養著居民們，何曼莊以都市上流階級的享受反寫她對都市權力空間的批判。

何曼莊的異國書寫實以都市空間做為書寫對象，但正因加入異國空間想像，所以在其對都市的批判中，又將寄寓著她對全球化視野中國際間經濟與文化的權力關係。在〈櫻小姐〉中，原本希望能以小野洋子為目標成為一名藝術家的東京女孩「櫻小姐」，來到紐約為了支付在藝術學校進修的學雜費，到「小春」日本餐廳中打工，店長對櫻小姐的面談，說明了在美國此一以「包容多元種族」為號召的國家，對亞洲國家僵化的文化想像：

129 何曼莊，〈帕洛瑪〉，《給烏鴉的歌》，頁七九。

130 何曼莊，〈看得見的城市〉，《給烏鴉的歌》，頁一五七。

「你是日本人？中國人？台灣人？廣東人？不可能是韓國人，韓國人絕不會在日本餐廳工作。總之出身不重要，重要的是看起來要像樣，符合客人對於亞洲人的美的要求，優雅、內斂、貼心。頭髮不要染，不要擦眼影，保持烏黑頭髮和小眼睛。」第一次被店長面試的時候，櫻小姐幾乎沒有機會說話。[131]

「東方人」該有什麼樣的面孔、態度，在服務業中是為了美國顧客的東方想像而存在，是「東方主義」的具體展現。而在故事中，「櫻小姐」因服務得當被挖角到「野下」餐廳服務更高檔的客人，後「野下」更將擴大營業往位置更高的地方開更高級的餐廳「野」，「店長走進辦公室，門關上的瞬間，櫻已經開始想像著，從雲端俯視著公園的景色，比下面任何人、任何樹、以及任何在樹間飛行的鳥都還要高的地方，『野』」[132]，諷刺的是，為了能讓「櫻小姐」更適切地在「野」服務顧客，公司建議「櫻小姐」到日本京都祇園學習。「櫻小姐」接受並在「野」中得到更高的待遇，在世界頂級城市的高級餐廳工作，「她的日收入遠遠超過那些坐在公園生悶氣的藝術家們的整月所得」，「櫻小姐」在都市的階級規則下，已忘記了當初來到紐約的初衷，原先想像紐約為最具創意也最尊重當代藝術的城市，但國際大都會的經濟豢養已改造了「櫻小姐」。

131 何曼莊，〈櫻小姐〉，《給烏鴉的歌》，頁一八一。
132 何曼莊，〈櫻小姐〉，《給烏鴉的歌》，頁一七一。

何曼莊的異國書寫結合都市書寫，以對都市空間的權力版圖批判延伸到對國際間的權力版圖批判，都市以經濟力區分的階級正如全球化下以經濟力區分的國家階級，何曼莊藉由都市的邊緣人物到金字塔頂端的上流階級兩相對照，表現她的人道關懷，加上她刻意抽空「台灣人」身分，以日本東京為出發點與觀察站，使其更能將「亞洲」做為全球化下強弱勢文化齟齬的核心，以觀察所得組構成一看似輕盈實則深沉的短篇小說集。

同為異國空間書寫，何曼莊抽離的是台灣人的身分，但紐約、東京等國際都會都有其明確的空間座標與文化指涉，而包冠涵異國書寫的特殊之處，是直接將異國的地方感抽離，在其《敲昏鯨魚》中，有數篇以異國為書寫空間但卻抽空其地理指涉的短篇小說，此時的異國空間多僅是一種隱喻，一種象徵。在〈亞當斯的法國號〉中，一個文化替代役男從台灣遠赴非洲服役，包冠涵如此描寫這個只有五百人左右的國度，小說寫道：

> 這個營區在非洲大陸邊緣的一個小島上，總面積一二五七平方公里屬於地中海型氣候，冬天的時候會下一點雨，雨的份量大概跟一包洋芋片差不多。這裡的人口據說有五百人左右，這個資訊是印在國民服外交役須知重點的手冊上，可是這個島怎麼看都不會有五百人，倒立著看沒有五百人，躺著看也沒有，甚至用鬥雞眼看也沒有。我在這個島上只看過三個人。一個是外交官阿薩斯坦柏斯達，他現在正在外面牧羊（羊有三頭，其中只有兩隻會咩咩叫），一個是亞當斯，我不知道亞當斯來這裡幹嘛，一度我懷疑他是阿薩斯坦柏斯達的情

人，我第一眼看到他時，他坐在外交部房舍外面的柵欄上吹奏法國號。

另一個人是我自己。

我會在這小島上待一年半。[133]

包冠涵書寫異國空間的小說，會沾染其哲學思考的意趣，在〈亞當斯的法國號〉中，包冠涵虛構非洲邊緣小島，「非洲」代表著在全球化環境下的弱勢與邊緣，故該小島意味著「邊緣的邊緣」，而一個小小的替代役男，在國家的兵役制度下僅能選擇服從，敘事者「我」並沒有舞鶴〈逃兵二哥〉中「二哥」那敢於「逃兵」的勇氣，「一年半」的役期，「我」只能努力不瘋狂、不崩潰。整篇小說，就在農舍改建成的外交部，每星期五才有船可到的海峽對岸的咖啡館的場景中，以及無事務可做的外交官、懷裡總抱著法國號的亞當斯、咖啡館老闆娘等幾個人物間打轉，兵役生活也就在打電動、喝咖啡、發呆中度過。在此，一個體制下的小兵，與世界邊緣的連結，除了意味著對制度的不滿外，也有著包冠涵的人生思索，小說寫道：

「這樣也叫當兵嗎？」我問阿薩斯坦。我們坐在簡陋會客室的沙發上，擺在桌上的是五

133 包冠涵，〈亞當斯的法國號〉，《敲昏鯨魚》（台北：九歌出版社有限公司，二〇一三），頁三七—三九。

瓶被我們喝乾的比利時啤酒。

「或許每個國家對這方面的見解不同，」紅著臉的他回答：「對我們國家來說，我們想保護的東西很明顯是軍隊保護不了的。」

「是什麼呢？」我問。

「很難說。」阿薩斯坦深呼吸，從燙得筆挺的白色襯衫口袋拿出一包菸。

「那是某種時光的質感。」他點菸：「類似在下過雨的林間散步，呼吸著清新的潮濕空氣，漂浮在腦中的每個想法都跟自己很親密，既沒有被迫分離，也沒有被迫結合。」[134]

包冠涵的異國書寫，一同於其對台灣地方空間的書寫，地方感多被抽空，而以其思想之意趣為主軸，兵役制度下成年男子被賦予為國家付出的責任，但到了此一異國空間，「責任」被重新定義，在悠閒無目標的國度中感受「時光的質感」，才是該國島民所珍視的責任。空間置換後，「責任」的意義也被抽換，包冠涵讓這邊緣中的邊緣的國家，提醒「我」與讀者，在現實空間中早已被吾人遺忘的，應珍視的人生價值何在。

其他如〈Borders〉中在近東地區因被視為背叛者而遭追殺需逃躲到邊界的父女；〈最悲傷的一天〉中，主角在英國北方的小城鎮中寄宿於Mary's House的閣樓，有天飛進一只悲傷的風箏，因與

134　包冠涵，〈亞當斯的法國號〉，《敲昏鯨魚》，頁四七。

主角心情相似而成為好友的故事。在異國被抽空地理指涉的空間書寫中，包冠涵的小說人物們回歸到「人」的初衷，描寫人的情感與欲望，再加上包冠涵輕巧的、富哲思的、奇幻想像的筆法，都使其《敲昏鯨魚》在新世代小說中不容易被忽略。

最後，需談到陳思宏以「馬戲團」為主體的長篇小說《態度》。李昂在擔任九歌《九十六年小說選》主編時，選擇最佳年度小說獎得主時捨吳念真選陳思宏，除了希望能給新世代作家鼓勵外，李昂對陳思宏《態度》一書給予高評價，她認為該小說能夠沖淡長期以來台灣小說家自我要求的地域色彩而有著「世界觀」，開拓了台灣文學的視野，認為《態度》是「在一個跨越時空的無國界意義上，華麗的馬戲團，以繽紛的奇幻之姿，用玄想與創造性，深入我們的內裡，提供了一則身分上的認證與追尋的寓言」[135]。跟隨著「馬戲團」於全球各地遊走的主角，不論身處於歐洲、熱帶國家甚至是台灣，其地理範圍的指涉無甚意義，在此全球移動的過程中，不同的地理座標的轉換實則去除了國界意義，讓本書更瀰漫著奇幻、奇情的想像空間。

在《態度》中，分為「壁虎態度」與「屁股態度」兩章，那是主角「壁虎」在兩個不同階段的「名字」。在「壁虎態度」中，壁虎從小被父親嚴格訓練軟骨功，鞭打、馴服，兩人的父子之情十分淡薄，父親並要求他只能稱呼他為「師傅」。十歲那年，父親帶他進入「達芬奇馬戲團」當正式學徒，馬戲團內，人魚吞火娜娜對壁虎照顧有加，給了壁虎「家」的想像。然而，團長女兒鋼索

---

[135] 李昂，〈新嘗試——《九十六年小說選》的特色〉，《九十六年小說選》（台北：九歌出版社有限公司，二〇〇八），頁二六。

女與馴獸師白火間的戀情使鋼索女走向自殺之路，以及壁虎輾轉得知父親就是殺死母親的兇手「虎男」後，更使其背後那象徵著壓抑與復仇的壁虎胎記蠢蠢欲動。六年後，新加入的馴獸師女孩塔提亞娜打開壁虎的心房，當馬戲團開到壁虎記憶中的小鎮「百香果大草原」時，原本認為早已死去的母親竟出現於觀眾席，母親將父親長久隱瞞的祕密說出，原來在壁虎面前自殺的是母親的雙胞胎妹妹，母親在生下他之後就將之交給妹妹扶養。壁虎因承受不了祕密的沉重，與塔提亞娜相約離開，壁虎的父親卻設計陷害塔提亞娜使之在表演中死去，壁虎崩潰，馬戲團也走向末日。壁虎曾如此說明自己的馬戲團：

我們，一直在路上。

有掌聲的地方，我們就往哪裡去。帳棚的帆布和鐵架拆開，折疊好和燈具、舞台道具、觀眾座椅收進大貨車，原本被帳棚占據的空地馬上被荒涼取代。籠子裡的動物一被搬動，就知道即將前往另一個陌生地，那裡有濕度不同的空氣、土質不同的大地、還有密度不同的掌聲。工作人員和表演人員坐上自己的拖車，發動冬眠已久的引擎，一輛接著一輛，遊行列隊般跟著小丑老闆的拖車，開上公路，把前一個掌聲已稀的城市拋在後，往下一個掌聲水草豐盛的地方駛去，我們是不斷遷徙的游牧民族。[136]

136 陳思宏，《態度》（中和：INK印刻出版有限公司，二〇〇七），頁一〇五。

因此，「壁虎態度」中，我們看到一個背負殘破身世的小男孩，在原生家庭中失去母親，在想像的家庭「馬戲團」中又失去摯愛，兩個家庭既給壁虎溫暖，又給他傷害，壁虎強烈的對親情的依附與親情對他的背叛，都使壁虎走向崩潰。「馬戲團」本身糾葛的愛恨，以及壁虎與其父，以及其父母親、阿姨之間的情仇，都讓小男孩對於「家」是既渴望又恐懼，正如不斷跟著小丑老闆的拖車移動的馬戲團，這個「家」居無定所，不斷遷徙的馬戲團，是不斷改變定義的「家」，也迫使壁虎的自我將因無從預知的挫折而崩解。

在「屁股態度」中，壁虎參加了歐洲的「彩虹馬戲團」的招考，加入馬戲團後結識「哥哥」皮耶，二十三歲的他，將與「哥哥」在舞台上以軟骨功表演一對「戀人」，原本抗拒的壁虎在舞蹈中愛上「哥哥」，在面對「哥哥」與女友的親熱畫面時，「我知道了什麼叫做嫉妒」，所以面對皮耶的弟弟時，他接受了憤怒、墮落，最後「彩虹馬戲團」宣告破產。而後壁虎遊走於歐洲大都會的中國餐廳打工，在尼斯的飯店接待台灣來參加蒙地卡羅國際馬戲節的馬戲團，結識了盲人女孩，後因愛滋病而住院，在醫院與父親及母親和解，離開醫院，越過邊界，在一陌生的小村莊，躺在草原中央，陳思宏寫道：

> 我全身的骨頭都鬆掉，不再以關節緊接，我頭上的頭髮一根一根掉落，像是蒲公英飄散春風中。我把身上的衣物全脫掉，蔓草讓我覺得溫暖。剛下過雨，土壤濕潤，螞蟻爬滿我身上，

蝴蝶睡在我的胸前。從十歲那年跟著父親進馬戲團那天到現在這一刻，我第一次，完完整整，毫無疑問，覺得我終於找到了，家。[137]

跨國境的移動，不斷地追逐尋覓，最終在卸下心中負累，身體血肉與草原相合後，才「找到了，家」。全書便是在一追尋自我，又分裂自我，崩解家庭，卻又不斷尋覓家庭的無盡追索中前進，主角壁虎的人生歷程跌跌撞撞，馬戲團演出時的熱鬧華麗，以及陳思宏詩意又繽紛的筆法，反襯著壁虎內心的黑暗與崩壞，陳思宏藉由跨國境且不斷移動的馬戲團做為壁虎的人生隱喻，也在無國界意義的展演中，呈現了跨越國界的、當代人共同的寂寞與自我追尋的主題。

總結上述，在新世代的異國書寫中，異國空間多承載著其地理指涉範圍內的文化、歷史，與政治、經濟力量，敘事者以「台灣」為「家」，以留學或移民為「離家」的原因，不論在自我的追尋、異國想像的印證，以及種族文化差異及東方主義的想像下，異國空間以優勢國家及發達都會歧視他國之書寫，給新世代在全球化成長經驗中，提出關於經濟、文化優劣勢所產生之階級差異與歧見的看法。而異國的地理指涉被抽空，僅以異國情調展現更為廣泛與恆常的生命主題，亦是常見的手法。新世代小說家的異國書寫，少了六〇年代留學生文學的去國懷鄉，多了寬容、輕盈，以更寬闊的眼光，看待自己與他人，寫作手法與視角亦豐富繽紛，是其世代特色。

137 陳思宏，《態度》，頁二六一。

第三章

新世代小說的輕盈風格

「輕盈」，幾乎是新世代小說最重要的關鍵詞。舉凡以台灣一九七〇後新世代小說為文本評析者，不論所探文本其題材是社會議題或內在挖掘，不論其風格是輕巧或殘酷，皆以「輕盈」二字談論之，「輕盈」，等於寫盡了新世代小說的書寫共相。

一九七〇後的台灣，在政治環境上開始走向台灣化與民主化，八〇年代後社會運動風起雲湧的狂飆，九〇年代後從直轄市長到總統的民選，民主制度的深化及統、獨的壁壘分明，到二十一世紀後政黨輪替，以及二十一世紀第一個十年後更為蓬勃的公民社會，對成長、成熟於這個歷史階段的新世代而言，不會有國共內戰以至反共抗俄的戰爭激情，「白色恐怖」的記憶更接近於耆老前輩口中的歷史異聞，黨外人士以生命為賭注爭取民主的動人力量也早已化為滋養的果實，所以前行代作家的小說中，早至日治時期的反殖民到八、九〇年代的國族認同主題，都已非新世代所愛。他們的政治光譜，從對政治反感而剔除政治主題，到對政治有感而替社會邊緣發聲的兩端，都少見當年政治小說中血淚斑斑的控訴，因為他們對民主把握的從容，以及對台灣國家想像的理所當然，所以即使是以白色恐怖、統獨議題等台灣悲情歷史為題材的小說，也都以童稚的眼光、輕鬆的敘事、或世故的態度來訴說，新世代小說的「輕盈」，可說是他們對所身處政治環境最誠實的對應。

八〇年代風起雲湧的社會運動，也開啟了解嚴前一元價值走向多元化的路徑。原先在政府高壓統治與黨國體制教育下成長，對反共抗俄、遵從領袖、守護自由中國等官方大敘事從不質疑的台灣人，七〇年代的黨外運動與鄉土文學，已鬆動了原先僵化的大敘事，以台灣為主體的政治、文化、歷史想像逐漸茁壯，且在社會運動中，原先受社會主流文化權力壓制的弱勢者如女性、原住民、同志等也紛紛向權力中心抗議，試圖爭取自己的主體地位。也因此，當時的社會氛圍，頗近似於同時間傳入台灣的後現代思潮，「去中心化」的思考，使得原先穩固的社會權力結構：在台灣居於主流中心位置的「政府」、「中國史觀」、「男性」、「漢人」、「異性戀者」等，開始接受檢視，地位也開始動搖。如此的社會思維，到了九〇年代，原先要求「多元化」的呼聲，幾成「多元化」的事實，政治上統、獨對立更加壁壘分明，「女權」主義成了「女性」主義，原運世代成為原住民文學主流，同志電影與文學蓬勃發展，再如自然書寫、海洋文學等，都使一九七〇後新世代感受到台灣社會多元化的活力。到了二十一世紀，原先欲爭取擺脫邊緣族群位置者，已有了對自身主體位置的自信，女性於工作、家庭的法律保障上大有進步，更為獨立、自信的都會新女性成為流行時尚，「原住民族」已正名入憲，而在台灣社會文化中處於最邊緣的同志族群，早已開始爭取同志婚姻權利並獲得更多人支持，林佑軒在《崩麗絲味》的自序中，說明了同志在當今台灣社會中可享有的自信與自由，他寫道：

> 我們這代，英雄脫妝，傳奇已冷。我們是眾人眼中，歷史終點的幸福彌賽亞。不必在無邊的大黑中哭泣摸索青春鳥的安樂鄉，不必遠走舊金山新銀山阿母吃月丹求得解放自由，我們是第一代驕傲的本土酷兒，是學院延伸的性別教育實踐下的產物，我們是彩虹禪心人——佛不在西方，不必遠求佛，台灣即淨土。[1]

1 林佑軒，〈代自序：善哉崩麗絲味〉，《崩麗絲味》，頁一二。

從「悲情」到「驕傲」，可說是台灣新世代作家所展現的對邊緣身分主體認知的常態，原先代表著弱勢與無奈的題材，都將在新世代小說筆下有更鮮活甚至獵奇的想像，所以，從七〇年代前的一元化的官方大敘事，到八〇年代後擺脫邊緣、重建族群主體性的小敘事，再到二十一世紀後認知自我主體位置後的隨心所欲，原先必定「沉重」的題材，在新世代小說家的筆下，都將以「輕盈」的面貌展現。

八〇年代盛極一時的後現代文學，以承襲後現代思考，模仿後現代技巧為主，再加上其遊戲態度及反寫實的筆法，使書寫更為狡黠、幽默，龐雜的議論、多變的敘事，都讓小說的整體風格更為活潑。且在後現代思潮「去中心化」影響下，文學的「雅」「俗」區隔也被重新檢視，原本代表著菁英位置的高雅文學，與總能順應資本主義商業邏輯而有較高銷售量的通俗文學，難再壁壘分明，各種通俗文類的書寫模式的加入，使文學有了更為活潑、多元的形式，影響至一九七〇後的新世代作家，多以奇幻、科幻、言情、推理等通俗文類的筆法增加小說可讀性，如「網路8P」所倡的「中間文學」，「雅」「俗」文學的界線是他們刻意打破的，也因此，新世代小說的「輕盈」，也更多來自通俗文學的影響，即使是「沉重」的社會議題，如核四存廢、外籍配偶、遊民問題等，都將在這些通俗文學的形式中「輕盈」起來。更直接而顯明的例子，就是范銘如為以袁哲生為首，及甘耀明、許榮哲、伊格言等「六年級」作家作品所歸類的「輕鄉土小說」，范銘如認為他們的行文旨趣不在反映資本主義社會的問題，小說融合寫實主義、現代主義與後設、魔幻等後現代主義筆法，並說「這批新浪筆下的鄉土，也許是可親好玩、神祕陌生、平凡無聊、或是無厘頭似地可笑，但絕沒有這個預設定義或目的」[2]，在范銘如眼中，對此「輕鄉土小說」有著更多的期待，她說道：

> 也許使命感強烈的讀者會覺得這樣的小說不夠分量，無法顯現鄉土人文的神髓。然而台灣現代文學一路從反殖民、反共、反寫實、反西化、反父權到反總體文化裡文學傳統，沉重得太久了。這批生力軍雖然還生澀稚嫩，技巧與議題上猶見許多中外名家的影子，清新多元的觀看視角以及熱情豐沛的創作能量，值得大家拭目。[3]

正是因文學中所可能承載的歷史、政治、文化、傳統以至議題、理論，都使文學已「沉重」太久，在政治民主化、台灣化及都市化、網路化的時代下成長的新世代，選擇以「輕盈」的面貌重新詮釋「鄉土」二字，其光譜從楊富閔對偏鄉的憂心，到許榮哲刻意將鄉土模糊化、背景化、符號化，那都是他們所要的「鄉土」，擺脫了七〇年代以來鄉土的沉重，「輕盈」是屬於他們的解釋。

---

2 范銘如，〈輕・鄉土小說蔚然成形〉，《像一盒巧克力——當代文學文化評論》，頁一七六。
3 范銘如，〈輕・鄉土小說蔚然成形〉，《像一盒巧克力——當代文學文化評論》，頁一八〇。

而鄉土題材在後來的發展上勢力漸褪，取而代之的「台灣新寫實主義」，依陳建忠的觀察，雖然是「離開某種過於表演式、輕質化的寫作型態，趨向於更寫實性、生活化的寫作方向」[4]，但是「新寫實主張一出後，將同樣寫市井生活、鄉土世界的概念，以更清晰的問題意識貫串，作者似乎輕寫，但見情味……」[5]，在離開「輕」之後仍以「輕」寫表現，這是時代環境的影響。「新寫實主義」擺脫理論束縛，也刻意減少敘述形式的技巧賣弄，原本就在展現整體文字的「輕盈」風格，而且就對花柏容、張經宏、徐嘉澤等可明確歸類於「台灣新寫實」的作家文本分析後亦可見，他們的小說多刻意使用平凡、瑣碎的細節呈現平凡生活，更將關於歷史、政治、人性黑暗面，以及邊緣族群的議題以「輕盈」的筆法處理，反映「人」的欲望，並照之以溫暖，沖淡小說中可能的悲情傾向[6]。因此，從「輕鄉土」走向「新寫實」，從繁複的形式技巧走向乾淨清晰的文字風格，不變的，是對「輕盈」的把握。

總結前述，「輕盈」可說是台灣一九七〇後新世代作家的明確共相，然而「輕盈」雖做為新世代對時代的反應，卻也可能遭受到評論家的譏諷，認為他們失去重量，與社會環境脫節，祁立峰在

---

4 陳建忠，〈回顧新世紀以來的台灣長篇小說：幾點觀察與評論〉，《文訊》第三四六期（二〇一四年八月），頁七八。

5 陳建忠，〈回顧新世紀以來的台灣長篇小說：幾點觀察與評論〉，《文訊》第三四六期，頁七八。

6 可參拙著〈從花柏容〈龜島少年〉及《愛貪小便宜的安娜》探看「台灣新寫實主義」〉及〈再探「台灣新寫實主義」——以張經宏、徐嘉澤的小說為觀察文本〉二文。

其《偏安台北》的序文中，便以評論家常說新世代小說的「輕薄短小」來自我解嘲，他寫道：

我知道有些評論家喜歡講新世代經驗匱乏，講這類城市星球寂寞迷走故事類型，或戀愛寵物網路遊戲所堆垛起的撩亂冷光面版太弱，太輕，太微型，小過頭了，稱之為「肚臍眼文學」，抬不起頭，充其量只能盯著瞅著自個的髒肚臍，眉頭深鎖、為賦新詞。這當然牽扯諸多文學技巧主義理論的論辯，又不是去仁愛路上的FiFi把妹，沒必要把浪漫主義到現代主義那套拿來嘴砲。[7]

祁立峰以評論家的批評來嘲諷自己，實是對文學典律的反抗。當文學評論仍以歷史、政治、社會、理論等來做為批評判準，新世代寧可保有他們的輕盈面貌，做為他們對時代的準確回應。以下，將以台灣一九七〇後新世代小說的題材選擇、敘事態度、情節架構、語言經營四方面對新世代小說的輕盈風格做整體的介紹。

[7] 祁立峰：〈自序：紆餘委屈，若不可測〉，《偏安台北》，頁一二。

個人情感的小敘述

《台灣七年級小說金典》的編者黃崇凱及朱宥勳曾談及他們所認為的「七年級」文學傾向，黃崇凱言：「若從這批小說擴大到同齡人的其他作品來觀察，似有一條潛流指向『大敘事』的終結，轉向碎片化且私我個人的小敘述。這是『大』的終結，『小』的開始」[8]，黃崇凱所指，是從八〇年代以降逐漸鬆動瓦解的官方大敘述已走向「終結」，取而代之的，是屬於「個人」，更為「碎片」、「私我」的小敘述。事實上，不僅是「七年級」，從「六年級」以降便已呈現如此的風格，最可為顯例者，仍是由六年級作家為主體的「新鄉土小說」。

自七〇年代開始，因政治背景與社會變遷，「鄉土」的定義既代表與都市經濟法則的對立，也代表自中國史觀轉向的開始，但到了二十一世紀的「新鄉土小說」，卻多以「鄉土」為一抽象的存

8 黃崇凱，〈為什麼小說家成群而來〉，收於黃崇凱、朱宥勳編，《台灣七年級小說金典》，頁三〇九。

在，李雲雷稱之為「對都市經驗的一種審美反抗」[9]，說明了新世代因成長於經濟發達的台灣，其都市經驗必然多於鄉村經驗，他們向鄉土的回歸與描寫，實是為了在都市之外尋找一心靈歸鄉，且「新鄉土小說」又多以家族誌或個人想像為主，與前行代的「鄉土」概念有明顯的區隔。結合前章對新世代小說空間書寫的觀察，新世代多以「再塑地方感」對抗全球化對「地方」意義的消解，且更多是將鄉土做為封閉空間以演繹自己對空間、時間與記憶的辯證歷程，也可說是一種對當代都市人心靈的隱喻。王聰威《複島》與《濱線女兒》的家族書寫，便是一「個人記憶」的回溯，也是以重寫父系與母系的家族誌的形式，將屬於台灣主體性的大歷史以個人家族在旗津與哈瑪星的小歷史相聯繫，其書寫形式上也更為碎片化，如李雲雷所言：「《複島》異於『鄉土文學』的元素，一是作者更注重『個人化』的視角，而較少從社會化的視角切入歷史與現實」[10]，從七〇年代鄉土文學對現代主義與西化的批評，以及對台灣主體性建立的開始，那結合家國歷史的大敘事，到二十一世紀後個人化、擬家族化、碎片化的書寫，的確是一「大」的終結，「小」的開始。許正平在其創作自述中提到：「我在小說裡說的，都不是夠偉大的、小小的爆炸，攀不上一個大時代的、個人化的

---

9 李雲雷，〈虛構的「故鄉」及其精神隱祕——從大陸看《複島》〉，《橋》二〇一四年冬季號（二〇一四年十二月），頁五八。

10 李雲雷，〈虛構的「故鄉」及其精神隱祕——從大陸看《複島》〉，《橋》二〇一四年冬季號，頁五七。

悲哀」[11]，同樣以「小」與「個人化」來對自己的小說做誠實地剖析。

朱宥勳的說法與黃崇凱相近，他認為「七年級」是一個「重整的世代」，並論述道：

> 七年級世代深受前代作家影響，寫作題材的選擇上有越寫越微小的趨勢。無須諱言，離開了感時憂國的「大時代」，這一代確實是大敘事崩解的時代，寫作者將眼光從國族鄉土一類大題目之中移走，轉而注視個人情感的微小傷害。[12]

當作家有意識地擺脫政治、歷史、國族等大敘事的影響，轉向個人化的小敘述時，屬於個人的「情感」也將被凸顯出來，如新鄉土小說中更為碎片化與現代主義描寫的私我情感，或是新寫實主義對人情欲望的刻畫，新世代對個人情感的專注刻畫，可說皆符合朱宥勳對新世代小說共相的觀察。且此自九〇年代延續而來的小說風格，進入二十一世紀後更將細微地刻畫個人情感，且愈刻愈細，如朱宥勳對神小風的評論中說，神小風「從個人出發，我們可以看見神小風小說常以私人空間的失守隱喻傷害的步步進逼」[13]，且「她慣用封閉、自溺的敘事觀點，推展情節彷彿運筆刀在自

---

11 許正平，〈小說我的小說〉，《文訊》第三五六期，頁一一〇。

12 朱宥勳，〈傷害的微物觀點——神小風論〉，收於朱宥勳、黃崇凱編，《台灣七年級小說金典》，頁一〇八。

13 朱宥勳，〈傷害的微物觀點——神小風論〉，收於黃崇凱、朱宥勳編：《台灣七年級小說金典》，頁一

身膚表鏤鏤刻畫，血紋蔓延，感覺到痛的同時卻又著迷於創傷造成的奇詭圖景」[14]，正是這樣「封閉」、「自溺」、「著迷於創傷」的筆法，使神小風的小說相對於隱喻歷史國族、反映社會議題的小說，有其更細緻挖掘人情執念的吸引讀者之處。

神小風《背對背活下去》為其長篇小說處女作，故事開頭范音音與黃崇分手後，范音音不斷地尋找與重溫兩人的愛情痕跡，在同居處，在朋友處，甚至還代替黃崇參加同學會以了解其童年回憶，范音音對黃崇的愛與恨的力量結合在一起，使范音音只能不斷強迫自己沉浸在失去黃崇的痛苦中，而表面的不在乎與掩飾，反而使范音音的執念在讀者面前更加原形畢露。許榮哲曾稱本書女性角色有著「超越變態的執念」，他說道：「《背對背活下去》小說裡的女性角色各擁有一種令人驚駭的執念，那種執念幾近變態，不，應該說超越變態，但作者的功力，卻讓我們不知不覺地認同小說裡的女性角色，並且靜靜地挪動腳步，站到變態那一方」[15]，讀者被女主角的「執念」所吸引，其自溺於傷害的表述，既誇大又真實，反而使人有所共鳴與理解，在不知不覺間「站到變態那一方」。如黃崇與范音音爭吵分手而離家失蹤後，范音音在同居的房間中尋找與黃崇相處的過往，小

14 朱宥勳，〈傷害的微物觀點——神小風論〉，收於黃崇凱、朱宥勳編：《台灣七年級小說金典》，頁一〇九。

15 許榮哲，〈完全變態的小說〉，收於神小風：《背對背活下去》（台中：白象文化，二〇〇八），頁一〇。

說寫道：

當范音音獨自一人，站在黃崇離去的屋子裡時，她已經感受不到任何呼吸聲。已經回不去了，回不去當初獨居的自己，黃崇的每一處氣息都已深埋在這四面牆之中，牆壁的縫隙裡有他的血液鑽動，地板飽有他腳底的溫度，只要她回個頭，就可以發現他餘下的影子，失去主人的影子在屋裡飄盪，一隻隻迷路的鬼，黃崇離開了，帶走他所有的東西，帶走她想要的東西，卻忘了帶走她最該帶走的東西。她想起來了，她想起她手中的玻璃杯掉落，在光滑的地板上迸出裂開的聲音，有如墜落的重大撞擊聲，她聽見自己心中裂開的聲音，啪擦，逐漸腐蝕，啪擦，像樓梯間出現的裂痕，啪擦啪擦，像整間屋子的崩壞。[16]

在對自己的房子反覆的審視後，心靈無法支撐應付孤獨與寂寞，如房屋崩解般碎裂，在此，心痛來自對創傷的耽溺與偏執，范音音以自虐證明自己對愛的堅持，即使崩壞，也著迷於眼前的風景不願離開。個人的細微情感藉由對偏執的想像書寫出來，是新世代個人情感小敘述的一種表現方式。

與神小風相近，洪茲盈於其《無愛練習》中，對筆下人物殘酷，使悲傷、痛楚不斷重複到令人

[16] 神小風，《背對背活下去》，頁一八。

無感的地步，如高翊峰將《南方公園》中每集都會以不同方式死去的阿尼與洪茲盈的寫作風格相連結，他說道：「我經常會有一種錯覺：阿尼其實不知道有死亡這件事。對死亡無感的原因，並不是因為恐懼消失了，而是當面對死亡成為日常生活一再重複的動作，死亡成為可笑的」[17]，以此理解洪茲盈的〈無愛練習〉，就可理解她為何使小說中的「妳」選擇不斷重複演練對自己的殘酷，小說中的「妳」經歷喪夫之痛，再選擇將丈夫留存的物品全部丟棄後，她認知到自己也將失去久病的父親，於是拿起攝影機，開始她的「無愛練習」，小說寫道：

> 妳將攝影機放置櫃上，鏡頭對準床，能收錄全景。妳走過去替父親脫去睡褲床單，卸下導尿管，他裸著下身無法動彈的姿態全絲絲地收錄進去，妳接著按摩左腿。仍是一手壓著大腿內側，一手抓腳踝曲直腿部，父親的喉嚨發出嗚嗚抵抗，妳將手往胯間更去，加重力道，垂在妳手邊的軟皺蟲體開始硬直起來，嗚嗚哀鳴如黑色洪流淹沒整個房間，窗簾洩進微弱光帶，鋪蓋父親身上，妳轉身對鏡頭笑。
> 笑。現在笑得出來，到時候就不會哭了。[18]

17 高翊峰，〈代序一：以阿尼的方式對待阿尼的殘酷〉，收於洪茲盈，《無愛練習》（台北：寶瓶文化事業有限公司，二〇〇八），頁六。

18 洪茲盈，〈無愛練習〉，《無愛練習》，頁三九。

同樣以一封閉、自溺於喪夫創傷的女子為主角，細部刻畫周遭環境對其悲傷的誘引，而當「妳」選擇對抗時，將害怕失去父親的感受，化為對父親的殘酷對待，以此「練習」堅強，也以「笑」來掩飾最深沉的痛。

胡淑雯《太陽的血是黑的》更是以社會邊緣的孤獨者的心靈創傷與台灣歷史相連結而成的經典之作。其小說敘事者李文心的身邊，從朋友到父母，都可算是社會邊緣的畸零人，其祖父為白色恐怖時期的政治犯，服刑十五年，「沒人願意聽他說話，沒人把他當真，幾十年過去了，再沒有誰聽得懂他」[19]；父親「查理帕客」以「泊車代管」為業賺取微薄薪資，殊不知將被城市淘汰；母親阿雪發瘋被送進精神療養院，「阿雪被劫走了，被某種遠遠強過她也勝過我的力量劫走了，那凜然的神情，像一個被置換的人」[20]；好友小海無法性高潮，「小海的屌很痛。他不懂自己生命的痛，何以收綁於這陽性的、淤積的漲痛」[21]；鄰居小光有「多重障礙」，大家隨口叫他「白癡」；Chris的妹妹「十三」童年時被外祖父強暴，小文的室友阿莫小時候也曾被性侵害。在故事中，從被歷史遺忘的政治犯，到有口卻無以言說的智能障礙者，其選擇掩飾內心的創傷，卻被創傷反撲而精神異常。小說寫道：

19 胡淑雯，《太陽的血是黑的》，頁二〇。
20 胡淑雯，《太陽的血是黑的》，頁三〇二。
21 胡淑雯，《太陽的血是黑的》，頁一〇四。

「每個人都是自己的病。凡人皆有一份精神病，有的潛伏在胃裡，有的爬行於皮膚，有人拔頭髮，有人咬指甲，有人撒謊成性，有人偷竊成癮。在淚眶裡發洩。在嘴皮上發炎……

「是的，所有傷口都渴望發言，所有受傷的總要伺機傷害……

「然而除了傷害，有沒有其他方法可以離開，離開這受傷的世界對我們的傷害？」[22]

小說以敘事者「小文」串接所有的創傷故事，又以卡夫卡〈變形記〉中變成蟲的G，以及《欲望街車》中崩壞的白蘭琪，做為人物的隱喻，不論是因為身處崩潰邊緣而失去話語能力（如無法說人話的G），或是不同的選擇與挫折使自身走向崩壞，胡淑雯透過一個個不同的受創者、畸零人呈現出來的，是孤獨者的失語與創傷。

更重要的是，長久以來，以台灣主體性歷史為主題的小說，總是以事件為主體，人、事、物在該歷史階段中有其難以抗拒的無奈，大敘事的格局在其中顯而易見。但在本書中，白色恐怖的受難者歷史，卻是轉譯在各個不同的失語的、孤獨的受創者身上，如故事中的小海，其祖父為台灣戒嚴時期警備總部中的高官，小海的性障礙，彷彿是為其祖父所犯罪孽的自懲，小說寫道：

小海不懂得明哲保身，投向憤世嫉俗的犬儒主義，或後現代的無重力逃逸路線。他自不

22 胡淑雯，《太陽的血是黑的》，頁三三。

量力，選擇了記憶，追索著自己從不在場然而父祖默許甚且積極參與的暴行。「接收者與劫收者的繼承人……」小海如此追憶自己的身世無異於一場整肅。

學做台灣人，不是一件容易的事。[23]

在此，胡淑雯以難以啟齒的性功能障礙做為台灣歷史創傷的隱喻，是將歷史的大敘事，微縮成個人的、私我的、隱密的身體疾病，而當台灣人以遺忘與掩飾來壓抑這些歷史創傷，無法言說的傷口就將在未知的時刻反撲，如小說中的阿莫被「傷口」喚醒的一刻，小說寫道：

阿莫十七歲那年（也就是我們剛認識，她跑到我租賃的小客廳裡借宿那一陣）在床上踢打著推開了男朋友，失控哭叫起來，這才認清「小時候的事情」一直住在身體裡面，占滿皮膚，一碰就醒了。

傷口讓一張不會癒合的嘴巴，敞開著，該流的血還沒乾，化膿生瘡，喃喃欲訴，渴望讓人聽見，聽自己怎麼受的傷，哪裡還裂著，哪裡還在痛。[24]

---

23 胡淑雯，《太陽的血是黑的》，頁一〇六。

24 胡淑雯，《太陽的血是黑的》，頁二五五。

新世代小說試圖以個人情感微小傷害的描寫做為擺脫大敘述的方式，而胡淑雯是將大敘述完整地轉譯為個人創傷，再從個人出發，談論歷史傷害痊癒的可能，唯有讓「傷口」被人「聽見」，創口才可能癒合，此也正是《太陽的血是黑的》的創作理念所在。

總結前述，新世代小說創作多轉往個人內心，將創痛傷疤挖掘擴大，且個人的細微情感往往與前行代筆下的國族認同、歷史創痕等價，這是大敘述消解、小敘述往個人情感更細微處敘寫的結果，也使得新世代小說在書寫上可能殘酷，但題材揀擇上仍以「小」、以「輕」為主。

輕鬆的敘事態度

八〇年代以來台灣文學走向多元化時期，各種題材的書寫都在環境氛圍的浮動中解放開來，而早期在權力結構下屬於弱勢的群體，以自身的生命經驗、社會文化與歷史、議題與理論等的討論做為行文重心，也使該類題材因承載著議題的重量，相對起來顯得悲情、沉重，但在經過二十多年的文學積累後，新世代小說家以該類議題文學為題材時，卻選擇以輕鬆、世故、淡然、幽默的敘事態度，消解該題材可能的沉重感，予人輕盈的閱讀感受。

李維菁《我是許涼涼》，楊澤評論道：「對照上一代女作家的冷眼，筆下人物往往表現悲苦淒涼，卻又言語尖誚的的特質，李維菁和她的『許涼涼們』（李維菁的命名不無反諷之意），他們的內心卻擁有另一種熱情的鬼火」[25]，正是這種將熱情隱藏於冷眼嘲諷中的筆法，使小說中悲傷的

[25] 楊澤，〈序：少女革命與鬼故事〉，收於李維菁，《我是許涼涼》（中和：INK印刻文學生活雜誌出版有限公司，二〇一四），頁一六。

女性都有著獨立且堅強的形象，其中篇小說〈我是許涼涼〉可說是新世代女性文學的重要作品。故事以一個大男友十二歲的女人「許涼涼」為敘事者，談都市中人的孤獨寂寞以至對愛渴求到可以放棄尊嚴，談在愛情市場中的階級與道德偽善，談姊妹淘之間的言語譏諷與暗自較勁等等。雖然她的題材與意涵在愛情與道德上較為負面，可是在她尖誚世故的口吻中，故事又深刻地將社會與人性切片、觀察，許涼涼譏誚狡黠的敘事態度，讓此原應沉重的題材相對地輕盈了起來。〈我是許涼涼〉的開頭，小說就如此述說：

> 我是許涼涼，今年三十八歲。我想我剛剛被甩了，不過我懷疑我可能還沒接受這件事。我被甩的原因是我太老了。我的男友孫大偉小我十二歲。他說，目前這個時候是我們的外表距離最接近的時候，可是再過幾年，隨著時間的過去，我們的差異會愈來愈大。他說，我無法接受這件事情，我想要跟我的妻子一起面對朋友與家庭。[26]

許涼涼從與男友的相戀，男友隨著時間日久對她態度的變化，談到自己從少女時代開始對愛情的憧憬與冒險，談自己的歷任男友，曾當小三或被劈腿的過往，當青春記憶由三十八歲的女人「從頭說起」，就必須與她十幾年的戀愛經驗相疊合，原先對愛情可能的夢幻想像，都因視角不同而有

[26] 李維菁，〈我是許涼涼〉，《我是許涼涼》，頁二一四。

了世故的諷刺意味。且該小說以許涼涼為敘事者，也讓許涼涼本身對階級的抗議與渴望，無所藏匿地表現出來。在許涼涼面對男友因無法承受社會壓力而選擇與她分手時，許涼涼曾說：「原來我對抗的那個世界的律法與價值，濃縮在你身上，你明明是我愛人，我卻在末了要跟你對抗廝殺，我也才發現，年輕跟純真是兩個完全不同的概念，你是個多麼可怕的真正的成人」[27]，對以為可以攜手對抗社會成俗的愛侶感到失望痛心，也責怪自己因愛沖昏理智而「退化」至少女時代以為能以愛情對決社會，許涼涼承認道：

> 我可以理解，他也渴望著那些美好的未來的前景，正如同我年輕時候也曾想望過的，要成為社會上的菁英分子，要住在一個舒適美麗的房子，要有性能好的進口車，要有個得體帶得出場的妻子，養個白胖的小子，閒時打打球，喝喝酒。要成為人人稱羨的那種中堅分子。我無從責怪，我充分理解，我也曾經有過那樣的夢。[28]

在此，女性的年華，與都市的社會階級極其近似，許涼涼所承認的是都市使人屈服於「均質化」的力量，每個人都有向「中間」靠攏的渴望，所以在女性年華的「階級」中，與接近中年的女

27　李維菁，〈我是許涼涼〉，《我是許涼涼》，頁五二—五三。
28　李維菁，〈我是許涼涼〉，《我是許涼涼》，頁五一。

人交往就如同都市中經濟能力低而被輕視的人一般，在許涼涼世故的視角中，「愛情」與「社會階級」如此合理又準確地結合在一起，也寫盡了都會男女情愛的虛偽本質。

在許涼涼連串的記憶追尋與對社會偽善本質的揭露以及自我的調侃後，許涼涼仍坐回電腦前，察看男方的網路動態，看著前男友與新女友的照片，小說如此做結：

我緊緊看著他們相擁而笑的相片，清清楚楚的感受到它們之間甜美的依存與彼此心甘情願的占有，那影像在我眼前突然幻化成了我與他相擁而笑的照片，然而，我們之間淡淡的一點點美麗，飄忽而模糊。

時光在剎那間彷彿停住靜止。這世間所有的一切人事物全都不動了，包括我的呼吸。我眨了眨眼，突然時光又恢復了流動，彷彿剛剛那幾秒鐘的凝結，根本不曾發生過。[29]

眨了眨眼，時間繼續流動，人生也將繼續前進。這是新世代女性小說家為新時代女性所寫的故事，「許涼涼」這個詞也在本書出版後成為新時代城市女子的代名詞。新都會女子，有對愛情的憧憬，但也有著世故的成熟，在許涼涼譏刺反諷的敘事態度中，城市新女性的形象也於焉建立。

[29] 李維菁，〈我是許涼涼〉，《我是許涼涼》，頁九七。

與〈我是許涼涼〉接近，張亦絢《愛的不久時：南特／巴黎回憶錄》同樣以「我」那尖誚狡黠的敘事態度，訴說她在遠赴南特留學後與男子Alex的戀情。與〈我是許涼涼〉不同的是，本書中的「我」是女同志，在離開台灣遠赴法國留學後，卻與一異性戀男子產生戀情，且許涼涼所代表的「都會」、「女性」，在此更成了全球視野下的國家階級差異與同志性別流動的議題探索。張亦絢以後設筆法，使書中有著許多關於小說與作者間、小說與現實生活間及小說如何生成等的討論，然而本書更重要之處在於，身為女同志，要如何面對與異性戀男子的交往過程，其中關於兩性交往時的權力平衡、同志對異性戀的嘲諷，敘事者以其機敏的眼光，犀利又殘酷地剖析出來。所以該書雖以一在家庭中受父親猥褻，又在台與女友分手的留法女同志為敘事者，卻讓這些沉重的心情消融在大量又世故的批判議論中。「我」曾說：「我在年輕時代是女同性戀，除非刻意尋求，生殖這事與我無關，只要不受孕，隨著受孕而來的種種麻煩和考慮，都不困擾我，在這方面，女同性戀的生活實在可以說，特別輕鬆自在」[30]，就是如此輕鬆又直指性傾向差異所代表的各種社會成規，更大程度的解放與自剖，也就順理成章。「我」曾在留學期間遇到搭訕男子，使「我」有了想與他做愛的衝動，小說寫道：

> 不管從什麼角度來看，與這樣一個男人野合都會是非常過癮的事。代表了所有我拒絕與害怕

[30] 張亦絢，《愛的不久時：巴黎／南特回憶錄》，頁一一一—一一二。

的東西，與他做愛，就是與被我拋棄了的生命做愛。那會使我完整。這比成為真正的蕩婦還嚴重，我會變得大大自由。[31]

「我」總是如此，將自身的任性想法與更大格局的生命、社會、世界做連結，如此反而有了離經叛道的自由。且她對異性戀體制下男女的偽裝，也因其同志身分而有了更無情的反諷，當在留學時有另一異性戀男性K對「我」示愛時，小說寫道：

當時我就想，如果我是一個純種的異性戀女人，我的反應一定會不太一樣，我一定會比較應付K或者拉攏他，因為對真正的異女來說，異性戀不是一時三刻的事，而是一輩子的事業。一個善經營的異女必定先穩固自己一般性的受異性歡迎程度，再進行個別的深入交往。[32]

在「我」眼中，異性戀做為社會主流，也必須服膺社會對異性戀的期待，從相戀、結婚到生子，異性戀者所接受的社會壓力「不是一時三刻的事」，身為異性戀，就將被置放在相同的規準下比較，想在社會上接受更多豔羨的目光，就必須將之視為「事業」來經營。犀利剖析異性戀者間的

31 張亦絢，《愛的不久時：巴黎／南特回憶錄》，頁三九。
32 張亦絢，《愛的不久時：巴黎／南特回憶錄》，頁九〇。

競爭與虛偽本質後，同志的身分就不再是沉重的象徵，而是輕盈自由的代表。但張亦絢並不滿足於此，異性戀畢竟是社會主流，當「我」在異國留學與異男交往時，卻也在感受到離開「邊緣」進入「中心」後的輕鬆。當「我」有次在外過夜回家，同宿的女性室友對她的曖昧微笑，反而讓她有了些微的「虛榮感」，小說寫道：

> 這種小小的甜美，可以說是我十多年的同女生命中完全沒有的。那一天，儘管我還不感覺我與異性戀有多大的關係，但僅僅做為一個偽裝的異性戀就可以如此自由、不孤單，我真是感慨萬千。[33]

雖是對同志在社會邊緣身分的感慨，卻也是世故狡黠的敘事口吻，將對異性戀的嘲諷與對同志身分所承受的壓力表現出來。而「我」那機敏的思維，也是使全書得以跳脫題材沉重感的原因，如「我」在說明為何自己要來場異性戀冒險的時候，小說如此敘說：

> 我對異性戀採取那樣堅定的批判立場，到最後是讓它具有一個幾乎嚴重不合法的地位，然而

---

[33] 張亦絢，《愛的不久時：巴黎／南特回憶錄》，頁一二二。

這反而使得我，幾乎像是當年被同性戀吸引般地走入它。不就是因為它不合法嗎？[34]

此時，性傾向的流動來自於自我對社會成規的反叛，而當異性戀被「我」檢視成極端政治不正確的「嚴重不合法」，反而成了「我」再次叛離社會成規的機會。在異國留學的異性戀冒險，是自我追尋與重認的契機，透過「我」敏捷又任性的思緒，同性戀與異性戀界線的跨越，也連帶地輕盈起來。

九〇年代以來女性文學與同志文學便已走向坦誠自身情欲、擺脫邊緣／中心區別、重建自我主體性的路線，二十一世紀後新世代作家在前行代作家的基礎上前行，其敘事視角的選擇，敘述態度的營構，多偏向以成熟、世故、狡黠的形象，展現當代女性與同志的獨立性格與自我肯認，原本在八〇年代的沉重議題，早已走上輕盈的路線。

而同樣以女性為主題，但其社會邊緣地位更顯明，也更接近當代議題者，當屬吳柳蓓以外籍配偶為題材所寫就的《移動的裙襬》。該書的風格，如甘耀明所言：

書中處處可見，青春豐美的外傭與外配，填補了「婆娑之洋、美麗之島」男性們的欲望缺口，成了機械子宮、活體充氣娃娃、人蛇集團賣淫的搖錢樹、殘缺男子的傭人。然而，令人

34 張亦絢，《愛的不久時：巴黎／南特回憶錄》，頁一二六。

訝異的是，《移動的裙襬》並沒有因為處理相關議題而沉重，成了這類主題書寫中，最生動有趣的小說。[35]

在《移動的裙襬》中，如〈娑婆親切〉中開越南料理店的越南新娘，有著在台親人皆於一場車禍喪生的過往；〈琉嶼・半・女兒〉中，重度憂鬱症的越南新娘對自己的女兒家暴使女兒也有憂鬱症傾向；〈卡拉二重奏〉中，越南、印尼等外配合開的色情卡拉OK店，主角女兒沛婷因與有前科的男子交往而未婚懷孕；〈卍女〉中在學校被言語霸凌的周沐霖，其印尼母親在她小時候就與男人私奔，離開了她；〈印姬花嫁〉中，林母「暗自比較印尼、越南、大陸、菲律賓的新娘誰最便宜又大碗」，把台灣社會對外配的歧視露骨地表現出來；〈移動的裙襬〉中被人蛇集團控制賣淫的大陸女子汪成美，在醫生告知她得到子宮頸癌時才決心逃離；〈魔法羊蹄甲〉中，在高檔社區中那「來自對岸大連、體型壯碩、嗓門特別響的余金昭剛嫁來台灣時，被社區的鄰居以大老粗沒文化看待了好一陣子」[36]的大陸新娘也曾有著被社區視為異類的經驗。吳柳蓓在《搖動的裙襬》中，不避諱與外籍配偶與外傭相關的社會題材，也不掩飾外配家庭中經濟與教育的雙重弱勢，在更多的篇章中，更表現外配在台灣身為女性、來自弱勢國家、配偶家庭經濟能力不高的性別、國籍、經濟的三重邊

[35] 甘耀明，〈推薦總序：新星圖，正要羅列〉，收於吳柳蓓，《移動的裙襬》（台北：寶瓶文化事業有限公司，二〇一〇），頁一七—一八。
[36] 吳柳蓓，〈魔法羊蹄甲〉，《移動的裙襬》，頁一四二。

緣，在外配家庭及「新台灣之子」的教育與社會問題被廣泛討論的今日，該題材所承載的議題性都將使之背負沉重的包袱。然而，吳柳蓓以明快的節奏、淺白的語言、通俗的情節與結局，使全書各篇章多有溫暖的氛圍，這都與吳柳蓓輕盈的敘事態度有關。如〈印姬花嫁〉中，林幸雄家中雖有家產數甲，但許久未婚，林母聽聞外籍新娘可由掮客介紹後積極幫兒子選媳，林幸雄選了一位美貌的印尼女子美茹並迎娶回家。故事中林母的低俗、保守與實際，林幸雄因美茹的美貌而心動的純情樣，挑選新娘過程與掮客的討價還價等，皆使人莞爾，而當林幸雄終於完成結婚儀式，鬧酒結束回洞房後，小說寫道：

> 林幸雄洗完身，在腋下灑了香噴噴的爽身粉就溜進被子裡找美茹。美茹正夢到和林幸雄到夜市打彈珠，一隻大手突然攀上她的聖母峰，嚇得她跌出夢外。驚醒後的美茹定眼一瞧是阿雄，害羞不已，拉著他的手重新定位才得以繼續周公之禮。林母收拾林父後溜到新房外探聽裡頭的動靜，門板太厚，耳朵都貼到木板的毛細孔卻只能聽見細微的窸窣聲。林母抱孫心切，拿了備用鑰匙偷偷進房關切，見林幸雄在上，姿勢合乎一般，深受感動仰天狂喜：「啊！這憨憨的阿雄，這款代誌亦免人教！」退出新房的林母於是放心的去睡一場遲來的覺。[37]

[37] 吳柳蓓，〈印姬花嫁〉，《移動的裙襬》，頁一一一—一一二。

林母的求孫心切，與各角色的單純表現，都使原先以金錢「購買」外配的題材中可能的鄙視、壓迫、虐待等聯想消解，且美茹喜懷男雙胞胎，懷孕後期林母更放寬對美茹的限制，讓她可以出外與其他外配交朋友等，讓我們看到在一個不公平的婚配結構中可能的幸福結局。同樣的，在〈移動的裙襬〉中，汪成美在逃離人蛇集團後，與人學習批售玉蘭花，彭則積則來自中國大陸，在國民黨撤軍後無法返鄉，在台以三輪車回收破銅爛鐵賺錢，身世坎坷的兩人，在汪成美賣玉蘭花時認識，小說寫道：

> 幾個月後，彭則積終於鼓起勇氣約汪成美。「汪小姐，我想請妳吃個便飯，不曉得能否賞光？」汪成美沒有拒絕。兩人往來的這些日子裡，彭則積的老實讓她很安心，她從沒多想自己與彭則積的關係，然而這一份情誼卻讓汪成美打從心裡感到溫暖。兩人找了一間淡雅的小館天南地北的聊了起來，彭則積的離鄉背井，汪成美的坎坷際遇，在兩人互相坦露、互相疼惜下產生明朗的情愫，彭則積在心裡暗暗起誓要照顧她一輩子。[38]

且就在兩人登記結婚後，彭則積幫汪成美搬家，才發現兩人的家是背對背共用牆壁的住戶，原

[38] 吳柳蓓，〈移動的裙襬〉，《移動的裙襬》，頁一三九。

來兩人的緣分早已連結在一起。就是在這樣的淡然與溫暖的敘事態度下，雖是充滿著沉重、坎坷的邊緣經歷，但總會在人情中得到拯救的契機。所以，在〈魔法羊蹄甲〉中原被歧視的大連女子余金昭，在將快枯死的羊蹄甲救活後，社區園藝更美麗，且以東北菜餚分享給社區住戶後，她成了最受社區歡迎與依賴的「余大嬸」；在〈卍女〉中，被同學言語霸凌的周沐霖，在老師介入關心並給予「塗鴉村庄」的比賽機會後，獲得社區比賽金獎的周沐霖被全班同學投以崇拜的眼神，小說以「她是大佛底下誕生的女嬰，廣受佛光的被澤，在勞其心志之後，終究能換得一頁嶄新人生」[39]作結，同樣以溫暖的結尾讓沉重的題材輕盈了起來。

總結前述，新世代小說的輕盈風格，不在於小說家閃避沉重議題，而是當面對這些傳統上承載著邊緣族群悲情歷史的題材時，都可能在新世代小說的敘事上，給予輕鬆詼諧、狡黠聰慧、光明溫情的對待，除上舉作家外，還有吳億偉、徐嘉澤、黃麗群、祁立峰等，其小說敘事也多能以輕鬆的敘事態度為之，即使以沉重的議題為故事題材，小說也相對輕盈。

39 吳柳蓓，〈卍女〉，《移動的裙襬》，頁九五。

奇思異想與通俗情節

新世代小說中的奇思異想與通俗情節，除來自對前行代的文學承繼，更多是受到通俗文化的影響，不論是台灣傳媒文化、日本與歐美動漫等，都可能影響新世代小說的寫作想像，故事的娛樂性與戲劇性，也都較前行代的作品增加許多。

吳億偉〈芭樂人生〉，是以家族小說的形式，魔幻現實的想像，藉「芭樂」串接書寫成的家族紀事。小說從主角十二歲時發現肚子長了一顆芭樂，被母親發現後，母親僅將芭樂摘下，並說「沒有關係，你不要怕，這表示你長大了」[40]，從此開始主角的「芭樂人生」。清明節掃墓時，眾叔伯讓他了解了他們不平凡的家族特質，並帶他往祖先墓園的芭樂樹摘芭樂來吃，因為在清明節時吃祖先變成的芭樂樹結出的芭樂，可以使自己暫緩「芭樂化」，小說於此時寫到：

[40] 吳億偉，〈芭樂人生〉，《芭樂人生》，頁一四。

講到這裡，人都回來了。懷裡捧著滿滿的芭樂，放在大塊布上，大伯要他多吃一點，吃的時候要向祖先祈求，希望從此人生一切順利，不要變成芭樂。他狐疑地看著大家津津有味的模樣，卻遲遲不敢咬一口，那芭樂浮出阿公和藹的笑臉，阿公的身體是芭樂樹？長出來的芭樂，是他身體的一部分？吃下去阿公會不會痛？他想像的畫面竟是阿公皺巴巴的皮膚掛滿了芭樂，浮在空中，大伯要他去摘去摘，不然就換他變成芭樂了，他不敢動……[41]

而當主角十三歲的時候，認為自己既然有個不平凡的家族，就該有不平凡的能力，於是開始想像自己如何能以自己特異的身體特質轉變為超能英雄，可惜「從十二歲到三十歲，他最成功的一件事情，就是沒讓人發現他的特殊身分」[42]。後來主角發現自己從小離家的父親已成為半人半樹的模樣，其原因是因為他父親「不願意永遠被芭樂化絆住，很早以前，不聽任何人的勸，就這樣離開家裡，離開墓園，不再回來」[43]。故事中父親所扮演的角色，就是一不願服從家族傳統，寧可以身體的毀敗來蔑視既定成規的角色。故事最後以作者將已化為一粒芭樂籽的父親種進空地，並將自己家族的祕密告訴一直被蒙在鼓裡的妻子作結。這篇家族小說，有對家族的叛逃，有親情的羈絆，但同時卻也有著天馬行空又看似無甚內涵的魔幻想像，所以即使是負載沉重人情的家族故事，也被「芭

41 吳億偉，〈芭樂人生〉，《芭樂人生》，頁一八——一九。
42 吳億偉，〈芭樂人生〉，《芭樂人生》，頁二一。
43 吳億偉，〈芭樂人生〉，《芭樂人生》，頁二六。

樂」、「超能力」等等的想像給沖淡了嚴肅的氛圍。

該篇小說中原先在家族誌小說可以被大書特書的個人掙扎、盛衰流轉，都被那「充斥玄想或奇想的味道」給沖淡，范銘如認為這篇小說有「反家族小說書寫」的樣子[44]，因為到故事的最後，並沒有過去家族小說中個人突破家族束縛的結局，反而是「落地生根」，接受這「平凡的特異」。也因此，吳億偉的〈芭樂人生〉其實也突破了過往既定的認同掙扎，一如以輕鬆的態度書寫女性、同志的邊緣位置，以輕鬆的敘事筆調及奇思異想、幽默通俗的情節，演繹了不承載沉重意義的家族小說。

陳又津《少女忽必烈》，也正因其中天馬行空的奇思異想，使得該書即使以社會邊緣的遊民為主題，也充滿著搞笑戲謔的青春氣息。聚集於遊民聖地「沙洲」的除遊民外，還有「夜遊街之神」、「沙洲主茄苳樹」及「關羽分靈小關」，這些具神格身分的「遊神」們的登場，也在破的無所謂態度下顯得自然，如破在沙洲上的臨時劇場中巧遇小男孩「夜遊神」，小說寫道：

「我是夜遊神，可以叫我夜就好。」

[44] 范銘如：「這幾年流行的家族小說，都會強調那個家族是比較特異比較奇怪，所以都會把小說寫得比較魔幻寫實，例如會特異功能。這篇家族小說也不例外，裡頭寫的家族也是有特異功能，那就是他們家會生芭樂，如此而已。我不知道他是有意還是無意，我覺得他是反家族小說書寫的那種樣子。」李儀婷記錄整理：〈騷動年代的死亡與再生——第二十屆聯合文學小說新人獎決審紀實〉，《聯合文學》第二六五期（二〇〇六年十一月），頁二八。

其實我已經很習慣別人跟我說他是天使、長頸鹿、洗衣機或是別的什麼東西，所以夜遊神應該算是蠻容易理解的一種。[45]

正是這種無所謂的態度使這河堤沙洲彷如一奇幻之地，原先在社會中被劃歸為邊緣的人，在此竟「人神平等」，可以與神一同遊戲、一同嬉鬧。所以，被破視為「偽娘」的沙洲神，以及那騎著馬出現的小關「金髮加上陽光般燦爛的笑容，這人是存心要用白馬王子的形象出場就是了啦」，都加入了忽必烈的遊民團體，享受自由的歡鬧。且陳又津的《少女忽必烈》又不以此想像為限，以寫出「校園超能力喜劇」自詡的破，讓原先在校園中的抗爭行動，「升級」到校長、立委與熱炒店老闆的超能力決戰，陳又津寫道：

不，我揉揉自己的眼睛，確定剛剛看到的不是幻覺，全場無論警方或居民都停下手邊的事，全神貫注盯著這一場超能力激鬥。外面傳言校長研究超能力這件事果然是真的，校長與研究生之間存在絕對的實力之差。可惡！人家在研究超能力，我還在這裡想什麼結構跟社會責任，根本跟不上時代。[46]

---

45 陳又津，《少女忽必烈》，頁八五。
46 陳又津，《少女忽必烈》，頁二五〇。

一連串的奇思妙想，讓T大校園成了超能力戰場，《少女忽必烈》就是在這樣近似於日本輕小說的筆法中，將遊民、都更、校園抗爭等社會議題融化於天馬行空的無厘頭想像中。

從〈芭樂人生〉及《少女忽必烈》，我們看到新世代小說家所處的時代，跨國界的流行文化透過書籍、雜誌、電影、網路鋪天蓋地而來，隨著個人的成長歷程，這些流行文化包括動漫、電玩、網路流行語，不僅是世代記憶，更是修辭、構思的重要資源。相較於前行代作家自八〇年代起才強調電視與流行文化對自身的影響，新世代作家將流行文化當成自身創作的重要資源，專屬於該世代的語法與修辭，透過故事設定的奇思異想，展現新世代的樣貌。

瀟湘神，本名羅奕樵，其《台北城裡妖魔跋扈》是輕小說，但因其題材特殊，將台灣日治時期的文學歷史、庶民生活，以本土神怪加入日系妖魔的想像，受文壇許多純文學作家聯名推薦，成功跨越了通俗文學與純文學的界線。故事的時代背景設定於日治台灣的皇民化時期，文壇一謎樣的人物「新日嵯峨子」受到當時台灣文壇不論以西川滿為首《文藝台灣》一派或以張文環為首的《台灣文學》一派共同推崇，在她的「沙龍」中，她在不同時間邀集不同派別的作家，希望能調和兩派的不同說法，西川滿認為台灣文學應被視為為帝國文學的一支，並名之為「外地文學」，以強調異國情調為主，新日則提出「後外地文學」的想法，在本島以具有日本風土情調的題材進行創作，且認為比起神明或文明制度，「日本妖怪」更具民俗特質與風土性，進而提出了她的創作的世界觀：日本能順利統治台灣，是因為總督府利用日本妖怪「言語道斷」的力量控制台灣，這千年大妖狐還與上百個日本妖怪一起殖民到台灣，並在台北州裡以牠的妖氣控制一切，所有妖怪也都仰仗言語道斷的妖力以存活。對張文環等認為應將本島人遇到的現實問題透過寫實主義的筆法真實呈現的說法，新日則提出以在台灣出生的日本人「灣生」為主體，以突破與西川滿等人在文學立場上對立的僵局，「寫灣生的故事便是寫我們自己的故事，寫我們的故事便是寫灣生的故事，就算是本島人，何嘗不是面對了『哪裡才是故鄉』的困境？」，且向張文環等人說，自己的想法是一次的文學「革命」，是要動搖西川滿的世界觀，而她的作法，就是「我要殺了言語道斷」，因為言語道斷做為殖民者的隱喻，當言語道斷死亡，就代表殖民「中央」的消失，「才能讓文學上的灣生時代降臨」。新日藉由調和兩派說法的機會，提出她的小說世界觀，但此看似尚待「創作」的想法，卻是該小說的真實世界，台灣文學在日治時期的路線爭辯，竟與神怪世界結合在一起，小說彷彿日治時期台灣文學史的新演義，使此一結合神怪、推理的通俗輕小說，讓日治時期的文壇人物有了他們當時無以想像的新選擇，也使此融入大量文學歷史的題材顯得格具創意。

小說主角除神祕的新日嵯峨子外，還有一文壇新人「子子子子」。子子子子為本島人吳耿的筆名，當他成名後，讀者都將他視為內地人，所以他雖然在文壇得到名聲，卻只能「偽裝成內地人」，也因此，新日以「灣生」的故事來鼓吹文壇「革命」時，吳耿的身分正可符合新日的期待。但吳耿身邊的女性好友東野雪夜卻震驚於新日的文學構想，因為她是台灣神明「境主公」所收留的「石敢當」所變，而新日要殺死言語道斷的預言，將瓦解當今妖怪世界的權力平衡。不久後，言語道斷仍被「殺人鬼K」所殺。「殺人鬼K」殘虐的殺人手法以及神出鬼沒的行蹤是小說中最詭異的存在，而「言語道斷之死」也是小說中日本妖怪進入集體的慌亂與歇斯底里的原因，隨著劇情的推展，神務局、西本願寺、城隍府與日本妖怪間的合縱連橫、揪出真兇，故事在明快的節奏與奇幻想像中鋪綴了結合台灣文學與歷史的妖怪奇譚。

《台北城裡妖魔跋扈》巧妙地融合了日治時期的國族認同問題，不僅表現在「子子子」的文學成績，在妖怪中，各個不同組織間所代表的權力平衡，也是日治時期台人、日人、台生日人等的隱喻，所以當東野雪夜選擇與日本妖怪合作時，小說寫道：

> 這是一種非常奇怪的感覺。她不怎麼喜歡日本妖怪，畢竟這些妖怪是殖民者，對本島神明、妖怪也很差，但說要把妖怪殺光，她也無法坦然同意。就算如此，跟他們「合作」，還是讓她有了些微的不道德感，彷彿做了什麼背叛本島神明的事。[47]

這一段話，將「漢民族」與「大和民族」間的種族衝突，以及日本統治下台人國族認同的依違與混淆，妖怪間的合作牽引著長期以來的殖民矛盾，原先在前行代作家筆下帶著反殖民政治訴求，或是終戰後代表著民族恥辱的殖民歷史，都在羅奕樵筆下因妖怪奇譚的設定而「輕盈」起來。

---

47 瀟湘神，《台北城裡妖魔跋扈》，頁二五七。

而以至今在台灣仍無定論的核電問題為主軸的小說，伊格言《零地點》以科幻預言的形式，預設台灣核四廠災變後所隱藏的金錢與權力的鬥爭，沉重的災變慘況，在懸疑推理的通俗文學模式下頗具閱讀樂趣，而葉淳之的《冥核》，更將言情、推理等通俗文學的模式，以「核」做為一必定帶來災禍的因子，寫就成長篇小說。該書如劉黎兒所言：

> 作者雖然是首次寫的長篇小說，卻沒有處女作的羞澀，堂堂將提到核電、核爆、核彈、核種、反核等所有層面的沉重主體，寫成兼顧娛樂性、可讀性的連續殺人事件，而且相對於劇毒的核種、核彈、核電，用了文哲藝術等人類文明結晶的「地獄圖」來串場連接，俐落明晰，讓讀者能快活閱讀，而且跟著享受登場的藝品、美食、花草樹木、乃至相差二十歲的愛情等。這也是作者非常認真思考核問題，選擇用推理、冒險小說來表現，也讓此可能性發揮到極致。[48]

《冥核》諧音「冥河」，故事將「核」隱喻為將帶來毀滅與死亡之物，但不以核能災變、核電廠政治權謀等為題材，故事以身為「校草」的研究生會長人傑的失蹤成為校園話題起始，一名「這

48 劉黎兒，〈推薦序一：核是死亡觸媒〉，收於葉淳之，《冥核》（台北：遠流出版事業股份有限公司，二〇一四），頁七。

女孩好美，美得連周遭空氣都變了樣」的圖書館技工江若芙來到校園工作，是為了找尋當初撞死她的父母與妹妹的肇逃真兇，後因萬寶集團萬喜良總裁的請託，與參與過許多議題調查與探險工作的沈海人，共同尋找人傑及他失竊的高濃縮的「鈾」收藏品。在此，不論是主角的外型長相，配角的身分身家，都一如通俗文學喜以優異或具特殊才能的人物進行推理與探險的書寫模式。且在情節的推演中，因人傑借走了萬喜良的吳道子「地獄變相圖」，該圖主題是地獄和十殿閻王，與人傑筆記本中所錄之「第一殿　秦廣王」、「第二殿　初江王」、「第三殿　宋帝王」、「第四殿　伍官王」、「第五殿　閻魔王」、「第六殿　變成王」、「第七殿　泰山王」、「第八殿　平等王」、「第九殿　都市王」、「第十殿　五道轉輪王」以及每殿閻王後所記之不同的長串數字，兩個線索的緊密聯繫，使江若芙及沈海人介入了從萬喜良蒐藏的「釉」遭竊到人傑失蹤的因果事件中，以藝術、歷史為主軸的推理故事，與丹．布朗《達文西密碼》的「歷史推理」頗為近似，且校園美女江若芙與社會人士沈海人在調查過程中的相互扶助而產生的情愫，以及當他們逐漸接近真相時所遭逢的惡人跟蹤追殺，都是通俗文學與電影常見的情節模式，也使故事十分引人入勝。所以如劉黎兒所言，葉淳之將通俗文學模式與對核電問題的探討相結合的成果，「讓此可能性發揮到極致」，既保有對核電的批判，又能以通俗的情節使故事精彩紛呈，是新世代小說輕盈風格的典型代表。

徐嘉澤《我愛粗大耶》以男同志愛戀為題材，同樣擺脫同志文學過往的悲情形象，以校園青春回憶的方式，寫高中生暗戀男教官的純愛故事。主角王建宏是未出櫃的高中生，羨慕同班的「同志天菜」陳天龍可以在儀隊中接近他暗戀的教官吳明鋤，王建宏也加入儀隊後與教官愈來愈親近，甚至曾與教官外宿過夜，引起母親的誤解而向學校怒告教官，教官也因此離開學校，青春回憶在畢業典禮結束後劃下句點。

故事以王建宏為敘事者，其單純的性格使小說語言偏向輕鬆、幽默、簡單、生活化，暗戀進而親近的情節又近似於以高校為背景的言情小說，使全書易讀且輕盈。王建宏為單親家庭，父親因「狐狸精」林叔叔而與母親離婚，母親對於父親的同性戀身分無法諒解，使王建宏更害怕與母親坦白自己的同性戀傾向。小說寫道：

> 我想自己也常在逃避，逃避老媽總邊看電視或心有戚戚焉，對我說著老爸拋家棄子的事實，以及時時刻刻提醒著我不要變壞。老媽常說老爸被狐狸精給騙了，所以變壞了，變得不像以前一樣愛家愛子愛她。
>
> 所以老爸是壞男人，而老爸的同居人——林叔叔就是狐狸精。
>
> 而我，並不擔心自己會成為老媽口中的壞男人，因為，我本來就是。
>
> 只是怕老媽知道後會受不了打擊。
>
> 人家說男人不壞女人不愛，男人壞壞男女都愛。
>
> 我想男人壞不壞都有他的苦，尤其老媽口中的壞男人更是，我希望老媽也能多了解她口中這類壞男人的苦。[49]

[49] 徐嘉澤，《我愛粗大耶》（台北：基本書坊，二〇一二），頁三三——三四。

母親對「變壞」的定義，壓抑著王建宏出櫃的勇氣，但內心對父親勇於出櫃的認同，也使他無法對父親有過多的怨恨。小說正是以此輕鬆、淡定的高中生視角來訴說，一同於上節對沉重的議題以輕鬆的敘事態度陳述的輕盈。但本書其實更巧用許多純愛言情小說的模式，加重故事的戲劇性與娛樂性。小說寫到教官吳明鋤與王建宏日益親近而訴說心事時提到在當兵時結識的「弟弟」林常樂，兩人在外島當兵時，可以在自己成長的社會圈外按己意度日，回到台灣後，卻因家長的阻攔，兩人分手，林常樂離開台灣出國留學。後來王建宏於父親家發現「狐狸精」林叔叔原來就是林常樂，這巧合的親情倫理大戲，卻也在徐嘉澤的筆下給躍過，不耽溺於親情、愛情抉擇的通俗戲劇模式，反而有青少年校園成長小說的輕巧，通俗的情節與青春的記憶兩相結合，使本書成為新世代小說輕盈風格的典型代表。

新世代小說的情節推演，在前行代作家的文學滋養，及在廣泛涉獵通俗文學作品後的應用下，其思考上更無所限制，且大膽以通俗文學的情節模式為本，更增添了故事的娛樂性與戲劇性，此與新世代受後現代文化影響，對於雅俗之間菁英與大眾界線的泯除，亦有明顯關連，新世代小說正在兼顧嚴肅性與通俗性中，走上輕盈的路線。

創新鮮活的語言

新世代小說的輕盈風格，更鮮明地展現在語言的經營上。「語言」，承載了各語言生成的文化結構與不同的權力交織。新世代作家著眼於此，或正用或誤用，藉由對語言的創新與破壞，展現世代文化差異與對權力結構的反抗。

許榮哲《吉普車少年網交生活》以國中生「我」為敘事者，以台大椰林風情BBS站為背景，又以不同的發文帖做為篇章區隔，一同於張大春《大頭春日記》，都呈現處於青春期的國中少年對校園、社會的不滿情緒，而「吉普車少年」更多了在虛擬的網路空間中的身分重構、人際交往及與現實生活的連結，相較於「大頭春」，其敘事態度也詼諧、輕鬆許多，而在小說中所模擬的網路發帖語法、流行語等，更使該書有了更為輕盈的運作空間。在小說開頭，「我」便開宗明義說道：

致讀者豬君：如果豬君在文章裡發現錯別字，請關一隻眼、閉一隻眼、忍氣吞聲、狐倫吞棗，因為那完・全・是・故・意・的……（作者吉普車少年，牌子小，信用又不好，而且只

有國一的程度）[50]

別字謬誤、錯用成語，都是「故意的」，許榮哲以對文字、用詞成規的叛逆，表現國中生正值青春期對社會成規的反叛。虛擬的網路世界是他可以改變身分、解放真實自我的地方，各種於現實生活中將受到家庭、學校限制的想法與行為，都可在此虛擬空間釋放，也讓青春期的「我」提早感受人的各種情感思緒。

「我」為自己取了「台大吹風男」的暱稱，與網路上「有點寂寞的少女阿雅」交談進而「交往」，當女方將暱稱改成「阿德的阿雅」後「我」的心裡更「確定」了兩人的關係，但當「漂亮的凱蒂貓」與「我」在網路調情後，竟使「我」忍不住進行了第一次的「網交」，這「劈腳」的行為使「我」對「阿雅」有了愧疚感，小說寫道：

另一個原因是我有罪惡感，阿雅對我這麼好，我居然背著她在外面偷情。

這種感覺很像國文老師說過的，朱自清還是徐志摩寫過一篇叫什麼紅蘋果與白蘋果（還是紅血球與白血球？）的小說，內容大意是吃了紅蘋果就想吃白蘋果，不吃白蘋果倒想吃紅

50　許榮哲，《吉普車少年的網交生活》（台北：聯合文學出版社有限公司，二〇〇四），頁四。

蘋果之類的矛盾心情。[51]

「我」將張愛玲的〈紅玫瑰與白玫瑰〉誤植為年代相近的朱自清或徐志摩，無文學造詣的「我」硬要以文學語言描述心中矛盾，是在諷仿國中生熟悉的國文課程教學。同樣諷仿學校課程者，如同班同學黃天勇因在紙條上寫「國民美少女≠死肥婆」，被「有點娘娘腔」的數學老師以為在影射他時，小說寫道：

我是壯好不好，跟肥無關好不好。我們數學老師說。
我是Man好不好，跟婆無關好不好。我們數學老師說。
我們數學老師的口頭禪是「好不好」，一直把「好不好」掛在嘴邊的人，用數學證明地方法來推導就是：因為沒有自信心，所以容易擔心，於是永遠放不開心，由此可證我們數學老師有點小神經，各位同學一定要小心。
沒錯，我們數學老師的綽號就是小神經。[52]

51 許榮哲，《吉普車少年的網交生活》，頁一〇五。
52 許榮哲，《吉普車少年的網交生活》，頁五二。

以數學證明題的的解題方式，為老師的口頭禪做證明等式，這無厘頭的語言同樣是對國中校園生活記憶的謔仿。

《吉普車少年的網交生活》以國中生為視角，將現實與虛擬世界做為人情展演之所，「我」那輕鬆、調皮的敘事態度，以及飛白修辭的使用，使小說語言更符合悠遊網路世界的青春期少年口吻，其小說語言的經營是本書的特色所在。

新世代小說家在語言經營上最具企圖心與潛力者，非楊富閔莫屬。其《花甲男孩》以台南偏鄉為主要背景，以老、病、死為主軸，表現他對鄉下老人的關愛以至對台南土地的熱情，然而，在沉重的題材與議題下，楊富閔以最創新鮮活的語言，將悲劇妝點成喜劇。最堪為代表者，為楊富閔獲得林榮三文學獎小說首獎肯定的〈逼逼〉，該文以「報喪」為主題，因水涼阿嬤認為讀冊阿公將離世，便循傳統習俗返鄉報喪，在文中，「老」、「死」的主題已顯沉重，且讀冊阿公還臨老入花叢，積蓄被大陸女子騙走而瘋癲，更有著偏鄉女性在嚴格的道德規準下的無奈悲情，然而，楊富閔卻以最生猛有力的「水涼阿嬤」形象的塑造，改寫了悲傷的氛圍，也使全文輕盈了起來。在〈逼逼〉一文中，讀冊阿公年少風流，中年後更離家，小說如此寫道：

> 中年阿公棄家而去，整整三十年。紈褲少爺沒有家庭觀念，他是第一代的環島青年，出台南到嘉義梅山，在南投埔里住一陣子，隨後過中橫到花蓮瑞穗，在台東深愛過一個原住民女孩，每到新的地方便標楷字體，寫落落長的信回官田，註明寄錢。水涼阿嬤後來都說：

「十二婆姐，這時袸態態出現好多個，真的是『用心愛台灣』。」……[53]

將阿公的風流往事寫成青年環島，用當代的流行語嫁接到阿公棄家尋愛的過往，阿公那男性的負面形象便有了翻轉，而當阿嬤收到阿公的來信時，僅用「用心愛台灣」此一政治語言來緩解，原本悲情的女性形象有了世故與坦然。再如讀冊阿公被大陸女子拋棄後的瘋癲慘況，楊富閔是如此敘說：

去年讀冊阿公遭劈腿，破大病，這還得說起他暗夜倒在台南市通往安平的民生路邊，類流浪漢，直喊著愛人小名──逼逼。「逼逼說要帶我去遊山玩水、環遊世界。」送進奇美醫院，斷層掃出腸穿孔，大白話說腸子破洞，肚腹劃出一條嘉南大圳，引發糖尿病，鋸一隻腿，從此屎從肚腹出，單隻腳爬不出西庄透天厝，終於不再偷吃。從前風流才華全廢，剩一句，「逼逼說要帶我去遊山玩水。」像詩。逼逼打哪來？又打哪裡去？水涼阿嬤言談更像詩：「死阿陸仔，騙錢騙拐。」……[54]

53 楊富閔，〈逼逼〉，《花甲男孩》，頁四三。
54 楊富閔，〈逼逼〉，《花甲男孩》，頁四一。

此處，既有對語言的破壞與簡省如「類流浪漢」，也有方言夾雜如「破大病」、「死阿陸仔」，其「肚腹劃出一條嘉南大圳」，阿公的病情又連結到身處的土地，阿公與阿嬤的話也都「像詩」，既簡潔又飽富訊息，都讓我們看到楊富閔語言使用的機敏與靈活。而當水涼阿嬤返回佳里娘家報喪，遇到自己的姪孫，發現姪孫怕生相應不理時，小說寫道：

> 對坐無言，九年級顧著on line也不招待，更不怕生，一手點滑鼠、一手啃番薯條，水涼阿嬤碰上這個九年級新台灣之子，下足功夫，三國語言混著說：「恁老爸是阮小弟的兒子，so 你要call me 一聲姑婆。」……[55]

因姪孫為越南新娘所生，此處水涼阿嬤為了與「九年級」的姪孫「溝通」，國、台、英語夾雜的語法，既是祖嬤輩的叮嚀，也是水涼阿嬤生猛跟得上潮流的證明。在《花甲男孩》中的每個篇章，都如同〈逼逼〉般，讓官方中文、方言俚語、網路流行語相互穿插，使原先偏鄉老、病、死的沉重感被沖淡，且鮮活語言的使用者也並不僅是第三代的「我」，第一代的阿公阿嬤對此類雅俗並置且俗擱有力的的語言使用也是小說吸引人之處。

[55] 楊富閔，〈逼逼〉，《花甲男孩》，頁四九。

與楊富閔相同，在語言的創新與對文化權力結構的衝擊有其企圖心的林佑軒，在其《崩麗絲味》中，各種關於同志的小說題材，都在其對語言的營造與衍異中，消解了同志題材的沉重悲情，而有更自由的揮灑空間。林佑軒有數篇小說以軍營中的同志為主題，軍營中追求效率與精準的男性價值，與服從長官、恪遵命令的文化傳統，都與「同志」所代表叛離傳統價值的心靈自由相悖，林佑軒著眼於此，刻意以其文學語言將兩者相扣合，反使「軍中同志」在心靈上更為自由與解放。如其〈就位〉一文，就曾對「位」的概念大發議論，小說寫道：

> 因為，儒家也有「位」的觀念。說穿了，孔夫子的學問不過像椅陣，從大、高、精到小、矮、粗，各就各位。華巖龍椅給天，地，君，親，師。釘板凳條給女子與小人。就大位有大權貴，就小位便得裹小腳，「囝仔人有耳無嘴」。
>
> 爛斃了這。女性主義者，如我，愈讀愈噁。奇的是，宋美零不排斥。入伍前某場街頭運動（好像是，反美麗灣？），他逕扯我衣角，羞澀道，姆，我跟你說，這太政治錯誤，你幫我保密喔。我覺得蔣中正很性感，想跟他尬。我說：這就是你為何叫宋美零。他說也是齁，不過主要是，宋，台語「爽」。美，美妙，美貌，美滿。零，大虛空，空穴沒風，風吹會癢，討幹。

等人就位。像積木，圓的入圓的孔，方的入方的洞。宋美零君子不器，圓的方的棘瓜的蘿蔔的，都歡迎前來就位。[56]

在此，林佑軒由「位」字分析儒家思想中的父權文化，而自稱「女性主義者」，是表現對傳統文化的父權檢視，也代表「我」是屬陰柔氣質的同志，與「宋美零」相同，此處改「玲」為「零」，以想與蔣中正「尬」的軍營男同志來消解掉政治強人時代所強調的遵從領袖、為國犧牲的價值。「宋」與「爽」的跨界諧音，「零」的欲求不滿，以及台灣歷史中的重要人物姓名的衍異，都是這段強人統治台灣歷史的諷刺。最後，以「軍人就位」此一對軍人精準方正的要求，連結到男同志肛交的性行為，對軍營父權文化的反諷更強烈。在該文中，藉由不斷誤寫與衍異的文學語言，使「軍隊」的價值標準被「同志」的露骨情欲給沖淡消解，藉語言解消文化結構中主流的地位，還予邊緣族群解釋與重構自我主體的權力。

再如其以已故男同志找「冥婚」的荒謬故事〈紅CK〉為例，故事中一已有伴侶的男同志朱寶在健身房更衣室長椅上看到折好的紅色CK牌緊身內褲，忍不住伸手去翻時突然衝出一人，求他與已故的大哥冥婚。其伴侶豪謙亦難以拒絕，就讓朱寶將神主牌迎回祭拜。此一荒謬故事亦在林佑軒的語言經營下展現文學價值，如小說中寫道朱寶與豪謙已相伴多年，床上激情漸褪，林佑軒如此敘說：

56 林佑軒，〈就位〉，《崩麗絲味》，頁八五。

且不說枕頭吧，他憶遍天寶年間事也只是個枕頭。而龜頭，豪謙的，好不長進，明明來過很多次了，都還是記不得路。忘性強啊牠。所以豪謙每次都要把牠抵在朱寶的後面，磨。磨啊磨，魔鏡啊魔鏡，告訴我今日是否宜於姊妹磨鏡。豪謙瞪著朱寶精瘦有波的背脊，心中衝個：幹。他持續摩擦朱寶。朱寶則持續趴在枕頭上。幹。他那叢深紅頭髮與身體結實蒼白像條魚晾在那邊。豪謙噴了噴氣：喂，我進去囉。[57]

「枕頭」是記憶枕，代表著每次朱寶頭埋枕頭的趴跪姿千篇一律，再從「枕頭」到「龜頭」，記憶枕記得朱寶的臉型，豪謙的陽具卻「記不得路」，兩相對照。而為了進入朱寶肛門的反覆「磨蹭」，既連結到童話中的「魔鏡」，又連結到女同志的性行為「姊妹磨鏡」。後半部分將男同志伴侶間無激情火花的性愛，如同上朋友家拜訪的形容，讓吾人了解同志性愛亦如同異性戀的性愛，日久失激情，並無不同。此處的語言從粗話罵語到傳統文學、文言使用皆有，雅俗並置的語言，沖淡了小說題材的沉重（冥婚、同志），增添輕盈的閱讀樂趣。

最後，林佑軒的〈崩麗絲味〉一文，更以熱鬧的場面，荒謬的情節，將一群阿公阿嬤丟進了同志圈的「彩虹市集」，男同志的赤身露體、淫言猥語，讓阿公阿嬤瞠目結舌，也激起壓抑已久

[57] 林佑軒，〈紅CK〉，《崩麗絲味》，頁一三〇。

的「熱情」。小說寫道阿公們誤入「腳仔仙」（不男不女、娘娘腔）的酒店，阿嬤們則誤入gay桑拿，當身材精壯的小鮮肉一個個走過阿嬤們面前時，小說寫道：

> 罔腰嬸罵幹，銀鈔姨按讚。罔腰嬸嘴唇震顫眼底偷看，銀鈔姨表情淡漠心中火炭。罔腰嬸想走，銀鈔姨要留。罔腰嬸怒斥這不成體統，銀鈔姨學佛的慈悲心頭。圍小毛巾的男子在恁眼前走來走去。青春底肉體親像土榮恁家每日現宰黑毛豬。秀菊禁不住職業病度量何部位尚蓋新鮮，畢竟土榮全身軀鬆垮贅肉，她眠床上摸到，常以為自己還在肉攤無閑。不行房已久了啊……她嘆。因之見他們如見鬼神的這些少年竟像金神像了。[58]

罔腰姨性格爽朗，髒話罵語代表著表面的抗拒，銀鈔姨不需出聲，卻實際地表現自己對肉體的欲望，再以眼前的年輕精壯男子們對比自己已垂垂老矣的丈夫，豬肉攤的比喻凸顯人的「肉」欲，並不因年齡而有所改變。此中以方言俚語描寫情欲，表現阿嬤們的生猛有力，阿公阿嬤們與男同志的初見面，讓他們看到原先的保守世界之外還有一大片未知又具誘惑力的領域。

林佑軒《崩麗絲味》小說語言最大的特色，在於他刻意將文化的權力結構中的上層者，如國家（軍隊）、傳統（文學、男女授受不親）等，連結到最露骨的同志情欲與肉欲。其雅俗並置的語

[58] 林佑軒，〈崩麗絲味〉，《崩麗絲味》，頁二二四。

言，拉低了文化結構中上層者的位階，使之與不被社會接納的邊緣族群男同志們平等相待，凸顯了新世代小說家對創新語言的企圖心，也呈現了語言經營與輕盈風格之間的連結方式。

第四章

新世代小說常見主題分析

綜觀台灣一九七〇後新世代小說，不論在題材揀擇上、主題呈現上、人物塑造上，多有其重疊相似之處，此與新世代作家成長於相同的政治、經濟、文化環境，也同樣經歷其間的變化，在相同世代感覺結構的影響下，而有了常見的小說主題。以下，從「崩壞」開始，到「自我的分裂」、「家庭的變異」、「少男少女」與「情欲書寫」五個面向做小說的主題分析，也可從此間發現新世代作家試圖於小說中展現的時代共相。

崩壞：從「廢人」到「壞掉的人」

「崩壞」的主題脈絡，可上溯至舞鶴的「無用之人」，在其〈逃兵二哥〉、〈悲傷〉等名作中，「二哥」為對抗國家機器藉制度框限人的自由而不斷逃兵，被憲兵抓到服完刑後服兵役時仍要逃，即使寄人籬下，無法與妻子團聚無法工作生產仍要逃，「逃兵」可說是「二哥」的畢生「志業」；在〈悲傷〉中，「你」與「我」兩條主線於精神病院相遇，兩人逃離病院後「你」倒插於泥沼之中死去，「我」則成了公廁的收費員，終生與屎尿臭味相伴。王德威在對舞鶴的書評中提到：

「努力做個無用的人。」這是一句弔詭的話，卻道盡了舞鶴「餘生」哲學的糾結。現代文明的特徵之一，在於對「用」及「有用」（utility）效能的發皇實踐。……舞鶴所見識到的，是個由黨政機器、軍隊醫院，及縝密教化制度所築成的世界，「男有分，女有歸」。然而他的角色並不完全妥協。「用」與「無用」的判定也許身不由己，但「努力做個無用的人」，卻暗示一種「反抗絕望」的意識選擇，一種「知其可為而不為」的犬儒姿態。由是產生的張力，最為可觀。[1]

舞鶴小說的語言形式，及疏離主體、精神病態的描寫，被視為「本土現代主義」的代表，其「努力」成為「無用之人」的想像，是對現代社會追求規則、效能、績效的抗拒，是一焦慮主體對現實世界絕決的反抗，即使被視之為「無用」，卻反映著主體追尋理想的精神。

楊照曾以「廢人存有論」為題對童偉格《無傷時代》進行分析，因為《無傷時代》中寫道：「母親瞇著眼，對他笑，並沒有對他說什麼。那一刻，他明白自己已經成功說服母親了——在他眼裡，他已經是個無傷無礙的廢人了。他已經被原諒了」[2]，在小說中，不僅「他」嚮往成為一個「廢人」，童偉格將「荒村」做為一消融時間的封閉空間，且「恣意地實驗、嘗試書寫生命的種種

1 王德威，〈拾骨者舞鶴——舞鶴論〉，《跨世紀風華：當代小說二〇家》（台北：麥田出版，二〇〇三），頁三〇七—三〇八。

2 童偉格，《無傷時代》，頁二一三。

敗壞可能」，如楊照所言：

他們的存在，一塌糊塗。他們被荒村鄉土的條件，隔絕在整理存在秩序所需的現代知識與現代概念之外。因而他們弔詭地取得了一種自由，活在一塌糊塗，超越真假、生死、貧富、過去與現在界線的存在中的自由。[3]

童偉格筆下的「廢人」，因處於從物質環境到個人身體有著各種敗壞的「荒村」空間中，時間被消融彷彿靜止，人物們藉著個人的記憶來抵抗時間的流逝，但不斷歧出與覆寫的記憶又使抵抗成為徒勞，因此，成為「廢人」是荒村的環境使然，不同於舞鶴，不需「努力」使自己「無用」，僅需認知自己是「廢人」，便得以超越傷逝感懷的痛楚，取得自由。

從上世紀末舞鶴的「無用之人」，到二十一世紀初新世代作家童偉格筆下的「廢人」，順此脈絡，我們將在近十年的新世代小說中，看到更多「壞掉的人」。新世代小說中常見「崩壞」的同義詞，「壞掉」、「垮掉」、「崩毀」等等，或有人慎重其事，將之視為全書主題甚至書題名稱，或有人輕描淡寫地提及那些走向「崩壞」的角色，「崩壞」總閃現於文本中的字裡行間，新世代作家在此所試圖營構的，是一種專屬於二十一世紀「人」的心靈狀態——因自我主體的脆弱、資訊擴

[3] 楊照，〈序：「廢人」存有論——讀童偉格的《無傷時代》〉，收於童偉格：《無傷時代》，頁八。

增的迅速、價值基礎的鏽毀，壓力與挫折就如同病毒攻陷免疫系統早已下降的人體般，即使一件小事，都可能將導致小說人物從內心到世界的崩塌壞毀。

在朱宥勳的〈壁痂〉中，以「壁癌」隱喻一個家庭被壓抑下來且無法言說的傷口。小時候的「他」喜歡父母在餐桌上談笑時映在牆壁的人影，會以指甲摳出人形，並想像兩個人形也是兩個家人，能夠聽他說話。國小畢業後，母親與父親離婚後離家，「他」與父親同住。十四歲時，第一次發現牆上有壁癌，意味著家庭關係從內裡開始的崩解。十八歲，考上大學整理行李時，父親「在母親離開後，終於第一次進入了他的房間」，看到牆上貼滿「他」女朋友的照片，覺得牆壁怪怪的，開始揭下照片，露出整面潔白的牆，父親繼續以指節敲打牆面，向壁癌的起始位置拍了一掌，粉末散開，「竟然露出一個不規則的封閉曲線。他認得：那是母親的人形」[4]。故事末了，牆上的兩個人形開始崩解，小說寫道：

> 他十八歲。他唯一可以想像的事情是，這一切都像是一種絕症，從裡面開始壞死，掉頭髮般掉漆，然後轟地一聲全部崩掉……[5]

4 朱宥勳，〈壁痂〉，《誤遞》，頁一四九—一五〇。
5 朱宥勳，〈壁痂〉，《誤遞》，頁一五四。

「壁癌」意味著當外表油漆掉落，內裡早已被破壞，最終一個無法支撐建築結構的牆面，將可能在遭受一次搖晃或重擊後就瞬間塌毀。朱宥勳以一在青少年時期失去母親關愛的角色，表現人們可能在看似無甚問題的表相下，可能已隱藏著隨時崩壞的內裡。

在胡淑雯《太陽的血是黑的》中，常提及某人「壞掉了」，如主角小文兒時與父親的互動時寫道：「世界還很乾淨，雨後還有彩虹，我還沒受過教育，爸爸也還沒壞掉」[6]；提到《欲望街車》中的白蘭琪，小說寫道：「即使看了三遍，我依舊搞不清楚，白蘭琪過去究竟發生了什麼事，她是怎麼壞掉的？」[7]，前章提及，胡淑雯在《太陽的血是黑的》中以個人的「創傷」做為全書主題，來自家庭、社會、階級、歷史等所帶來的創傷，最終多使小說角色走向瘋狂，「壞掉」可說是受創傷之人的外在形象。小說寫到小文的母親因思念外婆而發瘋並暴怒毒打小文時，小文說她的母親：「瘋了。瘋了。……她的愛與理智向來緊緊綁在一起，但是這回鬆脫了，垮掉了」[8]，而當小文目睹母親在蜷縮為嬰兒入睡的姿態，並發出嬰兒的哭聲時，小文說：「完了。毀了。遇劫了。我直視至親的瘋狂，知道自己逃不掉了。從今而後，我將與瘋狂建立解不開的親密關係」[9]，如同建築的崩垮，理智的架構無法繼續支撐外來壓力而斷裂壞毀，走向瘋狂是內在「崩壞」的表徵。

6　胡淑雯，《太陽的血是黑的》，頁一四。
7　胡淑雯，《太陽的血是黑的》，頁一一九。
8　胡淑雯，《太陽的血是黑的》，頁二九九。
9　胡淑雯，《太陽的血是黑的》，頁三〇二。

神小風《少女核》中，以同一家庭中關係疏離的姊妹為雙線敘事，在一支線中，姊姊張舒婷帶著妹妹張舒涵離家出走，在外租屋，在另一支線中，則是妹妹張舒涵對姊姊的觀察。《少女核》的角色，有著女性的纖細與青少年的徬徨，加上家庭關係的疏離以及自我認知的脆弱，使她們總是易感易怒，踏在崩潰的危險邊緣，進退不得。如小說中寫到，在聯考的壓力下，張舒婷學校中的人陸續自殺，只有「茉莉姊姊」看似不在乎分數讀自己的課外書，張舒婷注意到茉莉姊姊在閱讀《鱷魚手記》，某天上學時發現該書掉在教室角落被張舒婷撿走，茉莉姊姊向張舒婷詢問時她卻否認，心中認為「只不過是一本書而已，又不是什麼貴重物品。又不會怎麼樣」[10]，結果在聯考結束後卻傳來茉莉姊姊跳樓自殺的消息，認為自己的謊言是使茉莉姊姊自殺的主因，使張舒婷陷於對其謊言的罪咎中，小說寫道：

> 我是那麼渴望成為她，最後卻只能留給她一張那麼虛假的臉。
> 就在那個時候，我知道有什麼東西真正壞掉了，啪的一聲徹底壞掉，在我說謊的瞬間就已經修不好了。
> 留下來的我便成為了一個壞掉的人，繼續長大。[11]

---

10 神小風，《少女核》（台北：寶瓶文化事業有限公司，二〇一〇），頁一四一。
11 神小風，《少女核》，頁一四四。

所以，當聯考放榜後，張舒婷考出高分，原先因學業成績不佳常被拿來與妹妹比較而與父母疏離的她，「完全沒有身為贏家的勝利感，一切已經壞掉了，來不及了。在那之前說不定還有修復的可能，但徹底的壞掉之後就失去了意義……」[12]。張舒婷脆弱的自我明顯表現於她渴望成為他人，「茉莉姊姊」便是她的憧憬之一，當她的謊言直接壓垮了對方，所行小惡便在心中變形成不可饒恕的大惡，吞噬蠶食掉能夠支撐她的框架，「真正壞掉」、「徹底壞掉」，只需「啪的一聲」。但「壞掉」之後的張舒婷，仍在「繼續長大」，仍在等待「修復」，選擇不同自殺方式、在網路虛構身分，離家出走等也表現出「壞掉」的人仍有著能動性，崩壞的是內心，表現於外的，則是各種不符社會期待與規則的行為。

且對張舒婷而言，內在的崩毀，也使她眼中的世界處於樑柱鏽蝕、隨時將塌陷的可能。離家後的她內心仍未修復，小說寫道：「有什麼被啟動了，我聽見倒數計時的聲音在我耳邊響起。不管是走在路上或商店裡，它們在提醒著我，彷彿下一秒整座城市就會爆炸毀壞，那其實非常容易」[13]，且當她發現網路上最能理解她的寂寞的TCFPQ竟然是租屋處的房東，發現與她一起離家出走的「妹妹」僅是她的想像，又被離家後認識的好人於夏發現與憐憫她的精神分裂時，小說寫道：

12 神小風，《少女核》，頁一五〇。
13 神小風，《少女核》，頁一八五。

我轉身往回家的路上跑去，裂縫一直跟在我後面，毫不放棄的追趕著我，我聽見街燈在我身後破裂的聲音，走過去的人一個接一個消失，周圍的房屋開始一吋吋崩壞倒塌，太陽也慢慢暗去了，沒有光，我搞錯了，從一開始就沒有。我已經沒有任何力氣再維持這個世界。[14]

當埋藏於內心的脆弱被外人揭開時，崩解塌陷就從內心擴延到外在所見世界，一個以為離家出走就可以建立的新人生，宣告無力維持。在《少女核》中，神小風更把那可摧毀個人認知世界的關鍵，想像成一個按鈕，張舒婷在外租屋時，便在房間中發現一個突起物，被稱為「ㄏㄜˊ」，只要按壓下去房間就會爆炸崩毀，且不僅是房間，神小風筆下的青春期少女內心亦有個想像的「ㄏㄜˊ」，當茉莉學姐因為遺失一本書而自殺，小說寫到張舒婷的內心想法：

我迷迷糊糊想著，她的「ㄏㄜˊ」不見了，即使她確實的又出現在我面前，但那仍舊不是她，是不是她已經按下那顆心之後，爆炸了呢？

[14] 神小風，《少女核》，頁二二二。

或許，最後按下那個「ㄏㄜˊ」的人，是我。[15]

至此，我們可以理解，書名「少女核」中，「核」是核心，是關鍵，但卻也代表著可以輕易摧毀世界的微小事物，且同時也反映了少女內心的脆弱易感，以及現實世界的價值體系隨時都處於崩塌的危機中。

黃崇凱《壞掉的人》於其角色設定中，更明確地指向價值體系崩解的危機。小說中三個主要角色尼歐、崔妮蒂與阿威，都是人文社會學科的高材生，尼歐就讀社會學研究所，崔妮蒂與阿威同為就讀歷史研究所博士班的研究生，不論是社會學或歷史學，都代表著對人文根基、價值體系的深入理解，但表現於外者，卻是由無所適從到無所事事。尼歐為全職家教，並不求穩定工作，家中有取名為「珍妮佛」的充氣娃娃，而個人的肉體經驗，竟多來自學生家長，「他不免感到敗德」，卻也隨性欲而走，在崔妮蒂與阿威身邊時，常感嘆自己的頹廢生活，「他覺得自己是落後的失敗組，瀕臨被社會淘汰的邊緣」[16]；崔妮蒂隨著年紀漸增，對成為歷史學者的學術之路感到更多茫然，母親僅會來電向她索取金錢零花，所以奶奶過世後她對自己的家也無眷戀，且其寒暑假的「打工」，竟是到偏遠鄉鎮的紅燈區當妓女，小說寫到崔妮蒂在妓女戶看到年輕美眉時心中的感嘆：「她在內

15 神小風，《少女核》，頁一五一。
16 黃崇凱，《壞掉的人》，頁一四二。

心默唸著，妳們這些幼稚的小馬子唷，大姊姊我的身體正在爛掉腦子也因為塞了太多這些東西在慢慢壞掉喔……」[17]；阿威則是在進入歷史研究所博士班就讀後便暗戀學姊崔妮蒂，認為她代表著美麗、知性與智慧，可說是他的人生憧憬，可是當他暑假返鄉在自己的鄉鎮發現學姊竟在妓女戶賣淫時，他惱怒近乎崩潰，說道：「這真是太不公平了。我正正當當喜歡這樣一個女生，卻要知道她是誰都可以上的娼妓」[18]，當心中的女神淪為娼妓時，他也開始背離社會的規範，對學姊進行跟蹤、監視，潛進學姊住宿處自慰，「反正，我的確是個癡漢，我想進入學姊可能已經鬆弛的陰道，如此而已」[19]。在此，黃崇凱所描繪的「壞掉的人」，並不同於神小風《少女核》中人從內心到世界的爆炸崩毀，也無胡淑雯《太陽的血是黑的》中的引人走向瘋狂的創傷，而是因面對未來的茫然而頹廢，因理想幻滅而嘗試墮落，但他們的內心並未完全瓦解，如高翊峰所言：「什麼狠狠的，壞掉了麼？不，只是活得徒勞之後，人廢了。僅只如此」[20]，所以，當阿威戴上歐巴馬的面具潛入崔妮蒂家中綁架她，質問她為何賣淫並爭吵後，學姊脫下衣服阿威卻賞她耳光後離開。後來學姊知道是阿威所為並質問阿威時，阿威說道：

17 黃崇凱，《壞掉的人》，頁四三—四四。
18 黃崇凱，《壞掉的人》，頁六二。
19 黃崇凱，《壞掉的人》，頁八三。
20 高翊峰，〈代跋：廢置身分等待愛〉，收於黃崇凱：《壞掉的人》，頁二〇〇。

「其實我在回宿舍的路上一直有種劫後餘生的感覺。我的確犯了罪可是我本來想的是更天理不容的滔天罪惡。……綁好妳那一刻，聽到哭聲，我瞬間明白自己根本就不是能墮落敗壞那塊料。我這種人犯不下什麼了不起的罪，只配苟活在世上。」[21]

一個「壞掉的人」承認自己「不是能墮落敗壞的那塊料」，「苟活」，就是阿威等三人在擁有高學歷卻無法彰顯個人價值後選擇墮落的方式，尼歐停留在全職家教而不思進取，崔妮蒂在偏鄉紅燈區作賤自己，阿威放任自己成為跟蹤癡漢，都是他們在對社會與自己失望後的選擇，無力向上、放棄向上，就是「壞掉」了，由此也可見新世代作家對於「崩壞」的詮釋並不完全相同。

顏忠賢於羅浥薇薇《騎士》的推薦序文中，以「壞掉娃娃的最華麗版本」為題，故事中敘事者「我」遠赴倫敦留學後，她的種族與同志身分，及「我」內心不願流於世俗的自我追尋，使她漸漸走向傳統文化眼中離經叛道的路線，如在二十九歲生日之後，送給自己一個光頭做為生日禮物，且不再跟同一個人睡第二次，在那以藝術、多元性別結合的無政府派對中，放縱自己的情欲，蔑視世俗目光，然該書亦如第二章的討論，「我」的行為看似自由解放，卻是在掩蓋她內心的孤獨與自卑，所以「我」的「壞掉」，是藉由異國環境解放在台灣的內在壓抑，但她心中仍保有對愛情、人道價值的憧憬，與神小風筆下少女的「崩壞」相較，也是不同的「壞掉娃娃」。

---

21 黃崇凱，《壞掉的人》，頁一二八。

總結上述，從舞鶴的「無用之人」起始，人物選擇走向頹廢、無用，是對資本主義功利社會的不屑，及對傳統價值的反叛；童偉格則將「廢人」做為筆下人物「憧憬」的目標，希望能在成為「無傷無礙的廢人」後，超脫時間的流逝與記憶的消融，在荒村中享有更大的自由。近年來，「崩壞」一詞則普遍出現於新世代小說的文本中，是對於資訊更替迅速、傳統價值無力支撐的當今社會的反映，小說或以青春期少女的脆弱易感，或是高學歷研究生對未來的茫然，或以個人的創傷經驗無法言說等，做為其「崩壞」的理由，表現於外，從頹廢無用到離經叛道甚至是走向瘋狂，雖有程度上的不同，但都是因為內心與外在無力支撐「正常」的狀態才走向崩毀。有趣的是，新世代作家筆下的「崩壞」，多是個人的選擇，《少女核》中的張舒婷，在家庭與聯考，以及對學姊自殺的罪疚感的多重壓力下，選擇逃避至虛擬空間，離家出走與想像的妹妹共同生活，《騎士》中「我」改變外在形貌及放縱情欲，以實行對過往女同志受歧視與壓抑的報復，《壞掉的人》中的三個角色，他們的頹廢與荒唐，也是表現對台灣社會忽視人文學科的不滿，一同於舞鶴「努力做個無用之人」，他們也在「努力」放任自己「做個崩壞之人」，反映看似「正常」的社會早已如「壁癌」般，從內裡開始崩解。也因此，「崩壞」一詞在新世代小說中看似對人物的常見描繪，卻是在藉由人物的選擇反映當今社會已處於隨時可能崩解的危險狀態，是新世代小說家對身處環境的共同感受，也是真誠的警示。

網路：「自我」的分裂

實則，新世代小說中常見的「崩壞」主題，與網路科技的發達亦息息相關。九〇年代開始普及的網際網路，使一九七〇後出生的新世代作家至少在大學時代便遭遇網路所翻轉的世界觀，溝通媒介的轉變所影響的不只是生活本身，更是看待自我的方式。

隨著BBS的普及，一種以「暱稱」為個人「ID」的網路參與方式產生，在某站台註冊新帳號後，帳號視同個人身分，帳號所代換的不只是真實姓名，更可能是個人的真實年齡、性別、學歷、經歷，一個新帳號等同於新身分，更可等同於新人生。前述神小風《少女核》中，姊姊張舒婷在離家出走後，對想像中的妹妹說「那麼舒涵，妳幫我取名字吧」，小說寫道：

> 我想我該有一個名字，這樣才能真正覺得要在這裡生活了，一個感覺可以重新開始的名字，被稱呼了以後，彷彿就可以從此過著幸福快樂的生活。我極度需要那樣一個名字。[22]

22　神小風，《少女核》，頁八四。

「名字」可說是新世代小說最常見的主題，在《少女核》中，對「名字」可以更易「人生」的想像，便是來自於網路。姊姊張舒婷對妹妹張舒涵總帶有嫉妒的情緒，常為了枝微末節的小事而感到憤恨，聯考後更變本加厲，不斷以不同的拙劣自殺方式抗拒上大學，直到入學登記截止失去入學資格後，張舒婷才停止自殺，關在房內變成安靜的人，妹妹張舒涵趁姊姊不注意時在她的電腦安裝了監控程式，才發現姊姊表面的平靜來自於她熱中在網路中虛構變換各種不同的身分進入相同的聊天室聊天，「那是她所發現姊姊的奇妙能力，虛構」，姊姊的行為讓妹妹產生疑惑，小說寫道：

她從虛構裡學到了一件事情，就是「名字」或「暱稱」。是不是叫做不一樣的名字，就會變成另一個人？[23]

藉由不同的身分在虛擬空間發言，以不同帳號虛構不同的人生，以之抵抗青春期少女所面對的外界壓力與內在騷動，少女的「奇妙能力」，是在網路的虛擬空間中找到可以對真實世界進行微弱抵抗的方式，然而，以「虛構」來抵抗最終所換得的，可能僅是更漫長的封閉與自溺。神小風在此所表現的，是當代青少年自我認知的脆弱，網路所提供得以「成為他人」的魔術，也僅能在虛擬空

[23] 神小風，《少女核》，頁一一四。

間成立，若無法清楚地出入虛擬與真實的空間，內在的脆弱將如張舒婷般，僅輕觸「ㄏㄜˊ」，就能讓世界崩毀，自我崩壞。

同樣的題材出現在吳億偉的〈名字〉中，該篇小說寫於一九九九年，網際網路已介入年輕人的生活。故事以一在期待中出生的金孫經過漫長的家族會議後，取了「吳名字」這古怪的名字，「吳名字」即「無名字」，使吳名字「在成長過程中，覺得被一股失落感糾纏，彷彿是身體缺了一角，肢體不完全」[24]，有天發現塵封已久的電話本，他感覺「生命中忽然擁有了許多名字」，小說寫道：

> 他從未在任何一本電話本上看過自己的名字，剛開始心理挺難過的，就像是愛人從來沒有將他的名字放在心上一樣，但他突然覺得自己是空白的，如同不存在一般，自己的形象就像捏黏土般可以任意塑造。於是，他開始扮演多種角色，給自己不同名字，每天都有不同身分，今天想姓王就姓王，想當女人就當女人，想來個勁爆的名字就來個勁爆的名字……[25]

在此，吳億偉同樣演繹著網路世代在虛擬空間中虛構身分的行為，只是電話本上的身分虛構僅

24 吳億偉，〈名字〉，《芭樂人生》，頁一三三。
25 吳億偉，〈名字〉，《芭樂人生》，頁一三五。

能是自己的封閉想像，所以當BBS進入吳名字的人生後，「吳名字頓時覺得躺在書櫃上的名字都死掉了」，之前的行為僅是「自欺欺人」，且在BBS上使用大量的「暱稱」來為自己取名，小說寫道：

> 比起從電話本中挑選名字，他更喜歡也更愛惜他所創造的名字，所有名字的形象都是在腦中成形，通過神經傳送，由指頭瀉出，啪啦烙在螢幕上。這樣的行為使他覺得自己正在挑戰某些未曾擁有過的權力，他可以決定自己是誰，別人要怎麼稱呼它，甚至哪天心情差，空白著螢幕，成為名副其實的「無名字」。[26]

吳名字從電話本到網路，苦苦追尋的名字，是在追尋對「自我」的定義，網路以帳號暱稱相互辨識，也讓他「可以決定自己是誰」，就如同《少女核》的張舒婷，以虛擬空間的虛構人生做為對抗現實世界的方式。然而，在虛擬空間中虛構，僅能是一種耽溺。當吳名字在新生入學榜單上看到「尤信茗」的名字時，開始想像這個女生將是自己的真命天女，因為她「有姓名」，「沒人知道他迷戀她，他不知道信茗真正的長相」。到他三十歲後，仍一事無成，兒子出生後，請「大師」幫他取了個好名，沒想到一場車禍帶走了他兒子，兒子「長壽命」的名字並沒有起到作用。故事最後，

---

[26] 吳億偉，〈名字〉，《芭樂人生》，頁一三七。

小說寫道：

> 風吹著樹葉沙沙作響，在落淚之前，他決定了一件事，死後，他不要讓任何符號占據他的墓碑，不讓文字羈絆他的永眠，也不允許在墓碑上刻上任何名字，就算連自己的也一樣。符號是虛幻的，他相信他那擁有空白墓碑的墓塋，將在荒煙漫草的墓園中，成為最醒目的一塚。[27]

一輩子追尋「名字」，認為「名字」將決定人生的他，卻在現實中遇到最大的挫敗，吳名字體認到「名字」僅是「符號」，唯有跳脫符號框架，才能解脫出真實的自己。不同於《少女核》不願改變的自溺，吳名字的自省是吳億偉對藉由「名字」或「暱稱」來試圖虛構新人生的耽溺行為的反諷，唯有肯認自我，才可抗拒虛幻符號對自我的侵蝕。

同樣的，楊富閔〈我的名字叫陳哲斌〉也以「名字」為主題，在《花甲男孩》中，楊富閔多以台南偏鄉為空間，以祖孫兩代（第二代缺席）相依為命的題材，寫出楊富閔對台南土地的關懷。〈我的名字叫陳哲斌〉中，陳哲斌與其祖母張痛於台南官田的三合院中共同生活，但陳哲斌總無法「確定」自己的名字，小說寫道：「新台灣之子陳哲斌直到上了國小才知道他叫陳哲斌，畢竟出生到現在張痛每天都有新名字，比如：陳明惠幫阿嬤把神明廳的燈火點亮喔、陳君毅門口那些菱

---

27 吳億偉，〈名字〉，《芭樂人生》，頁一四九。

角去收一收呀。張痛像命理居士，腦袋總能翻出新名字……」[28]，之所以如此，是因陳哲斌的祖父在二二八事件時被殺，張痛「疑神疑鬼總以為自己被監聽，她話愈來愈少，甚至拒絕直呼親人的名」[29]，張痛原與兒子黑仔相依為命，黑仔有智能障礙，張痛替她找了越南新娘阮素嬌，阮素嬌生了陳哲斌後，黑仔溺斃，張痛請阮素嬌回越南，「中年張痛的祖孫生活於焉展開」。陳哲斌就學後，英文老師替陳哲斌取了BEN的英文名，陳哲斌自稱「阿邊」，當張痛以不同名字呼喚陳哲斌時，陳哲斌總以「我是阿邊」來糾正張痛，張痛被糾正後厲罵痛打陳哲斌，陳哲斌只好說：「阿嬤對不起，我不是阿邊，我只想當阿嬤的孫子」，陳哲斌失去一次擁有自己「名字」的機會，也代表著自我的確認又一次被打破。陳哲斌在校時，同學分享以MSN溝通的樂趣，稍長後陳哲斌買電腦上網，加入了網路的虛擬空間，小說寫道：

> 陳哲斌小學時代，同學口中談論的那個網路花花世界，什麼都有。陳哲斌總想像著那個世界：「一定會有我。」便會是國際漫遊，陳哲斌不可自拔地參與各個論壇，上遍各大BBS，他擁有三十個帳號、二十個部落格、十二本相簿。在網路自稱陳大同、陳亮為、陳博證、陳傑儒、陳凱強、陳東評、陳彬順……他太愛視訊，自拍，像是沒看過自己的臉，

28 楊富閔，〈我的名字叫陳哲斌〉，《花甲男孩》，頁一三一。

29 楊富閔，〈我的名字叫陳哲斌〉，《花甲男孩》，頁一三〇。

MSN顯示圖片，放張自己對著浴室玻璃露出剛練的肌肉，或搗嘴露出滾圓雙眼的照片。他網友無數，好巧的都叫做陳照應，陳哲斌也不覺奇怪，對於冒名的生活，他，並不陌生，名字太多向來不造成他的困擾。[30]

與吳名字相同，當網路賦予他「決定自己名字」的權力時，以大量不同名字想像各種不同人生，以彌補過去「無名字」的無奈，然而現實的殘酷不因虛構而改變，「『封閉是我的家，我的人。』」陳哲斌雖說網路世界走跳有成，但他更清楚察覺沒有邊際的世界更讓人孤獨。當他回到這個更大的現實世界，有圍牆築起的三合院。他幾乎不能和人相處，奔跑在河堤上大口喝水，吐」[31]。陳哲斌於網路「揪團」為家中祀拜的清水祖師祝壽，一場電音派對在三合院中舉辦，眾人如起乩般脫衣狂歡，沒人發現電線走火，造成三十四人喪生，三合院也倒塌。小說結尾寫道：

少年陳哲斌，上新聞，被判刑，關幾年。當年這場火燒掉了三十四條人命，陳哲斌都不認識，警察問他：「他們是誰。」陳哲斌搖頭。警察再問：「那你叫什麼名字？」陳哲斌沉住氣，心中非常安慰，一股暖流淌在他的胸口，流過他心中的本土，和阿嬤相守三合院的十

30 楊富閔，〈我的名字叫陳哲斌〉，《花甲男孩》，頁一四五—一四六。
31 楊富閔，〈我的名字叫陳哲斌〉，《花甲男孩》，頁一四九。

多年時光，每個畫面影片般在他腦葉依序播放……

他依稀聞到了檀香味，誰來了？

這是第一次，有信心，而且覺得很有意義，厚實，充滿內容。

他清楚地告訴員警，告訴這土地、這世界說：「我叫做陳哲斌。」[32]

故事中的三合院，代表著承載陳哲斌與張痛祖孫二人痛苦記憶之處，清水祖師陳昭應，則如同看顧陳哲斌一家，也最理解陳哲斌家族歷史傷痛的神明，陳哲斌在網路上與假想的「陳昭應」對話，就是在向心中壓抑以至遺忘的家族悲情史對話，當陳哲斌選擇將清水祖師丟入火堆，與三合院一起燒光時，代表著陳哲斌向過去的道別，所以當警察問陳哲斌的名字時，陳哲斌的信心來自於對自我的肯認，也代表對土地的認同。當陳哲斌服滿刑期後，回到官田時說道：「阿嬤，我終於回來了，而且我要在這裡，蓋起新的高樓大廈，因為，這才是我的本土」[33]，小說以整體倒敘的時間序列，將「本土」與「名字」相扣合，確認自己名字的同時，也確認自己的本土，這就是〈我的名字叫陳哲斌〉的主旨所在，比起吳名字對虛幻符號的拋棄，陳哲斌更多了一份把握與堅持。

32 楊富閔，〈我的名字叫陳哲斌〉，《花甲男孩》，頁一五四——一五五。

33 楊富閔，〈我的名字叫陳哲斌〉，《花甲男孩》，頁一二八。

以「名字」為主題的新世代小說，多將「網路」做為脆弱自我在洪水中所能抓到的浮木，表現青少年自我主體建立時所受虛擬網路空間的誘引，卻反使在現實世界所遇到挫折更加無以承受。陳思宏《態度》是以「馬戲團」為題材的奇情小說，其中雖沒有關於網路的書寫，卻也同樣將「名字」與「自我」的關係，做為故事的重心所在。主角「壁虎」與馬戲團逐觀眾而居，不論是在台灣的巡迴或是跨國界的表演，不斷移動的空間映襯主角難以確認自我的成長歷程，使小說成為當代人的心靈寓言。

《態度》一書分為「壁虎態度」及「屁股態度」二章，在「壁虎態度」中，主角因背後形似壁虎的胎記，被稱為「壁虎」，父親帶壁虎加入「達芬奇馬戲團」，不願別人知道他們的父子關係，要求壁虎稱他為「師傅」。隨著劇情的開展，壁虎發現自己母親的自殺是因父親「虎爺」而起，要對父親「報復」或「報恩」？壁虎的兩難也代表著他對自我的不確認，但當父親將壁虎的愛人塔提亞娜的安全鋼絲破壞使她死於表演中時，背上的壁虎胎記彷彿脫離他的身體並爬至面前與他對望，小說以壁虎的肉食性本能做為主角復仇的隱喻，但當主角終於找到逃跑的父親時，看著「多了許多皺紋，肚子油肥，嘴唇中毒似的胖厚」的父親，主角選擇不殺父親並轉身離開，想像中的壁虎聲音對主角說「你不殺了他啊？」，小說寫道：

我不用殺他，對我來說，他已經死了。
我要殺你。

我要變形。為了變形，我不能繼續當壁虎。我是什麼？我會變成什麼？我此刻不知道，但是，我知道我必須殺了你。[34]

在此，「變形」做為一種告別，殺了壁虎是切斷過往人生歷史的方法，「身旁和我對話的壁虎，已經消失不見了。牠死了。我死了。我再也不是壁虎了」[35]，從此，「壁虎」這個「名字」被主角取消，同樣是將「名字」與「人生」聯繫起來，參與歐洲「彩虹馬戲團」面試的他，「十六小時的飛行之後。我聽不到自己的聲音。我聞不到自己的味道。行李喀啦喀啦喀啦。我記得逃脫。不記得自己。我忘了自己的名字」[36]，以「取消」自己的「名字」做為告別成長環境、悲慘身世的方法，以壁虎的諧音為自己取名「屁股」，是告別過去的復仇本能，選擇以不堪的面目苟活，在彩虹馬戲團中，主角與「哥哥」皮耶熟悉後，小說寫道：

我愛過一個我失去的女孩。我愛過一個在這個旅程當中缺席的女孩。

皮耶見我安靜不答，給我添了新茶：「愛過的人，才能像你這麼悲傷吧。你為什麼決定一個人離開台灣，到一個完全陌生的地方？」

34 陳思宏，《態度》，頁一五一。
35 陳思宏，《態度》，頁一五二。
36 陳思宏，《態度》，頁一五五。

我不知道。
我在尋找。
我要尋找，一個屬於我的地方，一個家，一個新身分，一個早已不在的女孩。[37]

「屁股」是主角的新身分，彩虹馬戲團是他的新家，此時的主角，仍在「尋找」，尋找一個可以確認的自我。然而，隨著劇情的推演，必須和皮耶在舞台上如一對戀人般共舞軟骨表演的主角，發現自己竟真的愛上皮耶，主角性傾向的流動在此同樣隱喻不穩固的自我，因嫉妒皮耶女友，選擇墮落的他，與皮耶的弟弟一同沉淪於毒品與性中。馬戲團解散後，主角在歐洲不同國家的中式餐廳打工，小說寫道：

在每個人的眼中，我是一個沒有過去的人。我沒有家人，沒有伴侶，沒有朋友，像是某個時空亂序，不小心一個切片被甩到這個時間點上，我從切片掙脫而出，忘了我來自哪一塊時空，名字也跟著時間亂烘烘的時間跑到另外一個時間點去了。[38]

[37] 陳思宏，《態度》，頁一六八。
[38] 陳思宏，《態度》，頁二二九。

居無定所，拋棄過去，沒有名字，同樣隱喻著背負不堪身世與人生經歷的自己面對自我的不確定感。在尼斯巧遇台灣來的馬戲團，被認出曾是馬戲團表演者的過往後，主角不幸愛滋病發，父親與母親來探視他，在病床前向主角致歉，主角也在此解脫所有人生過往的悲傷與憤恨。《態度》一書將當代人對「自我」認知的脆弱以瑰麗奇詭的想像書寫出來，主角渴望藉由「名字」的改變來告別與重生，正如投向網路世界以帳號暱稱虛構新身分與新人生般皆未能如己所願，最終唯有確認自我，才能徹底與世界和解。

「確認自我」的主題一直是小說中常見的題材，唯有自我主體確立，才能邁向真正的成熟，而一九七〇後新世代作家關於「自我」的主題，多與其成長於網路社會有關，故多以虛擬空間中得以虛構新身分，以渴求人生「重來」來抵抗現實世界的壓力與挫折，但虛擬空間中的虛構，多只是幻夢一場。在黃麗群〈入夢者〉中，便以「夢」為題，寫一個在現實世界中受盡挫折的人如何因網路而做了一場「好夢」的故事。

在〈入夢者〉中，主角「他」在外貌上不具吸引力，與異性交往上多受挫折，「決定了他日後的藺居性格」，且到三十一歲時，仍「獨居，過重，速食店店員，髮質異常鬈曲，運氣通常不好，已經不長青春痘但臉上全是痘疤」的他，在網路的交友網站上登錄資料將近一年，才收到第一封女孩的來信。他與女孩開始固定的書信往來，也隨著時間的過去，他愈加確定這是與他心靈契合的完美女孩，有趣的是，「大概是因為向來有避開任何反射表面的習慣，所以，他是最後一個意識到異變的人」，所謂「異變」，指的是他開始變瘦、變高，五官也更加精緻，在外貌上充滿著異性吸引力，「他知道是她。現實在女孩出現後開始變形」，逐漸找回自信的他，「美是階級，肉身是兵器，他穿越城市中一層一層視線時，知道自己成了統治者」[39]，終於有了與網路上的完美女孩見面的信心。然而，謎底揭曉，當他發出對女孩的邀約後，在夜間夢中驚醒的他，才知道自己正在回覆自己的邀約留言，小說寫道：

他不知道這算人格分裂還是夢遊症還是什麼病，唯一確定的是，他工作時精神不集中而且身體消瘦的原因不是愛情，而是睡不好——從他深眠後莫名其妙起身、走到客廳、打開電腦、到hotmail與交友網站各註冊了一個身分、寫信跟自己說「我們應該很聊得來喔」、再回到床上、然後醒來什麼都不記得了的那一天開始，有整整一百一十三天，他每天原本七小時的睡眠只剩下被截斷的四小時，怎麼可能睡得好呢？[40]

原來將他從挫折深淵拉出來的完美女孩，是他在網路上所創造的新身分，不同於前述小說在網路虛構新身分是主角意識的選擇，〈入夢者〉的「他」創造新的女孩，是長久壓抑於潛意識中對與異性交往的渴望，使自己進入原先只能在夢中實現的美好場景，且這虛擬空間的虛構竟反諷地翻轉

39 黃麗群，〈入夢者〉，《海邊的房間》（台北：聯合文學出版社股份有限公司，二〇一二），頁六二。
40 黃麗群，〈入夢者〉，《海邊的房間》，頁六五。

了現實世界。然而，在現實世界發現真實原因的他，又被長期以來的現實挫折拉回原樣，所以，他的外貌恢復，從「統治者」返回「弱勢者」，新身分的創造終歸只能是一場徒然。

「自我」的追尋與肯認，是小說的永恆主題，在資本主義掛帥、消費文化籠罩、價值不易成形、意義已然消解的時代，「自我」的確認，更在網路的誘惑下，使人選擇以虛構的自我來逃離現實，新世代小說家身處如此的時代環境，以「自我」、「名字」、「虛構」、「重來」等為主題撰寫小說，便是在反映時代的變貌。伊格言的《噬夢人》以偽百科全書式的資料堆疊，建構龐大的未來世界，人類與生化人組織的長期對抗，是人類害怕生化人奪走其做為最高端生物的資格，一連串的間諜行動及科幻、推理的結合，使小說精彩紛呈。而該書最重要的核心主旨，是在主角身為一「雙面背叛者」所展開的追尋與肯認自我的過程。不同於新世代習以網路社會為主要背景，伊格言將場景定於二十三世紀，以科幻未來做為主角尋覓自我的巨大空間。在《噬夢人》的想像中，未來將出現「機器人」及「生化人」（生化複製人），但憲法明確保障人類為唯一優先物種之權利，部分生化人組成解放組織，爭取生化人的權力，人類政府則以對生化人的各種篩檢測試方法（DSM神經電位人格分析測驗法、夢的邏輯方程篩檢法、水蛭試劑法）防止生化人混淆於人類中，人類聯邦政府下的國家情報總署「第七封印」與生化人解放組織間處於緊張關係，主角K時任技術標準局局長，當時最具測試效果的水蛭試劑法便是由K所研發。然而K卻並非人類，他是「被遺棄的生化人」，對K而言，自己究竟該歸屬於人類或生化人，是糾纏他心志最核心的問題。小說寫道：「K在漫長的情報生涯中之中，K其實始終未曾真正了解自己的身分……最初的時候，K原本以為，只有『決定成為誰』的問題。沒有『原來是誰』的問題。只有促使那決定浮現的『意志』的問題。沒有『本質上』歸屬於何種族類的問題。只有『意志身分』。沒有『本質身分』」[41]，對K而言，「成為人類」是他的意志選擇，大於他「本質」是生化人的事實，如小說所言：

> 他將會成為一個**真實的人**。終究。
>
> 然而，卻也不太像是一個多麼強烈而急迫的願望。那感覺也並不像是「下了決心」。那其間的意志的凝聚——如若真有所謂「凝聚」——也缺乏任何遲疑、徬徨、擦撞或轉向的痕跡。在那個奇異的瞬刻，K僅僅是突然領悟，即使身為一位被莫名遺棄的生化人（或許他正是一夢境植入失敗，但不知為何卻並未被按程序銷毀的個案？一個瑕疵品？），那並不妨礙他成為真正的人類。而他，自此而始，並會一步步地走向他此刻所預見的，那個嶄新的身分與未來……
>
> 一個偽造的身世。一個贋品般的人生……[42]

K對成為「真實的人」的想望，同樣是為了「嶄新的身分與未來」，一種對新身分新人生的

41 伊格言，《噬夢人》（台北：聯合文學出版社股份有限公司，二〇一〇），頁六九。
42 伊格言，《噬夢人》，頁八二。

渴求，一同於在網路中尋求重生的人們，明知是「偽造」，即使只是「贗品」，都認為那將改變現狀。但隨著劇情推演，K負責審訊一叛逃的情報員後，K開始主動將某些重要情報交給生解，成為雙面間諜，「K同時隸屬於兩方陣營。K同時又不隸屬於任何陣營」，且當K成功研發水蛭試劑法後，又等於背叛了生解，「背叛者。面目模糊之人。事實上，甚至連K自己也無從確定，那是否正是K此刻的意志身分」[43]，小說的情節正是如此將K推至自我已模糊難辨的境地。在《噬夢人》中，K對自我的確認在「意志」上，雖明確地向人類靠攏，然而此「意志」卻也是薄弱且難以固定的。K奉命審訊情報員時，K曾本能地抗拒審訊，小說寫道：

他害怕那些可能與他自己的「意志身分」相抵觸的「其他意志」。他害怕再次回到自己莫名被遺棄的、意識浮現的那一刻。……他可能變得更殘忍；或相反，更脆弱善感。或甚至兼而有之。那可能使他長期以來以中樞神經為媒介而細心豢養的，如現代主義建築般規格精密的完整人格，自壁板與樓層之間、自管線與氣道之間、自某些陷落於其內裡的隱密不可見處，開始滲漏蝕毀，而終至於軟化、崩解，宛若流質，面目難辨……[44]

43 伊格言，《噬夢人》，頁一二九。
44 伊格言，《噬夢人》，頁一一二。

此處隱喻著當代人自我的脆弱，如同一原本精密建築的空間，開始從裂縫、管道鏽蝕滲漏，最終崩塌，一如前述因無以確認自我而走向內心世界的崩解毀壞的當代人心靈困境。

小說中，K因神祕人物的警告（第七封印即將對所有人員進行水蛭試劑法全面清查），破壞水蛭試劑未果並與生解直接接觸後，K的身世也逐漸明朗，原來，K並非「被遺棄」的生化人，而是生解組織中部分人員希望以K做為實驗原型而製造的「第三種人」。生解人員Cassandra在成功盜取人類對生化人「夢境植入」的方法後，於人類的生化人工廠隨機選取一製造中的生化人並植入被稱為「佛洛依德之夢」的「實驗夢境」，使K於初生之時，便不知道自己的製造廠與歸屬處，而該間諜計畫被稱為「創始者佛洛依德」。小組成員自K誕生後便開始進行長期觀察，因他們相信「人類總是用『生化人情感淡薄』作為歧視生化人的理由之一；而這樣的論述，蘊含著『生化人的種性特徵必然如此，無法改變』的預設立場。然而，只要我們的『佛洛依德之夢』能夠創造出第三種人——或許，具有與人類相當、甚至超越人類的情感能力的第三種人；那麼那樣的預設立場也就不攻自破了……」[45]，此目的也使他們自私地製造、監視、控制K的人生。此道德的曖昧性使Cassandra思考計畫的正當性而試圖中止計畫，並預立遺囑給好友M，以「背叛者拉岡」計畫，假造情報使生解高層無法清楚掌握K的確實身分與未來動向，在K被迫叛逃後依線索指引找到神祕人物M給他的書信，才知M是K的創造者，M在書信中說明原委後K再依線索找到「背叛者拉岡二組」及詐死後

[45] 伊格言，《噬夢人》，頁三五八。

變性的Cassandra，Cassandra再說明他們如何運用K的「瀕死經驗」重製了K的十三種人生。

在《噬夢人》中，伊格言以大量的偽資料說明人類與生化人間如何以篩檢方法區分，其對於夢的解析，敘事分析，拼貼革命等都指向一探索「自我」的方法，前述引人入勝的「尋回自我」的情節，再加上對佛洛依德、拉岡等的精神分析學說及相關對自我理解的理論引用與延伸，都使本書對「自我」的討論與想像更為全面。

在「背叛者拉岡」留給K的線索中，一部名為《無限哀愁：Eros引退・最終回》的A片中，女優Eros在一不合邏輯的情節中介紹其畫作，在看似怪誕血腥的畫面中，Eros引用拉岡的精神分析學說，說明人類的「自我」如何自嬰兒時期的破碎至「自我的形成」的過程，並以「鏡像階段」說明人「建構自我」的過程，且Eros訪談中提到：「……我想說的是，『自我』原本並不存在。它面目模糊、又缺乏穩定的結構；它僅僅來自於周遭的渾沌與虛空。而在這樣的狀態之下逐步產生的自我，當然也不可能具有穩定的結構。……事實上，我相信，這幾乎便是人類所有恐懼、欲望與痛苦的根源……」[46]，談及「自我」的不穩定性及人追尋「自我」背後的恐懼與痛苦，也為K「尋回自我」的終歸徒勞埋下伏筆。

在Cassandra等人製造了K後，將K視為實驗體，除了以拉岡的鏡像階段理論對K植入夢境使他能夠「建構自我」外，更運用小說中由Daedalus Zheng博士於二〇四五年所提出的「逆鏡像階段」

46 伊格言，《噬夢人》，頁三三六。

的理論對K進行實驗，小說中Cassandra對K解釋道：：「Daedalus的『自我解體』理論即是試圖指出，那種電影放映式的瀕死體驗之存在，正是源自於人死亡時自我的解體。像是一場腦葉之內的核爆——在生命之火黯滅的同時，那原本結構完整的『自我』就此崩解，人所有的生命記憶與『自我』之間的鍊結也從此鬆脫…」[47]，所以，「創始者佛洛依德」小組，竟對K植入從A到M共十三種的夢境，且每次的夢境所代表的人生都最後讓K假性死亡，那「瀕死經驗」使K在不同的人生最後都必須經歷自我的解體，生解此舉，是希望藉由K這個實驗體了解，是否當K已看遍身為「人」的「全景」，在夢中「經歷了所有情感，所有存在的可能」後，便將不再意圖成為「人」，而成為不是「人類」也不是「生化人」的「第三種人」。然而，K卻仍在意志上希望成為「人類」，便是起因於除了當下仍可記憶的M夢境外，其餘從「夢境A，監聽者之夢」、「夢境B，畸人之夢」、「夢境C，獨裁者之夢」等夢境的碎片對K的情感滲漏。小說寫道：

「理論上，無法排除它造成精神疾病的可能性，但我認為機率極低；因為『模擬死亡』畢竟已將絕大部分的自我認同拆解完畢…事實上，當初我的推測是，既然那是你作為人類的記憶，那麼，那些殘留破片的存在所代表的情感意義可能是：你生而為『人』的鄉愁……」[48]

---

47 伊格言，《噬夢人》，頁四二五。
48 伊格言，《噬夢人》，頁四四六—四四七。

所謂生而為人的「鄉愁」，指K的十二種人生夢境雖已解體，但殘留的破片仍使他有著「人的身分認同」，如Cassandra所言：「他會忘記這一個人生所發生的事；但感官經驗的碎片是無法全數清除的……之前的所有種種，那些情感的滲漏，必然造成自我的錯亂或崩壞」[49]，然而最終，以K為「第三種人」進而改變世界的想法僅是異想天開的實驗，K被強迫活在面目模糊、認同錯亂之中，故事在巨型水蛭破壞都市的毀滅恐懼中結束，K的「尋回自我」的歷程以失敗告終。

伊格言藉由龐大的未來世界所建構的《噬夢人》，是一後現代主體分裂的寓言故事。K是由生化人所製造的生化人，卻因曾身為人類的經驗使他的自我認同向人類靠攏，但他在與生解組織有所聯繫時又背叛人類，而當確知自己為「第三種人」時，卻又未能給生化人帶來改變的希望，Cassandra對K直言道：「我錯了。我其實從來就沒有能力創造第三種人。你不是第三種人，你也永遠不會是第三種人。你只能是現存物。你只能是某種現存物暫時的畸變」[50]，原先K可能是在歷史中占有位置的「第三種人」，此時卻也被宣判為「暫時」的「畸形變種」，所以「人類」、「生化人」、「第三種人」皆非K的歸屬，最後一無憑依的他，只能頹然地在飯店中看著窗外巨型水蛭對世界的破壞，主體分裂並終至瓦解，是《噬夢人》的終局，也是伊格言對當代人類心靈主體的隱喻。

49 伊格言，《噬夢人》，頁四五一。
50 伊格言，《噬夢人》，頁四四八。

總結前述，在台灣一九七〇後新世代小說中，常見以「自我」為主題的小說，其或以「名字」、「暱稱」的改變做為在虛擬空間中虛構新人生來對抗現實世界的壓力與挫折如《少女核》、〈入夢者〉，或直指後現代文化世界中主體的分裂與消融以及尋回自我的徒勞如《噬夢人》，也有提醒讀者回到現實世界重建自我以肯認真實自我如〈名字〉、〈我的名字叫陳哲斌〉等，可以說，他們都在以小說形式來表現後現代世界中，人的主體處於流動、不穩定、樣貌模糊、甚至分裂、消解的狀態，也隱然可見他們不願對此狀態屈服的微弱抵抗。張舒婷藉由網路的虛擬世界來虛構自己，雖然只是令主體分裂得更為模糊扁平，卻也是不甘願人生僅能如此的反抗；而K尋回自我的歷程雖是徒勞，卻也是渴望重建自我的具體行動；當吳名字與陳哲斌從網路世界轉身面對現實世界後，也正是確認自我的時刻。一如侯作珍對新世代小說中「主體」困境與抵抗的研究，她認為，「新世代小說對於自我、主體和異化問題的探索，並不完全採取後現代的立場，而是某種程度地呼應了現代主義」[51]，現代主義相信本質性自我的存在，而後現代的主體卻在解構了本質性的自我後，趨向於零散、扁平、模糊、不穩定，新世代小說家雖明顯受後現代主義的影響，卻展現了他們不甘於主體消融之必然的思考，侯作珍寫道：

---

[51] 侯作珍，〈自我困境與抵抗異化——現代主義在新世代小說中的呈現〉，《個人主體性的追尋：現代主義與台灣當代小說》，頁一五八。

不論是否相信自我的存在，新世代小說作家都保持著對主體的關懷……深陷在各種自我問題與存在困境之中，不斷的嘗試尋求出路和解答，透出一種不懈的主體性的追尋。……相較於現代主義的孤獨而強大的自我形象，新世代的自我形象則是脆弱和微小的，但又不是後現代「非中心化的主體」，因此他們可說是呼應了現代主義的主體追尋精神，而又無力建立強大的中心化主體的族群。[52]

在此，新世代作家雖身處後現代文化世界，卻不願僅是重彈後現代小說中關於主體消解的老調，主體的消解與重構，他們有自己的詮釋與想像，以「脆弱和微小」的自我主體進行不服輸的抵抗，可說是他們對這價值意義不易成形，根基脆弱亦可能隨時崩壞的世界所提出的共同解答。

52 侯作珍，〈自我困境與抵抗異化——現代主義在新世代小說中的呈現〉，《個人主體性的追尋：現代主義與台灣當代小說》，頁一七四。

家庭：「家庭」型態的變遷可能

「家庭」的變遷，反映在台灣的低結婚率、高離婚率、低生育率，此與人民對台灣經濟環境不具信心，社會價值觀改變等因素有關，二〇〇六年台灣的離婚率甚至高居亞洲第一，此一社會現象，也影響到新世代作家對小說中「家庭」的書寫想像。如朱宥勳〈壁痂〉，主角用海報掩飾的家中壁癌，隱喻家庭失和對主角造成的心靈傷疤；神小風《少女核》，也以家庭中因姊妹失和，姊姊離家出走為小說主題；夏夏《狗說》中已婚的女主角只將心事向狗吐露，後因狗結識一男子，也與之發生情感依戀關係；蘇飛雅《蛆樂園》中，女主角與丈夫失和，後因拍攝紀錄片結識遊民，後竟與遊民相戀並做愛在公園露天而睡；而楊富閔《花甲男孩》中，「缺席的第二代」幾乎是他的小說的共同主題，在偏鄉中，只有老人與小孩同住，父母輩的缺席，既是當代家庭型態的轉變，也是偏鄉青壯人口不斷流失的隱喻。在新世代小說家的作品中，我們看到「家庭」成為他們的主要關懷，而家庭價值的解構與家庭形式的變異成了不可逆的趨勢。

在賴志穎《理想家庭》中，以三代人的時間貫串，想像傳統、現在、未來的「家庭」。主角魏雨繆為《理想家庭》的作者，小說以魏雨繆因《理想家庭》得國際大獎而受矚目，但自小與魏雨繆同住，稱他為「大伯」的宋妍齡以及魏雨繆的母親，卻在以她們各為敘事者的章節中，說出了《理想家庭》此一對情愛偏執的奇情同志小說，其實是來自於真實人生的祕密，且魏雨繆正是小說中那主導父母離婚，並促使好友母親改嫁自己父親，使暗戀的好友宋雲天得以成為兄弟與他同住一家的陰謀策劃者曹清憶。該書中，《理想家庭》為一早已成名的小說，所以小說中亦有對於《理想家庭》的名家評論，如小說中的呂翰璋便評此書道：

多偏執。為了達到自己的目的，曹清憶支解自己的原生家庭，拋棄摯愛的母親幫忙父親得到新歡，並且組成了一個他自以為理想的家庭。在這部小說裡，《理想家庭》已經跳脫了原本理想的意涵，《理想家庭》是對家庭的反叛、對命運的悖離、對自由的追尋。[53]

「家庭」的觀念，在曹清憶（現代）已遭支解，血緣關係與個人幸福想像的抵觸後魏雨繆選擇了偏執自私的手段，來實現自己的「理想家庭」。小說中，魏雨繆的母親代表傳統「理想家庭」的想像，在眷村中目睹親朋兄弟的耍狠爭鬥，離開眷村後與同樣從眷村離開的阿國結婚，對她來說，傳統中的家庭想像是幸福的基本模式，小說寫道：

[53] 賴志穎，《理想家庭》（中和：ＩＮＫ印刻文學生活雜誌出版有限公司，二〇一二），頁一四六。

傳統安穩彷彿農業時代，她常常懷念所有的一切都循著既定的默契走著，那默契是分散又集體的，每個家庭都各自關著門做著同樣的事，縱使他們的原生家庭在某些時刻歪斜成另一種狀態，但是她堅信當家庭的齒輪卡進他們這代時，還是可以扶正的。[54]

在魏雨繆母親的想像中，家庭代表著一種「既定的默契」，即使自己的原生家庭已有令她不滿之處，但那僅是特例，被「扶正」的「齒輪」代表著家庭運行的軌道，家庭必將使人走向「正軌」，然也正因此，當她發現被自己的兒子背叛時，她失去語言如同「重返孩童」，且將自己唯一的財產「老舊公寓」在遺囑中留給宋雲天的女兒宋妍齡，這是她所能夠做的微小報復。

《理想家庭》中以宋妍齡為敘事者的章節中，世界已大部分被水淹蓋，且虛擬機器可帶領使用者進入一個乾淨、舒適又安全的虛擬空間，各種感官享受、生活體驗，都可在虛擬空間中尋，宋妍齡生活拮据，在老舊公寓中發現的魏雨繆遺物可拍賣賺錢，有錢後便可購買更高級的虛擬機器，在故事末尾，小說寫到宋妍齡這一代對理想家庭的「未來」想像：

她目前的腳本，都是對這部小說的反叛，她要在個人的虛擬世界的歷史中，完完全全創造出

54 賴志穎，《理想家庭》，頁一九三。

一個和樂美滿的成長家庭，而不是這個只有大伯和父親的畸形家庭。她還要給女兒一個完美的虛擬父親，她還要有足夠的腳本創造出一個虛擬父親，讓女兒擁有高級虛擬處理器後，可以在一個正常的家庭下成長。這是她的理想家庭，這是她的願望。[55]

賴志穎在此以傳統、現今、未來三代對「理想家庭」的描繪，寫出「家庭」在當今世代所面臨的危機，傳統觀念中以血緣建立的穩固關係，在現今世界被個人自由選擇所打破，而未來世界的人們需要更能隨心所欲，也更趨近於同質化的美滿人生，但一切僅能向虛擬空間尋，因現實世界是如此令人失望。這是賴志穎對當今世代「家庭」崩解的寓言，且對「理想家庭」的執念，或許也正是使「家庭」崩解的原因之一，《理想家庭》反而凸顯了家庭想像的僵化使個人幸福更難實現的可能。

再深入探討，「家」的概念有著狹義與廣義的區別，「前者指涉為文化上／理想上／慣習上以親屬原則為構成原則的家，而後者則指組成者主要是依個人間的權利義務關係及情感等非親屬原則而來，社會性往往強過親屬性。如此，使家有了屬於親屬與社會的雙重性」[56]，所以，除了父母子女等傳統概念外，「家」的構成，是來自於成員間的互動與想像，此一廣義的「家」的解釋，使新時代的家更為個體化與多元化，如黃應貴所言：

55 賴志穎，《理想家庭》，頁二一五。
56 黃應貴，〈導論〉，收於黃應貴主編，《二一世紀的家：台灣的家何去何從？》（新店：群學出版有限公司，二〇一四），頁一一。

由前述，我們已知新自由主義的條件下，個體與自我得以發揮到極點，使得個體的存在先於家的存在，更使家的構成不再依據血緣、姻緣而來的親屬原則或人際間的權利義務關係，成員的情感更具有決定性。事實上，家的想像及成員間在日常生活是否建構出共同的生活節奏與互動上的心理慣性，不僅決定家能否維持，更決定了家的性質與意義。[57]

在台灣新世代小說家的作品中，除以悲觀的態度書寫台灣家庭的崩解現象外，更多的小說家是以此一新型態的、強調社會性的「家」做為書寫想像。陳又津《少女忽必烈》中，主角「破」被「忽必烈」帶進遊民世界，遊民間的相互扶持、真心交往，在荒謬嘻鬧中呈現著家庭成員的情感；羅浥薇薇《騎士》中，在倫敦求學的女主角，在酒吧結識了「騎士」後與之相戀，主角、騎士和朋友FA、TI，女同志、變性人間的相戀與扶持，組成了性別的烏托邦，亦代表著不同的「家」的想像；最典型者如徐嘉澤《詐騙家族》，故事中主角因身分與肢體的殘缺（跛腳私生子），被母親厭惡的他不願與生父交好，反而加入詐騙集團，集團其餘四人有著「死瘸三老爹」、「肥老媽」、「爺」與「姊姊」的代號，可說是主角對真實具親屬性的家的逃逸，他轉向想像的社會性的家，並在集團中付出其身為家庭成員的情感，但最後他仍被詐騙集團拋棄，所以回到生父身邊，藉助其財

---

57 黃應貴，〈導論〉，收於黃應貴主編，《二一世紀的家：台灣的家何去何從？》，頁二四。

力，以金錢結合了另一家族，以維持其「家」的想像，來填補精神上無家的匱缺。小說中的人物，在親屬性狹義的「家」中失落的情感，尋覓社會性、廣義的「家」來補足，故事或以樂觀或以悲觀的角度觀察台灣家庭型態的變遷可能。

前文提及的黃崇凱《壞掉的人》，三個失意的高學歷人文學科研究生，在面對未來出路的茫然、個人經歷的挫折後，相偕居住於尼歐的家，這是黃崇凱認為「崩世代」所可能的「家庭計畫」[58]，在他所專注的「崩壞」主題之外，也讓這些內心已無所支撐之人得以在特殊的「家庭」型態中擁有心理上相互憑依的可能。小說中當阿威目睹學姐崔妮蒂與好友尼歐做愛並與之大打出手，平靜後尼歐竟提出三人一同居住於他家的提案時，小說寫出崔妮蒂心中的想法：

我說，好，就這樣。這沒什麼好尷尬的。很多事只要說破就一點都不尷尬了。我重新歸納一下：（對阿威說）我跟這傢伙嘿咻了，但不代表我們要在一起，因為我甚至都不太認識他。（對尼歐說）我跟這傢伙在同個研究所，研究領域接近，而你們是大學同學沒錯吧。我說，現在都二十一世紀啦，我知道一百年前的中國人都比我們前衛。像那些無政府主義者劉師培、江亢虎他們，宣稱要廢除所有制度，包括家庭和婚姻。所以我們不用拘泥，請你們好好

[58] 童偉格曾言：「我最初，是在二〇一一年底，在首屆台積電文學賞的複審稿件中，讀到《壞掉的人》的。當時，小說有一個對我而言，友善的標題：『家庭計畫』。」童偉格，〈評述：壞掉情狀：讀黃崇凱《壞掉的人》〉，收於黃崇凱，《壞掉的人》，頁二一〇。

相處。我也會跟你們好好相處喔。[59]

三個「壞掉的人」，在看到彼此最不堪的一面後，反而有了可以相互憑依與安慰的可能，尼歐的家早已分崩離析，空蕩蕩的舊公寓被留下後，現在卻有了讓更適合成為「家人」的人選填補早已空虛的「家」的機會，此正是不需依據血緣、婚姻，更為個體化與多元化的「二十一世紀的家」。且如此的「家」，可能將使因價值體系鬆動而容易走向「崩壞」的當代心靈，有了重生之機。尼歐在提出建議後，三人逐漸將自己的個人物品帶入公寓，阿威甚至成了「家庭煮夫」。「屋內的陰濕氣息一天天消退，慢慢填入乾燥溫暖的人味」，小說寫道：

恍惚之間，他突然覺得跟這兩個傢伙住在一個屋簷下，他擁有了前所未有的可能性（至少多了兩種）——他們被編派去執行屬於他別樣的人生，而他可以待在這裡旁觀那些可能的自己。如果把時間拉得更長，他將可以親眼目睹那些可能的自己會變成什麼模樣。[60]

離開雖有血緣關係卻已無扶持情感的原生家庭，重組後的「家」反而有了「前所未有的可能

59 黃崇凱，《壞掉的人》，頁一一六。
60 黃崇凱，《壞掉的人》，頁一六四。

性」，黃崇凱的「家庭計畫」讓「壞掉的人」對人生有了新的期待與想像，可說是重新演繹了「家庭」的樣貌與意義。

李桐豪以〈養狗指南〉一文獲二〇一三年林榮三文學獎短篇小說首獎，該文不僅被選入《九歌一〇二年小說選》，李桐豪也成為該年年度小說獎得主。小說語言淺白流暢，故事情節平淡，卻成功以「養狗」一事寫出同志在「成家」後，也與異性戀相同必須面對同居生活在激情流失後的平淡。紀大偉曾評述該文道：

> 在一個耽溺小確幸並炒作小悲情的小時代，〈養狗指南〉反其道而行，悠遊於雅與俗之間，以不落俗套的文字展現平凡人情的崩毀與救贖。小說主要人物為人偉和她的同居男友，自然讓人聯想火熱的『同志婚姻』、『多元成家』議題；但小說並不停留在「支持」、「反對」或「投廢票」社會議題的層次，反而更進一步坦露：同志成家之後，怎樣？小說細說身而為人的卑微與傲嬌；跟狗的良心相比，人心的能見度很低，能賤度很高。[61]

李桐豪〈養狗指南〉可說是對新型態「家庭」樣貌的書寫，其可能的嘲諷在於，即使隨順個

---

[61] 紀大偉，〈《九歌一〇二年小說選》編序——人生多歧，寫債寫還〉，收於紀大偉主編：《九歌一〇二年小說選》（台北：九歌出版社有限公司，二〇一四），頁一五。

人自由選擇家庭的組成方式，仍舊無法圓滿幸福的原因，正在於「人心」才是根本，當失去了激情後，新的家庭是否因滿足了個人「自由」就代表著絕對的正確？這種屬於人的「卑微與傲嬌」，是讓平靜生活開始蠢動且增加相處難度的主要原因。

故事開頭，大偉因被與同居男友共同餵養的柴犬「加油」咬傷到醫院包紮，而當年阿龍執意養狗，是因為「我所憧憬的愛情就是和一個喜歡的人住在一塊，然後養一隻狗」，此正如同傳統家庭一夫一妻並共同生養小孩的圖像。且當兩人尚未同居時，李桐豪也描寫了大偉參加阿龍的家族聚會時，彷彿融入阿龍的大家庭的場景，小說寫道：

> 大偉說要幫忙拍全家福，「西瓜甜不甜？」「甜——」，大偉從螢幕上看這一家人笑著，後母和前妻小孩，丈母娘與女婿、婆婆與媳婦，一群沒有血緣的人在一起的日子久了，臉型眉眼也愈來愈相似。「家族真是奇妙的事啊。」他想。按了兩、三張照片，段太太在餐桌那頭說：「大偉和加油也來拍。」他要阿龍姊夫接手換大偉下來，於是，大偉和加油也入鏡了。[62]

對傳統家庭的憧憬意味著同志也在家庭成員間的情感間感受到「成家」的幸福，「大偉和加油也入鏡了」，彷彿在一次的家族聚會中偷渡成功，大偉也成了阿龍的「家」的一分子。阿龍的父親

[62] 李桐豪，〈養狗指南〉，收於紀大偉主編：《九歌一〇二年小說選》，頁一七九。

過世後，阿龍便與大偉一起找了棟電梯人樓同居，並領養了一隻三歲的柴犬，然而當大偉與男友阿龍同居已過七年，原先「無論再怎樣激烈地翻滾，也無法將火苗撲滅」的激情已熄滅，「加油」也陪伴了他們七年，小說寫道：

他在心裡算著，那隻狗來到他們家是二十八歲，兩人帶著一隻狗住在一個屋簷下，由戀人變成家人，七年的家庭生活加在那隻狗身上，也將牠變成了一隻六十歲的老狗。[63]

李桐豪於此，是借用狗的年齡算法，隱喻兩人「成家」後情感流失的速度，七年的時間就使他們從年輕的戀人成為「老夫老妻」。小說中阿龍的後母帶來了她參加喜宴後的剩菜來分享，故事末尾，在大偉與阿龍默默地在餐桌上進餐時，小說寫道：「三個人默默地吃著飯。後來，那隻狗也走進廚房來了，牠跟餐桌隔著一段距離坐下來，如一座人面獅身像凝望著這一家」[64]，狗雖是外來者，卻有著更快的成長速度，當他以老者的身分看著這對同志情侶的變化，同志「成家」後的情感變化，就在這「老者」的眼中被看穿，也被看輕了。

63 李桐豪，〈養狗指南〉，收於紀大偉主編：《九歌一〇二年小說選》，頁一八一。
64 李桐豪，〈養狗指南〉，收於紀大偉主編：《九歌一〇二年小說選》，頁一八二。

總結上述，台灣「家庭」的變遷從離婚率的提高、結婚平均年齡與生育平均年齡的提高，生育率的下降以至少子化的危機等，都使身處於台灣的新世代不得不正視家庭的問題，與此同時，避開歷史、國族大敘事，選擇更為個人小敘述的路線，從家庭出發所看到的各類問題，也成為新世代撰寫小說的題材來源，再加上近年來成為熱門話題的「同志婚姻」、「多元成家」等議題的討論，使新世代作家得以藉由廣義的家的概念，想像更多的家庭型態，既能凸顯當代傳統家庭型態的危機，又能更深入探討成員內心對「家庭」情感依附的想望。

少男少女：青春的戀慕、誘惑與闖蕩

新世代小說文本中，常見以「少男少女」為主角，藉尤其童年的純真眼光以至青春期敏感躁動的心靈狀態，凸顯故事主軸與核心精神。在擺脫國族、歷史大敘事的包袱，轉向個人化小敘述後，個人生命經驗的回溯，家族史的再探，成為新世代小說家的寫作重心，以兒童或青少年為敘事者，可藉此抒發與記錄個人的成長記憶，此以吳明益《天橋上的魔術師》對中華商場的追憶及鄭順聰《晃遊地》書寫自己成長於嘉義的高中三年的記憶可為代表。且以兒童或青少年為主角，也可做為對成人視角以至社會規則的反叛，許榮哲《ㄩˋ ㄧㄢˊ》中隨旅行團漫遊家鄉的蕭國輝與陳皮兩位頑童，在嘻笑中將美濃改寫為扁平的地景符號；神小風《少女核》藉由在家庭失和與聯考壓力下以「崩壞」抗議的少女，凸顯社會價值體系已瀕瓦解的危機。

「少女」一詞，除了代表脆弱易感、不安躁動之外，新世代小說中的「少女」，更凸顯其於青春氣息遮掩下的身體誘惑，許正平《少女之夜》中，「少女」雖非主角，卻使敘事者叛離價值規範，以暴烈的手段做為對已失落的夢想、逝去的青春的報復，「少女」的身體誘惑，是故事中男性鋌而走險的根本原因，許正平在此藉由青春少女來逗引男性也使之暴露人性黑暗面，且在李維菁〈永遠的少女〉中，更深入寫出了中年男人在「少女」面前的無力與卑微，李維菁寫道：

這青春戀慕的力量過度猛烈，改革世界的龐大欲望壓迫得男獸痛苦不堪。男獸對比這少女的強大力氣先萎縮了。自覺沒有拯救少女的力量，惱羞成怒。因為少女的關係，讓男獸們發現自己不過是頭獸，是頭渾身無力的生命困獸。[65]

許正平筆下的男性因對比於少女後自覺「渾身無力」而「惱羞成怒」，在社會身分遮掩下的欲望被揭開，赤裸裸的暴力與情色便蔓延於其《少女之夜》中。

張耀升《彼岸的女人》中，一個因失去妻女也不能適應職場人心鬥爭的失意藝術家「他」，在台北象山蓋屋以雕刻佛像維生，背上「四臂菩薩」的刺青及沉默不喜與人接觸的性格，使他得以在山中度著贖罪般的儉樸生活，但在故事開始，「當梅雨的氣味終於浸透了象山，女孩也來到他的門前」開始，女孩的情欲召喚，逗引了他心中趨從於性欲的陰暗面，「他突然心底湧起一股惡意，看出女孩正同時勾引著兩個男人，好奇想知道這個女孩是什麼滋味，與他經歷且傷害過的那些女人

---

[65] 李維菁，〈永遠的少女〉，《我是許涼涼》，頁二二〇。

有什麼不同，究竟該怎麼做，女孩才真會打從心裡感到羞怯甚至是羞恥」[66]，然而隨著劇情推演，「他」愈加深愛女孩，卻也在女孩陳述過往經歷時不斷照見自己內心隱藏的罪惡過去，最終發現從女孩的出現、到與他相戀甚至到陷害他，竟是長達十年的復仇計畫時，小說寫道：

坐在北上的夜車裡，他疑惑過去這十年他是怎麼度過的，時間好似從他拋棄帶瘤的女人與妻女過世後，便直接跨越到女孩的出現。而今，過了這個午夜，他就四十歲了，一個不需證明便可知曉青春早已一去不復返的年紀。他感到襯衫下的的緊繃肩膀像是一股逐漸成形的老人味，伴隨著痠脹麻，從他兩肩往頸後擴散。衰老播種發芽，在體內蔓延，僵化成令周遭人掩鼻皺眉的老朽與衰敗。[67]

正是少女的出現重新喚回「他」對穩定生活與家庭想像的興趣與信心，然而當少女親手摧毀「他」時，可以寄寓在青春身體上的自信、尊嚴都被迫現出原形，僅剩的只有不得不承認的現實——「老朽與衰敗」。也由此可見，新世代作家運用「少女」與中年男性結合的主題，多意在凸顯生命的殘酷面貌，「中年」正介於青春美好與衰敗老朽之間，如未能順應生命歷程坦然而行，一味

66 張耀升，《彼岸的女人》（台北：本事文化股份有限公司，二〇一一），頁一一二。
67 張耀升，《彼岸的女人》，頁二〇七。

回頭顧盼青春，僅能在現實轟然而至時，身體與心靈一同崩潰。

除此之外，「少女」更可能代表著「改變現實」的力量。李維菁說道：「但你怎麼能夠苛責少女？少女不正是如此嗎？只有強烈的對愛之憧憬，才生出想要改變世界的力量，可以與宇宙為敵，正是少女的力量之所在」[68]，陳又津《少女忽必烈》中，當「破」在校園超能力大戰後被帶到警局，偽裝成女警的忽必烈將「破」救出時，小說寫道：「我恍惚地看著眼前的少女，你真的擁有把修羅場變成遊樂場的超能力啊」[69]，都凸顯了「少女」能「改變現實」的力量，少女純真追夢、浪漫易感的青春氣息，將鬆動道貌岸然的現實世界，也觸及男性心中難以言說的衝動，鄭順聰於《晃遊地》中曾寫下〈少女〉一文，寫故事主角修遠在上學途中遇到一名同樣於逃城唸書的高中少女，開頭「她小腿的後側很漂亮」，便點出了少女對修遠的身體誘惑，而末尾寫道：「整座逃城沉浸在夕照的金黃中，修遠想起美麗的少女！美麗的少女！沒有時間感傷！沒有時間感傷了！乘著秋風奔馳，修遠要衝破這擁擠的人世，在黑夜全面占領前，追上永恆……」[70]，《晃遊地》中寫下主角修遠在逃城高中三年倒數聯考到來的日子，其中對性與政治的啟蒙，都發生在這躁動不安的青春期，他單戀的女子「靜」使他對逃城的政治歷史有更多的了解，鄭順聰在此以「少女」做為使青春期男孩走向成熟、往夢想前進的動力。總結許正平、神小風、李維菁、陳又津與鄭順聰對「少女」的書

---

68 李維菁，〈永遠的少女〉，《我是許涼涼》，頁二二〇。
69 陳又津，《少女忽必烈》，頁二六四。
70 鄭順聰，《晃遊地》（新店：木馬文化事業股份有限公司，二〇一四），頁一一九。

寫，「少女」彷如某種巨大能量的想像物，世界也將隨之崩解或重生。

鄭順聰《晃遊地》以「逃城」為空間背景，「逃城」即為嘉義市，是鄭順聰高中三年晃蕩遊走之地，該書以「第一年」、「第二年」、「第三年」分為三大章，以聯考為主要壓力源頭，在平淡的情節推演中，將青春期少男對親情、愛情、友情等課題的接受與回應，做為其人生啟蒙記憶的回溯，故事末尾聯考已倒數十七天，鄭順聰如此結束本書：

> 修遠感到窒息，困在深不可測的海溝那般，無法呼吸，滿桌的課本與參考書，衛生紙與青春痘膿血，筆，立可白，牆壁上的紙條，十七、十六、十五……三、二、一，THE END。[71]

無止盡的考試與滿桌的參考書，壓抑著青春期的躁動，卻使躁動更轉往內心而無處抒解。小說中「靜」對修遠的政治啟蒙，如嘉義市當年在二二八事件中所經歷的大屠殺，如「逃城驛躺著一具屍體」便是指在二二八事件中喪生的畫家陳澄波。陳澄波的不妥協精神，可說是《晃遊地》中修遠在青春期隱隱然的、對世界抗議的隱喻，小說中修遠與音樂行的老闆Phil為忘年之交，當他們討論到聯考及經濟的壓力時，小說寫道：

---

71 鄭順聰，《晃遊地》，頁三二三。

「是啊，這個世界的確很爛。」

「但是啊！但是啊！到我這個年紀，一樣會看不爽，脾氣卻不見了。人生啊！最後就是妥協！妥協！妥協！只要接受了，就什麼事也沒有了。」

「如果人生到最後只有妥協，那活著幹嘛？」[72]

拒絕對「很爛」的世界「妥協」，是青春期男孩女孩對現實的抗議方式，從此我們也可以看到，新世代小說家喜以少男少女為故事主角，正是要透過這些尚未受社會的僵化規範與都市金錢邏輯所浸染的男孩女孩們，表現作家對現實世界的抗議精神。他們凸顯少男少女對追求夢想的無畏與力度，使在傳統成規掩蓋下、社會污濁陰暗的一面無所遁形。

在高翊峰《泡沫戰爭》中，想像「新城社區」因長久時間自來水問題無法解決，所以由主角高丁率領孩童兵團占領社區管委會，他們先以玩具手槍槍殺了主委，使主委的鬼魂無奈地遊走社區，集中管理社區中的「大人」，確認每人的配給無虞後，不允許他們外出工作，且截斷社區往外的道路，並設置泡泡機，漫天飛舞的彩色泡沫雖使社區增添了夢的色彩，但泡沫是由強酸所製，想外出者都怯於泡沫而留在社區中，他們並切斷社區對外的聯繫，長久無法工作的「大人」們反而習於孩童的管理，且孩童們高度的執行力都使原先囿於法條、公務官僚體系而無法解決的問題，一一得到

72 鄭順聰，《晃遊地》，頁二七五。

最立即的處理。在小說中，高翊峰不斷將「孩童」與「大人」做二分描述，小說開頭便以高丁的話做起始：

「如果我們沒有在小孩子的時候死去，就只能慢慢長大。之後，我們就會慢慢變成大人，慢慢地，變成不能解決問題的大人……」高丁記得，自己確實說過這段話。[73]

「大人」不能解決問題，那麼問題就留待「小孩子」來解決，且成長竟只意味著退步，當純真的初衷已被自己拋棄，那麼成為「大人」僅是成為下一個對不平社會「妥協」的普通人。當高丁等孩童攻進主委辦公室並以玩具槍威脅主委交出管理權時，小說寫道：

「你那把槍早就沒有子彈。那些BB彈早就被我打到山腳了，你拿什麼射我？玩具槍能打死人嗎？你們小孩占領這裡？說什麼夢話呢。」

「就是沒有子彈，才能打死已經長大的人。」[74]

73 高翊峰，《泡沫戰爭》（台北：寶瓶文化事業有限公司，二〇一四），頁一五。
74 高翊峰，《泡沫戰爭》，頁二五。

主委語畢，高丁開槍後，主委身上便多了一個冒煙的彈孔，且靈魂脫離軀體，成了在新城社區遊走的鬼主委。小說正是在這樣虛實魔幻的想像空間中進行著，其間如巫女傳言、鬼野狗會吃掉小孩的影子、小孩墳場等，則隱喻著成長過程中各種對生命的恐懼，孩童兵團在高丁等五人小組的帶領下，對這些恐懼的屈服與抗拒，都代表著個體的成長過程。然而，小說的重點仍在於對孩童兵團那純真為社區付出的本心，「大人」所代表的退步、保守、官僚，都在「孩童」的對照下顯得可鄙亦可悲。由此我們更可想像，新世代作家們喜以不同於「大人」的少男少女以至於孩童為敘事主體，正是在以新世代做為群體想像，集結成對社會抗議的力量，提醒所有已成熟並融於社會成規中的人們，「莫忘初衷」。陳芳明在《泡沫戰爭》的推薦序中寫道：

《泡沫戰爭》的命名，非常童話。故事始於孩童的吹泡遊戲，終於所有的想像都變成泡影。這是一部小孩擬仿大人的寓言小說，刻意讓成人幼稚化，也使兒童成熟化。高翊峰構思這部小說時，太陽花學運還未發生，反核運動的被驅離事件也未曾出現。讀完小說後，卻驚覺好像預言了即將發生的事件。有些場景，與當代社會的新聞事件非常雷同，恍惚中，好像經歷了二〇一四年三月至四月的群眾運動。那些掌握權力的成人，往往是優柔寡斷，貪生怕死；而敢於衝撞的年輕反對者，懷抱著巨大夢想，充分展現他們的紀律與智慧。[75]

[75] 陳芳明，〈未成年的想像共同體——讀高翊峰《泡沫戰爭》〉，收於高翊峰，《泡沫戰爭》，頁一二。

該書完成於二〇一四年四月，與太陽花學運同時，可以說，一者於文學一者於政治，新世代作家以他們對社會傳統價值譴責的無畏，敢於衝撞，試圖在文學世界與現實台灣找回真正關懷土地、心繫家園的初衷。

總結上述，新世代小說多以「少男少女」為敘事主體，或是對自我成長記憶的回顧與反思，或是以之反襯現實社會的保守、僵化，都使少男少女那敏感躁動與青春無畏，成為對現實世界最鮮明的對照。

情欲：孤獨與寂寞的出口

「情欲書寫」自九〇年代以來已成文壇主流，且在女性主義文學、同志文學等議題性文學中，情欲書寫更是挖掘深層情感、重建主體以求自由解放的利器，[76]，然如前章所述，新世代小說走向輕盈，一重要原因在於原本在文學作品中表現邊緣弱勢族群的悲情，已在民主化、尊重多元的社會氛圍，及性別教育、多元文化教育等影響下改變，因此情欲書寫已不特別替女性、同志做書寫上的反抗，在新世代作家筆下，「情欲書寫」是為了指向更多數的「人」，在擺脫理論與議題的包袱後，直指人性的七情六欲。

王聰威《師身》，就是在他成功憑《複島》及《濱線女兒》中繁複的敘事技巧及多元時空的「新鄉土小說」筆法受文壇推崇後的轉向，王聰威也有所自覺，他說道：「與過去依靠高濃度想像

[76] 如郭強生所言：「情欲政治從上個世紀末藝術家的安身立命之戰役，到今天逐漸成為女性主義及同志研究的意識型態論述……」。郭強生：〈望文生「欲」的世紀末〉，《在文學徬徨的年代》（新店：立緒出版社，二〇〇二），頁一二二。

力的異國情調，或藉由歷史書寫打開來的陌生時空所創造的小說世界不同，《師身》相較之下就非常『寫實主義』」[77]，他以淺白的語言，貼合現實的生活情境，將小說中「師生戀」所承擔的道德譴責，與四個主角各自因情欲而導引的「畸戀」書寫出來，一如台灣新寫實主義的筆法，故事雖以女性為主角，卻不以建構女性主體等女性主義文學訴求為本，向「人性」回歸，王聰威對人之情欲的「寫實」，其淺白且具生活感的情境描繪，都使這些近於敗德的選擇予人同感共鳴。

在《師身》中，同樣被父母拋棄，出身於育幼院的美玲與琇尹是好姊妹，美玲結識阿平且同居，琇尹卻成為第三者，也是阿平與美玲相處時情緒與情欲的出口，琇尹後來甚至搬至阿平住處與兩人同居，至故事末尾美玲都不知阿平與琇尹間的情事；美玲雖與阿平交往，卻又劈腿「隊長」甚至因此懷孕，當美玲告知「隊長」懷孕訊息後他的相應不理使美玲失望墮胎，回到阿平身邊後又與「隊長」藕斷絲連；琇尹是小初的國小老師，因與阿龍結婚而離校，在小初國三時，琇尹已離婚並成為他的家教老師，後在小初的追求下，已年近四十的琇尹竟與小初有了熱烈的肉體性愛，某一次給小初的「獎勵」是帶他到家中，卻因阿平意外現身而使小初難過離開，小初的母親在得知實情後告上法院，琇尹卻堅持不願回應小初母親的要求，至故事末尾仍在上訴中；故事結束前，王聰威補敘了一段過去的插曲，琇尹曾有丈夫阿龍，在夫妻漸行漸遠後，阿龍與琇尹在育幼院的姊姊有染，但當姊姊癌末住進病院後，前來探視者卻是琇尹，琇尹甚至替姊姊料理後事如同家屬。

[77] 王聰威，〈後記：往旁邊走一步看看會怎麼樣〉，《師身》，頁二八二。

小說中，王聰威以琇尹為主角，「女老師」既身為女性欲望主體又有老師的社會身分，使其中關於愛情、欲望的展演，就有著禁錮與衝撞的力道。小說寫到琇尹與小初初次接吻時，琇尹心中希望小初能更進一步，「鑰匙讓你轉開了，現在你要用力推開門，這只有你自己做到才行」，小說寫道：

> 心裡是害怕的，萬一他停下來呢？不再移動這短短的幾十公分呢？他每朝她移動一公分，都足以讓她心驚膽顫，期盼不要忽然出現路人，「不對，即使如此，也不該讓誰阻止你朝我移動。」心裡對他喊，「這一次不推開門，等著我們的將是無盡深淵，你恐怕再也跨不過那個，而我也會將鑰匙孔重新鑄封起來。你若此刻沒有勇氣，我也可能沒有勇氣，此刻將不會重來。」[78]

琇尹對丈夫阿龍及好友的男友阿平的性愛都有所逃避，但在小初那對老師純真的愛慕及青春氣息的包覆下，她鼓起「勇氣」，向道德界線跨去，明知不可為，卻又怕錯過這次就再也沒有下一次得到救贖的機會。且琇尹對小初那「少男」青春肉體的沉溺，並非如前述中年男性對「少女」身體的戀慕，而是藉此填補青春時的遺憾，小說寫道：

---

[78] 王聰威，《師身》，頁一二一。

對他來說，好像只要能做就好了，在什麼地方都沒關係，他都能充分享受樂趣。她雖然不行，卻自然而然地願意配合他的一切要求，為了他，彷彿又回到處女時代，那種飢渴地想要藉由將自己交給一個男人而能逃出監牢。光是這樣想，就覺得下面又濕得一塌糊塗的，雖然還是在這倉庫裡，卻好想繼續做愛下去。[79]

「處女時代」，意指回到青春期少女對愛情的天真追夢，小初的青春氣息對琇尹而言與其說是肉體的誘惑，不如說是她內心對愛情傾慕想像的觸發物，在不幸福的婚姻生活及與自己好友的男友有不倫戀後，對愛情已絕望的琇尹重新燃起希望，即使這希望竟是置於一在社會成規中與自己最不相稱、年齡差距超過二十歲的小初身上。

但王聰威的「情欲書寫」，「情」與「欲」是一體兩面，當小初發現阿平的存在憤而離開的當晚，琇尹對阿平卻有了最熱切的性愛渴求，小說寫道：

走進浴室，各自脫掉衣服，幫他塗滿沐浴乳，他也塗滿她的，他們在滑潤的泡沫裡擁吻，她一直搓弄他的那個，想讓他更硬更粗大一點，今晚需要一個男人的那個狠狠插她，而不是男

[79] 王聰威，《師身》，頁一三四。

孩的，她需要一個確實而飽滿，可以漲溢出掌心的東西，這麼一想，用力一握，弄痛了他。[80]

當虛浮於想像中的愛情被打碎，那麼更激烈確實的性愛是琇尹用以治癒空洞心靈的唯一方法，但性愛僅能治標，當小初看似決絕地離開後，琇尹的精神面幾乎無以支撐，而當小初的母親將琇尹告上法院，要求琇尹認錯並不再與小初聯絡，琇尹又寧可讓自己官司纏身，也不願低頭和解，只因這段「不倫戀」在琇尹心中，雖是「不倫」，卻是真實的「愛戀」，小說寫道：

> 不聯絡這件事情並不能抹消他們曾經戀愛的事實，也不能阻止他們繼續在心中彼此相戀，也就是說，對於他們之間所謂「不倫」的戀愛這件事是否存在與發生，「不聯絡」完全沒有產生任何效果，所謂的反省與律法都一樣，並不能消滅愛啊。[81]

所以，在《師身》中看似「畸戀」的情欲書寫，卻是在書寫欲望之所由來的，對愛情的傾慕想像，人性對愛的渴求，將在現實環境中化為不同的愛戀形式，愛情與社會道德間，若相合，是兩人

80 王聰威，《師身》，頁一七五。
81 王聰威，《師身》，頁二二九。

之幸，若不合，雖是不幸，卻非絕對的錯誤。王聰威的情欲書寫，是對人性的「寫實」，也是對倫理規範的反思。

與王聰威相同，徐嘉澤《第三者》同樣以淺白的語言、傳統的敘事模式訴說敘事者「我」的特殊際遇。小說中，「我」是一位在法國餐廳打工的服務員，「妮」是位貌美亮眼的顧客，其高雅的品味與奢華的消費，增加了她的神祕感，總是與「妮」一同出現的「傑」則是不多話的男伴。「我」與「妮」熟識後，「妮」將「我」帶回家中與「傑」同住，並給予「我」更多的物質享受，與更廣闊的視野，原先需為微薄薪資忍氣吞聲、蝸居小套房的「我」，因為「妮」的出現，使經濟的壓力大減，也有了更多可以實現夢想的資格，「自由」是他進入這「三人世界」後最初的感受，小說寫道：

> 妮對我和傑的約束很少，只要我們專心愛她就好，有了妮的金錢作為後盾，我也開始掌握到何謂自由的樂趣。在這之前一人生活時，我窩在小小的空間裡，可以唱歌、可以畫圖、可以上網、可以發呆、睡覺、找人做愛，享受那小小且局限的自由。但那種自由卻無依靠，像乘風駕駛在海上是趣味，久了，少了邊際，就成恐慌，彷彿死在哪都無人會在乎。我想我對自由膽小，需要一個範圍來限制，妮給了我一片草地也給我一道牆。而我徹底享受這牆內的自由，可以靠著牆看雲浮動、感受風的來去或是綠草地的觸感就很快樂，那麼，就算不能看見海那又如何。

當時的我確實是這麼想的。[82]

在此，「我」因生活壓力而深切感受到所謂的「自由」若無足夠的經濟能力支撐，是無安全感的「自由」，「妮」的出現給了他對生活的新想像，由他人所支應的金錢，使那「無限制」的自由有了「邊界」，因為必須滿足「妮」才有保有獲取金錢的資格，彷彿一面不可逾越的高牆，既是限制，也是避風港，即使能擁有的僅是「牆內的自由」，卻是過去曾經困頓的自己所渴望的。且在此，「牆」又代表著「家」的範圍，國小父母就離異，由祖父母養大，且祖父母又相繼過世的「我」，從「妮」得到的，更包括了「家」的想像，即使他看似是闖入「妮」與「傑」的兩人世界的「第三者」。

《第三者》中的「妮」是個充滿魅力與神祕感的女人，身邊總不乏追求者，帶著「我」與「傑」出遊的她，也從不在他們面前掩飾她滿足於男性追求的快樂，這使得「我」不得不強迫自己收起對「愛情」的占有欲，「介入妮和傑的關係之後，我試著符合妮的期望，讓自己安靜得當條狗就好，只要給我一片草地、給我圍牆，還有給我愛，我就能活。但事實上，我不可能是狗，愛可以滿足一個人也可以殘害，愛給人力量也賜與虛弱，愛是雙面刃，沒有人可以全身而退」[83]，也因

82 徐嘉澤，《第三者》（台北：九歌出版社有限公司，二〇一四），頁一五——一六。
83 徐嘉澤，《第三者》，頁二九。

此，「我」的「人性」中對「完整的愛」的渴求，使他躁動，也想起了曾經經歷的不正常三人關係。與《師身》相同，「我」曾與自己的老師玉玲相戀，且「因為玉玲，讓我那一段時間的生活無虞，功課也名列前茅，我似乎重新擁有了一個家庭。我有自己的母親，自己的妹妹，當然還有父親，也就是玉玲的丈夫雄太」[84]，雄太被「我」想像成父親的典範，彌補了自己「無父」的缺憾。到了十八歲生日後，玉玲與雄太開始教「我」品味紅酒，且與「我」有了性關係。後來雄太在指導「我」品嚐被稱作「三人行」的法國葡萄酒時，「我」才知道雄太早已知道妻子與自己的關係，且竟然提出「三個人一起來」的遊戲規則，「那一天晚上雄太像懲罰般進入了我，我進入了玉玲，和他們的生活，我們開始一趟荒唐的三人家庭」[85]，數年後，「我」被玉玲趕走，又回到一個人的生活，然而成長過程中扭曲價值的學習已難反轉。如今當「我」又成為「第三者」進入到離經叛道的「三人家庭」時，扭曲的三人行性愛是這個「家庭」最陰暗又混亂的畫面，小說寫道：

> ……我們三人像瘋狂的野獸彼此做愛也看對方或和對方做愛，我的世界被妮和傑拆解又組合成我自己當初無法理解的模樣，比過去和玉玲和雄太之間的三人關係更加複雜。我進出妮也任由傑進出我或被我攻占，「性」變得沒有規則性，每當稍微恢復一點理性，只要再一點酒

---

84 徐嘉澤，《第三者》，頁七一。

85 徐嘉澤，《第三者》，頁九九—一〇〇。

下肚就又沉淪。妮創造了自己的索多瑪城，把男人們困在這。[86]

在徐嘉澤的筆下，「我」從小失去「家庭」應有的溫暖，所以傳統想像的幸福家庭是他心中的缺憾，如此的缺憾在年少時由美玲老師一家人填補，在年長後由「妮」來完成。然而，「我」兩次都是「闖入者」，以為寄放自己於一個幸福家庭的圖像中，便可得到「家庭」所能擁有的情感依附，事實上卻都事與願違。雄太與「妮」都欲求更大量的「愛」，在表象上，則以更多的「性」來滿足，而「我」是在他們的「寬大」下所接納的「第三者」，自始便失去了定義「家」，建立「家」的資格。沒有規則的「性」是「我」對「家庭」應有之「愛」的扭曲，如此的扭曲，也使「我」決定逃離。在打工餐廳結識的日本女孩愛子，是他在現實世界中所遇到最可能給他關於「家」的想像的女子，而對妮的依戀，又使他猶豫不決，因為他心中最希望的，是妮能承認他在她的心中是有地位的，而非愛慕她的眾多男性之一而已，當他對傑說出心中想法時，「我」才知道，原來傑是女同志，為了妮而動變性手術成了男人，對於「我」闖入他與妮的兩人世界，心中有著更多的恨，小說寫道：「我不敢繼續聽下去，雙腳發軟地逃出那個病態的屋子⋯⋯」[87]，在此間，混亂的性與混淆的愛讓「我」不得不選擇逃離，並與愛子建立符合他的想像的「家」。

---

86 徐嘉澤，《第三者》，頁一三〇。
87 徐嘉澤，《第三者》，頁二一二。

在《師身》與《第三者》中，兩位主角琇尹與「我」，都有著「無家」的經歷，琇尹被母親拋棄待在育幼院，「我」亦等於被父親拋棄給祖父母養大，也因此他們更有著建立「家」的渴望，然而也因有著「無家」的成長經歷，使得「家」對他們而言總是在愛的反面想像著傷害的可能，其內心恐懼需藉由更多的性來壓抑與填補，然而又因為他們內心深處呼喊著的是「愛」，所以「性」，也就是作家筆下的情欲書寫，即使再多再露骨，都意在反襯主角內心對單純的、美好的愛的渴望。

前述張耀升《彼岸的女人》，則在情欲書寫上，寄寓了關於家、關於愛，以及更多關於贖罪、輪迴等宿命觀的想像。小說的主角「他」獨居於台北象山，雖得以俯瞰台北城，卻不被台北城吸引，安於在山中進行雕刻佛像的工作。但故事開頭，在某年的梅雨季中，「女孩」闖入了他的生活，且女孩自始便以「性」做為撩撥他封閉內心的手段，當女孩藉故夜宿於他的住處並爬上他的床後，「他有一種摧毀女孩的衝動，一種以激烈的性愛毀滅女孩笑容的衝動；然而，另一方面，女孩擁抱他時所露出來的笑容，卻又帶給他被愛的錯覺」[88]，「性」與「愛」的一體兩面，「毀滅」與「擁抱」的矛盾共存，小說中的他就如此從被「性」吸引開始，走向了以為將被「愛」與「家庭」救贖的道路。

在《彼岸的女人》中，「輪迴」是小說中的奇情宿命，「他」的母親是妓女，想像母親與男人的送往迎來，總造成他內心的痛苦；一位母親的熟客「禿頭男人」，在雨天離開他家時他尾隨並

88 張耀升，《彼岸的女人》，頁三七。

在溝渠旁呼喚禿頭男人的名字，禿頭男人不注意而溺斃溝渠，他發現屍體後竟先摘下男人手上的金表，雖然警方未曾懷疑過他，但他無心過失卻致人於死，以及「金表外圍一圈黑內圍一圈白，一黑一白兩個口組合成一個回字，像永遠逃離不了的輪迴詛咒」的輪迴想像，都是其不能言說的心靈創傷；母親將他帶往南港山觀音廟「師父」處學習佛理與雕刻技術，他敬佩師父雕刻技術並虔心學習，卻發現師父竟是母親固定的恩客。這些成長過程的記憶與創傷深埋於心中，在其成年後將無以阻止地反覆出現並驅動其行為選擇，小說寫道：

> 現在回想起來，他覺得那都源自於他血液中的劣根性，無論是母親或他，也許是因為生活從未順遂，習慣性地忍耐，而將負面情緒轉化到內在，時時受到突如其來的難堪記憶干擾。他感到這是一種病，毫無來由，不需起因，儘管是在一切安好的當下，痛苦、悲傷或羞恥感，也會如螣蛇凌空飛起緊纏住他，毒牙深刺入他的太陽穴，一時三刻都無法擺脫。[89]

也因此，當他成年後遇到妻子，原本可以擁有的「愛」與「家庭」，就在他內心羞恥、傷痛的作用下，早已從內裡崩解。擁有了妻子之後，他開始召妓，甚至曾與一有女兒的女子外遇，在承諾對方後又選擇離開；有了女兒後，也因與妻子不睦常藉故留宿外地，卻不知女兒已罹癌，女兒手肘

[89] 張耀升，《彼岸的女人》，頁四四—四五。

已潰爛的類上皮肉瘤，與外遇女人背上的蟹皮腫相似，也使他對女人暴力相向；外遇對象的女兒在目睹他與自己的母親在客廳做愛，且聽到母親承諾為了他可以拋棄女兒時受到驚嚇，他帶外遇對象的女兒到樂園，有癲癇的女孩在摩天輪頭撞玻璃自殘，男子安撫女孩並將金表轉送予她後便離開，拋棄了外遇對象。而後，女兒病死，妻子自殺的他，就走向台北象山獨居，意圖以簡樸生活贖己身之罪。然也如同金表的「回」字，一切如輪迴般，外遇對象的女兒即梅雨季出現在他面前的女孩，他也在情欲的逗引下走進女孩的圈套。

重新給予他「愛」與「家庭」想像的女孩，讓他重新進入城中職場，兼授美術課程，卻從校方接獲爆料他正是A片《大屌殺手浪女情》的男主角開始，安穩、幸福的生活開始進入巨大的混亂：原來A片是由家中裝設的針孔攝影機拍攝而成，且女孩常帶入其他男子在鏡頭前做愛；女孩之前帶他探視的女孩父親其實是眷村老人，因存款被女孩騙走且染上了愛滋病而自殺；女孩買通人到他家中取走所有雕刻成品，將他手骨打碎，又注射毒品，並通報警察他家中藏有毒品使他被逮入警局。女孩為了報復十年前母親與自己被拋棄的仇恨，將他從贖罪的現場直接打入地獄，但對他而言，女孩與他因情欲而開始的關係，已非情欲所能定義，當他被抓入警局問訊時，小說寫道：

> 在他以為從此平順之際，女孩狠狠一刀劈向他，使他神形俱裂。
>
> 然而，究竟是什麼徹底傷害了他？疾病？那遠不如妻子和女兒身上的磨難？職業？那不過是一份城裡的工作。金錢？那原本便是他為了女孩的生活所掙來的。藝術地位？對真正的

> 藝術家而言，外人的評價並不重要。
> 是女孩並不愛他。[90]

在此，女孩的復仇反而如同他所期待對自己過往罪惡的懲罰般，一個被自己拋棄的女孩回頭讓自己失去一切後，一個期待真實的愛的自己才浮現，該書以「情欲」的撩撥起始，以對「愛」的確認結束，「情欲」與「愛」的聯繫，是新世代作家「情欲書寫」的核心意涵。

相較於九〇年代的情欲書寫，新世代作家筆下的「情欲」，因無需承擔議題的包袱，不刻意凸顯女性掙脫道德束縛及同志愛戀的可能，新世代筆下的情欲，更擴及於一般人內心無法言說或不願明說的，對肉體的感官眷戀，更重要的是，新世代作家藉由情欲來表現的，是當代人對「愛」與「家庭」的想望，《師身》中的琇尹、《第三者》的「我」與《彼岸的女人》的「他」，其於情欲上的不滿與追求，來自於「家庭」的匱缺，對於以「愛」建立成員間情感依附關係的「家庭」的渴望與不可得，使他們藉由於更多的性愛來填補匱缺，卻在此填補的過程中，讓內心對「愛」與「家庭」的欲求無所遁形。在此，新世代作家的情欲書寫所照見的，是當代台灣那喧嘩、熱鬧、多元環境中，人內心的孤獨與寂寞。

---

90 張耀升，《彼岸的女人》，頁二二六。

張耀仁《讓我看看妳的床》以短篇的形式，以不同的「床」的故事，說出當代都會愛情的各種形式，「床」作為欲望的展演所，卻承載不同的「床伴」的愛戀關係，張耀仁從寫實到超現實，以不同的筆法將當代人的孤獨與寂寞，藉由「情欲」與「愛」不同程度的聯繫，展現出來。

開篇〈第一張床　洞的逆襲〉便以在城裡不斷出現的、神祕的、大大小小的「洞」，從原先造成市民恐慌，到市民將洞視為清除垃圾的無底洞時對洞的接受，到洞噴出所有曾經倒入的垃圾又造成市民恐慌的荒謬故事，做為一個被丈夫劈腿的女子內心恨意即將噴發的隱喻，那「深深的深深的，令人恐懼的洞」，是被男子背叛的女子的情仇糾葛，也是連女子都感到恐懼的、失去愛後的復仇心思；〈第六張床　心痛〉中如神燈巨人般出現的「惡魔男人」，一槍打穿女人因男人有了小三、小四而痛苦不堪的心；〈第八張床　愛的薛西弗斯〉中一男子與年輕女友論及婚嫁，赴對方家中才驚覺女子的母親正是當年在金門當兵時兵變的女友；〈第十四張床　暗影莽然〉中性成癮患者與心理醫生關於「正常」與「不正常」的激辯；〈第十八張床　床上練習〉中因MSN而交錯的四人，「四個人的相遇是一場鬧劇也是一場各自探索」。如前所述，張耀仁藉由「床」的故事所展現的，其實是「愛情」，但也如〈第四張床　公主，不倫造句〉中的女演員，她對愛情戲演來力不從心令導演失望，小說末尾寫道：

> 她想起自己拍過的那些許許多多的影片，想起自己長久以來的情感生活，終究忍不住哭了起來。因為，她真的真的，忘記了。

忘記該怎麼——
怎麼——
愛。[91]

記得如何「性」，卻遺忘如何「愛」，是當代人孤獨感的根源，但當回過頭追求真實愛戀，何謂「真實」？又將使人在追求的過程中感受到夢想的空虛，同文中說道：

然而，心裡究竟是怎麼想的呢？彼此的愛還有溫度嗎？誰願意年記輕輕就被凍死？她又想起幾天前，在那個「外遇網站」上看到的描述：「其實，我過得很好……結婚後，就像童話故事說的那樣，王子與公主從此過著幸福美滿的日子……那我怎麼還會想來這裡逛逛？」是啊，那麼多的男女在那個網站上遊蕩！她每次上站都覺得這世間的愛情或婚姻多麼寂寞，卻偏偏以為可以在另一個人的身上找到出口，但有沒有可能，遇上的永遠是迷宮而非必然的藏寶圖？[92]

[91] 張耀仁：《讓我看看妳的床》（台北：奇異果文創事業有限公司，二〇一四），頁六一。
[92] 張耀仁：《讓我看看妳的床》，頁五七—五八。

因此，愛情沒有最終的美滿樣貌，進入婚姻後仍須在虛擬網站中尋找可能的情感出口，如此對愛的追求僅如置身迷宮，理想中的最後寶藏卻從未存在，也使得張耀仁筆下的男女總處於欲望的支配與對愛的困惑之中，在此，欲望的問題已不能由愛解決，當代人的孤獨與寂寞更無改變的可能。

黃崇凱《黃色小說》則進一步剔除了「愛」，小說展演的是最原始、普遍、純粹的「色欲」。小說敘事者為男性雜誌的專欄作家「我」，在每月固定的專欄中，他自己設定問題，再自己回答，對難登大雅之堂的性事討論插科打諢、奇思妙想，讓小說在最低俗無謂處展現人心的幽微情感。如黃崇凱於其後記中所寫：

我總覺得現實世界纏夾在色情宇宙之中。黃色書刊、B級片和A片的荒謬情節無所不在，逼使我們必須日日從大量的情色冒險中歷劫歸來，重新在現實世界建設自己、錨定自己，讓虛擬的性轉化為扎實的觸感，也讓真實的性得以補充抽象的思索。[93]

在此，黃崇凱藉由對色情商品所蘊含直接的性，對應尋索「色情宇宙」的「現實世界」，試圖以「性」探看人性的真實面。黃崇凱大量的、細緻的，坦露人（尤其是男人）成長過程對性的啟蒙、認知與求索，彷如帶領同世代的讀者回顧自己青春時期那躁動的潮騷。小說中「我」與好友老

[93] 黃崇凱：〈後記〉，《黃色小說》，頁二六六—二六七。

丁從回憶高中時關於「小本的」的記憶開始，幾乎是台灣自七〇年代以來色情傳播品的流變歷史，從A漫到《閣樓》，從「同人誌」到網路A片分享，「總有善心人士把光華商場買來的A片拷貝成一個個數位檔案，滿滿如今聽來有如上古神女的飯島愛、小室友里、夕樹舞子、川島和津實填滿每顆硬碟。扁平的老世界不夠用，我們就這麼踏上數位新大陸」[94]，隨著傳播科技的發達，色情資訊將最迅速也深入地傳達出去，然而在色情資訊也爆炸的今日，網路色情圖像的取得更為容易，竟反而引起了「我」遙想自己青春世代的鄉愁，小說寫道：「如今在愈來愈大量的影像刺激裡，反而愈來愈不容易得到單純的快樂，花費最多時間的竟是在找一截理想的片段和畫面」[95]；而其〈讀者來信（二）〉中，開頭「你最極致的性幻想是什麼？」的問題，開啟了將A片的荒謬情節與現實相結合的色情幻想，「我們的鄰居是淫亂人妻和義母，所有女性的職業都是性包裝，每種制服都是等待被拆開的包裝紙，要人逐漸逼近宇宙的核心，那個溫暖潮濕的黑洞」[96]，如此以男性視角看待女性的性想像，其實是資本主義社會下色情商品所承載的男性權力，在該篇結尾中提到男人總有想像一具隨自己玩弄的女體的幻想，小說寫道：

她們最棒了，不會嘰嘰歪歪，不會抱怨什麼生活習慣，不會檢查你用不用心，不會你想做而

---

94 黃崇凱，《黃色小說》，頁八〇。
95 黃崇凱，《黃色小說》，頁一三七。
96 黃崇凱，《黃色小說》，頁八四。

她不想做，不會跟你生氣。她們像小貓小狗一樣可愛，純粹動物性的單純直接，隨時隨地都可能想要，也可以配合你的想要。她們最好了，會邊自慰邊含著你的肉棒呻吟，發出口水嘖嘖的聲響，讓你隨意搓揉奶子，反覆捏緊又放開。她們不會制止你，她們只是不間斷發出聽來正在享受愛撫的急促呼吸。她們看起來很爽。她們會嬌喘著哀求說想要，快進來，快插我，用力地幹我，求求你。她們最好了。[97]

A片中的女優表現與荒謬情節，是男性性幻想最「理想」的樣貌，但也正因此幻想只可能存於A片中，跳過愛戀階段、擺脫家庭包袱，只單純享受由女性服侍的性，此種虛擬世界帶來的性幻想僅能照見現實自我的欲求不滿，男性心中對性權力的擴張、對性需求的虛索無度，在此普遍的性幻想中無所遁形。

黃崇凱《黃色小說》正是在對於性的無所避諱的露骨描寫中，將人試圖掩飾、遮蓋的欲望置於讀者眼前近乎逼視，他的情欲書寫，在將「愛」與「家庭」等剔除後，也同樣使人的孤獨與寂寞展現出來，正因現實世界的欲望匱缺，才需要虛擬世界的吟聲浪女。但黃崇凱強調，透過圖像與幻想填補欲望深洞，雖不中，亦不遠矣，人之所以能「正常」生活，怎能不感謝性產業的蓬勃？小說中〈沙也加〉以AV女優麻美為模型，並於書中以影迷身分寫下感謝沙也加的書信，都在使人的性欲得

[97] 黃崇凱，《黃色小說》，頁九二—九三。

以抬高到與道德相同的地位，因為自我坦露的無所畏懼，也就不用畏首畏尾。大方說性，反而是勇敢的象徵，比起象徵高尚人格的君子，黃崇凱以宅男腦中那色欲橫流時雖猥瑣卻又真誠，可鄙卻又可愛的，與普通人全然無異的性欲為主題。真實的「人」，也在真實的「情欲書寫」中，真實地表現出來。

後記　台灣一九九〇後新世代小說想像

本書所存在的一個可能問題是，將七〇年代與八〇年代出生的新世代作家以二十年的區塊進行討論，但「六年級」與「七年級」作家之間更細部的差異卻無法呈現。

細觀兩者的差別，我認為，「六年級」作家受九〇年代文學影響較深，在開創上較為小心翼翼，雖然網路8P有著大鳴大放的反叛，但他們的新鄉土小說撰寫，卻有著與七〇年代鄉土文學及八、九〇年代後現代文學反叛與繼承的繫連，且其書寫鄉土，是尋找都市中難尋的心靈歸鄉，其間隱隱然仍有著城鄉二元對立的思維——因都市無以安頓心靈，故需轉往原鄉尋覓。「七年級」作家對於「都市即鄉土」的原則，卻掌握地比當年提倡都市文學的作家更徹底，如祁立峰所言「偏安台北」的美學態度，擁抱物質、享受虛偽，他知道都市人嘴巴對都市說不要，身體卻很誠實，轉角就能遇到一〇一的地段，比起復行數十步、才能豁然開朗的桃花源更令人嚮往。

「六年級」作家轉向回歸寫實，多是其有意識的轉向，如王聰威、伊格言，「七年級」作家卻多從處女作起，就已回歸傳統小說的敘事模式，如黃信恩、何敬堯；「六年級」作家在敘事手法與語言經營上多受現代主義文學影響，如高翊峰、童偉格，「七年級」作家的文本則常見通俗娛樂文化的滲透，如陳又津、楊富閔；對於價值的追尋與掌握，「六年級」作家還能相信一個遙遠的真理，如胡淑雯《太陽的血是黑的》相信創傷能癒合，只要能有說出來的機會，「七年級」作家比較任性，壞了就壞了，連自我與世界一起破碎也未嘗不可，神小風的《少女核》就在告訴你這件事。

讓我們回頭來檢視一下「六年級」與「七年級」作家成長環境的變化。七〇年代是台灣外交失落的十年，但「中國民族主義」仍受推崇，即使風雨飄搖，我們都還是龍的傳人，八〇年代社運風起，從美麗島事件興起的「台灣民族主義」，在我輩兒時，他們都只是「台獨同路人」，解嚴後立法院的打打鬧鬧，還讓我們懷念了一下戒嚴時期破壞秩序者直接關起來的政府效率。「六年級」自七〇年代出生，戒嚴時期的高壓不影響兒童，卻影響著我們從父母師長處所接受的教育傳承——「不要亂講話，亂講話隔天人就不見了」。中國民族主義讓我輩驕傲：建立橫跨歐亞大版圖的成吉思汗、在外太空就能見到的萬里長城，五千年文化僅中國古文明至今尚存，炎黃子孫千秋萬世直到永遠，到何時我們的認知才轉向已找不到確切時間，但我相信，「六年級」一定都有著認同轉向的共同經驗，可能來自首次總統民選、SARS、或是二二八牽手護台灣。「七年級」最早出生的作家，解嚴當年也才剛進小學，其對中國民族主義的認知仍有，但已與台灣民族主義相互抗衡，兩者不再分為愛國不愛國、有罪沒有罪，而是政治現實環境的兩股勢力。所以，他們對於民主、自由、多元的掌握，比起「六年級」有著更強的自信，林佑軒同志文學《崩麗絲味》中的狂歡喧鬧，或許就來自於他自出生後呼吸的空氣中有著名為自由的芬多精。

但我此處想說的是，我很清楚地記得，在一九九七年我參加大學聯考的時候，地理考試中中華民國的範圍仍是包含著大陸與台灣的三十七省，外蒙古尚未獨立，美麗的秋海棠葉還住在我們心裡。也就是說，即使是「七年級」作家，也經歷過中國民族主義的官方大敘事在教育與文化環境上的影響，他們也有著「轉向」的經驗，與「六年級」作家相較，只存在程度的差別。

所以相對起「八年級」，也就是一九九〇後在台灣出生的寫作人來說，「六年級」與「七年級」還是有著相近似的背景。在政治上，他們有著新國家想像成形的共同記憶，在經濟上，他們有著台灣工商業勃興到經濟成長趨緩的共同記憶，九〇年代網路才開始盛行，二十一世紀後轉向網際網路二・〇，不論他們是大學時才接觸網路，或是從小學就開始接觸，他們對網路科技的掌握與適應能力，並不能說有太大的區別。也因此，我在行文時，雖然可稍微感受到兩代文本的差異，卻也在可以忽視的範圍。

一九九〇後的台灣作家就不同了，二十一世紀才是他們具體認知的世界，二〇一〇年早慧者嶄露頭角，二〇二〇年成為文壇新銳，二〇三〇年就是文壇中堅，到那時候，這個有著共同感覺結構的小說新世代又該有怎樣的面貌？

「八年級」作家進入國中後，「認識台灣」地理篇、歷史篇與公民篇中的「台灣」是他們所認知的國家疆界，藍綠的撕扯是他們年少時對政治不屑的主因，但二〇一〇年後，蓬勃發展的社會運動吸引著他們加入，太陽花學運以他們為重要組成。在富裕的台灣成長，卻得面對經濟成長的衰退與高教崩解的危機，他們訴求著世代不正義，也能「自己的國家自己救」，面對民主、法治有更強大的信心，也更能發現問題、獨立組織、合作解決。當然，網路在台灣就與他們一起出生成長，嫻熟的網路使用使他們在虛擬空間進出自如，以虛擬介入現實，對他們來說，就跟呼吸一樣自然。

在文學上，「六年級」與「七年級」作家的作品成果，就是他們最重要的文學滋養。所以，對空間書寫的深入，對輕盈風格的經營，都將傳承至「八年級」的小說文本中，但是，「新鄉土」應不易再見，「新寫實」該能再紅火熱門一番。但我們不能忘記，每個文學世代試圖與前行代做出區隔的努力，所以，當他們也成熟到集結成文學勢力，從胡淑雯到朱宥任的作品，對他們而言，都有著「影響的焦慮」。因此，反過來思考，「新寫實」雖然風潮仍健，好看的故事還是主流，但向著更深沉的隱喻與更細緻的敘事手法回歸，可能又將成為文學時尚。當今的輕盈風格，在滲入更多的通俗娛樂文化後，可能走向更接近奇幻與現實結合的輕小說路線，想像的奇詭與華麗，或許將成為新一代的文學評準。在一九七〇後新世代小說中少見的政治題材，或許也將重回主流，但沒有中國結與台灣結，沒有藍綠，而是更多也更深入的，對權力的檢視與替受壓迫者發聲的訴求，且成長於網際網路二・〇的年代，各類議題都能迅速集結，逐議題而居的、對現實環境最迅捷的反映，或許也能成為一九九〇後世代的可辨識的第一種文類。

再進一步地大膽猜測，網際網路的日新月異，何時能辨識三・〇的樣貌尚未可知，但「八年級」作家以他們對網路環境的熟稔與文學素養的成熟，將最快感知網路科技變異下人的心靈狀態轉變並以小說做出回應；政治環境隨著政黨輪替成為常態，以及經濟環境下對崛起中國的依附，過去被六、七年級作家所避開的兩岸關係[98]，可能成為小說最常見的主題；更能深切期盼的是，也許隨著歐美國家新興文學流派的新起，與新文學理論的一同被引介入台，而帶起新一波、可延伸一、二十年，且是由六年級、七年級、八年級作家共同營構的，與現代主義文學、鄉土文學與後現代文學齊名，將在台灣文學史上被大書特書的新文學類型，而此時，二十一世紀後才出生的更新世代，也將以此文學類型為文壇風尚，模仿學習。

研究新世代小說有趣之處，不只在為其整理、歸納世代共相之所得，更在研究過程中，看到文學史的演進與流變的原則。未來不到二十年的時間，甘耀明、王聰威、許榮哲、伊格言都將成為資深作家，楊富閔從囝仔變熟男，怪怪美少女神小風過了許涼涼的年紀，在網路上要戰就戰的朱宥勳所發的議論，可能不免摻雜著中年男子的牢騷，到那時候，台灣文壇崇尚的是什麼價值？台灣文學又在追求什麼目標？現在的我們只能想像。但可以確定的是，到那個時候，台灣一九九〇後新世代作家，會透過他們的小說文本告訴我們，人與社會的真實樣貌，以及文學在當下環境中最適當的表現方式。

且讓我們拭目以待。

---

[98] 周丹穎《名媛練習》中，台灣女子與中國商人的戀情，便存在著可類比於台灣與中國大陸權力關係的情節；何献瑞《跳吧！》也有著主角赴中國大陸後，與經濟力雄厚的友人及其朋友間的理念之爭。二書是新世代小說中少數以兩岸關係入題的小說。

參考書目

新世代作家作品

丁允恭，《擺》，台北：聯合文學出版社股份有限公司，二〇一三年十月初版。
方秋停，《耳鳴》，台北：九歌出版社有限公司，二〇一二年二月初版。
王聰威，《師身》，台北：時報文化出版企業股份有限公司，二〇一二年四月初版一刷。
王聰威，《複島》，台北：聯合文學出版社有限公司，二〇〇八年二月初版。
王聰威，《濱線女兒》，台北：聯合文學出版社有限公司，二〇〇九年二月初版三刷。
包冠涵，《B1過刊室》，台北：九歌出版社有限公司，二〇一五年十月初版。
包冠涵，《敲昏鯨魚》，台北：九歌出版社有限公司，二〇一三年一月初版。
古嘉，《十三樓的窗口》，台北：寶瓶文化事業有限公司，二〇〇五年五月初版二刷。

古嘉，《古嘉》，台北：寶瓶文化事業有限公司，二〇〇四年八月初版一刷。
甘耀明，《水鬼學校和失去媽媽的水獺》，台北：寶瓶文化事業有限公司，二〇〇五年九月初版二刷。
甘耀明，《邦查女孩》，台北：寶瓶文化事業股份有限公司，二〇一五年五月初版三刷。
甘耀明，《神祕列車》，台北：寶瓶文化事業有限公司，二〇〇三年一月初版二刷。
甘耀明，《殺鬼》，台北：寶瓶文化事業有限公司，二〇一一年三月初版八刷。
甘耀明，《喪禮上的故事》，台北：寶瓶文化事業有限公司，二〇一一年一月初版四刷。
伊格言，《幻事錄——伊格言的現代小說經典十六講》，新店：木馬文化事業股份有限公司，二〇一四年八月初版。
伊格言，《拜訪糖果阿姨》，台北：聯合文學出版社股份有限公司，二〇一三年四月初版二刷。
伊格言，《零地點》，台北：麥田出版，二〇一三年九月初版一刷。
伊格言，《噬夢人》，台北：聯合文學出版社股份有限公司，二〇一〇年十月初版四刷。
伊格言，《甕中人》，中和：ＩＮＫ印刻出版有限公司，二〇〇三年十二月初版。
朱宥任，《好球帶》，台北：九歌出版社有限公司，二〇一四年五月初版。
朱宥勳、黃崇凱編，《台灣七年級小說金典》，台北：秀威資訊科技股份有限公司，二〇一一年二月，ＢＯＤ一版。
朱宥勳，《堊觀》，台北：寶瓶文化事業有限公司，二〇一二年四月初版一刷。
朱宥勳，《暗影》，台北：寶瓶文化事業股份有限公司，二〇一五年三月初版二刷。
朱宥勳，《誤遞》，寶瓶文化事業有限公司，二〇一〇年十月初版二刷。
朱宥勳，《學校不敢教的小說》，寶瓶文化事業有限公司，二〇一四年四月初版三刷。
何曼莊，《大動物園》，新店：讀癮出版，二〇一四年六月初版。

何曼莊，《即將失去的一切》，中和：ＩＮＫ印刻文學生活雜誌出版有限公司，二〇〇九年八月初版。
何曼莊，《給烏鴉的歌》，台北：聯合文學出版社股份有限公司，二〇一二年一月初版。
何敬堯，《幻之港——塗角窟異夢錄》，台北：九歌出版社有限公司，二〇一四年十一月初版。
何獻瑞，《跳吧》，台北：一人出版社，二〇一二年二月初版。
吳明益，《天橋上的魔術師》，新店：遠足文化事業股份有限公司，二〇一二年七月初版七刷。
吳明益，《單車失竊記》，台北：麥田出版，二〇一五年六月初版一刷。
吳明益，《睡眠的航線》，台北：二魚文化事業有限公司，二〇一三年五月初版三刷。
吳明益，《複眼人》，新店：遠足文化事業股份有限公司，二〇一二年五月初版六刷。
吳柳蓓，《移動的裙擺》，台北：寶瓶文化事業有限公司，二〇一〇年十月初版二刷。
吳億偉，《努力工作：我的家族勞動紀事》，中和：ＩＮＫ印刻文學生活雜誌出版有限公司，二〇一〇年十一月初版。
吳億偉，《芭樂人生》，台北：聯合文學出版社股份有限公司，二〇〇九年十二月初版一刷。
吳億偉，《機車生活》，台北：九歌出版社有限公司，二〇一四年二月初版。
李佳穎，《小碎肉末》，台北：洪範書店有限公司，二〇〇八年六月初版。
李芙萱，《旋轉摩天輪》，中和：ＩＮＫ印刻出版有限公司，二〇一四年三月初版。
李芙萱，《畸零人》，台北：聯合文學出版社股份有限公司，二〇一一年七月初版。
李維菁，《生活是甜蜜》，台北：新經典圖文傳播有限公司，二〇一五年八月初版一刷。
李儀婷，《流動的郵局》，台北：聯合文學出版社股份有限公司，二〇〇五年四月初版。
周丹穎，《名媛練習》，台北：寶瓶文化事業有限公司，二〇一二年三月初版二刷。
周丹穎，《英瑪，逃亡者》，台北：聯合文學出版社有限公司，二〇〇四年十一月初版。

林佑軒，《崩麗絲味》，台北：九歌出版社有限公司，二〇一四年十一月初版。
林韋助，《安平之春》，台北：麥田出版，二〇〇五年一月初版一刷。
祁立峰，《台北逃亡地圖》，台北：時報文化出版企業股份有限公司，二〇一四年八月初版一刷。
祁立峰，《偏安台北》，台北：聯經出版事業股份有限公司，二〇一三年十二月初版。
洪茲盈，《太陽照不到的地方》，台北：寶瓶文化事業有限公司，二〇一二年九月初版一刷。
洪茲盈，《無愛練習》，台北：寶瓶文化事業有限公司，二〇〇八年十二月初版一刷。
胡淑雯，《太陽的血是黑的》，中和：ＩＮＫ印刻文學生活雜誌出版有限公司，二〇一一年十月初版。
胡淑雯，《哀豔是童年》，中和：ＩＮＫ印刻文學生活雜誌出版有限公司，二〇一〇年七月初版五刷。
夏夏，《狗說》，台北：聯合文學出版社股份有限公司，二〇一三年八月初版。
夏夏，《煮海》，台北：聯合文學出版股份有限公司，二〇一〇年六月初版。
孫梓評，《星星遊樂場》，台北：麥田出版，二〇〇四年五月二版一刷。
徐嘉澤、李振豪、羅鵬，《討債株式會社》，台北：遠流出版事業股份有限公司，二〇一二年六月初版一刷。
徐嘉澤，《下一個天亮》，台北：大塊文化出版股份有限公司，二〇一二年九月初版一刷。
徐嘉澤，《大眼蛙的夏天》，台北：九歌出版社有限公司，二〇一〇年七月初版。
徐嘉澤，《不熄燈的房》，台北：寶瓶文化事業有限公司，二〇一〇年十月初版二刷。
徐嘉澤，《他城紀》，台北：基本書坊，二〇一三年十月初版一刷。
徐嘉澤，《此時此地》，台北：寶瓶文化事業有限公司，二〇一二年十一月初版四刷。
徐嘉澤，《我愛粗大耶》，台北：基本書坊，二〇一二年五月初版二刷。
徐嘉澤，《門內的父親》，台北：九歌出版社有限公司，二〇〇九年十二月初版。
徐嘉澤，《孫行者，你行不行？》，台北：九歌出版社有限公司，二〇一二年七月初版。

徐嘉澤，《祕河》，台北：大塊文化出版股份有限公司，二〇一三年一月初版。
徐嘉澤，《第三者》，台北：九歌出版社有限公司，二〇一四年十一月初版。
徐嘉澤，《詐騙家族》，台北：九歌出版社有限公司，二〇一一年六月初版。
徐嘉澤，《窺》，台北：基本書坊，二〇一三年十月初版。
徐嘉澤，《類戀人》，台北：基本書坊，二〇一〇年六月初版。
徐譽誠，《紫花》，中和：INK印刻文學生活雜誌出版有限公司，二〇〇八年八月初版。
振鴻，《歉海的人》，台北：聯經出版事業股份有限公司，二〇一一年一月初版。
神小風，《少女核》，台北：寶瓶文化事業有限公司，二〇一〇年初版二刷。
神小風，《百分之九十八的平庸少女》，台北：寶瓶文化事業有限公司，二〇一二年七月初版二刷。
神小風，《背對背活下去》，台中：白象文化，二〇〇八年二月初版一刷。
神小風，《消失打看》，台北：寶瓶文化事業有限公司，二〇一一年三月初版一刷。
馬卡，《口袋人生》，台北：九歌出版社有限公司，二〇一一年五月初版。
馬卡，《迷走巴士》，台北：春天出版國際文化有限公司，二〇一〇年十二月初版一刷。
高翊峰，《一公克的憂傷》，台北：寶瓶文化事業有限公司，二〇〇七年七月初版一刷。
高翊峰，《幻艙》，台北：寶瓶文化事業有限公司，二〇一一年七月初版三刷。
高翊峰，《肉身蛾》，台北：寶瓶文化事業有限公司，二〇〇四年初版二刷。
高翊峰，《奔馳在美麗的光裡》，台北：寶瓶文化事業有限公司，二〇〇六年四月初版二刷。
高翊峰，《泡沫戰爭》，台北：寶瓶文化事業有限公司，二〇一四年五月初版一刷。
高翊峰，《烏鴉燒》，台北：寶瓶文化事業有限公司，二〇一二年十一月初版一刷。
高翊峰，《傷疤引子》，台北：寶瓶文化事業有限公司，二〇〇五年六月初版二刷。

張亦絢，《愛的不久時：南特／巴黎回憶錄》，台北：聯合文學出版社股份有限公司，二〇一一年八月初版二刷。
張至廷，《在僻處自說——張至廷微小說選》，台北：秀威資訊科技股份有限公司，二〇一三年五月BOD一版。
張維中，《戀愛成就》，台北：大雁文化事業股份有限公司，二〇一四年十月初版。
張蕙菁，《惡寒》，台北：聯經出版事業公司，一九九九年十二月初版二刷。
張耀仁，《之後》，中和：INK印刻出版有限公司，二〇〇五年十一月初版。
張耀仁，《死亡練習》，台北：九歌出版社有限公司，二〇一四年四月初版。
張耀仁，《親愛練習》，台北：九歌出版社有限公司，二〇一〇年六月初版二刷。
張耀仁，《讓我看看妳的床》，台北：奇異果文創事業有限公司，二〇一四年十一月初版。
張耀升，《彼岸的女人》，台北：本事文化股份有限公司，二〇一一年八月初版。
張耀升，《縫》，新店：木馬文化，二〇〇三年十一月初版。
許正平，《少女之夜》，台北：聯合文學出版社有限公司，二〇〇五年六月初版。
許正平，《愛情生活》：台北：大田出版有限公司，二〇〇九年九月初版。
許正平，《煙火旅館》，台北：大田出版有限公司，二〇〇二年九月初版。
許榮哲、伊格言、甘耀明等，《百日不斷電——別為文學抓狂》，台北：聯合文學出版社事業有限公司，二〇〇五年六月初版。
許榮哲、伊格言、甘耀明等，《愛情6P》，台北：寶瓶文化事業有限公司，二〇〇四年五月初版三刷。
許榮哲，《預言》，台北：寶瓶文化事業有限公司，二〇〇四年二月初版二刷。
許榮哲，《小說課：折磨讀者的祕密》，台北：國語日報社，二〇一二年初版六刷。

許榮哲，《吉普車少年的網交生活》，台北：聯合文學出版社有限公司，二〇〇四年十二月初版。
許榮哲，《迷藏》，台北：寶瓶文化事業有限公司，二〇一一年十月初版三刷。
許榮哲，《最後一名土地公》，台北：英屬維京群島商四也資本有限公司台灣分公司，二〇一一年十月初版。
許榮哲，《漂泊的湖》，台北：聯合文學出版社有限公司，二〇〇八年四月初版。
許榮哲，《舞啦啦變城煌》，台北：英屬維京群島商四也資本有限公司台灣分公司，二〇一一年十月初版。
連明偉，《番茄街游擊戰》，中和：ＩＮＫ印刻文學生活雜誌出版有限公司，二〇一五年八月初版。
陳又津，《少女忽必烈》，中和：ＩＮＫ印刻文學生活雜誌出版有限公司，二〇一四年五月初版。
陳思宏，《態度》，中和：ＩＮＫ印刻出版有限公司，二〇〇七年八月初版。
陳榕笙，《沒人出海捕魚》，台北：九歌出版社有限公司，二〇一一年四月初版。
彭心楺，《候鳥來的季節》，台北：聯合文學出版社有限公司，二〇一二年九月初版二刷。
彭心楺，《嬰兒廢棄物》，台北：寶瓶文化事業有限公司，二〇一〇年十月初版二刷。
童偉格，《王考》，中和：ＩＮＫ印刻出版有限公司，二〇〇二年十一月初版一刷。
童偉格，《西北雨》，中和：ＩＮＫ印刻文學生活雜誌出版有限公司，二〇一〇年三月初版。
童偉格，《無傷時代》，中和：ＩＮＫ印刻文學生活雜誌出版有限公司，二〇〇五年二月初版。
童偉格，《童話故事》，中和：ＩＮＫ印刻文學生活雜誌出版有限公司，二〇一三年十二月初版。
黃信恩，《高架橋》，台北：松濤文社，二〇〇八年六月初版。
黃崇凱，《比冥王星更遠的地方》，桃園：逗點文創結社，二〇一二年二月初版一刷。
黃崇凱，《黃色小說》，台北：木馬文化事業股份有限公司，二〇一四年十一月初版。
黃崇凱，《靴子腿》，台北：寶瓶文化事業有限公司，二〇〇九年初版二刷。
黃崇凱，《壞掉的人》，台北：聯合文學出版社有限公司，二〇一二年十月初版一刷。

黃麗群，《背後歌》，台北：聯合文學出版社股份有限公司，二〇一三年五月初版一刷。
黃麗群，《海邊的房間》，台北：聯合文學出版社股份有限公司，二〇一二年十一月初版三刷。
楊寒，《櫻花的夏天》，台北：台灣商務印書館股份有限公司，二〇一四年八月初版一刷。
楊美紅，《蛇樣年華》，台北：大田出版有限公司，二〇〇三年六月初版。
楊富閔，《我的媽媽欠栽培——解嚴後台灣囝仔心靈小史二》，台北：九歌出版社有限公司，二〇一三年九月初版。
楊富閔，《花甲男孩》，台北：九歌出版社有限公司，二〇一〇年五月初版。
楊富閔，《為阿嬤做傻事——解嚴後台灣囝仔心靈小史一》，台北：九歌出版社有限公司，二〇一三年九月初版。
葉揚，《FYI，我想念你：葉揚短篇小說集》，台北：皇冠文化出版有限公司，二〇一二年二月初版一刷。
葉佳怡，《不安全的欲望》，台北：寶瓶文化事業有限公司，二〇一三年四月初版二刷。
葉佳怡，《染》，台北：木馬文化事業股份有限公司，二〇一四年十一月初版。
葉佳怡，《溢出》，桃園：逗點文創結社，二〇一二年七月初版一刷。
葉淳之，《冥核》，台北：遠流出版事業股份有限公司，二〇一四年六月初版一刷。
葉覆鹿（陳栢青），《小城市》，台北：九歌出版社有限公司，二〇一一年六月初版。
跳舞鯨魚，《幻獸症的屋子——跳舞鯨魚小說集》，台北：獨立作家，二〇一四年一月BOD一版。
鄒永珊，《等候室》，新店：遠足文化事業股份有限公司，二〇一三年一月初版一刷。
鄒永珊，《鐵道共乘旅遊手冊》，新店：遠足文化事業股份有限公司，二〇一四年九月初版。
廖之韻，《備忘》，台北：聯合文學出版社有限公司，二〇一二年八月初版。
廖之韻，《裸‧色》，台北：奇異果文創事業有限公司，二〇一四年一月初版。

劉梓潔，《父後七日》，台北：寶瓶文化事業有限公司，二〇一〇年八月初版十九刷。
劉梓潔，《遇見》，台北：皇冠文化出版有限公司，二〇一四年十二月初版一刷。
劉梓潔，《親愛的小孩》，台北：皇冠文化出版有限公司，二〇一三年八月初版一刷。
潘弘輝，《水兵之歌》，台北：寶瓶文化事業有限公司，二〇〇二年八月初版二刷。
鄭順聰，《家工廠》，台北：聯合文學出版社股份有限公司，二〇一一年八月初版。
鄭順聰，《晃遊地》，新店：木馬文化事業股份有限公司，二〇一四年三月初版。
鄭順聰，《海邊有夠熱情：永安、彌陀、梓官、蚵仔寮》，高雄：高雄市政府文化局，二〇一三年十月初版一刷。
賴志穎，《匿逃者》，中和：INK印刻文學生活雜誌出版有限公司，二〇〇八年六月初版。
賴志穎，《理想家庭》，中和：INK印刻文學生活雜誌出版有限公司，二〇一二年十一月初版。
謝承廷，《不懼翻譯的城市》，台中：台中市政府文化局，二〇一四年七月初版。
謝曉昀，《神離去的那天》，台北：台灣商務印書館股份有限公司，二〇一二年七月初版一刷。
謝曉昀，《惡之島——彼端的自我》，台北：台灣商務印書館股份有限公司，二〇〇九年三月初版一刷。
謝曉昀，《潛在徵信社》，台北：九歌出版社有限公司，二〇〇七年九月初版。
謝鑫佑，《五囝仙偷走的祕密》，中和：INK印刻文學生活雜誌出版有限公司，二〇一三年一月初版。
藍漢傑，《偶然是個魔法師》，台北：木馬文化事業股份有限公司，二〇一三年八月初版。
寵物先生，《追捕銅鑼衛門》，新店：讀癮出版，二〇一三年十一月初版一刷。
寵物先生，《虛擬街頭漂流記》，台北：皇冠文化出版有限公司，二〇〇九年九月初版一刷。
瀟湘神，《台北城裡妖魔跋扈》，台北：奇異果文創事業有限公司，二〇一五年四月初版。
羅浥薇薇，《騎士》，台北：寶瓶文化事業有限公司，二〇一三年十一月初版一刷。

嚴云農，《妹至帖》，台北：聯合文學出版社股份有限公司，二〇一三年五月初版。
蘇飛雅，《蛆樂園》，板橋：遠景出版事業有限公司，二〇一四年六月初版。

九歌年度小說選

袁瓊瓊主編，《九十一年小說選》，台北：九歌出版社有限公司，二〇〇三年三月初版。
林秀玲主編，《九十二年小說選》，台北：九歌出版社有限公司，二〇〇四年三月初版。
陳雨航主編，《九十三年小說選》，台北：九歌出版社有限公司，二〇〇五年三月初版。
蔡素芬主編，《九十四年小說選》，台北：九歌出版社有限公司，二〇〇六年三月初版。
郝譽翔主編，《九十五年小說選》，台北：九歌出版社有限公司，二〇〇七年三月初版。
李昂主編，《九十六年小說選》，台北：九歌出版社有限公司，二〇〇八年三月初版。
季季主編，《九十七年小說選》，台北：九歌出版社有限公司，二〇〇九年三月初版。
駱以軍主編，《九十八年小說選》，台北：九歌出版社有限公司，二〇一〇年三月初版。
郭強生主編，《九十九年小說選》，台北：九歌出版社有限公司，二〇一一年三月初版。
侯文詠主編，《九歌一〇〇年小說選》，台北：九歌出版社有限公司，二〇一四年五月初版七刷。
甘耀明主編，《九歌一〇一年小說選》，台北：九歌出版社有限公司，二〇一三年三月初版。
紀大偉主編，《九歌一〇二年小說選》，台北：九歌出版社有限公司，二〇一四年三月初版。

專書

〔美〕斯蒂芬・貝斯特、道格拉斯・科爾納合著，陳剛等譯，《後現代轉向》，南京：南京大學出版社，二〇〇四年五月初版二刷。

Clay Shirky著，李宇美譯，《鄉民都來了——無組織的組織力量》，台北：英屬蓋曼群島商家庭傳媒股份有限公司城邦分公司，二〇一一年十一月初版。

Don Tapscott著，羅耀宗、黃貝玲、蔡宏明譯，《N世代衝撞——網路新人類在正在改變你的世界》，台北：美商麥格羅・希爾國際股份有限公司台灣分公司，二〇〇九年九月初版四刷。

Jean—Pierre Warnier著，吳錫德譯，《文化全球化》，台北：麥田出版，二〇一二年三月初版八刷。

Joseph Sttaubhaar・Robert LaRose・Lucinda Davenport著，林日璇、李育豪、王茜穎譯，《媒體ＩＮＧ：認識媒體、文化與科技》，台北：新加坡商聖智學習亞洲私人有限公司台灣分公司，二〇一四年五月初版一刷。

Maria Bakardjieva著，丘忠融、李紋鋒譯，《網路社會與日常生活》，永和：韋伯文化國際出版有限公司，二〇〇八年一月初版。

Marshall McLuhan&Quentin Fiore著，楊惠君譯，《媒體即訊息》，台北：積木文化，二〇〇九年十月初版。

Peter Corrigan著，王宏仁譯，《消費社會學》，新店：群學出版有限公司，二〇一三年三月初版四刷。

Simon Parker著，王志弘、徐苔玲合譯，《遇見都市：理論與經驗》，新店：群學出版有限公司，二〇〇七年十一月初版一刷。

Tim Cresswell著，徐苔玲、王志弘譯，《地方：記憶、想像與認同》，新店：群學出版有限公司，二〇〇六年十二月一版三刷。
丁允恭主編，《島國關賤字——屬於我們這個世代、這個時代的台灣社會力分析》，新店：左岸文化，二〇一四年八月初版。
丁威仁，《戰後台灣現代詩的演變與特質（一九四九—二〇一〇）》，台北：新銳文創，二〇一二年五月初版。
九把刀，《依然，九把刀——透視網路文學演化史》，新店：蓋亞出版，二〇〇七年十一月初版一刷。
卜睿哲著、林添貴譯，《未知的海峽》，台北：遠流出版事業股份有限公司，二〇一三年四月初版一刷。
王宏仁、李廣均、龔宜君主編，《跨戒：流動與堅持的台灣社會》，新店：群學出版有限公司，二〇〇八年十一月初版一刷。
王金壽等著，《秩序繽紛的年代：走向下一輪民主盛世》，新店：左岸文化，二〇一〇年七月初版。
王德威，《跨世紀風華：當代小說二〇家》，台北：麥田出版，二〇〇三年八月初版二刷。
甘炤文、陳建男編，《台灣七年級散文金典》，台北：秀威資訊科技股份有限公司，二〇一一年二月BOD一版。
伊慶春、章英華主編，《台灣的社會變遷一九八五—二〇〇五：家庭與婚姻，台灣社會變遷基本調查系列三之一》，台北：中央研究院社會學研究所，二〇一二年五月。
吉見俊哉著，蘇碩斌譯，《媒介文化論：給媒介學習者的一五講》，新店：群學出版有限公司，二〇一三年九月初版三刷。
何明修、林秀幸主編，《社會運動的年代：晚近二十年來的台灣行動主義》，新店：群學出版有限公司，二〇一一年十月初版二刷。
何榮幸，《學運世代：從野百合到太陽花》，台北：時報文化出版企業股份有限公司，二〇一四年七月初版一刷。
李英明，《網路社會學》，台北：揚智文化事業股份有限公司，二〇〇一年十二月初版二刷。
町村敬志、西澤晃彥著，蘇碩斌譯，《都市社會學》，新店：群學出版有限公司，二〇一三年二月初版二刷。
周芬伶，《聖與魔——台灣戰後小說的心靈圖象一九四五—二〇〇六》，中和：INK印刻出版有限公司，二〇〇九年三月初版。
東浩紀著，褚炫初譯，《動物化的後現代——御宅族如何影響日本社會》，台北：大鴻藝術股份有限公司，二〇一二年七月初版。
林宗宏、洪敬舒、李健鴻、王兆慶、張烽益等著，《崩世代：財團化‧貧窮化與少子女化的危機》，台北：台灣勞工陣線協會，二〇一四年三月初版六刷。
林芳玫，《解讀瓊瑤愛情王國》，台北：台灣商務印書館股份有限公司，二〇〇六年五月初版二刷。
林淇瀁，《書寫與拼圖：台灣文學傳播現象研究》，台北：麥田出版，二〇〇一年十月初版一刷。
林淇瀁，《場域與景觀——台灣文學傳播現象再探》，中和：INK印刻文學生活雜誌出版有限公司，二〇一四年二月初版。
林燿德，《期待的視野——林燿德文學短論選》，台北：幼獅文化出版社，一九九三年二月初版。
林燿德，《觀念對話》，台北：漢光出版社，一九八九年八月初版。
侯作珍，《個人主體性的追尋：現代主義與台灣當代小說》，台北：台灣學生書局有限公司，二〇一四年八月初版。
封德屏主編，《新鄉‧故土／眺望‧回眸——二〇一三兩岸青年文學會議論文集》，台南：國立台灣文學館，二〇一三年十二月初版。
范銘如，《文學地理：台灣小說的空間閱讀》，台北：麥田出版，二〇一〇年初版二刷。

范銘如，《像一盒巧克力——當代文學文化評論》，中和：INK印刻出版有限公司，二〇〇五年十月初版。
若林正丈著，洪郁如、陳培豐等譯，《戰後台灣政治史：中華民國台灣化的歷程》，台北：國立台灣大學出版中心，二〇一四年五月初版二刷。
桑梓蘭著，王晴鋒譯，《浮現中的女同性戀：現代中國的女同性愛欲》，台北：國立台灣大學出版中心，二〇一四年十一月初版。
郝譽翔，《大虛構時代——當代台灣文學光譜》，台北：聯合文學出版社有限公司，二〇〇八年九月，初版一刷。
高宣揚，《後現代論》，北京：中國人民大學出版社，二〇〇五年十一月初版一刷。
張茂桂、羅文輝、徐火炎主編，《台灣的社會變遷一九八五——二〇〇五：傳播與政治行為，台灣社會變遷基本調查系列三之四》，台北：中央研究院社會學研究所，二〇一三年七月初版。
張茂桂主編，《國家與認同：一些外省人的觀點》，新店：群學出版有限公司，二〇一〇年二月初版一刷。
張瑞芬，《荷塘雨聲——當代文學評論》，台北：爾雅出版社有限公司，二〇一二年七月初版。
張誦聖，《現代主義・當代台灣：文學典範的軌跡》，台北：聯經出版事業股份有限公司，二〇一五年四月初版。
張德本、錦連、王國安等著，《漫遊的星空——八場台灣當代散文與詩的饗宴：國立台灣文學館・第五季週末文學對談》，台南：國立台灣文學館，二〇〇七年十二月初版一刷。
莊雅仲，《民主台灣：後威權時代的社會運動與文化政治》，香港沙田：中文大學出版社，二〇一四年初版。
郭強生，《在文學徬徨的年代》，新店：立緒文化事業有限公司，二〇〇二年六月初版一刷。
陳正芳，《魔幻現實主義在台灣》，中和：華文網股份有限公司，二〇〇七年五月初版。
陳伯軒，《文本多維：台灣當代散文的空間意識及其書寫型態》，台北：秀威資訊科技股份有限公司，二〇一〇年二月BOD一版。
陳芳明，《台灣新文學史》，台北：聯經出版事業股份有限公司，二〇一一年十月初版。
陳芳明，《後殖民台灣：文學史論及其周邊》，台北：麥田出版，二〇〇七年六月二版一刷。
陳芳明，《現代主義及其不滿》，台北：聯經出版事業股份有限公司，二〇一三年九月初版。
陳建忠、應鳳凰、邱貴芬、張誦聖、劉亮雅，《台灣小說史論》，台北：麥田出版，二〇〇七年三月初版一刷。
陳國偉，《類型風景──戰後台灣大眾文學》，台南：國立台灣文學館，二〇一三年十一月初版。
陳惠齡，《鄉土性・本土性・在地感──台灣新鄉土小說的書寫風貌》，台北：萬卷樓圖書股份有限公司，二〇一〇年四月初版。
陳徵蔚，《電子網路科技與文學創意──台灣數位文學史（一九九二──二〇一二）》，台南：國立台灣文學館，二〇一二年十二月初版一刷。
黃子欽、朱宥勳、盛浩偉等著，《暴民畫報：島國青年俱樂部》，台北：健行文化出版事業有限公司，二〇一四年八月初版。
黃金麟、汪宏倫、黃崇憲主編，《帝國邊緣：台灣現代性的考察》，新店：群學出版有限公司，二〇一一年九月初版二刷。
黃崇凱、朱宥勳編，《台灣七年級小說金典》，台北：秀威資訊科技股份有限公司，二〇一一年二月BOD一版。
黃清順，《「後設小說」的理論建構與在台發展──以一九八三──二〇〇二年作為觀察主軸》，二〇一一年十二月初版一刷。
黃錦樹，《謊言或真理的技藝：當代中文小說論集》，台北：麥田出版，二〇〇三年一月初版一刷。
黃應貴主編，《二十一世紀的家：台灣的家何去何從？》，新店：群學出版有限公司，二〇一四年九月初版一刷。
楊宗翰編，《新世代星空：林燿德佚文選Ⅰ評論卷》，中和：華文網股份有限公司，二〇〇一年十二月初版。
解昆樺，《轉譯現代性：一九六〇—七〇年代台灣現代詩場域中的現代性想像與重估》，台北：台灣學生書局有限公司，二〇一〇年十二月初版。
廖淑芳、包雅文著，《探索的年代——戰後台灣現代主義小說及其發展》，台南：國立台灣文學館，二〇一三年十二月初版一刷。
福嶋亮大著，蘇文淑譯，《當神話開始思考——網路社會的文化論》，台北：大鴻藝術股份有限公司，二〇一二年六月初版。
管中祥主編，《公民不冷血：新世代台灣公民行動事件簿》，台北：紅桌文化／左守創作有限公司，二〇一三年七月初版。
劉亮雅，《後現代與後殖民：解嚴以來台灣小說專論》，台北：麥田出版，二〇〇六年六月初版一刷。
劉亮雅，《遲來的後殖民：再論解嚴以來的台灣小說》，台北：國立台灣大學出版中心，二〇一四年一月初版。
樊落平，《當代台灣女性小說史論》，台北：台灣商務印書管股份有限公司，二〇〇六年四月初版一刷。
蔡源煌，《從浪漫主義到後現代主義》，台北：雅典出版社，一九九八年三月修訂八版。
鄭毓瑜，《文本風景——自我與空間的相互定義》，台北：麥田出版，二〇〇五年十二月初版一刷。
蕭阿勤，《回歸現實：台灣一九七〇年代的戰後世代與文化政治變遷》，台北：中央研究院社會學研究所，二〇一〇年五月二版。
蕭阿勤，《重構台灣：當代民族主義的文化政治》，台北：聯經出版事業股份有限公司，二〇一二年十二月初版。
諾伯特・愛里亞斯著，李中文譯，《論時間》，新店：群學出版有限公司，二〇一四年五月初版二刷。

濱野智史著，蘇文淑譯，《架構的生態系——資訊環境被如何設計至今？》，台北：大鴻藝術股份有限公司，二〇一一年四月初版。
鍾文榛，《孤獨與疏離：從台灣現代小說透視時代心靈的變遷》，台北：秀威資訊科技股份有限公司，二〇一二年十二月BOD一版。
羅秀美，《文明．廢墟．後現代——台灣都市文學簡史》，台南：國立台灣文學館，二〇一三年八月初版一刷。

碩博士論文

陳明柔，《典範的更替／消解與台灣八〇年代小說的感覺結構》，東海大學中國文學系博士論文，一九九八年。
蕭義玲，《台灣當代小說的世紀末圖像研究——以解嚴十年（一九八七—一九九七）為觀察對象》，國立台灣師範大學國文學系博士論文，一九九七年。

期刊論文

王國安，〈二〇〇一—二〇一〇年「聯合文學小說新人獎」短篇小說的十年觀察〉，《二〇一一華人社會與文化學術研討會論文集》，台中：僑光科技大學應用華語文系，二〇一二年三月初版。

王國安，〈台灣八〇後小說初探——以黃崇凱、神小風、朱宥勳的小說為觀察文本〉，《中國現代文學》第二十三期，二〇一三年六月，頁一八七—二〇八。
王國安，〈再探「台灣新寫實主義」——以張經宏、徐嘉澤的小說為觀察文本〉，《人文社會科學研究》第七卷第三期，二〇一三年九月，頁一—一八。
王國安，〈從花柏容〈龜島少年〉及《愛貪小便宜的安娜》探看「台灣新寫實主義」〉，《實踐博雅學報》第十七期，二〇一二年一月，頁四三—六二。
王國安，〈從新化到台北——許正平文學中的遷移書寫〉，《崑山科技大學人文暨社會科學學報》第五期，二〇一四年四月，頁七三—八五。
王國安，〈許榮哲及其小說研究〉，《人文社會科學研究》第七卷第四期，二〇一三年十二月，頁二一—三九。
王聰威等，〈寫作的理想與現實——二〇〇三—二〇一三台灣長篇小說的生態發展座談會紀錄〉，《文訊》三四六期，二〇一四年八月，頁一〇八—一一八。
甘耀明，〈朗讀與聆聽林噪之行〉，《文訊》第三一五期，二〇一二年一月，頁九七—一〇一。
甘耀明，〈新文學地殼運動〉，《文訊》第三四六期，二〇一四年八月，頁九六—九七。
朱宥勳，〈創作自述〉，《文訊》第三五六期，二〇一五年六月，頁一〇〇—一〇三。
李昂，〈會想要吵架的評選——只為「新台灣寫實」〉，《聯合文學》第二七七期，二〇〇七年十一月，頁二九—三〇。
李雲雷，〈虛構的「故鄉」及其精神隱密——從大陸看《複島》〉，《橋》二〇一四年冬季號，二〇一四年十二月，頁五五—六〇。
李儀婷，〈鐵皮屋頂上的貓——側寫許榮哲〉，《文訊》第二二二期，二〇〇四年四月，頁一二四—一二六。

李儀婷記錄整理，〈第十九屆聯合文學小說新人獎決審紀實〉，《聯合文學》第二五三期，二〇〇五年十一月，頁六—二九。

李儀婷記錄整理，〈騷動年代的死亡與再生——第二十屆聯合文學小說新人獎決審紀實〉，《聯合文學》第二六五期，二〇〇六年十一月，頁二二—四八。

季季，〈新鄉土的本體與偽鄉土的弔詭——側看八〇後台灣小說新世代現象〉，《文訊》第二九八期，二〇一〇年八月，頁八四—八七。

東年，〈從寫實、現代到新寫實〉，《聯合文學》第二七七期，二〇〇七年十一月，頁三〇—三一。

林怡君，〈愛麗絲的旅行：兒童文學中的女遊典範〉，《中外文學》第二十七卷十二期，一九九九年五月，頁七九—九六。

林紫慧記錄，〈八〇年代台灣小說的發展—蔡源煌與張大春對談〉，《國文天地》，第四卷第五期，一九九八年十月，頁三三—三九。

南方朔，〈「涸渴」——文學之蝕〉，《聯合文學》第二一七期，二〇〇二年十一月，頁一三二—一三三。

施淑青，〈關懷人世間的眾生相〉，《聯合文學》第二五三期，二〇〇五年十一月，頁一六四。

范銘如，〈清新的文學氣象〉，《聯合文學》第二七七期，二〇〇七年十一月，頁三二。

徐譽誠，〈與當下為友的書寫——關於徐嘉澤〉，《文訊》第二八八期，二〇〇九年十月，頁三九—四一。

郝譽翔，〈小說來自生活，反映生活〉，《聯合文學》第二四一期，二〇〇四年十一月，頁二〇九—二一〇。

郝譽翔，〈文學獎的困惑〉，《聯合文學》第二二九期，二〇〇三年十一月，頁一八八—一八九。

郝譽翔，〈自由的新世代〉，《聯合文學》第二六五期，二〇〇六年十一月，頁五五—五六。

郝譽翔，〈我是誰?!：論八〇年代台灣小說中的政治迷惘〉，《中外文學》，第二六卷第十二期，一九九八年五月，頁一五〇—一七〇。

郝譽翔，〈理論之後，回到寫實——二十一世紀台灣小說的新貌〉，《聯合文學》第二七七期，二〇〇七年十一月，頁三二—三三。
郝譽翔，〈論一九八〇年前後台灣新生代文學的發展〉，《中外文學》，第二十八卷第十一期，二〇〇〇年四月，頁一六一—一七五。
郝譽翔，〈閱讀的樂趣〉，《聯合文學》第二五三期，二〇〇五年十一月，頁一六六—一六七。
馬森，〈有後現代主義美學的風味嗎？〉，《聯合文學》第二〇五期，二〇〇一年十一月，頁一五四—一五六。
張清志記錄整理，〈寫實VS.非寫實——第十五屆聯合文學小說新人獎決審紀實〉，《聯合文學》第二〇五期，二〇〇一年十一月，頁九—三七。
張耀仁，〈貓的華麗的迴旋踢！——誰是8P？誰怕8P？〉，《幼獅文藝》第六二一期，二〇〇五年九月，頁四一—四五。
莊宜文，〈文學競技或人性試煉？——談文學獎的光明與幽暗〉，《文訊》第二一八期，二〇〇三年十二月，頁七六—七九。
許正平，〈小說我的小說〉，《文訊》第三五六期，二〇一五年六月，頁一〇九—一一二。
許榮哲、李儀婷記錄整理，〈第十八屆聯合文學小說新人獎決審紀實〉，《聯合文學》第二四一期，二〇〇四年十一月，頁四〇—六七。
許榮哲記錄整理，〈第十七屆聯合文學小說新人獎決審紀實〉，《聯合文學》第二二九期，二〇〇三年十一月，頁四四—六五。
陳建忠，〈回顧新世紀以來台灣長篇小說：幾點觀察與評論〉，《文訊》第三四六期，二〇一四年八月，頁六八—八一。

陳維信記錄整理，〈第二十二屆聯合文學小說新人獎決審紀實〉，《聯合文學》第二八九期，二〇〇八年十一月，頁八—三〇。

陳維信記錄整理，〈新台灣寫實主義的誕生——二十一屆聯合文學小說新人獎決審紀實〉，《聯合文學》第二七七期，二〇〇七年十一月，頁六—二八。

陳栢青，〈對應時代的新世代作家觀察（一九九九—二〇〇七）〉，《文訊》第二八〇期，二〇〇九年二月，頁六八—七一。

黃芷琳記錄整理，〈人鬼小說的華麗對決——第二十四屆聯合文學小說新人獎決審紀實〉，《聯合文學》第三一三期，二〇一〇年十一月，頁三〇—四九。

黃錦珠，〈文字、故事與「玩」！——讀《台灣七年級小說金典》〉，《文訊》第三〇七期，二〇一一年五月，頁一三〇—一三一。

劉思坊記錄整理，〈直白的小說力——第二三屆聯合文學小說新人獎決審紀實〉，《聯合文學》第三〇一期，二〇〇九年十一月，頁二六—四七。

網路資料

葉姿岑整理，〈徐嘉澤「如果可以，我想成為九把刀」〉，http://udn.com/news/story/7009/438362。

黃崇凱，〈要戰就戰的朱宥勳〉，http://www.kingstone.com.tw/publish/publish_detail_2.

asp?Kind=1&ID=8998。

〈一個誠實的機會〉，http://secret-reader.com/ideal/。

秀威經典　新視野22　PG1529

小說新力：
台灣一九七〇後新世代小說論

作　　者／王國安
責任編輯／徐佑驊
圖文排版／周政緯
封面設計／蔡瑋筠

出版策劃／秀威經典
發 行 人／宋政坤
法律顧問／毛國樑　律師
印製發行／秀威資訊科技股份有限公司
114台北市內湖區瑞光路76巷65號1樓
電話：+886-2-2796-3638　傳真：+886-2-2796-1377
http://www.showwe.com.tw
劃撥帳號／19563868　戶名：秀威資訊科技股份有限公司
讀者服務信箱：service@showwe.com.tw
展售門市／國家書店（松江門市）
104台北市中山區松江路209號1樓
電話：+886-2-2518-0207　傳真：+886-2-2518-0778
網路訂購／秀威網路書店：http://www.bodbooks.com.tw
國家網路書店：http://www.govbooks.com.tw

2016年5月　BOD一版
定價：480元

國家圖書館出版品預行編目

小說新力：台灣一九七〇後新世代小說論 / 王國安著. -- 一版. -- 臺北市：秀威經典, 2016.05
面； 公分. -- (新視野22 ; PG1529)
BOD版
ISBN 978-986-92973-3-2(平裝)

1. 臺灣小說 2. 現代小說 3. 文學評論

863.27　　105006651

讀者回函卡

感謝您購買本書，為提升服務品質，請填妥以下資料，將讀者回函卡直接寄回或傳真本公司，收到您的寶貴意見後，我們會收藏記錄及檢討，謝謝！如您需要了解本公司最新出版書目、購書優惠或企劃活動，歡迎您上網查詢或下載相關資料：http:// www.showwe.com.tw

您購買的書名：______________________________

出生日期：________年________月________日

學歷：□高中（含）以下　□大專　□研究所（含）以上

職業：□製造業　□金融業　□資訊業　□軍警　□傳播業　□自由業

　　　□服務業　□公務員　□教職　□學生　□家管　□其它_____

購書地點：□網路書店　□實體書店　□書展　□郵購　□贈閱　□其他

您從何得知本書的消息？

□網路書店　□實體書店　□網路搜尋　□電子報　□書訊　□雜誌

□傳播媒體　□親友推薦　□網站推薦　□部落格　□其他__________

您對本書的評價：（請填代號　1.非常滿意　2.滿意　3.尚可　4.再改進）

封面設計____　版面編排____　內容____　文／譯筆____　價格____

讀完書後您覺得：

□很有收穫　□有收穫　□收穫不多　□沒收穫

對我們的建議：______________________________

____

____

____

請貼
郵票

11466
台北市內湖區瑞光路 76 巷 65 號 1 樓

秀威資訊科技股份有限公司 收

BOD 數位出版事業部

（請沿線對折寄回，謝謝！）

姓　名：__________　年齡：______　性別：□女　□男

郵遞區號：□□□□□

地　址：__________

聯絡電話：(日) __________ (夜) __________

E-mail：__________